TIANQIAN ZHI TIANLUODIWANG

黄瞻 / 著

贵州出版集团
贵州人民出版社

图书在版编目（CIP）数据

天谴之天罗地网／黄瞻 著—贵阳：贵州人民出版社，2019.10
ISBN 978-7-221-15702-7

Ⅰ.①天… Ⅱ.①黄…Ⅲ.①长篇小说－中国－当代 Ⅳ.①I247.5

中国版本图书馆CIP数据核字（2019）第243414号

天谴

黄瞻／著

总 策 划	陈继光
责任编辑	陈继光
特约编辑	陈胤凡
装帧设计	陈　晨
封面设计	源画设计
出版发行	贵州人民出版社有限公司（贵阳市观山湖区会展东路SOHO办公区A座）
印　　刷	长沙鸿发印务实业有限公司（长沙市黄花工业园3号）
版　　次	2020年1月第1版
印　　次	2020年1月第1版
印　　张	23.5
字　　数	370千字
开　　本	710mm×1000mm　1/16
书　　号	ISBN 978-7-221-15702-7
定　　价	49.00元

除了天,
没有人有权利去谴责和判罚他们的错与对,
　这个天就是国家神圣不可侵犯的法律

楔 子

　　清晨的江城市。中央街22号武永写字楼1804的会议室。偌大的会议桌前坐满了身着正装的白领们，主持人宣布总经理的任命，台下的人起身鼓掌，一位风度翩翩的中年男子在无数羡慕的目光中，登上发言台。他拿出预先准备好的发言稿，铿锵有力而满怀激情地开始抒发对未来工作的豪情壮志。

　　一声清脆的来自苹果手机的ringtone铃声打破了严肃的氛围，大家都下意识地查看自己的手机是否调至静音状态，以免引来上级领导的问责。然而令人尴尬的是，这铃声却意外地来自台上这位即将上任的高层领导。

　　他一边朝台下尬笑着挥手致歉，一边手忙脚乱地掏出手机，淡淡地瞟了一眼后按下拒接按钮，将手机调整至静音状态后继续演讲，然而口袋里依旧振动个不停。

　　演讲完毕，他心不在焉地从台上走下来，匆匆接受了几个同事的祝福后，加快脚步进入该楼层的安全通道内，回拨了那个号码。

　　他不耐烦地问："你是谁啊，电话打个不停？"

　　电话那头沉默了两秒，藐视般地传出"哼哼"两声。

　　"别人都叫我狩猎人，今天是专程打电话道贺您高升啊！"

　　"什么狩猎？什么人？从来没有听说过！"

"季总有喜事难道不该庆贺一下吗？至少应该摆上几桌，请我喝个酒吧？"

"我为什么要请你喝酒？哪里来的神经病，我挂了！"

"先不着急。季总这记性实在太差，上周在江汉大酒店901室你会见了一些人，我这儿还有你的视频和录音呢。"

"什么……"他脸色一沉，惊愕失色，顿感冷汗直冒。这件事正中要害，难道江汉大酒店的交易被人监视了？工作做得十分保密呀。但他毕竟是在商场经历过无数大风大浪的人物，内心慌张，却在言语上保持着四平八稳，"什么江汉大酒店，我根本就听不懂你在说什么。"

"你暗箱操作以低价倒卖公司地皮，收受开发商贿赂，行贿多个房产局的处长，伙同拆迁公司以乞丐价预先收购桃源村二十几户的小户型房子，搞了不少钱呢。酒店交易时，你穿的白色衬衣、卡其色长裤，哦，对了，还有一个黑色大皮箱……"

"你……你血口喷人……"他突然语气低沉了不少，似乎被人揪住了头发。

"好的，那么，我们东合监狱见。"对方似乎要挂掉电话。

"等等……你不能这么做，这样我辛苦奋斗的一生就算完了……"

"看来你明白了一些道理。"

"有事好商量……这样……你开个价……没有什么是钱解决不了的问题。"

"就等你这句话呢，准备好500万打到这个账户……"

"这么多……我这些年搞的钱加起来也没这么多啊？"他歇斯底里地发出微弱的反问。

"不还价，否则……你自己看着办！"电话那头传来嘟嘟嘟的忙音，季总的哀求宣告反对无效。

此时，安全通道里的感应灯突然坏了，楼道里昏暗下来，似乎预示着一出精彩的剧目正在缓缓落下帷幕，黑暗中，只有急促起伏、令人恐惧不安的呼吸声。

第一章

　　五星级酒店的 KTV 包房里，酒色熏天，江城恒记集团的几位大客户被一群浓妆艳抹的小姐包围着，在富有节奏的歌曲中举杯畅饮，歌舞升平，一番忘我欢快的景象。恒记集团副总经理沈逸作为陪同，也穿梭在其中，时而疯狂地抚摸小姐的屁股和胸部，时而和那些客户一起发出淫荡的笑声，时而用眼角的余光瞟视着这里的每一个人，似乎醉翁之意不在酒。

　　"张总，今天开不开心？快不快活？"沈逸摇摇晃晃，似醉非醉，憨态可掬地朝着某网贷平台的张总问道。

　　"哈哈哈，沈总实在是好客的人，把咱们招呼得这么周到。"张总笑答。

　　"咱集团王总说了，一定要把张总陪舒服。来来来，再喝一杯，祝咱们合作顺利、双赢发大财……今天不醉不归！"沈逸拿起刚刚趁他不注意倒满的一杯酒递过去，自己先一饮而尽，张总也丝毫没犹豫，瞬间杯子见了底。

　　"今晚给你安排好了，直达'伊甸园'的双飞，学生加白领，绝对满意。"沈逸猥琐地笑道。

　　"嘿嘿嘿，有劳有劳……"张总面露淫色而满怀憧憬。

　　这时集团运营部的经理张博从门外匆匆走进来，拿着电话急要沈逸接听，沈逸连忙跟他们打了个招呼，就出去了。两人走到隔壁没人的包房里，沈逸双眼有神，没有一丝醉意。

　　"哥，根据你前天给我的名片，已经查清楚了，这个张总旗下网贷平台的所有数据都是虚构的，他们玩的就是高利贷，专门针对那些刚刚步入社会又缺钱的年轻人，每个月的利息最低 8 分。"张博说。

　　"8 分？！"沈逸惊讶地说，"利滚利不到一年就可以翻一番？"

　　"对，我已经买通了他们的财务人员，将部分借条复印件弄出来了。你说怎么搞？"张博说。

沈逸翻了翻张博递给他的借条复印件，满脸不爽地说："这种人，没得说，杀！"

"OK！明天这个人就准备洗干净屁股坐牢吧。"张博立刻就知道该怎么办了。

"等等……"沈逸突然想起了什么，于是又将那些复印件看了一遍，他从当中抽出来了一张，"这还是个孩子，太年轻了，嗯，你帮我把这张原件弄到手，我还有用，其他的交给警察吧。"

沈逸安排完，在门口用手抹了抹脸，自我感觉有点通红和发热后，又若无其事地回到隔壁的房间里，继续跟客户打成一片，嗨天动地起来。

江城最为繁华的小商品市场是汉街的一部分，一天有18小时都是车来车往，上货卸货，好不热闹。当然，这里也有古老的建筑，比如在汉街正中间有一处基督教教堂，新中国成立前修建的，至今也拥有了不少虔诚的信徒，每当周日的时候，他们都会三五成群集结在此诵吟着怎么都听不懂的歌曲，不少住在这里的人都只认定一件事情，它是教人从善的。

教堂的周围就是赫赫有名的汉街。汉街里大部分是平房，三层楼的建筑已经是比较罕见了，房子都是由一条条羊肠小道串起来的，从天空俯瞰，就像是星罗密布的棋盘。每一条道路都能穿到另一条道路上，孩子们就穿街走巷地在这里躲猫猫，大人们端着小凳子坐在门口拉拉家常，过着平淡而满足的生活。

沈逸对这里再熟悉不过了，他一出生就没了母亲，是父亲在1992年带着他来到汉街创业。那时候父亲忙于生意，自己则在上学的闲暇时间就穿梭在大街小巷里，和同学们打打闹闹得好不开心，可以说汉街的每一条巷子里都有他的身影。沈逸之所以对张博提供的这个年轻人的信息这么感兴趣，可能也有一部分源自汉街的情怀吧。

沈逸和张博一早便来到这里，一个矮矮胖胖，一个精瘦干练，两人一人端一碗热干面边走边吃。还是这里的热干面最正宗，芝麻酱又浓面又有嚼劲，他好久没尝到"家乡"的味道了。

今天是专程为一户姓肖的人家而来，他家就在汉街的巷子里。他们来到肖家门前，沈逸打量了一下觉得自己来对了，这户人家门口还有木混结构的门槛和一辆破旧老式二六自行车，一看就知道是生活拮据的普通家庭。

"喂，有没有人？"张博大声呼喊，还重重地拍着门。

"谁啊？"家里出来一位白发苍苍的老人，已经上了年纪。

"肖杰是不是住这里？！"张博问。

"对，他是我儿子，您是……"老人问。

"我是来收钱的，他差我们平台的钱。你看，这是借条。"张博拿出借条递给老人。老人连忙招呼他们先进去坐，肖杰正在屋里坐着玩手机，瞅见有陌生人来了，连忙收起手机，警觉地站起来。老人取来老花眼镜戴上，仔细看了看借条，又和肖杰确认了，是他亲手写的，上面清楚地写着一开始在网贷平台借了1万元，半年后已经利滚利叠加到了85000元。

老人满脸无奈地取下眼镜，沉默了一会儿，手颤抖地握着借条对肖杰说："怎么办？你说，怎么办？我才给你还了一个5万，现在又来一个8万5，我拿什么给你还？我一个月只有3000元的退休工资，你又没有工作，一个家就靠我一个人支撑，你是要我把这最后一点家产——这个房子卖了来给你还债吗？然后我们父子俩睡在大马路上？！"

肖杰满脸愧疚，低头不语，看起来已经承认了这事确实是他做的。从身份信息上看，肖杰刚刚大学毕业，涉世不深。据他所说，当初是被网络上的诱人广告吸引到平台上，一开始忍不住借了点钱，而后一发不可收拾。因为怕被家人埋怨，所以暂时隐瞒下来，这也导致后来利息越来越多，直到自己无法控制住局势，实在没有办法了，才全盘跟父亲交代。但这笔最大金额的还款却一直隐瞒着，因为他知道，父亲是没有办法还的，只能暂且像鸵鸟一样将头埋在沙子里，掩耳盗铃吧。

"这事怎么办吧？既然是你做的，那你来说。"张博上前轻轻推了肖杰一把，露出一脸凶相。沈逸站在一旁没有说话，只是细细观察着这对父子受到胁迫时的神情。

"我……我不知道，我没有钱……"肖杰双手捂着头，低声说道。

"没钱？没钱你借个什么？嗯？！"张博提高音量，狠狠地问道。

"我只是好奇……不知道会这样。我真的不知道事情怎么会变成这样！"肖杰嘴唇开始颤抖，惊恐不安起来。

"我告诉你，你今天不还，我就叫你爸爸还，你爸爸还不了，那就卖房子还，房子卖了不够，就去借，找亲朋好友去借，借不到就去卖肾卖血！我隔三岔五就会来催，弄不好我还要给你爸爸一点教训，我们的手段多的是，反正这钱是一定要还的！欠债还钱，天经地义！"张博的眼珠子鼓出来，好像要吃人。

"不要……不要……"肖杰手捂着脸边哭边蹲下来，"我知道错了，你们不要这样对待我的爸爸。他是无辜的，都是我，你们找我吧，我来还，我还年轻，我还可以赚钱，我肯定能够还上的。"

肖杰的父亲听到儿子坦白承认，头侧向一边低下来，无奈地擦拭着眼泪。

"你刚才说你来还。好，我给你时间，你说说看怎么来还这笔钱？"沈逸冷不丁地插了一句嘴。

"我、我再也不睡懒觉了，我出去工作，我每天多打份工，只要你给我点时间，只要你们别对我爸爸怎么样，我肯定能够还上的！"肖杰虽哽咽着，脸上却露出一丝坚定。

"那你如果再去借钱怎么办？你很有可能去别的平台借，然后还给我，实际上，你是拆东墙补西墙。"沈逸继续问道。

"不会的，我再也不会借了。我可以对天发誓！"肖杰态度坚决地说，"我现在非常后悔，我知道了，不是通过我的劳动赚取的钱财，我绝对不会再要了！我甚至不会刷信用卡的钱！我发誓！"

"很好。"沈逸对张博使了个眼色，张博心领神会，将借条递到肖杰父亲的手上。

"现在，我把借条给你爸爸了，现在你的爸爸就是你的债主，你赚的钱要偿还给你的爸爸，包括利息。你记住你刚才所说的话，你要用行动来证明，过段时间我会来看看你的债务偿还的情况，我要你拿出行动来，如果和你说的情况不符，你知道后果。"说完沈逸和张博转身离开了，父子两人面面相觑地站在原地一动不动。

办完事儿，张博先回公司去了，沈逸一个人来到与汉街只隔着一条街的汉江边上，江汉一桥就耸立在旁边。他坐在江滩的石头上，点上一支烟，微微拂面的江风伴着暖阳，令人精神焕发，颇有感触。

这个地方顿时勾起了沈逸的许多回忆。每到夏季，汉江边上都是游泳和乘凉的，从江汉桥向下看去，密密麻麻的一大片，像堆积成群的蠢蠢欲动的蚂蚁。而沈逸和他的父亲是这里的常客，每当晚饭过后，沈逸便吵着要父亲带着自己来游泳，偶尔父亲很忙来不了，他也不敢一个人偷偷来，因为家教非常严格，这是老家祖宗的规矩。如果小孩私自游泳，回来抠一抠腿，有白色的粉子就肯定下过水，那么等待他的将是一顿"竹棍炒肉"的惩罚。

  关于游泳，其实父亲还有一次伟大的壮举，他曾经救过一个女人的性命。虽然沈逸在场，但惊险刺激的过程只有父亲自己能够讲述出来。那是非常普通的一个黄昏，沈逸和他的父亲刚刚下水，就听见有人喊"有人溺水"，父亲一看距离，大概有200米远，二话没说，他奋力游了过去，等到游过去的时候才发现浑身的劲儿已经消磨得差不多了。溺水的是一个女人，看见父亲来了，不由分说地就像遇到救命的稻草，狠狠地乱抓一气。父亲一下子被她缠住，动弹不得，呛了几口水，渐渐地，已经没有力气抵挡她张牙舞爪的攻势，眼看继续纠缠两人都将耗尽体力，会随着急流和漩涡而去，可能再也回不到岸边。父亲说自己那一霎似乎陷入了绝望，但是人的潜力是无穷的，他突然想到一个绝妙却有点龌龊的办法，他猛地朝那女人的胸前抓去，女人出于本能反应，下意识地条件反射，放开了死死抓住父亲的双手而去护住胸部。这样给了父亲喘息的机会，他一个翻身快速游到女人背后，手臂挽住她的头部，避免她溺水和抓到自己。就这样，他一点点游向岸边，被后来下水的多个年轻人救上了岸。

  后来父亲在教育沈逸的时候，说了对于这件事的几个看法。第一，能力有多大，就做多大的事，如果连自己有几斤几两都不清楚，那你就真成舍己救人了，那样做又有什么意义呢？我们应该保己救人，那才有价值。第二，袭击女人的胸部，单独地说是龌龊，但放在生死面前不值一提，这告诉我们，为了实现目标，在过程中不拘于小节，经历失败、侮辱、挑衅，这都没什么，因为我们要做成大事，就不要在乎小事上的成败。第三，在绝境中不要放弃，任何时候都不要放弃，放弃等于大脑停止转动，你将失去最后一点能够燎原的星星之火。

  父亲虽然已经不在人世了，却将人生的真谛传授给了自己，沈逸百感交集，这二十几年，他将父亲的教诲铭记于心，为人处世恪守原则，事实也确实证明，他一直都立于不败之地。

  "家家贷"线下营业厅就在江城市最繁华的主干道里，这里的租金不菲，装修气派，家具高档，工作人员清一色地穿着西装，打着领带。在老百姓的眼里，只有这样的排场才匹配得上"金融"行业的称谓，但他们殊不知，羊毛出在羊身上，过于奢华就等于经营成本的提升，而在 P2P 行业造血功能不健全的体系面前，就必须有人来为此买单。

营业厅内的豪华真皮沙发上坐着一对母子，他们衣着朴素，母亲看起来是工薪阶层，儿子似乎还在读大学的年纪。

"阿姨，您想看看我们的什么投资产品呢？"浓妆艳抹的女营业员叫小莉，殷勤地对母亲递上最新的产品宣传单。

"投你们这产品，安全吗？"母亲小心翼翼地接过宣传单问道。

"阿姨，您放 100 个心吧，我们这里对应的是金城区房地产项目，就在马路对面呢，我可以随时带您过去看看。2 万平方米建设面积，1 到 6 层是商场，7 到 19 层是写字楼，20 到 25 层是六星级酒店，地下三层是商业一条街，连接 1、3 号地铁的出口，繁华着呢！这是由江城市建设三公司负责承建的，信用五星级的企业有保障。"营业员如程式化的语气，让人无语。

"哦哦，收益是怎么算的？"母亲继续问道。

"那要看您投多少啦，还有期限啦。一般都是一年期的，10 万元以下的年化 10%，20 万元的是 12%，50 万元的是 15%。我们的利息是按月结算，每个月定时打到您的账户上。阿姨，您来得真是时候，现在是咱们的活动季，还有三天就结束了，活动期间加息 1%，外加现场签单送价值 1000 元的手机一部呢，不要手机直接折现 800 元。您想投资多少呢？"

"这么划算啊。"母亲笑道，她轻轻打开包，看了一眼，又从身上掏出手机，拨出去，然后走到门口，满心欢喜地对着电话说，"二妹，我是大姐啊，我问过了，这家投资公司真的很划算，信用也不错，收益比银行的 2.75%高很多，还每个月付利息，我这儿有 10 万，你那边有个 10 万也可以投进来啊。嗯，好的，那明天带你过来吧。"

"妈，你别被他们的话冲昏头脑，光看利息高，其他的咱们完全不懂啊，我觉得还是要谨慎一点吧。要是本金拿不回来，怎么办？"儿子走到她身边劝说道。

"孙小兵，你还是个学生，懂个什么？现在身边的人都在谈论理财，钱放在银行睡觉只会贬值，知道吗？你别打扰妈好吗？自己到一边玩手机去。"母亲不耐烦地对儿子说。

"怎么样，阿姨，您是今天下单吗？今天有活动呢，错过了就不划算了。"营业员见缝插针，连忙上去进行销售行业话术中的最后一个催单杀客环节。

"那我今天先投10万吧，你们有收据吗？"母亲问。

"呵呵，何止收据？您看，我们非常正规的，一份投资咨询服务协议，一份债权对接合同，您要签字画押，咱们要盖公章。一式两份，您持有一份，公司持有一份。有什么问题的话，法律上都是有依据的。"营业员拿出早就准备好的合同给她看。

"嗯嗯，那我就更放心了。"母亲总算放下心来签了字。

完成所有程序，送走这对母子，女营业员笑嘻嘻地跑到后台，几个男生坐在办公室里。

"好厉害的丫头，才来几天就出了这么大一个单。今天的提成看来很不错啊。"其中一个男生羡慕道。

"哈哈哈，没什么，运气好呗，昨天你们不是请我喝奶茶吗？这样，明天的中饭我请了。"女营业员豪迈地说。

"懂得投桃报李，有潜力啊。对了，你上一个公司不是跑路了吗？你的客户有找过你闹事没？"男生问。

"废话，找我干吗？我只是个打工的，他们的钱没了，找老板去呗，我管他那些干吗？我做好自己的销售，拿的是干干净净的工资和提成。再说了，谁知道我明天还在不在这里，说不定又是打一枪换一个地方。"女营业员满不在乎地说。"厉害，做销售的就是应该这样，向你这个未来的销售总监学习。"男生拼命地点点头。

夜色朦胧，天空下的逍遥谷却呈现一幅酒绿灯红夜未央的撩人景象。这里是江城最大的娱乐城。这里没有制约，没有秩序，只有数不尽的纸醉金迷以及享不完的穷奢极欲。

在这里，只要有钱，可以得到白天得不到的一切。

袁华是逍遥谷的常客，以前每个礼拜至少有两天在这里过夜。可自从那件事之后，他已经很久没有来过了。

此时，他正闭着眼睛站在逍遥谷的门外，鼻子饱嗅着从大厅内飘来的爆米花和酒精混杂的味道，脸上全都是陶醉的神色，似乎已经跟里边的灯红酒绿融为一体。

正高兴时，他的司机突然急匆匆地跑了过来，喘道："袁总，电话又响了。"

这司机有些矮肥矮肥的，只不过跑了两步，就已经开始气喘吁吁了。

听了这话，袁华脸上的笑容瞬间收拢，沉着嗓子一脸不屑道："电话响了有什么大惊小怪的，又不是炸弹响了。"

又深深地看了一眼逍遥谷，他这才意犹未尽地回到车子里，问道："是哪部手机？"

司机先是一愣，随即把两部手机全都拿了出来，只见一部上贴了一个"1"，另一部手机上贴了一个"2"，便道："是2号机。"

话音刚落，袁华便在他脑壳上敲了一下，骂道："跟你小子说多少遍了，只有1号机的电话我才接，2号机直接挂断，你是听不明白还是怎的？"

"可是……"司机似乎想说些什么，但终于还是忍了下来，只是默默地挂断了电话。

此时，来电显示上已经有五十二个未接电话。

袁华瞪了他一眼，心里实在有点瞧不起这个傻头傻脑才上岗几天的家伙。然而，以自己目前的处境，想要雇个机灵的人显然不现实，有熟人介绍过来的，也只好将就着先用了。

心中胡思乱想着，他的眼睛却一直望着窗外的逍遥谷，脸上的神色很复杂，似乎有什么事情下不定决心。

过了好一会儿，他这才不甘心地吩咐司机开车。

此时的他人在车里，其实心早就已经飞到了逍遥谷中，自然没有察觉到在他下令开车的时候，司机的脸上也流露出了一丝不甘心的神色。

车辆缓缓启动，逍遥谷的魅色被甩在身后，直到没有一丝余光，袁华这才恋恋不舍地转过头来。

司机问道："袁总，咱们为什么每天都要来这里转一圈啊，是不是要等什么人？"

"关你什么事？好好开你的车。"袁华又横了他一眼，没好气地说道，"我可警告你，你要是把这件事告诉她，这个月的工资你就别想要了。"

司机不停地点头，道："明白，明白的。就算是给我天大的胆子我也不敢说，老板娘问过我好几次了，我都说您在和客户谈生意，所以才回去得晚了一点。"

听了这话，袁华的脸上这才流露出了笑容，随即接过1号机，连续拨打了好几个电话。

每次他通话的时候都是满脸笑容，挂断电话之后又唉声叹气，一想到回家之后又要对着那个黄脸婆，更是一脸的不开心。

他名叫袁华，为人也是极尽圆滑，不管是在官场还是商场都能够左右逢源，短短三年就从一个小职员一步步变成了部门经理。只不过他并不甘心，还想要往高里爬，后来因为受贿和涉嫌诈骗被关了三年，从此便翻不了身。

无奈之下，他只好娶了一个比自己大十几岁的女人，想依靠她东山再起。

那女人只不过开了两家中等规模的小酒店而已，在江城这种寸土寸金的地方，离"富婆"还差得远呢，自然无法回到他曾经拥有的那种奢华的物质生活中。于是他又想重操旧业，悄悄创立了一个小皮包公司。

只是社会在进步，人们也越来越精明了，他那老一套早就已经不实用，一年多下来，他也只是吸引了百把个散户而已。这些人都是下岗职工，投入的钱自然也十分有限，根本不够周转，所以必须多忽悠些人进来，这种游戏才能玩得转，这叫十个盖子七个在，玩转三个随便爱。

2号机就是专门设置的所谓的客服电话，只是到了晚上放松的时间他才懒得去接。

袁华十分清楚，三个盖子的钱很快就要被自己玩没了，就目前这样的状况，如果没有新的资金投入，其结果可能只剩下三个盖子，那么他的资金链可能不久就会断裂，甚至可能再度因为非法集资的罪名锒铛入狱。

在这种情况下，他只能百般讨好这个老婆娘，暂时补充一些周转的资金。同时，他心里也明白，这么做也只是饮鸩止渴。

如今，他处处都得靠老婆，自然不敢再眠花宿柳，但还是忍不住每天到逍遥谷外转上一圈，回味一下以前左拥右抱的日子。其他的事情，他暂时抛之脑后了。

突然，一阵急刹车声打断了袁华的思绪。他习惯性地想在司机头上敲两下，却听司机说道："是，我知道了，好。"

他这才明白原来司机突然停车是要接电话，也就按捺住怒火，没有发作，又重新坐了回去。

"袁总，老板娘刚刚来电话，说她人在香港，由于天气的原因航班取消了，今晚就不回来了。"司机说道。

一听这话，袁华差点跳起来，惊喜之色溢于言表，连忙催促道："快，快掉头回逍遥谷。"

一边说着，他一边不停地搓手，就好像一个赌徒见到了牌九一样。

司机也没有说什么，连忙掉转车头，只不过当他把手机放到仪表盘上的时候，却分明上面贴着一个"2"字。

来到逍遥谷的门前，车子还没有停稳，袁华就跳了下去。

跑开两步之后，袁华又突然停下，琢磨着这司机反应虽然有些迟钝，但毕竟不是傻子，若是把今天晚上的事情说出去，那他在黄脸婆的面前可就吃不了兜着走了，须得给司机一点好处。

想到这里，他又跟司机一起把车停好，两人一同进了逍遥谷。

似乎是害怕别人发现自己，他特意观察了一下四周，这才戴好口罩，压低帽檐走进人群。

进入大门，仿佛来到了另一个世界。衣着暴露的兔女郎随处可见，那些在泳池边嬉戏的女孩更是让人大饱眼福。

他心想：这里人多，难免遇到熟人，还是等到包间再说。于是他艰难地咽了一口唾沫，这才压抑住心头的躁动。

显然，他也是这里的熟客了，不等人招呼便进了包厢。刚一进来他就原形毕露，连连吩咐领班把最漂亮的姑娘叫进来。

司机小沈似乎第一次来这种地方，只是低着头局促地坐在一旁，连大气都不敢喘。

袁华心想：难怪30多岁了还给人当司机，就这副窝囊样也干不了什么大事。嘴上却说道："小沈啊，别这么拘束，今晚放开了玩儿，所有花销全算我的。"

司机没有说话，只是傻笑着"嗯嗯"两声点了点头。

正说着，一个领班模样的人走了进来，连连道歉，说今晚客人太多，姑娘们都在忙着，抽不开身。

如果是在以前的话，他绝对会跳脚大骂，把大爷的派头耍个十足。不过今天心情好，也就没有跟他一般见识。

领班也很有礼貌，准备了上好的果盘，还送了几瓶百威。

在他关门离开的时候，袁华触目愣了一下，心道：这个背影好眼熟啊。

自从出狱后，他变得谨小慎微，而且眼睛里容不得半粒沙子，不管什么时候出门都要准备口罩和鸭舌帽，这时候自然也不敢大意，连忙追了出去，对方却早就已经不见了。

回到包厢中后，他依旧放心不下，仔细回忆着究竟在哪里见过这人。

心中想着，他不由得念叨了出来。

司机道："背影嘛，还不都是一个样，您就别多想了。"说着，给老板倒了一杯酒。

袁华心想也是，自己在江城混迹这么久了，来到这里遇见几个熟面孔也正常。但是他看着从酒瓶中流出的美酒，突然一拍大腿，道："我想起来了，原来是他。"

说罢，他把杯中酒一饮而尽，狠狠地说道："原来是那小子，等一会儿他再进来，我一定饶不了他。"

司机似乎也很好奇，便问他是怎么回事。

袁华道："三年前，有一次我陪客户喝完酒去取车时，见到有个人在我车前鬼鬼祟祟。我以为是小偷就追了过去，结果发现那人非但没有偷东西，反而把两万块钱从窗户塞到了我的车里……"

"您认识他吗？他为什么要给您送钱？"司机打断道。

袁华"哼"了一声，道："这你就不懂了，有时候托人办事不方便当面给钱，只能用这种方式。这招我用滥了，所以停下车后，车窗总要打开一些，经常能收到钱。当时我也没有多想，可谁知道过了没两天警察就找上门来了，说有证据告我，最后连诈……连其他事情也牵扯出来了。肯定是他把我供出来的！"

说着，他又把酒干了，脸上犹自愤愤不平。

司机嘿嘿一笑，道："都好多年前的事情了，兴许是您记错了吧？"

袁华笃定道："不可能，这人毁了我一辈子，我永远都忘不了。看我一会儿不好好教训他一下。"

说着，他已经把一个酒瓶子紧紧捏在手中。

司机吓了一跳，忙劝说道："这里可是逍遥谷，老板背景很深，您要是在这里动手，恐怕会把事情闹大，如果让老板娘知道……"

他并没有把话说完，但袁华已经明白了他的意思。权衡了一下利弊之后，他只好点了点头，但手上还握着酒瓶。

又喝了两杯，司机说等会儿还要开车，酒量不行不能喝了，然后摇摇晃晃地去了厕所。

袁华瞥了一眼，打心底里瞧不起这个既窝囊又胆小、两杯啤酒也会醉的人，从没听过的事儿。

很快，包厢的门又被打开了。这次换了个服务员，身后还跟了一个浓妆艳抹的女人。

袁华也算是风流阵里的先锋了，但见到这女人之后也是连连点头，刚才的不愉快瞬间忘得干干净净。

这女人也是风月场里的老手，划拳行酒样样都行，讨好起男人来更是得心应手。

袁华被老婆管得那么严，现在好不容易有了机会，自然好好地放松了一番，当晚就在逍遥谷中开了房间。

也不知道多久没有这么放松了，再加上那小姐技术高超，他这番翻云覆雨足足搞到深夜。

逍遥谷是江城最大的销金窟，花费高待遇自然也好，房间的配备不亚于任何一家四星级酒店。每一个房间里都有一架投影仪，可以点播各种偶像剧和时装秀。只要你有钱，酒店就有办法让视频里的人在三个小时之内出现在你的床上。

第二章

袁华开始有点疲惫了，于是他躺下小歇一会儿，可当他随意打开投影仪之后，却吓得坐在了地上，因为里边播放的既不是偶像剧也不是时装秀，而是刚刚自己跟那个女人翻云覆雨的录像。

等回过神来的时候，录像也结束了，屏幕上只留下一个银行账号，还有短短几个字：二十四小时内打100万到这个账户。用途：慈善款。如未照做，天知道谁将收到视频！

他这才意识到问题的严重性，他赶紧拍下账户号码后，找到酒店办公室讨个说法。

酒店查阅房间后，并没有发现什么所谓的录像，还说他是无理取闹，栽赃敲诈，他只好悻悻离去。

那女人补了一下妆，收好化妆品进入了另一个房间中。

这个房间比袁华开的房间还要大，还要富丽堂皇。此时只有一个服务生打扮的人站在落地窗前。

听到女人的开门声，他也没有回头，只是盯着窗外那个狼狈的身影，喃喃自语："三年过去了，你竟然还能记住我的背影，也着实算是个人物了，只可惜再怎么狡猾的狐狸也斗不过老猎手。"

别看他一身服务生的打扮，但没有半分点头哈腰的样子，他气宇轩昂，魁梧挺拔，颇有气质，在这间豪华套房里，随意喝着酒柜里的极品红酒，丝毫不怯，俨然是逍遥谷的大客户。

"喊，什么狐狸、猎手，还不是拜倒在我的石榴裙下？刚刚他非要关灯，如果不是我手段高明的话，那精彩的片段可就录不下来了。"女人白了他一眼，随即旁若无人地从床上拿起一沓钱点了点，眉头顿时一皱，道，"你们一下子勒索100万，却只给我1%，是不是有点太小气了？"

"你可以不要，不过以后再有这么好的生意就不会找你了，让你一晚上作醒！而且说不定我一不小心会把你的工作透露给你的家人，我看他们还认不认你这个女儿？"

说罢，还未等那女人反应过来，他随即潇洒地关上房门，头也不回地离开房间。在关门的那一瞬间，那女人露出仿佛要吃人的目光。

另一边，袁华焦头烂额地来到车库，本以为司机一定跟以前一样趴在仪表盘上呼呼大睡，口水流得到处都是，他甚至已经把准备骂的脏话给想好了。

可出乎意料地，不仅人没在，连车子也不见了。

"这个蠢货，我一定要辞了他。"袁华在心里发誓，随即狼狈地离开了停车场，又等了半小时才终于等到了出租车。

等袁华上车之后，那个服务生才出现在门口。他左右观望了一会儿，便有一辆进口GL450奔驰车停在了眼前，听到车内的人叫道："张博。"

他一愣，随即露出一丝微笑，二话不说上了车。

"大哥，你是不是做司机做上瘾了？连车子也不放过？"一边说着，他

已经脱下了身上服务生的制服，换上了一身得体而帅气的西装。

大哥嘿嘿一笑，道："这是个贴牌走私车，国家不允许走私车上牌，后来这货找了个广东的家伙套牌上路，车不见了，他敢报警？警察来了，恐怕他还得吃不了兜着走。"

"这个袁华也真是小心谨慎，咱们为了今天忙碌了一个礼拜，也多亏老天爷给机会，如果不是天气原因把她老婆留在了香港，恐怕他也没胆子偷腥。那咱们今天的计划可能要泡汤。"

"老天爷给机会？"大哥一脚急刹车，把车子停到了郊外，随即指着满天繁星，道，"老天爷只会看戏，你以为它真能帮忙？你看今天的天气会耽误航班吗？"

张博打开车门，顿时感觉到一股热浪迎面扑来。

不愧是火炉城市，哪怕是在这深夜都不会放过你，这样的天气自然不会对航班有什么影响。

张博一下子就明白了他的话，笑道："原来又是你要的花招。"

"有人善于抓住机会，可我没那么多时间等待，所以只好创造机会了。况且，这种猪脑子也配拥有财富，还是来路不正的财？！"

一边说着，大哥从后备厢中拿了一个塑料袋便走到了车前。在车灯的映衬下终于看清了这张脸，既笑容憨厚，言语中又充满了平和。一小时前，他扮演的角色是袁华的司机小沈，而现在，他卸下伪装，还原成恒记集团副总经理沈逸。

沈逸席地而坐，这才把塑料袋中的东西拿了出来，竟是两瓶二锅头和一把花生米。

张博的眼珠子差点掉下来，道："不是吧？你堂堂恒记集团的副总经理，竟然带我到荒郊野外来吃这个？"

沈逸耸了耸肩，道："你不也是运营部门的经理吗，不照样扮成了服务生？荒郊野外怎么了，不比下面城市里乌烟瘴气清净得多？人不能餐餐都是山珍海味，平平淡淡才是生活。"

张博对沈逸的话从来都是充满敬意，也就顾不上这身名贵的西服，跟他相对而坐，一杯一杯喝了起来。

廉价的二锅头进入嗓子里，经过喉咙的瞬间，就像被砂纸刮过一样，不过两人却十分开怀。

"还记得上次咱们这样喝酒是什么时候吗？"沈逸问道。

张博想都没想，便道："当然记得，咱们还在乡下，我上五年级那会儿。那时候你家老头子还在，你偷酒喝，还吃他的油炸花生米，气得他天天拿着笤帚打你屁股。"

"老头子……好熟悉而又陌生的称呼。"沈逸叹了口气，道，"只是现在想让他打一顿也不可能了。"说着，他将杯中酒恭恭敬敬地洒到地上，脸上那憨厚的样子一扫而光，取而代之的是跳动的怒火。

"哥，咱们不是正朝着预期的方向在走嘛，只是……"

"只是天意弄人，寻找了这么久，咱们依然没有找到一点关于那些事的蛛丝马迹。"

"我觉得那些人只要还在这个圈子混，一定会露出狐狸尾巴让咱们抓住。"

"但愿吧。"

沈逸说着将杯中酒一饮而尽，他便坐回了车里，将一个U盘插进笔记本电脑，而后又把视频压缩发送到邮箱，设置为延时发送。

张博调侃道："这人其实挺好招呼的，为啥不把他弄到咱们圈子里来慢慢收割？"

沈逸一哂："就他？这种没啥头脑还削尖脑袋往金融圈里凑的人，我怕他坏我的事，就算让他进来也找不到门！"

张博在一旁戏谑而怜悯地道："可怜的袁华，大哥是要让你再坐几年牢，在牢里好好长长见识，别没本事还出来弄些骗人钱财的小把戏。"

说到这里，沈逸已经发动了汽车，尾灯消失在夜色中。

……

十二个小时后，甘肃东县乡，涞水村小学。

这里临近戈壁，除了饱受烈日之外，还要经受大风的摧残。开学前几天，支撑村子里二十几年的唯一的学校塌了，此时只剩下一面孤零零的墙壁。

二十多个孩子整齐地坐在围墙阴影下，两人一组拿捏着破旧的书本大声朗读着，似乎是想用对知识孜孜不倦的渴望与这烈日抵抗到底。一张张小脸被烤得通红，却对这天气面露不屑。

远处，有一人收拾着断壁残垣，他的背早已驼了，身上的衣服沾满了风沙，看不出本来的颜色。当回过头看到眼前这一幕时，总是忍不住唉声叹气。

他是这所学校的校长，今年已经60岁，本来已经到了退休的年纪，可是没有人愿意来接他的班，所以只能苦苦支撑着。

这里的条件相当艰苦，邻村的孩子为了能上课，凌晨4点就得起床，然后翻山越岭地走上个把小时，10多里路，中午就在教室里啃着被风吹得冰凉的烙饼，放学后再走10多里山路回家。由于家里穷，无论刮风下雨，孩子们的脚大部分都暴露在外面，甚至磨破了皮。每每看到这些，校长就心痛得厉害，唯有努力地教好他们的功课，使他们成人成才，才能不枉费这群山村孩子的上进之心。

村里给予了一些补助，可那些远远不够学校重建的开销。几天前，通过镇里侄儿单位的一台老式电脑，他已经把学校的情况发到了网上，想通过社会的力量为孩子们重建学校。可一连几天，旧衣服、旧书籍收到了不少，但善款却连桌椅板凳都不够买，何谈重建校舍呢？

事已至此，校长身心交瘁，短短几天，他似乎又苍老了十几岁。

好不容易搬开了一堆碎石，他这才直起腰休息了一会儿，心里琢磨着学校的主任去银行取善款该回来了，说不定今天收到的钱够买一些桌椅板凳了。等吃完饭，两人再一起去一趟20里外的省城，说不定能拉到一两个好心企业的赞助。

其实，这个地区属于国家的贫困乡，能力有限，企业也不容易，能找的关系他都已经去遍了，但他还是不想放弃。

就在这个时候，一辆班车远远驶来，还没等靠近便看到车窗那儿有人挥舞着存折，口中大喊："老哥，老哥，咱的学校，孩子们有学校了。"

老校长迎了上去，见到那人正是学校的主任。

一双满是皱纹的老手接过存折，校长不敢相信自己的眼睛，他整个身体开始颤抖了起来："什么，100万？这……咱村有新学校了！"

江城市恒记科技集团总部设立在万达中心大厦，有整整两层的办公区域，足以看出恒记集团的实力。随着信息时代的来临，在董事长王浩明的带领下，恒记科技集团上上下下的员工经过十几年的努力，目前恒记已是江城响当当的一块金字招牌，据不完全统计，江城七成以上的科技开发业务都有恒记的身影。在如此规模之下，政府相关部门也投桃报李，在申请省市名牌、著名商标等过程中，恒记也是频频绿灯通行；在历年市科技局评选的科技进步奖项上，恒记科技集团的项目也是长期居于前列。

沈逸的副总经理办公室就在18楼，是本层光线最好的位置，站在窗台朝远处眺望，有湖水有绿林，风景优美，怡然自得。门口是秘书的工作台，凡是需要签字或者约见的客人，都要通过秘书的请示才能带入，行政工作十分严谨。

沈逸如往常一样来到办公室，却发现秘书并不在岗位上，他也没在意，径直走入办公室。还没一会儿工夫，张博就跟了进来，没有敲门，因为他可不是一般人，公司谁都知道他和沈逸的关系最好，他俩是发小，从恒记创业伊始就跟着王浩明，是类似于古代皇帝身边股肱之臣的角色。

"哥，知道今天为什么秘书都不在吗？"张博神秘兮兮地说。

"不知道，干啥去了？"沈逸头也不抬，翻开文件一脸无所谓地问。

"都被培训部的经理朱丽娟拉去培训了。"张博面带不悦地问，"把你的秘书拉去培训难道没有告知你这个副总？这不是目中无人吗？"

"呵呵，这有什么好稀奇的，都是为工作嘛。"沈逸淡淡地笑了一下。

"哥！这可不是小事，秘书是你的人，再说行政工作都归你管，她怎么能不将你放在眼里呢？"张博愤愤不平地说。

"无所谓。"沈逸放下文件夹，顿了顿，"嗯。不过，你最好离这个朱丽娟远一点。"

"我？为什么？"张博不解地问。

"朱丽娟从一进公司，我就发现她的性格……有点强势。"沈逸皱了皱眉，露出深深的抬头纹，"你看她的长相，颧骨高而且露尖，这是克夫相，五角形的脸，男人婆，嘴唇薄，说话刻薄……"

"哎哟，我的哥，虽说这段子称作迷信，却还真被你给蒙对了，这女的今年38了，还没谈男朋友呢。"

"掌控欲望太强，是典型的女强人框架但又有点性格缺陷的人，这人做事是不错的，有点彪悍，但做人却不行，会得罪不少人。所以，就这件事儿来说，恐怕她也不会把我放在眼里。呵呵，为了避免将会出现的尴尬，我还是假装不知道吧。"沈逸边说边朝张博摆摆手，继续看他的文件。

张博没辙，只好自己去了培训室，看见七八个公司的秘书坐在那边讨论着什么。那些秘书一见到张博来了，连忙叽叽喳喳地围着他坐成一团，聊一些公司内外风花雪月的趣事。再说这张博是什么人，游历于人间的极品男士，几句话的工夫，就将这些美女们逗得咯咯直笑。在他们聊得正欢的时候，朱丽娟不知道从哪里突然走进来，一眼便看见张博那百花丛中一点红，瞬间就将脸拉成一副鞋拔子模样。

"怎么？今天是张经理给你们培训吗？"一句平常无比的话，从朱丽娟的口中说出来，却尽是针刺的味道，就好比动物界的法则，有一种自己的地盘被别人侵犯的感觉。

听见朱丽娟这么一问，所有秘书都鸦雀无声，不敢造次，老老实实端正地回到自己位置上坐下来。张博顿感这局面让他十分尴尬，却还是接了一句无底气的话："我也来学习学习……"

"今天的课题是仪容仪表，培训女生的穿着打扮，你难道也需要学习吗？！"朱丽娟满是嘲讽的话，引起了满堂哄笑。

"那，我、我还有点事，先走了。"张博满腹委屈，为了争回点面子，转身一脸严肃地对那些女孩说道，"好好培训，多向朱经理学习啊。"

朱丽娟满脸严肃，怒视一眼张博离去的身影，仍然觉得不够解恨。

第三章

华成小区是20世纪建成的。那个时候还是福利分房制，能够在这里落户，是每个年轻人梦寐以求的事情。可是现在，这里已经成了旧城区，年轻人都已经离开了，只有一些老人留守。

老人们都有早睡早起的习惯，还不到十点钟，整个小区就已经被黑暗所笼罩。

夜色之中，只见一个佝偻的身影正顺着楼梯外侧的消防梯缓缓向上爬去。可以看出，她年过花甲，脚步不灵便，每上一阶都要喘口气，休息好一会儿。

月光斜斜地照在她的脸上，只见她头发散乱，满脸皱纹，眼神中一丝神采都没有，似乎已经被什么东西抽走了灵魂。

整个过程中，她的手机都在不停地响，但她连看都没有看一眼，似乎在楼顶有什么重要的东西等着她去取。

其实整栋楼也只有七层高而已，但她却爬了十几分钟，等到楼顶的时候已经身心俱疲。

慢慢移动到边缘，向下看了一眼，她的眼神中才有了恐慌，几次抬脚又几次落下，始终还是没有勇气跳下去。

是啊，不管是谁在面临生死抉择的时候都会犹豫。

手机仍在响着，铃声并不大，但在这静谧的楼顶却显得尤为刺耳，她似乎刚刚才听到，连忙把手机掏了出来。

来电显示没有备注，只有一连串号码。这个号码她早已经背得很熟了，其实根本不需要备注，因为那是她老伴儿的手机号。

盯着手机看了好一会儿，她的脸上突然浮现了一抹笑容，她似乎想到了什么开心的往事，只不过这笑容只持续了片刻，下一秒就僵住了。

她的身体开始颤抖起来，就像见到了鬼一样，随即咬着牙快跑两步纵身跃下。

很快，她的身体就被黑暗所湮没，只听到了"砰"的一声闷响。

手机并没有跟随她一起掉到楼下，此时还在不知疲倦地响着，而此时来电显示上赫然显示着两个字：儿子。

尸体躺在冰冷的水泥地上，满地鲜血，第二天早上才被人发现。有人报警，有人去通知她的家属。

警方很快立案调查，结果查知她是一起集资诈骗案的受害者。在朋友的怂恿下，这家公司给的利息也着实可观，于是她偷偷拿着儿子买房的钱去投资一家实体P2P公司，前半年的收益相当不错，每月拿到了差不多和自己的退休工资一样多的利息。此次成功的"投资"，让她对自己的"非凡"的眼光坚信不疑，并开始憧憬和策划美好的未来。

眼看买房首付的日子快到了，她想着提前一个月把钱转出来，结果到了去公司申请的这一天，她不但没有找到当初笑脸相迎，对她"阿姨前、妈妈后"的业务员小陈，甚至连营业部也空无一人，大门都被锁上了，贴出的告示说是资金链断裂。经过多方打听，才知道这家投资公司的老板已经跑路，投资人索回本金的希望十分渺茫。

老两口儿辛苦了一辈子，再加上儿子打拼多年积攒下来的钱，竟然就这样轻而易举地被骗光了，全家人都不能接受。老伴儿中风入院，儿子谈了多年的女朋友也吹了。

全家人将埋怨的矛头对准了这个不争气的妈，原本和睦幸福的家支离破碎，他们再也回不到以前了。怀着愧疚、绝望、愤怒，她一步一步走上了小区的楼顶……

消息散开之后，在江城引起了极大的反响，人们纷纷谴责那些丧心病狂的骗子，而投资行业也山雨欲来，一个个都如惊弓之鸟。在各方面的压力下，该区公安局经侦大队的效率也很高，仅仅两天就将准备飞往美国的公司老板给抓住了。

案子还在审讯中，人被抓住，无非是调查该公司有无可变现的资产，能否为投资人挽回损失。然而，令警方蹊跷的是，这些非法集资的投资款早就通过多个账户分散出去，公司的账户上仅剩下几块钱的余额。也就是说，公司没有任何债权，投资人所投资的项目都是虚无伪造的。

这件事虽然上过报纸，但是在这个行业里只能算是地缘性质的小概率案件，舆论也仅仅维持了几个礼拜而已。几个礼拜之后就再也无人提起了，因为在这座不夜城里，每天都有更大、更为震撼的金融新闻发生，没有多少人会去关注过去发生的"小"事情。

……

不知道从什么时候开始，"恒记集团"和出事的金融公司紧密地联系在了一起，若干年以前，这个名字才在金融圈中渐渐被人们所熟知，今天已经成了人们茶余饭后必聊的话题。原因就在于恒记本身不是金融公司，他们只是研发软件的科技公司，随着互联网应用越来越多，金融公司要求研发系统、研发网站、研发APP，这些就成了恒记集团服务客户最多的项目。但是，那些跑路的客户，却无形中给恒记集团带来了一些负面影响。恒记集团官方发言人却总是对着媒体打比方说，这就和请明星代言一样，谁又能预知在刚拍完广告后，这个明星就被爆出丑闻呢？

金融圈就是这样，也许昨天你还只是一个普普通通的高中生，今天摇身一变就成了身价几千万元的富翁；也许你刚刚买了私人飞机，结果一转眼连坐公交车的钱都没有了。

这种不确定的因素，让人像吸了毒一样痴迷，不顾一切地投身其中。

这里没有硝烟,没有战火,也没有飞机大炮,但谁都不能说这不是战场。它甚至比真正的战争还要可怕。

当战争来临的时候,你能听到枪炮声,能看到那些独裁者恶心的嘴脸,但是在商战之中,有时候只需要敲击几下键盘,便会改变无数人的命运。

从证券交易所出来,王浩明已经出了一身冷汗,被风一吹,忍不住打了个哆嗦,有些上气不接下气:"吁吁,今天险些被套啊,幸亏听了你的。"

身后的两个人"嗯嗯"点头。

其中一个高高瘦瘦,虽然穿着得体的西装,却总是一副吊儿郎当的样子。另一个中等身高,有点发福,多好的衣服穿在身上总是不对称,给人的感觉黄金比例不对等,何况他今天是一身休闲装,那种感觉不言而喻。他和王浩明一样,从交易所出来的路上也在不停地擦着额头的汗水,与王浩明不同的是,他的脸上没有一点惊慌失措的表情。

"你怎么判断的?"王浩明问道。

张博打了个哈欠,道:"股票的事情我不懂,太费脑子,不如玩几把斗牛来得实在。"

说着,他还优哉游哉地吹起了口哨。如果不是因为身上的名牌西服,不管谁看到了都会把他当成街边的不太成熟的小流氓。

张博的话王浩明一点都不感兴趣,因为他问的是另一个人。

那一脸慵态的胖子憨笑一声,无言以对。

王浩明瞪了他一眼,半开玩笑地说:"咱们兄弟这么多年了,在我面前还藏着掖着啊?你那年终奖还想不想多发点了?哼!"

话虽尖锐,不过他的脸上却始终带着笑容。这不是一般兄弟间开玩笑的话。

那小胖子推了推眼镜,道:"在二级市场,没有创造的价值,股票嘛,玩来玩去都是分配价值,所以这就和做庄家玩大小一样,开什么看谁压得多,做庄家的永远不会亏。"

听了这话,张博一下子来了兴趣,问道:"那刚才明明放出的是好消息,咱们为啥撤退?"

小胖子道:"你想,退休的老太婆、老爹都知道是好消息,还算什么好消息?老太婆都挣钱,那谁来给她们分配钱?"

听了他的话,王浩明微笑道:"老百姓消息不对等,韭菜往里冲。"

胖子道："咱们不赚老太婆的钱，这钱没意思。"

刚才沈逸说的前因后果，张博没有听懂一句，道："谁让老太婆进来玩的？自己爱呗，输了活该！"这是张博经常挂在嘴边的一句话，也是他心中的商场金科玉律。

这胖子不是别人，正是前几天跟张博一起设计袁华的沈逸。只不过他现在已经不是司机了，一周的休假过后，摇身一变，此时的身份是恒记集团的副总经理沈逸。

他之所以能够坐到今天的位置，完全是靠个人能力一点点拼出来的，绝对没有半分取巧。不过公司里，特别是在那些自诩驰骋行业的精英们以及985、211出身的高才生的眼中，却没有几个人相信和信服他的能力。

在他们私下的传言里，沈逸根本就是一个一无是处的油腻大叔，除去正常的休假，有时候一个礼拜也见不到他来公司两次，偶尔来一次也是全程在办公室里打呼噜。更奇怪的是总经理王浩明从来都不管他，也默许他这么傲慢和自由。由此，他们之间的关系可见一斑。

"王总，总之还是那一句，咱哥俩儿之间不说外行话，别玩了，股市就是赌场，及早离去。再说，咱们创业这么多年，已经算成功人士了，何必为股票这东西操心？何况你这身体也不好，平时要多注意休息。"沈逸的话看似平淡，却是想含沙射影地劝王浩明不要再玩股票了，但他心里也清楚，王浩明这个人外表看似心如止水，内心其实总有两个字绕不过去，那就是生意人的天性——贪婪。

"你又不是不知道，这是十几年的老毛病了，没事爱赌上两把，但不碍事儿。哎，放心，兄弟，小赌怡情，只要公司的事情顺当，咱们齐心协力，输钱也当买开心啊。呵呵，等股市里的钱回本了，咱就出来，再想想别的项目玩玩儿。"王浩明说。

王浩明看似重要的事情都会征求沈逸的意见，内心里，多少对沈逸的才干有些觊觎，毕竟自己才是公司的老板，不能比一个员工的水平差。不过沈逸在某些方面确实优秀，而且他的聪明和情商总是能够把握分寸，在各种场合化解因自己功高盖主而给王浩明带来的尴尬和难堪，为人低调，在公司内并不抢功，在众人面前给足了自己面子，所以并未激起王浩明在明处的不满。

三个人一边说笑着，已经上了同一辆商务车，直接开向了逍遥谷。

据说，在江城，没有来过逍遥谷的男人说话都不敢太过大声。别人怎么想不知道，但像沈逸这号人，总是少不了要在这里出现，消遣倒是其次，最主要的还是应酬。

在如今的年代，人脉就是钱脉，认识的人越多，赚钱的路子也就越多。别人当然不会无缘无故地上赶着贴你，这时候你就需要主动出击了。

刚刚下车，便有一辆银灰色的保时捷停在了他们的面前。司机的技术很高超，既拦住了他们的去路，又不会显得太无理。

很快，车门打开，一个大腹便便的中年人走了下来。

说他大腹便便已经不合适了，远远看去，只能看到圆滚滚的肚子，两只胳膊又短又粗，走起路来一甩一甩的，看起来极不协调。

人还没走过来，声音就已经远远传了过来，道："王总，好久不见啊。"

"哟，呵呵，周大老总，您可是大忙人啊。"王浩明也迎了上去，两人先是拥抱了一下，随即寒暄了起来。

"还是那老毛病吧，还没根除啊？"周总拍了拍王浩明的后背。

"唉，十几年前得的哮喘，留下点后遗症，没啥事，能吃能睡。"王浩明说。

过了一会儿，这位周总才发现王浩明的身后还跟着两个人。在沈逸和张博两人之间瞟视了一眼之后，从直觉上他直接就把沈逸给忽视了，然后走到张博的面前拿出名片开始自我介绍。

也是，一行三人之中，两人都是西装革履，只有沈逸一个人穿着运动服，在这些见惯官场商场、阅人无数的老板眼中，沈逸很容易就会被当成一个路人。

沈逸并不在意，甚至很喜欢这种被人忽视的感觉。如果让他选择的话，他宁愿做一个观察者、一个记录者、一个旁观者，甚至一个低语者。

沈逸虽然对此司空见惯，但是他有敏锐的洞察力，才不过几个眼神的随意打量，此人就如一个赤裸裸的女人站在他的面前，一览无余——腹部油满肠肥，上粗下细，严重退化，长期坐办公室，不动手只指挥的家伙；脖子上滚圆的金项链已经将皮肤碾上印记，分量不轻，霓虹灯下依旧闪闪发光，新的，没有汗渍包裹；司机将车停在排水渠的车位上，那是一个熟客都知道的不太舒服的车位，但又极其显眼，说明此人第一次来逍遥谷，属于暴发户一类；保时捷刹车盘光亮，发动机窗没有灰尘，新车，还是国行正牌货；轮胎凹痕内有黄泥，说明才从土路回城。

沈逸给了张博一个他人不易察觉的眼色。张博微微点头，立刻明白了他的意思，这是发现猎物的信号，要查查他的底。张博扯公司有点事，打了个招呼便离开了。

第四章

一行三人来到包厢中，刚刚坐下，那个周总就已经开始讲述他的光辉事迹了。口口声声说跟哪个哪个银行的行长是铁哥们儿，跟哪个哪个上市企业董事长是拜把子的兄弟，还说准备在江城设厂量产保时捷，外面那辆就是样板。

他后边似乎还说了一些什么，沈逸根本没心情去听，接触到这里他就已经对眼前这人有了一个最直观的判断：土。土得掉渣。

如今，社会发展得这么快，到处都是机遇，有钱人也多的是，再炫富就很浮夸了，而且越是炫耀说明内心的自卑感越强烈。

微信发过来，张博已经通过名片找到了他的公司，根本就不能说什么规模，只不过是租了一个小小的写字楼而已。更奇葩的是，当张博询问值班人员他们的主营业务时，连他们自己都说不出来。

沈逸嘱咐张博继续调查，自己则给周总灌起了酒。

王浩明已经向周总介绍了沈逸的身份是恒记的副总，周总不敢再小看他，介绍自己叫周伟，果然是橡皮皮囊，变脸如翻书，酒到干杯，立刻称兄道弟起来，还互留了电话号码。

等沈逸再次睁开眼睛的时候已经是第二天了，他最先想到的事情就是把手机拿出来跟资料库核对。

对于他们这些人来说，手机号就是人脉，除非遇到了特别严重的事情，否则很少有人会换手机号。

也直到这个时候他才发现家里停电了，手机没有电也自动关机了，无奈之下他只好拿着手机数据线去了楼下的网吧。

虽然已经是鼎鼎大名的江城恒记科技发展集团的副总，同时他也是网吧常客，没事在这里包个夜玩个LOL之类的也不算过分，这身打扮也跟网吧里的"队友们"相得益彰。

打开资料库，上传手机号，结果什么都没有查到，倒是张博发来了邮件，内容很短：周伟，42岁，家家贷幕后老板，三个月前失踪，近期开始从事高利贷的业务。

"家家贷，家家贷……这名字好熟。"

沈逸反复默念着这个名字，点了下刚从酒精中解脱的太阳穴，上网一搜关键词，就弹出了好几个词条，全都指向了几个月前的江城华宬小区老太太跳楼案。

当初老太太就是在家家贷买了理财产品，结果血本无归，被逼跳楼的。

家破人亡、妻离子散！

多么熟悉的故事，同样的事情也曾经在自己的身上发生过。

沈逸是一个很谨慎的人，也很懂得隐藏自己的情绪，可此时不管他如何平复心情，还是抑制不住胸口躁动的怒火。

足足三分钟，他一动没动，只是不停地做着深呼吸，直到他把眼镜戴好，才又恢复了平常的样子。

沈逸正要起身离开，突然听到吧台那边有人骂道："还说没有拿？昨晚全场爆满，却只有千把百块钱的收入，钱不是你拿的难道被偷了？"

沈逸认得这个声音，是网吧的老板，一个性格怪怪、脾气不顺的中年妇女。似乎自己每次来的时候都会听到那咋咋呼呼的声音，令人心跳加速，十分不爽。

回过头来，果然见到老板娘正趴在吧台上，不停地用手中的笔敲桌子，收银的丫头则站在她的旁边，一脸委屈地低着头，一副楚楚可怜的样子。

侧耳听闻，原来是老板娘发现网友越来越多，而柜子里的钱却越来越少，所以疑心是网管偷了，还扬言要报警。也是，生意好了，收入少了，没问题才怪。

她越骂越凶，丫头差点就哭出来了，委屈地说道："我真的没拿，你刚刚不是已经查过万象了吗？一分钱都不差的。"

沈逸本来已经打算走了，听了这话之后又硬生生地产生了兴趣。

万象网管是一种网吧用的辅助工具，结账、下机、统计之类的功能全都有，使用快捷方便，很受网吧老板的欢迎，这种智能管理软件，按理来说不应该出错才对。

可是网吧生意这么好，这百台上网机子，一晚上怎么可能只有千把块钱的收入呢？

他突然警觉地环视四周正在上网的显示器，直到目光停留在自己身旁的一台电脑的画面上。

其实他刚进来的时候就已经注意到了，这台电脑一直开着，但并没有人玩，算起来自己已经玩了几个小时，可机主还没回来。

一般来说，这个时间段能来网吧的都是一些穷学生、无业游民，这部分人极少有闲钱会用来网吧挂机。

他越想越好奇，仔细一看，果然发现了端倪，在那台电脑的右下角有一个黑色"N"的logo。沈逸立马认了出来，这是一款叫作"NSESSU"的软件。

别人或许不知，但沈逸却在外国友人的帮助下，粗略了解过一些。这是一款十分好用的UNIX漏洞扫描工具，在中国这个网络黑客初始的年代，居然还有人会这个东西，网吧的问题是不是出在这个机主身上呢？

他没有声张，又重新坐了回来，一边玩着扫雷的游戏，一边等着那个机主回来。

沈逸刚刚已经向网管打听过了，最近一个礼拜每天都会出现坏账，而理论上，"NSESSU"每九个小时都要重新操作一次，也就是说那个搞破坏的人很快就会回来。

这事和沈逸没多大关系，但他天生就好多管闲事。多年来，圈子里都流传着"狩猎人"的故事，杀人于无形，猎人天生就是管闲事的阎王，别人好生生的食物链，被这么个人活生生破坏，关键是死都不知道是谁搞死的。今天沈逸想做一次另类的狩猎人。

一坐就是半天，就在他快要睡着的时候，身后突然有人说道："扫雷很有趣吗？"

一听这话，沈逸一下子来了精神，转头一看又不禁有些失望，原来站在他身后的只是一个有着童颜的年轻人。

其实说他是大龄儿童也并不合适，他只是身材有些瘦小而已，看样子应该还是个学生，穿着一身红色的卫衣，头发很长，也不知道多久没有修剪过了。自己这个年纪当他叔叔问题不大。

显然，他注意到了沈逸的眼神，当即"哼"了一声，鄙视道："这么大个人，连个扫雷都玩不好，也不觉得丢人。"

沈逸无缘无故被人戏谑了一番，不但没生气，反而对这小子来了兴趣，撇撇嘴说道:"小朋友要学会谦虚,不然会被打的哟。"

那小孩也不甘示弱地道:"老年人要懂得自知,否则会死得早哟。"

一边说着,他已经坐在了沈逸旁边的机器上,熟练地打开了"NSESSU"界面,然后输入了一连串代码,手指飞快地在键盘上输入一道道指令,完全把一旁看得入神的沈逸当成一个土鳖——他能懂?

看着他娴熟的操作,沈逸心里有了底,就是这小子搞得网吧收银员无故被老板骂,还要被罚。

沈逸问:"你以为我看不懂?"

小孩:"你在说什么?"

沈逸说:"你用黑客软件扰乱网吧的秩序。"

小孩:"嘿,你真的知道这是啥?"

沈逸:"这是黑客工具。"

小孩:"我的天,你是我遇到的第一个认出我在搞黑客的人!好兴奋!"

沈逸:"你不知道'天外有天'这句话?"

小孩:"大叔,你行啊。"

沈逸:"我就不明白了,你为啥要这么做呢?"

小孩:"这里上网费太贵,老板娘又抠门,上次我身上的钱带得差一点,求她多给半小时,让我把任务完成,她完全不通融,硬生生地把电脑锁了。"

沈逸:"呵呵,你还真是个孩子!"

小孩神秘地笑道:"所以我才用软件将网吧计时的时间悄悄调慢。以前四元钱能玩一个小时,现在能多玩三十分钟。不仅人不能发现,就连万象网管之类的软件也察觉不了。本来为自己,后来干脆好人做到底,顺道把网吧所有的电脑计时一并调慢了,全当'劫富济贫'大派送。后来,网友'慕名'而来,大家还心照不宣,这家网吧的"生意"就越来越好啦。"

"好一个劫富济贫……"沈逸觉得这小子真像孩童时代调皮和仗义的自己。"但你的行为伤害了无辜的人,你知道吗?"

"无辜的人……谁?"他懵懵懂懂地问。

"网吧收银员,那个小姑娘。她辛苦打工赚取微薄的薪水,却因为你所谓的行侠仗义,不仅被老板娘训斥,可能还要扣她的工资以弥补网吧的损失。"

"对对对,你说得没错,她真的是无辜的。"

"劫富济贫要设计得周全，别让无辜的人受罚。除非这姑娘也是网吧的创建者，有股份，否则别人拿薪水，就是打工者。"

"有道理有道理，看不出大叔还挺正直的。我这就把软件删除了，免得像你说的那样，让无辜的人受罚，我心里过意不去。"

"你应该是上学的年龄，现在也是上学的时间，怎么在这里晃荡？"

"嘿嘿，我的事多着呢……"说罢，他的微信嘀嘀嘀地响个不停，"大叔，不说了，我有业务来了，咱有空再聊吧。"说着拿起背包准备走。

"我还不知道你叫什么呢。"

"小兵，叫我小兵好了。"

说罢匆匆离开。沈逸觉得小兵居然比自己这个集团副总还忙，他戏谑而笑，这都什么事儿。

不对，等等，沈逸突然想到了什么，就在小兵接收微信那会儿，沈逸不经意瞟了一眼他的手机屏幕，似乎看到了什么，他在大脑中不断回放着刚才的画面，那微信的内容中好像出现三个自己十分熟悉的字眼——狩猎人！

张博不愧是沈逸的左膀右臂，虽然没读过什么书，但长期混迹于社会，接触三教九流的人，加上一点点天生的痞性和大哥沈逸的指点，很快练就了一种人精的属性。不论面对什么人或者事件，都能够迅速适应，并想尽办法从中获取自己想要的东西。

因此他的办事效率非常高，才没几天工夫，就搞到了不少身份证。这些身份证都是全国各地的人由于各种原因遗失的，然后被不法人员收购并售卖获利。由于国家对身份证遗失后依然可以使用保持一种默认的态度，从而导致有些企业法人在分身乏术的情况下，采取故意"遗失"，再次申报新的身份证，这样就可以同时持有两张有效的身份证，办事效率也大大提高。

这些身份证贩子在沈逸的眼中，并没有违反原则，出发点是为了生存而牟利，虽然有点见不得光，但存在即合理。至于后期如果衍生出用他人身份证信息套用贷款，或者利用身份证信息牟取他人财产的问题，使身份证遗失者蒙受损失，首先警方并不是傻子，会给予一个判断；其次遗失者也需要接受应有的惩罚，所谓人的天性即存在恶念，因其愚蠢的过错导致天性诱导而激活恶念，其罪过也。简单举一个例子，你本就应该保管好你的财物，如果你将十几张百元大钞一半放在荷包里，一半露在外面，恶念被你愚蠢的行为所唤醒,偷盗的人罪有应得,你焉能无过?

在这样一种理念下,沈逸即认为自己采用的方式并没有错,旁人看来似乎有一种自我安慰的嫌疑。

张博办事心细,因为需要他们亲自出马办理这些琐碎的事,所以购买的身份证不论从年龄还是登记照上,都和他俩匹配。

沈逸来到周伟的家家贷线下实体店营销中心,知道里面有监控,所以他化了个妆,戴着鸭舌帽,穿戴都和平时不一样,还是有点休闲和运动的味道。他已经在门口站立了很久,一直观察进进出出的人,从玻璃门朝里面看去,工作人员穿着都一致,西服衬衫,还挂着号牌,都是年轻人。

今天计划用假身份证贷款,所以他带齐了一整套资料,有假的车辆登记证书,行驶证作为抵押凭证,这些东西做得非常真实,在系统里面都能查到。他计划先贷款10万元,看看情况再说。这些钱必然不会再回来,所以接待他的销售人员必定要承担公司层面的责任,因此他想找一个业绩好的销售人员:既然你骗得多,那么你也将承担更多的责任。这是沈逸在心理上寻求的一个平衡。

这时,一个销售人员从里面走出来,边打电话,边抽烟,沈逸没听到他在说什么,手上的动作不断,从神色上判断这是一个大客户,而且搞定这个客户似乎胸有成竹。左手接电话,露出手腕上的金色手表,虽然是皮质的手表带,但沈逸一眼就看出是泰格豪雅牌,这是瑞士前卫精准品牌,属于奢侈品,手机是苹果7,这是上个月才刚刚上市的。走动的时候胸前似乎有什么东西在摆动,他定睛一看,原来是泰国佛牌,这玩意儿属性是旺财的,如果是真家伙也值上万元。销售人员打完电话,烟头在脚下蹍了蹍,走进营业厅。沈逸走上前弯下腰看了看烟嘴上的品牌,好家伙,抽的是100元的1916,这小子就算不是领导,也是提成拿得非常高的业务员了。

嗯,就是他了!沈逸压了压帽檐,缓缓步入营业厅。他环视一周,径直走向刚才那个小伙子的办公桌。

"你好,请问是张宁吗?"沈逸恭敬地操着一口带有江城周边口音的夹生普通话问。

"张宁?谁是张宁?"那个人四处瞟瞟,没有回应,接话道,"您有什么事儿吗?"

"哦，是这样，我有个朋友老周啊，他来办过业务，接待的业务员就是张宁，我也是要来贷款的，他就介绍我到这儿来找张宁了。"沈逸憨憨地笑道。

"哦，原来是来办贷款啊，找我也行啊，我还是主管呢。您看，我叫熊栋。"熊栋亮了亮号牌，然后谨慎地看了看四周，确认没有叫张宁的接话，这才安下心来。这儿业务员全职、兼职的太多，很多不认识的，可营业部有规定，新客户第一次联系的业务员才能算他的业绩。这家伙是第一次来，张宁没在，就算他倒霉吧。他心中暗自窃喜，这佛牌还真显灵了，最近可是财源滚滚来啊！

"哦，您也可以办啊，那太好了！您看看这资料，差不差什么？"沈逸递上材料。

"嗯，没问题，放心吧，您这带得挺齐全的。先填表，这里填写贷款的金额。"熊栋说。

"这里是怎么算利率的？"沈逸问。

"哦，看您贷多久吧，三个月起，短期的高一点，长期的低一点。"熊栋瞅了瞅这个人，完全不懂似的，这下可以在他身上多捞点了。

"那我就来个长期的吧。谢谢啊。"沈逸说。

"行嘞，那今天把手续办完了，我们三个工作日内放款。"熊栋说。

沈逸眯着眼，一字一字地填写资料，边写边自言自语："今天我办得好的话，明天我还有个兄弟，可能也会来办。唉，没办法，咱们做餐馆的，工头总在这里吃吃喝喝，欠了不少餐费，搞得咱这手上不宽裕，搞点钱救救急。"

"那好那好，明天叫他也来找我，在我手上办，权限大，审批简单，放款快，可比其他业务员的效率高多了。"熊栋连忙接话道，突然想起什么，又说道，"对了，今天还有活动呢，带客有奖，我帮您申请一个小电饭煲吧，带回家煮饭挺好的。"

"哎哟，这怎么好意思呀，感谢啊！看你办事实诚，我就放心。"沈逸眯着眼憨态可掬。

沈逸最早接触"表演"这个词还是十几岁的时候，那天他骑着一辆山地自行车，速度飞快，就在下坡的时候刹不住，一头撞上一辆小轿车，小轿车的油漆剐了一块，当时沈逸就冷汗直冒，这是要赔大价钱的。一个中年男子从车上下来，横眉怒目地盯着沈逸看，正要上前发作。沈逸灵机一动，两眼无神，嘴角歪斜，流出涎水，舌头发硬，双手没有规律地乱动起来。那人愣住了，于是停下脚步观察起来。

"不……是我……不好……对……不起……"沈逸断断续续地流着口水，挤出几个字来，双手来回地在脸上、脖子上乱挠一通，还真的把一个弱智表演得像模像样。

那人看此情形，自觉和一个痴呆理论也没意思，于是扫兴地回到驾驶室，驾车离开了。

自此事之后，沈逸便对自己的表演开始反复锻炼，这不仅仅需要依靠理论知识，还在于有了社会这个大染缸，让角色有了更多的参照物和模仿对象。渐渐地，在某一时期，他自诩演技已经不逊色于任何一个影帝的时候，终于参悟了一些道理：每个人从出生开始何尝不是一种对自己生命的演绎，那是随机的灵魂赋予在一个随机的肉体上、随机的家庭里、随机的社会中的一种演绎，为了适应角色，也需要从适应环境、适应父母、适应家庭开始，不断调整自己的演技，从而达到一种和谐的状态；反之，演技不好的人们，家庭问题、生活问题、社交问题便会层出不穷，令其感到困扰和沮丧。

但是今天，沈逸每当回想起自己的第一次演出，并不认为是自己的演技打动了别人，反而觉得是那位被撞者的一种施舍，一种恩赐，是他看出了自己用拙劣的表演试图掩盖犯罪的事实，用一种宽容的态度拯救了那位年轻人，觉悟不是在于你如何将演技提高，而是在于如何将自己的内心升华。

对此，沈逸心中充满感恩。

第五章

与以前一样，沈逸准备去公司转一圈，然后就去忙自己的事情。可他刚刚走进办公室就感觉到气氛有些古怪。

总经理办公室的秘书起身站起来，情绪有点低落，她小声地跟沈逸汇报："沈总，今天沔州电信一个跌停板，然后停牌了。"

沈逸心领神会，掏出手机翻看着这只股票的日K线图。

虽然在沈逸的劝说下王浩明卖了不少股票，但沔州电信是王浩明在股市被套的重仓股票，也是唯一没有割肉的股票。从前几天的走势来看，解套应该不是问题，然而今天开盘后一个断崖跳水，直接封死在跌停板上。沈逸的第一感觉，这是有突发事件。

王浩明的办公室里种满了花卉，他大部分时候都在侍弄这些花花草草。沈逸进来的时候，他正在浇花，从神情上看和往常没有多大的区别。

"明哥，是不是出什么事了？"沈逸明知故问。

王浩明咳了两声，微微笑道："小事，就是沔州电信跌了。"

听了这话，沈逸会心一笑，王浩明还是那个王浩明，总是喜欢用心静如水来遮掩内心的波澜起伏。

最近这些年，恒记集团的发展方向一直在软件开发的领域，很早以前就已经打出了自己的品牌。如果老板聪明的话，完全可以借着这个势头把触手伸到其他圈子，比如说金融。

身边高层中有许多人都三番五次谏言，说目前恒记集团有着最前沿的技术支持，再加上这些年积累下来的人脉，只要进入金融的圈子，简直就和捡钱差不多。可也不知道为什么，王浩明死活都不同意。

王浩明似乎有个不成文的原则，不做违法的事情，哪怕踩红线也不行。他不喜欢上牌桌，哪怕上了也是怀着输点钱图个高兴的心态而去，这是沈逸十分欣赏的一点处世态度，也是沈逸为何多年来愿意跟随他的原因。

但是沈逸心里也非常清楚，王浩明是一个商人，商人的眼中以利益为尊，心静如水只能说明他的外表给人的一种沉着冷静的感觉，完全不足以展示他内心的真实想法。但是沈逸的嗅觉是灵敏的，王浩明能有今天的成就，能力是必然的因素，另一个就是信念。信念的核心在于贪心，否则早在十年前他的资产就足以维持这一生所需，何必搞成今天这个集团性质的企业呢？

沈逸还在思考，王浩明的反应就提前应验了他的想法，说道："得失从缘，心无增减。既然敢玩股票，就要做好心理准备，我已经想好了，由它去吧，那点钱我就一直放里面了，留给子孙后代也算一份遗产。"

前期被套20%，算上今天，加上停牌后的利空因素，复牌后好歹也要跌去一半，再加上佣金、税费，账内资金一下子至少……不过，这可真不是一笔小数目。

王浩明用闲置的资金投资股市，已经不是一个明智的选择了。但现在这个市场环境下，确实没有什么好的投资，房地产走下坡路，银行利息一降再降，金融市场不太平，重资产项目回款周期长……除非王浩明能找到比上述都好的项目，否则钱只能放在银行贬值。

王浩明这样说其实是一种自我安慰的想法。覆水难收，就只能先这样吧。

"可恶的庞氏骗局！"沈逸心中暗暗骂了一句，这句谩骂涵盖了不少领域。19世纪的投资商查尔斯·庞兹，1903年移民到美国，1919年他开始策划一个阴谋。骗子向一个事实上子虚乌有的企业投资，许诺投资者将在三个月内得到40%的利润回报，然后，狡猾的庞兹把新投资者的钱作为快速盈利付给最初投资的人，以诱使更多的人上当。由于前期投资的人回报丰厚，庞兹成功地在七个月内吸引了三万名投资者，这场阴谋持续了一年之久，才让被利益冲昏头脑的人们清醒过来，后人称之为"庞氏骗局"。

而现今，"庞氏骗局"逐渐成为金融领域投资诈骗的代名词，"风靡"全球，许多通过"庞氏骗局"改良或进化的新型诈骗手法层出不穷，尤其在中国这个人口众多、对金融市场逐步开放、知识面又普及不完善的国度里，银行存款过多，导致无知的人们对高收益趋之若鹜。一旦在高收益的风险产品中得到满足感，便对保值的低收益银行利率不屑一顾，就算被骗，仍抱着侥幸的心理，铤而走险反复参与其中。这是人性贪婪的属性所决定的，不以个人的意志为转移。

想到这里，沈逸苦笑了一下。股市何尝不是一种另类的"庞氏骗局"？股市从不制造财富，它的功能决定了只能分配财富，一只股票如果要涨到50元，那么在股价推动的过程中必须源源不断地从10元、20元、30元、40元产生强大的购买力，到50元的时候就相当于10元购买的一股的五倍价格，泡沫由此产生，当达到目的后，前面的人所赚的利润就必须要由后面的人以高位站岗或者割肉的代价进行买单，其惨烈程度不亚于任何一个被"庞氏骗局"所坑的"无辜者"。

王浩明不参与金融所以不会明白这些道理，但有的时候就是这么可笑，不参与制造"庞氏骗局"，却栽在股市上，你想白吃，但到最后你却买了好几倍的单。

沈逸还是装作一知半解的最好，有些事情说得太透，就显得自己太轻，和老板称兄道弟，也只是一个打工者，如果事先就告诉他，不但因为权力不对等而导致说服不了，还有点"侵权"的嫌疑。凡事出了问题再来补救，才能显示一个谋臣的重要性，这才是生存之道，也是出于对王浩明人心的了解

而得出的行事结论。

刚刚离开公司，沈逸正想找张博去制订一下对付周伟的计划，手机便响了起来。当看到来电显示的号码之后，沈逸笑了。

正是说曹操曹操到，打电话的不是别人，正是周伟。

电话中周伟也没有说什么，只是说觉得跟沈逸很投缘，所以才想约他出来坐坐。

听了这话，沈逸知道鱼要咬钩了。

昨天三人一起吃饭的时候，周伟好几次提出要跟王浩明合作，不过都被一口回绝了。由始至终他都没有看沈逸一眼，这也能算投缘？不过此人总算动了点小脑筋，知道退而求其次、东边不亮西边亮的道理。

猎物送上门，猎人岂有不笑纳的道理，沈逸答应了。

毕竟两人只见过一次，沈逸对他的了解也很有限。如果是极端的坏或者简单的好也就罢了，可惜，这是一个人性复杂的时代，沈逸不想冤枉任何一个人。

两人仍是约在了逍遥谷。

隔着很远，沈逸就看到了周伟，准确地说应该是看到了他身边那辆耀眼的保时捷。

这次，司机总算完成了新手任务，提升了经验，他把车子停在了门口最佳的位置，沈逸暗地里称呼那里为"霸王位"。唯一不同的是这辆车是红色的，款式和那天的也不一样，看来周老板最近锦上添花了。

一天换一辆，是真有钱，还是别有目的，今天就有答案了。

正想着，周伟已经发现了他，就像见到了多年不见的老友一样向他挥手。

沈逸也连忙跑了过去，刚刚跑到他的面前就是一个趔趄，差点摔倒在地上，浮夸而张扬的举动顿时引得不少人投来异样的目光，有的更是笑出了声。

周伟的脸当即就绿了，他下意识地跟沈逸保持了距离，似乎觉得在这种高级场所的门前给自己鞠躬是一件丢人的事情。尤其是当他看到沈逸脚下那双"人"字拖之后，脸色更是不好看。

周伟由内向外扩散的情绪，表现得还是很隐蔽的，这个微小的细节，旁人未必能够注意到，可沈逸不仅注意到了，还对眼前这个人有了更深一层的理解。

他不仅喜欢招摇过市，更是一个十分好面子的人。

这样的人能够在现今的社会中生存下来，这本身就已经是个奇迹了。

两人进入包厢坐好，周伟便开门见山地便问道："兄弟，在恒记你没有股份，只是一个打工者，出来混，无非是为了钱，现在有个发财的机会，不知你有没有兴趣？"

在来这里之前，沈逸已经想到了很多种可能性，但没想到对方毫不避讳，直截了当地抛出话题，当即一愣，随即憨憨一笑，道："我当然想发财了，只不过天上可没有掉馅饼的事情啊。"

周伟摇了摇头，道："谁说的没有？现在馅饼不就找上门来了吗？只要咱俩合作，我保证你想不发财都难。兄弟，要知道我有个兄弟在深圳做资金盘，才二十个人，每天放出去500万，一个月就是1.5个亿，开着七八百万的宾利，每天吃的是山珍海味，美女投怀送抱，你想想，什么规模，什么头脑，现在没有想不到的，只有做不到的……"

又来这一套？这话沈逸听着哈欠连天，直想打瞌睡。他昨天已经对王浩明这么说过一次了，除了牛皮烘烘、不切实际的浮夸洗脑，没什么实质性的内容，不同的是，还没等他将核心的话说完，就被后者一口回绝了。沈逸其实好奇的是发财前提需要做些什么。

看到沈逸半天没有说话，周伟还以为已经打动他了，只不过是在犹豫自己的好处是什么，当即把嘴唇凑到他的耳边神秘兮兮地说道："放心吧，我不会亏待你的，这事对你来说只是举手之劳而已，我每个月给你10万块，怎么样？"

"10万块？"沈逸十分夸张地咽了一口唾沫，饶有兴趣地将眼睛瞪得圆圆的。

周伟对他的反应相当满意，当即趁热打铁："10万块只是小意思而已，等以后合作时间长了，价钱方面咱们可以再商量。"

沈逸装作一副犹犹豫豫的样子，过了好半天才勉强点了点头，道："你还是说说到底让我干什么吧，违法的事情我可不干。"

周伟眉开眼笑，道："当然不违法了，你只要在你们公司研发的APP和网站上给我一个'黑链'就可以了。"

恒记集团做的就是网站研发，他自然知道"黑链"是什么。简而言之，就是利用代码做的隐藏性单链指向。当用户登录你的网站时，会自动跳转到指定的网址上。

一般都是非法网址，比如性感荷官在线发牌……

为了降低风险，可以利用代码进行设置。有些是分用户跳转，比如用户IP中有数字"1"的就会自动跳转，没有的就不会；有些是分时段跳转，晚上上网高峰期的时候会跳转，白天就不会；还有分来源跳转……

这些手段都是为了规避风险，减少被人监控的可能性。

"为啥要找我呢？你完全可以找王总帮你嘛。"沈逸假意问道。

"唉，兄弟，说了，他不干，你也知道，王总对这些不感兴趣。再说了，谁不知道你们恒记集团的技术是数一数二地牛……所以……哥就请你帮个忙呗。"周伟淫笑道。

"我这可是有风险的啊，万一怎地，出事儿了怎么办？"沈逸眼睛睁得像铜铃。

周伟嘿嘿一笑，道："放心吧，没人能查出来的，就算是查出来，也没人会怀疑到你。这不是有我顶着嘛。"

沈逸故作犹豫了一下，便点了点头，道："我和哥也算是相识恨晚，动用恒记的资源，肯定会被王浩明发现。这样吧，你这事儿其实并不难，我通过我的关系给你找个技术外包的小团队应该就能搞定，你随便给我点茶水钱就行。你看怎么样？"

听了这话，周伟顿时喜出望外，道："只要你答应帮我，这事就肯定能够成！"他也不犹豫，当即拿出手机要给沈逸打款。

"我的卡最近透支得厉害，你也知道咱有时也要小赌几把，信用咱也没当回事儿，你打进去岂不是被银行活吞了？"

周伟立刻明白了沈逸的意思："对对对，哎哟，你看来现的？"

"明天我叫个助理找你吧，他叫小张。"

"好的好的，来来来，干杯，祝咱们合作愉快。"

接下来的几个小时里，周伟向沈逸展示了他那金融帝国的蓝图，按照他的说法，两年之内就能冲出亚洲、走向世界了。

其实他究竟说了些什么，沈逸根本就没注意听，他只记住了一些有用的。比如，周伟所指定的那个网址就是一个借高利贷的，只不过用信托做了掩护。

不仅是线上发财，线下他更是把手伸到了校园。

难怪，在学校赚钱就更容易了，诱惑那些大学生，甚至能财色兼收……

一整个晚上，周伟都在自吹自擂，而沈逸则是憨憨地附和，除此之外一个字都不肯多说。

今天晚上两人都喝了不少，最后都是被人接走的。

在上车之前，两人还拥抱了好半天，扬言要做高利贷界的巴菲特。

上车之后，本来已经迷迷糊糊的沈逸一下子就精神了起来，虽然脸上依旧有些酡红，但双目却炯炯有神。

第六章

"哥，姓周的这小子你觉得怎么样，有前途吗？能不能算咱们的猎物？"

开车的正是张博，此时他通过后视镜看着沈逸。

"和袁华一样的货色，估计没前途。"沈逸扯了张纸巾擦拭了一下额头的油光，道，"在我眼里顶多是个摆地摊的角色。"

所谓的"前途"是沈逸和张博之间对应猎物的暗语，指的是，是否能够成为饲养的猎物。有前途的可以饲养，越养越肥，养肥再宰，反之没前途的等于可以当即宰杀。而有没有前途，在于沈逸心中衡量他们的一杆秤，秤的天平取决于种种因素，叠加起来便是沈逸心中替天行道的原则。

……

电子科技大学是江城地标式的建筑，不仅培养了大量的高端技术人才，更是入选了国家"卓越工程师教育培养计划"，即便放眼全国都是排行前几名的知名学府。

毫不夸张地说，能够顺利拿到这里的毕业证，就等于拿到了直通上流社会的飞机票。

也正是因为这样，人们才把脑袋削尖了也要挤进来，哪怕家庭条件并不怎么样。

刚开始还没有什么，可时间一长，差距就慢慢被拉开了。

你的同学用的是高档化妆品，吃的是进口零食，穿的和用的全都是名牌。而你，哪怕是在路边买斤瓜子都要跟小贩斤斤计较。

本来这也没有什么，毕竟身世和家庭不是你可以选择的。可每当你的同学无意间向你流露出别有深意的表情时，都会让你无地自容。

其实这种事情很常见，毕竟学校是社会的一个缩影，里边什么样的人都有，甚至"物种"比社会上还要丰富。

以前人们常说：有人的地方就会有战争。这个战争指得不仅是肢体上的冲突，还包括很多方面，比如面子的较量。

攀比是人的本性，就算是你嘴里不说，当见到别人的男朋友比自己的男朋友帅气时，心里也肯定会有些不乐意。

你感到羞愧，感到无助，感到自己比别人矮一截……

每个人都有两颗心，一颗叫自尊，一颗叫虚荣。当你的自尊心变弱时，虚荣心就会变得很强。

为了掩饰虚荣，你会买华丽的衣服，为了买华丽的衣服，你会想尽办法去弄钱。

没钱怎么办？去借！

校园贷就是在这样的背景下应运而生的。

没抵押没关系，只要你拍一张手持身份证的裸照，人家就能马上给你两三千块钱甚至更多，而且利息很低。

你相信了他们的话，甚至天真地以为等家里的生活费寄来之后就可以还上。

结果呢？你那点可怜的生活费到最后连利息都还不上。

"虚荣"这种东西是会上瘾的，为了满足虚荣，你只能一次又一次地借钱。第一次的时候，或许你会紧张，脱衣服的时候会犹豫，但第二次的时候就轻车熟路了，慢慢地你就会发现你已经深陷其中。

等你醒悟过来的时候，已经晚了。如果运气好，只是学业荒废而已；如果运气不好，这辈子也就完了。

就在今年，国内有三起女大学生跳楼自杀事件。原因扑朔迷离，据传言是还不上高利贷，然后发现自己曾经拍下的照片出现在各个网站、各个聊天群，甚至是亲朋好友的家门口。或者，貌似也有委曲求全的，用牺牲纯洁的身体和色相的代价来换回抵押的裸照和借条。不论是因为什么，对一个初入社会的年轻人来说，心灵的创伤都是不可逆转的。

……

另一边，自从周伟在沈逸的"帮助"下通过技术创建"黑链"之后，生意果然好了很多，向他借钱的人比之前多了好几倍。

刚开始他还很开心，生意好得不得了，不过渐渐地，这种幸福感就成了负担，一是因为他的本金不够了，二是借出去的钱大部分没人归还，他已经周转不开了。

他并不担心有人敢逃走，因为他手上有房产证、驾驶证做抵押，手下又有一个专门讨债的公司，养了一批无业游民用来收债。

直到有一天……

晚上他刚刚喝完酒，正头疼得无法入睡，手机突然响了一声。他以为是垃圾短信，也就没有理睬，可谁知道那短信竟是一条接着一条，持续了半个多小时。

他被吵得烦了，拿起来一看，只见手机里已经有几百条彩信了。

每条彩信里都有一幅手绘画，旁边写着"感谢周叔叔的慈善捐款"之类的话。

他觉得有些莫名其妙，也就没有多想，关上手机就睡着了。

第二天，天还没亮，他就被敲门声惊醒了，拉开门第一眼就看到门上挂着一面锦旗，上面写着：藏老幼爱心，献中华美德。

这可能是他第一次被人嘉奖，足足愣了十秒钟才回过神来。他能够把高利贷生意做得那么有声有色，自然也是个聪明人，很快就意识到了不对劲，连忙把账本拿了出来。

仔细一看，果然发现最近一个月借出去很多笔钱，但没有一笔归还的。

周伟暴跳如雷，出动所有人手前去讨债，而他自己则负责追讨江城市内的几家人。

国家一直都不提倡高利贷，但也没有给出明确规定，所以他们并不害怕警察。

结果他万万没想到，对方竟然比自己还要强势，刚一开口就被骂得狗血淋头，那些人全部都说自己从来没有借过款，甚至从没去过江城市，借款的都不是本人，那到底是怎么一回事？

在并不长的时间里，他手上的流动资金开始紧张起来。周伟发现自己似乎被人摆了一道，但究竟是谁也没有头绪。

他彻查借款人信息，发现所有的车辆和房屋抵押文件全部是伪造的。

如果说整个事件中有什么是真实的话，那恐怕就只有那些孩子收到的善款了。

由始至终，周伟都没有怀疑过"黑链"的真实性。因为从他跟沈逸合作的那天开始，就一直陆陆续续地有人向他借钱，他自然而然地认为是"黑链"的广告起到了作用。

正在他焦头烂额理不清头绪的时候，电话响了起来。

电话那头出现一个低沉的男性声音："你是周伟？"

"你是？"

"我是谁不重要。你在不久前创建了一家线下P2P公司，名字叫家家贷，法人是刘向东，此人是一位癌症晚期病人，你每月给予他一万元作为报酬的代价，怂恿他成了公司法人。家家贷弄得老人跳楼，警察抓了这个傀儡，真正的幕后老板周伟带着公司弄来的钱却逍遥法外。不仅如此，你依然在招摇撞骗。"

"你怎么知道这些的？"

"接下来我说的话，你听好了。我手上掌握了你和刘向东私聊的证据，还有家家贷公司的另外一些违法证据，如果你不想下半生在号子里度过，那么就准备500万来买我手上的东西。"

"500万！我没那么多钱。"

"我说得已经够多了，你自己衡量吧。不会给你太多时间，两周的期限。再见。"

"你把我剥了也拿不出来啊。喂喂！"电话那头出现忙音。周伟丢掉手机，一屁股瘫坐了下去。

几周后。城市中心的一个小区内，多辆警车的红蓝暴闪灯将小区的气氛弄得十分紧张，在醒目的黄色警戒线后，是几位警员在处理现场。

市局经侦大队队长吴佑行接到通知赶来现场。负责现场的区局刑侦队长李晓的脸色很不好看，他沉下脸："这么年轻，为什么想不开呢？"

"怎么回事，今晚这么大阵仗？"吴佑行问。

"跳楼。当场死亡。大学生。21岁。名字叫刘莎莎。"李晓说得言简意赅。

"李队！"一位警员从楼道里跑出来，手上拿了一些纸质的东西，还有一个用透明塑料袋装好的手机以及一个笔记本递给李晓，"看，这是从死者家里找到的。"

李晓接过来看，皱了皱眉，回头瞥了一眼吴佑行，冷"哼"一声，硬生生将东西塞到吴佑行手里："我去，又是这个，这就是为啥一定要你来这一趟的原因。"

"遗书……还有手机照片里的欠条。"吴佑行看了看东西。

"小丫头大学刚毕业呢，失足在网贷平台借了2000块钱，才三个月的时间利滚利到了5万。这是什么公司？简直是在吃人。禽兽不如！"李晓愤愤地说道。

吴佑行没有接话，而是认真仔细地将遗书看了一遍，大概了解了整个过程，一旁的警员继续分析出事的原因。

"她来自单亲家庭，只有一个父亲，根据父亲的供述，对她借钱这件事完全不知情，死者有工作，但每月的收入完全不够偿还高利贷。另外，我们在她的电脑里查到了网页浏览痕迹，她在社交网站上发布求约的信息，在手机微信里发现有多个人加了好友，以3000一晚的价格成交了几次，仍然是入不敷出，所以最后选择了这种方式解脱。"

"天哪，查了是哪家贷款公司没有？！"李晓问。

"根据打款信息，查到了不止一家平台，死者曾经在多个平台借款，数额都不大，最小2000元，最多的是8000元。借款8000元的是一家成立不久的网贷平台，看起来生意不错，流量挺大的，经营者叫周伟。咱们职责权限只到这了，所以……"

"明天将证物给吴队这边做个交接。"李晓转身拍了拍吴佑行的肩膀，"哥们儿，下面就看你们的了，一定替我抓住这个挨千刀的家伙。对了，咱好久都没聚聚了，有空咱们喝两杯。"

是夜，武汉市公安局经侦大队。

其他人都下班了，经侦队长办公室中只开了一盏台灯，灯光下吴佑行正活动着僵硬的脖子。

在他面前有两摞文件和证物，这就是他今晚的工作。

江城市经侦大队在这座城市里小有名气，特别是最近几年，在省内其他城市金融犯罪直线上升的情况下,江城市的情况却趋于平稳,这其中有很大一部分原因是江城市经侦大队的破案效率和手段,令犯罪者闻风丧胆、不寒而栗,从而起到了威慑的作用。

身为队里的老大,吴佑行没有丝毫的喜悦,反而感觉这类名气颇具讽刺意味,如果不是近几年层出不穷的对社会造成极大舆论的金融犯罪,他或许此时应该在刑侦队里冲锋陷阵,或者能够走出去,干一番大事。

在这个占据世界人口五分之一、95%的民众都是无神论的国度里,大部分人却都有共同的信仰,那就是金钱。金融犯罪案件全部与钱有密不可分的关系,这里彰显一个人性的特征,贪婪和惰性,导致他们屡屡铤而走险,只为了获取与自己劳动付出完全不匹配的高收益,欲壑难填,却又欲罢不能。

今年的经济诈骗案貌似比往年多了很多。确实,就一个经侦大队来说,也就十来号人,两人一组负责一个案件的侦查工作,这样一算,根本就转不过来。不仅最近刚出来的网贷P2P等社会新型敏感案件,还有信用诈骗、伪造发票、传销等传统诈骗案件,令吴佑行大感体力和智商不够用。

他喃喃自语着,将最近发生跳楼案件的证物狠狠地摁在一摞案件卷宗的最上面,在他所管辖的江城市经侦涉案范畴内,绝大多数的金融犯罪是以骗取钱财为目的,极少发生涉及命案的刑事关联案件。当今流行一句话:除了生死,其他都是小事。吴佑行认为,这世界上没有什么比人的生命更为重要的事情,何况受害人还是涉世未深的学生、一个刚刚成年的孩子,他的心中突然燃起一团烈火,久久不能平息。

桌上其他的文件大部分都是"冷案",都已经在档案室中存放了几年甚至十几年,侦查难度较高,他也就没有多看。

他突然发现抽屉里多了一封信。上面有市局的公章,是新警员入职的介绍信。

其实前段时间他就已经听到传言了,说警队里有一个女大学生,因为实习期间在一起重大案件中表现优异,所以被破格提拔,直接分配到了经侦大队,只不过他从来没有见过。

"又是一个大小姐!"

无奈地摇了摇头,他这才打开了信件。里边的自我介绍很少,倒是罗列了不少头衔,什么一等标兵,什么硕士研究生,什么市局有史以来最高学历。

只看了一眼，名字叫江心，他就把信封扔进了抽屉里。

在他看来，不管你什么学历，只要离开学校，那文凭就是一张废纸。工作主要还是看个人能力，没有罪犯会因为你学历比他高就甘愿认罪。

当天，江城市经济电视台采访了因涉足网贷而跳楼的大学生刘莎莎的父亲刘敏强。记者来到×小区×栋15层一处两居室房间里，床头柜上一个个相框里，刘莎莎那绽放着青春活力和貌美如花的笑容已牢牢定格在照片的那一刻，刘敏强老泪纵横，手握着那本记满债务的笔记，仿佛在无声控诉着这惨绝人寰的悲剧。

"她就是从这儿跳下去的。"老刘抚摸着窗台边沿，似乎还在寻觅着女儿残留的余温，"我不知道啊，之前一点蛛丝马迹都没有，她在昨天还说想和几个同学利用放假期间出去旅游，我一直感觉孩子的精神状态都还不错的……直到出事后，我从她的抽屉里发现这些账本，才发现孩子为什么会轻生。你看，账本上记录的全是什么时间需要还款多少，在平台上最初一共只借款18000元，还了两年多，总计还款8万元，却还欠17万元没有还清，她一个人默默地承受着痛苦。"

"孩子刚刚毕业，找到一份策划的工作，每个月工资5000多元，出事后她的微信余额还剩下1.36元，银行卡余额还剩下3.80元，可想而知，孩子当时的状况是多么窘迫、多么无助，她这几年承受了多少的痛苦与压力。孩子太硬气，碍于面子不愿意告诉我，17万算得了什么呢……"记者的镜头对准手机微信余额，再次用事实让观众震撼。

当着记者的面，老刘拨通了刘莎莎手机里网贷平台客服的电话。

"欠债就该还钱！出事怎么了？子债父偿，天经地义！"电话那头传来一位男士恶狠狠的声音。

"你们总要讲点道理吧，这么高的利息是怎么计算来的？要有凭有据啊，能给我看看你们的凭证有哪些吗？"老刘驳斥道。

"我去你的，我告诉你，你就是个老无赖！你姑娘死了，关我屁事，你赶紧还钱，你别以为我怕你，你跑不掉！不然你也不得好死！"电话那头又是一番恶毒的漫骂，然后挂掉了电话。老刘终于没有忍住，哭了。

记者安慰道："逝者已逝，您不要过度伤心。江城市经济侦查大队已经立案彻查，罪犯终将得到法律的制裁。"

老刘没有擦拭眼泪，低着头，说了一段意味深长的话："那还有什么意义？那样能换回我女儿的生命吗？这世上再无我的亲人，我也无所畏惧。"

该新闻一经报道，网络点击率直线上升，引起社会强烈反响。

这几天，周伟手足无措地待在办公室里不敢出门。那通勒索电话令他恐惧，自己在明处，别人在暗处，可怕的不是500万元的问题，而是根本就不知道是谁在背后搞鬼。从要挟的内容上判断，这人已经掌握了他的犯罪证据，自己是在劫难逃。

几番思索之后，他尝试拨通了恒记集团沈逸的电话，直觉上，他觉得此人的嫌疑最大，网贷平台的事由他帮忙牵线搭桥，想获取平台数据作为敲诈、控告自己的证据，是轻而易举的事情。此时，如果他不敢出来见面，嫌疑将是最大的，周伟也权衡了一下后果，就算是沈逸把自己卖了，自己也没多少能耐和他对抗，完全是抱着拉一个垫背的心态。令他意外的是，沈逸接到电话后很爽快地答应见面。他战战兢兢地带着几个兄弟出门，临上车前，时不时还心虚地四处张望是否有人跟踪。

见面地点还是逍遥谷。老话说得好，知己知彼、百战不殆，周伟选择在逍遥谷，以为这是有钱人就可以随意呼风唤雨的私人会所，却完全不了解沈逸对于逍遥谷的重要性。逍遥谷的股东不止一个，多年以前沈逸开始实施劫富济贫计划的初期，便发现在别人的地盘"交流"十分不方便，他需要找一个自己的公关地盘，这类似于远华集团老板赖××当年创建的红楼。在多方资源的整合下，沈逸作为牵头人，选出江城市三个领域的股东作为创始人，联合投资了这个江城首屈一指的娱乐城，在任何行政资料上都不会出现沈逸的踪迹。而这三个领域的股东颇有来头，有政府高官的夫人，有国内珠宝加工行业巨头的妯娌，将这些股东背后的势力隐藏下来，是作为合作的条件之一。逍遥谷运作的成功，离不开沈逸这个幕后智囊的帮助，至今，在沈逸的帮助下，已经逐渐扩展到了十多个股东，彻底将逍遥谷变成幕后势力交错复杂的政商会所。这里，除了逍遥谷的执行总经理，所有人都以为沈逸只是一个常来惠顾的VIP客户。这些岂是一个小小的捞偏门的外地老板够看出来的。

接到电话后，沈逸有所预感，但一听到约会地点在逍遥谷，便毫不犹豫地答应了，因为来到这里，你周伟就是客场。

周伟步入逍遥谷，一个戴鸭舌帽的男子神不知、鬼不觉地跟踪到了这里。

周伟带着几个人进入包房，沈逸早已在此等候。

两人刚寒暄几句，还未进入正题，包房的门就被鸭舌帽男子一把推开了，他毫不客气地走了进来，转身又关上了房门。包房内的几人被他的举动搞得一脸茫然，面面相觑。

"你是什么人？"周伟问。

那人没有回答，只是脱下帽子和外套，那是一张苍老颓靡的脸，他从斜挎背包里拿出一个啤酒瓶，瓶内是白色的液体，散发出一阵阵刺鼻的味道。啤酒瓶口用纱布的一头塞住，另一头垂在瓶口，他右手拿出打火机，刹那间，房间的人都不约而同地紧张起来。

沈逸也被他这一系列的举动惊诧到，不过他很快镇定下来，他发现这张脸非常面善，似曾相识。这时，沈逸突然想起来，此人正是最近在网上流传很广的一个网贷自杀女孩视频中的那个既愤怒又无奈的悲怆父亲。沈逸看过这段视频，那时，他的内心是极其悲痛的，他还清楚地记得，这位父亲给他的印象是有文化有素质的老人，从头至尾，甚至面对害死自己女儿的那个网贷公司的人的时候，都没有说一句带脏字的狠话，所有的表情和语言都让他体会到无助无望无念。而刘敏强从开门到关门，再到拿出瓶子，沈逸观察到，刘敏强都是满眼怒火地敌视着这个房间里的一个人——周伟，很明显，他是冲着周伟而来的。

"记得那个跳楼的叫刘莎莎的女孩吗？我是她的父亲，我叫刘敏强。"老刘打着了火机。

"别……您别急，有话好好说，这是何必呢？"周伟被他的举动吓到了，双手不断地在身前摆动。

"好好说？你们给过我女儿好好说话的机会吗？我查得很清楚了，警察就算把你抓了，最多也就判个几年，你出来又会害人。但你这分明就是谋杀，凭什么，凭什么我的女儿死了，你不用偿命，还判得这么轻？我反正也想通了，我老刘现在孤家寡人一个，唯一的孩子没了，生活没了希望。我活着更没意思，但我不想看着你们这群人渣再去害别人，再来谋害和我丫头一般年纪的孩子们，我今天送自己一程，顺便带你一程！"说完老刘就准备点燃汽油瓶。

"等等！！！"沈逸突然站起来，展开双手示意刘敏强不要点。

"老刘，你听我一句，好吗？"沈逸示意他稳定一下情绪，"老刘，生活还是有希望的。你的视频我看过，我真的感到很……遗憾。"沈逸的初衷是想用抱歉这个词，对于这件事，沈逸清楚，和自己有脱不开的干系，如果不是因为"那个计划"，为了抓住犯罪者的把柄，就不会帮助周伟的家家贷牵线做网贷平台的资源，所以当看到视频，知道老刘一家的遭遇后，内疚和自责在那一晚笼罩着他，让他整晚无法入眠。在犯罪和正义面前，有得必有失，从开始这个计划他就明白这一点，但他是一个有血有肉、有感情的人，在已经失去或者即将失去面前，他不能就这么无动于衷。

"老刘，虽然你失去了孩子，但是如果你能将对自己孩子的那一份爱继续奉献给这个社会，奉献给更多需要爱的孩子们，给予他们帮助，你的孩子就没有白死，你对她的爱就会以另一种方式延续下去。你能够明白我说的意思吗？"

刘敏强微微地垂下了双手，似乎感受到了沈逸这一番话的真诚和鼓励。就在他思考的一刹那，周伟给身旁的两人使了个眼色，他们疾风般地扑向刘敏强，并抢下他手上的啤酒瓶和打火机，将他的头狠狠地按在地上。

周伟站起身来，朝着刘敏强的脸颊狠踹了一脚，连旁人都感受到了剧烈的疼痛，刘敏强不堪忍受地晕了过去。

"你个老不死的东西，你的胆子比豹子还大，带着个瓶子就想搞死老子？我今天不掰下你几根肋骨就不姓周。"周伟怒气冲冲地发泄道，口水四处飞扬。

"周总，给我个面子。"沈逸拍了拍他的肩膀，"这老小子肯定吃不了兜着走，但今天在逍遥谷下手，鱼龙混杂的地儿，多少不太方便，交给我吧，我肯定让他今晚求生不得、求死不能。"

周伟抬头看了看沈逸，琢磨着今天没有他自己非死即伤，行吧，这个人情还是要给的，再说自己那事儿还没解决，正焦头烂额呢，为这个人打草惊蛇划不来，于是他点点头。沈逸打了个电话，很快，张博叫了几个人开车过来将刘敏强抬走了。

突然发生这种事，周伟也没了心情，和沈逸打了个招呼，草草收场离去。直到将周伟送走，沈逸才平静下来，心里立刻有了别的打算。

第七章

第二天清晨，整夜都在翻看案卷的吴佑行仍然精神焕发，刚刚过了上班的时间，他就叫来了助手小汪。小汪手上拿着油条啃着，萌萌地走了进来。

"你小子没毛病吧，这都什么时候了？"吴佑行鄙视道。

"吴队，您看这不是在提高咱的办事效率嘛，油条加两个鸡蛋，100分，有营养不低血糖。吴队，您吃了没？"

"吃个锤子，你小子少给我贫嘴。看不见我这儿有多忙吗？速速擦嘴。说正事，要你查的家家贷的结果呢。"

小汪右手将嘴巴一抹，道："家家贷的老板叫周伟，涉及的业务有车辆抵押和房屋抵押借款，体量不大，你也知道，这种公司多如牛毛，没明显的作奸犯科也就没啥事。可不知道为啥，半年前开始在网上放贷，对象大多是大学的学生，随机问了几个学生，特别是这两周啊，好像打了鸡血似的疯狂地加码，痛宰学生，放几千恨不得几天就翻翻。前天跳楼的那个学生其实是三个月前为了还其他平台的债务，拆东墙补西墙而找到家家贷借款的，却不承想掉进一个更吃人的坑里。所以，家家贷应该是压死骆驼的最后一根稻草。"

"我讨厌你这个比喻。继续说，还查到了什么？"

"江城恒记科技集团。"

"恒记集团？"吴佑行心里咯噔一下，这个恒记集团名气不小，前段时间就已经在风口浪尖上了。

"对，恒记集团董事长王浩明前几天在逍遥谷见过周伟。还有他们那个副总叫沈逸的，也见过一次。"

"唉，你说这恒记会不会真的在里面也插了一脚？"

"外界都说恒记这么大的科技公司，涵盖了江城七成的技术开发业务，我觉得应该脱不开干系吧，查是一定要查的。"

内勤小肖敲门进来，也拿着一份资料，递给吴佑行。

"队长，这是沔州电信前段时间老鼠仓的调查情况。"

"他们停牌好几天了吧？"吴佑行边说边接过文件，扫了一圈后，皱起眉头，"恒记也在里面，他们业务范围挺大的。"

小汪接过文件，惊讶地说道："还涉及证券投资呢，哇，数字还真不小，

买入沔州电信4000多万，算是个流动小股东了吧？可惜被套了不少。"

"我觉得恒记没那么简单，你给我好好查他们的底。具体点，别偷懒！"

"得嘞。"

"还有，以防万一，先弄一份传唤通知，把周伟请到局里来喝点东西。"

"喝咖啡还是喝老酒？"

"你小子怎么老跟我贫，小心把你嘴巴给缝了！"

吴佑行，市局经侦队长。从警十年，有着远超别人的职业嗅觉。虽然刚刚被调到经侦大队，但已经连续破获了好几宗重大经济诈骗案件，是局里大力提拔的对象。

身为经侦队长，他的思考方式跟别人都不一样。

因为工作的特殊性，他经常要跟各种各样的金融公司打交道，所以他不得不小心谨慎。正义之师的行动只能明着进行，不支持暗地里搞小动作，所以有了确凿的证据后，才能对案件定性。

还有，最近两天，总是有人报警称身份证被人盗用借高利贷，而那个高利贷公司的老板也叫周伟。

高利贷虽然不是光明正大的生意，但在法律上也没有明确地定性，所以他们也不好处理。

一个坑人，一个被坑，难道这两个周伟是同一个人吗？

最近侦办的多起案件都跟恒记集团有着微妙的关系，难道这也是巧合吗？

身边的两人还没走，此时又闯进来一位警员，门都没敲，他急匆匆地拿着电话往吴佑行手里塞："老吴，我是李晓，你赶紧到十七码头的江滩来。又出事了！……"

一个"又"字让吴佑行不安起来，他马上放下电话，拿起外套头也不回地朝小汪甩了句话就冲出门外。

"周伟估计请不来了！"

江滩十七码头。警车、救护车旁是拉起的警戒线。似曾相识的场景。

"李晓，又是怎么回事？"吴佑行跑过来，李晓面前是被白布盖着刚刚从江里打捞的一具尸体。之所以带个"又"字，是因为这是本月第二次李晓负责的刑侦队紧急召唤他。

"老吴，你来看，今早江滩锻炼身体的老人发现江面漂着人形物体，于是报的警。身体已经变形，肿得像吹大的气球，都快要炸了似的。这是从死者身上搜出来的。还有，DNA已经送去核对了。"李晓递给吴佑行一张身份证。

"难道真的是他？"吴佑行的眼神掠过一丝狐疑。

"应该就是他，检测结果很快就会出来。另外，尸体上并没有发现搏斗痕迹和捆绑的瘀痕，初步判断是跳河自杀溺亡。"

"好家伙，我正准备找他，他却等着我来找。"

"老弟，这事悬乎啊，两条人命似乎有联系，都涉及金融方面的问题，而且看来不简单。"

"何止不简单，就是很复杂。"吴佑行点起一支烟，深吸一口，凝望着湍流不息的江水，缓缓垂下拿着死者身份证的右手，姓名一栏清楚地写着"周伟"二字。

江城市，荣华区，公安局。办公室门前的走道上人来人往，江心无聊地翻看着昨天的报刊，心中纳闷，来公安局报到几个月了，今天却异常繁忙，往常可不是这样。

"喂，你们听说没，检察院、反贪局、纪委的领导都到咱这里来开会，好像有重要的工作布置，领导们都忙着叫下面的人写报告呢，没闲工夫训导你们呢。"科室的老吴兴致勃勃地跑进来给大伙传递信息。

江心还是提不起兴致，自己到岗这么久就是派些零碎的杂事，就算再大的事儿来了也轮不上自己，当初出于对威风女警的仰慕，加上自觉胆儿够大，所以报考了一个和法律靠上边的专业。多年的寒窗，指望熬出头能做些报效国家的工作，结果被分配到区局后自己几乎隐形了。这里的进阶很严格，一般初来的新手需要多看多问多听多学，所以先做些没有挑战性的工作，然后从中积累一些实践知识。

趁着送文件的间隙，江心摸到了会场旁边，往里望去，从在座各位的表情来看，感觉空气都被凝固了似的，气氛好像极其严肃。马宏林局长眼睛瞪得老圆，说话时手上的动作幅度也特别大，再看看自己的直属领导，坐在角落里早已深埋着脑袋，都不敢正眼看局长一眼。

"嘿！"突然有人从后面轻拍了她的肩膀，令她一个激灵。

"原来是你，吓死我了。"是另一个科室的刘忠严。

"好哇，你敢偷看领导开会。"

"怎么啦？你去告我啊？小心我把你上次弄丢资料的事告诉马局。"

"哎呀呀,我的大小姐,别别,您慢慢看,当我没出现过。"

会议开了整整一个上午。中午刚吃完饭,江心就被马宏林叫了过去,很显然马局还没吃,可能被气的,不过还好她有思想准备。

"江心,坐。来处里多久了?"

"有半年了。"

"感觉这里怎么样?"

"挺好的,伙食挺好,同事挺好,领导挺好……"

"看你,挺会说话的。这个……今天领导来开会,你也知道了,习总书记对公安系统的工作提出了新的要求。我这里人手紧,本来还想让你多学习一段时间再实践,看来要提前了。"

"马局,您放心吧,我这不都是时刻准备着呢嘛。"江心一听腰板都直起来了,顿时来了劲儿。

"这里有个小案件,你先帮我理理,随便看看,有什么想法写个报告。啊,想起来了,这会儿我还有个应酬,这样,过几天咱再碰个头,有啥说啥,你看成不成?"

马宏林说着从抽屉里拿出一沓文件放在桌上,转身准备拿着茶杯出去,这期间还把茶杯给碰倒了。

还没过一天,马宏林的办公室门就被江心再次推开了。

"马局,您忙吗?我有事情要汇报。"

"是江心啊,进来说。"马局在手机上按来按去。

"您有事儿啊,要不我等会儿再来?"

"啊,没事没事,我发几个信息,没事儿,你先说,我听着呢。"

"是这样的,您昨天给我的资料我都整理完了。大概的情况是这样的,资料中的三个人是有连带关系的,此事件表面上看是一次国家公务员5万元人民币的受贿事件,但有许多蹊跷之处。我在网上查过了,资料中提到的这种新型材料是国内通信中制造激光设备可以替代的一种原料,而且较为稀有。另外,这中间牵头有个叫王寿的人,昨晚我去了一趟公安局户籍查询中心,此人用的身份证是假的,经过图像的对照,他原名王应权,是信达科技有限公司的股东之一,所以我怀疑还涉及一家国有企业控股的子公司在其中的利益牵扯和经济犯罪。马局,这可不是小案件,已经是比较严重的那种了。马局，收集好证据，咱们现在就可以提起公诉了。"

马宏林不知不觉中已放下手中正在发送信息的手机，转而开始专心聆听江心的推断。在江心的表述期间，马局一直将目光停留在眼前这个昨天还认为是初出茅庐、一窍不通的女孩子身上。其实，他早就知道了，江心的叔叔是银监会领导的亲戚，银监会的张秘书已经和自己打过招呼了，本来他最初的意思是将她留在局里，不参与危险的工作，弄个闲差，反正什么福利都给加上。但是昨天市局局长李茂盛又打电话来，说还是给这丫头一些机会，让她锻炼锻炼，慢慢成长。此时，他思来想去，也只有经济侦查方面的工作危险性小，技术活，动动脑筋就行了，没想到这丫头现在的表现还真有点像是那么一回事，让他为之一振。

"马局？马局，你有听我说话吗？"江心瞪着个大眼睛，用手在马局眼前来回晃动。

"呵呵，听着呢，说得非常好。"他这才慢慢从思绪中醒过来。

"那我先出去了。"江心准备出去。

"等等，你把老周叫进来，就现在！"

"好。"

老周来到马局的办公室。

"老周，你看看这个审查报告。"马宏林将江心提供的资料递给老周。

"对啊，说得好啊！我怎么没想到？"老周一拍脑袋。

"想不到你这个反贪科的江湖老手也有马失前蹄的时候，被一个黄毛丫头超越了。"

"谁？哪个黄毛丫头？"老周还在云里雾里。

"就是前不久才来的江心啊，用了不过半天的时间就分析出来了。我也比较惊讶。"

"哎哟，真是后生可畏啊。这下你老马可发现一个得力干将啊。"

"我说，你让她接触那个案子怎么样？我觉得你也是搞了太久，精疲力竭了。"

"成啊，长江后浪推前浪，这小孩的观察力不一般，关键是年轻人还有一股韧劲儿，说不定能看出什么名堂。我没意见。"

三天后，市局会议室里。马局召集局里骨干开会，当然列席的还有江心，平时不够出众的她，一时间居然得到马局的赏识，这令大家颇感意外。马宏林通报了昨天江城市纪委、检察院、反贪局以及公安系统的联合会议内容，今天会议讨论的主题是一个令联合监察小组十分头疼的案件，案件的梗概是前段时间通过走访、排查、搜集证据，公诉几个局级贪官，都成功地将他们绳之以法了，大家工作也算是圆满的，应该是可以结案了，但是有几个基本可以忽视的疑点却一直令小组人员耿耿于怀，不能释然。这几个疑点在于，这些贪官将贪污来的公款用于包二奶、买豪车、购置地产等这些司空见惯的事情，但是他们在调查中发现，这些贪污的官员不约而同地都被人敲诈过，而且额度有点高，似乎已经超过他们能力所承受的范围，所以这些人慌不择路地加大对下面的剥削和搜刮，导致增加了案件的严重程度，甚至涉嫌谋杀。

"大家有什么想法，可以畅所欲言。"马局说。

"那我先来说。"老周愤愤地说，"就拿市审计局副局长陈春龙来说，这个人平时就是个无恶不作的家伙，他以外甥名义开的丽华洗浴中心，就是个卖淫的窝点。本来一开始还都是些成年人，后来那些小姐里逐渐出现了未成年的孩子，我问他为啥用未成年人，他说因为钱挣得比普通小姐多几倍，所以在乡下四处找那些缺钱的未成年人，升级了罪恶。"

"可恶至极！"刘忠严愤愤地说，"所以，由此判断他们一开始是正常的营业，后来被人威胁。"

马局转过头看了看江心，满怀期待地问："江心，你也说说你的想法。"

"好的，马局。其实我也没找到什么有价值的线索。"江心顿了顿，"但我进一步调查过这几个贪官所涉及的家族产业，比如他们的弟妹、儿子、媳妇开的公司，查阅了往来账户，发现一个共性……"会议室一席人都目不转睛盯着江心，等待她的结论。

"我发现他们都和这个恒记贸易有限公司来往密切。后来我又在工商部门提取了这家公司的信息，上级公司是江城恒记科技集团有限公司，在市内经营规模已经比较大了，从以往的调查资料中看，没有工商税务方面的问题，也没有涉及行贿案件，甚至嫌疑都没有，看起来算是一个比较干净、正规做实业的企业。但大家是否觉得正常呢？现在什么年代，一尘不染的企业正常吗？况且它涉及科技范畴的产业链以及附带的产业那么多，这难道不奇怪？这就是我的观点，只是猜测，会不会和这个恒记集团有什么联系？"一旁坐着的老周眯着眼睛微微点点头。

"江心,散会后,你到我办公室来一下。"马局说。

走廊里刘忠严神秘兮兮地拉住了江心,阴阳怪气地说道:

"看不出来,你这个小丫头还有这种魔法,告诉我,你怎么把马局给迷倒的?"

"瞧瞧你,劣根性一下就暴露无遗了吧。"江心半开玩笑中话锋一转,"我只是做好一个公安干警本职的工作,让别人去说吧,其他的没有多想。"

"好一个人民公仆。"刘忠严歪着嘴,扯了扯自己制服的一角,"以后升职可别忘记曾经帮助过你的人哦。"说完笑着离开了。

马宏林办公室。

"江心,最近你的表现不错。"

"这是我的职责,也是领导给的机会。"

"说得好。对于这个案件我有个思路,你分析一下。"

"您说。"

"既然我们已经摸查到了恒记集团,那么我们可以假设,如果恒记真的和这些贪官有私下的交易,一方面他们的交易是什么,会不会牵扯到更大的官员,为了维护他们,也许小贪官们全部自我承担下来而弃车保帅?另一方面也表示我们对恒记集团曾经的调查是失职的,存在内部员工渎职或者受贿问题。第三,恒记是否涉及这些官员的敲诈勒索的问题?如果这样的话,此案件的隐情举足轻重!"马宏林的眉头紧紧皱起,面目严肃。

"是的,我也曾经这么想过。我觉得这个案件不查个水落石出,心里也总像被什么东西塞着。"

"江心,这里有一个想法。恒记集团的管理层是我见过最优秀的,他们的工商税务业务方面等,基本是做得无懈可击的,这么庞大的企业,能做得滴水不漏,我也十分佩服他们的水平。所以,在这样的情况下,我只能让你进入恒记集团去调查这个案件。"

"什么?让我去恒记?"江心惊诧。

"是的,就是我们通常所说的打入内部。这也是我目前能想到的最好办法。"

"马局……可是您不会不知道……我可是才来不久,而且之前都是做些打杂的事情。"

"年轻人嘛,要敢于接受挑战,况且你资质不错,又年轻,还有很多机会……"马宏林缓缓起身,走到窗边,望着窗外的车水马龙若有所思,然后淡淡地说,

"不像我这个生命已经屈指可数的人。前两个月,我已经查出肝癌,是中晚期。"他并未显露沉重的表情。

"什么?!马局……"江心震惊地从座椅上站了起来。

"江心,先听我说完。"马宏林轻轻按下了江心。

"我没有接受治疗。首先我并不想在令人窒息的医院里,去进行痛苦的放化疗来继续摧残自己的身体。其次,在一生引以为豪的事业和为我带来荣光的岗位上,战斗到最后一刻并完美地走到终点,是我梦寐以求的。最后,在奋斗的道路上,我也曾经饱受质疑和污蔑,人嘛,特别是中国人,这都很正常,什么都可以质疑,什么都可以被改变,但唯一不能动摇的是信念!是对热衷于该事业的信念!

这不仅是我,也是我想对每一位国家公务人员的忠告。"

江心用心聆听马宏林的话,而眼中早已泛起泪光,如果之前还不太了解眼前这位领导,那么现在她心中已经对马局有了一个逆转式的改观。马局的话都刺入江心的内心深处,这不正是自己来到这个地方的目的吗?

"所以……"马宏林语重心长地对江心说,"只要是正确的、正义的事,我们都应该义无反顾地去做。江心,你做的一切,无论成与不成,责任都在我的身上,你不必担心。好好地工作。"

"知道了,马局,您一定要保重身体,一定不要放弃,该去医院治疗的一定要去!您要答应我,我才接受这个任务!"江心斩钉截铁地说。

马宏林直到现在才露出久违的笑容,欣然地点点头。

对于恒记集团来说,今天又是繁忙的一天,因为前几天总经理接了一个大单子,为一个新网站进行统筹策划。客户背景很大,赚钱还在其次,只要这单干成,恒记集团的名声一定会大震,业务也可以扩张到省外。

公司内外随处都能见到忙碌的身影,有时候甚至连午饭都来不及吃。之前秘书李小姐总是主动帮大家去买饭,可她最近已经离职,大家也就习惯了过了吃饭的时间还饿着肚子工作。

江心来应聘秘书时，见到的就是这样一幅画面。

将这一切看在眼里，她暗暗点头，心想：所有员工都这么卖力，难怪最近两年恒记集团声名大噪。

她已经在接待室等了半个钟头，但还是没有等到来面试她的人，心里也渐渐感觉到了不安。如果不能通过应聘的话，不仅会耽误大事，对自己的前途更不是一件好事。

正想着，门开了，她下意识地站了起来，却发现进来的并不是要面试她的人，而是已经离职的秘书李小姐。

她这次应聘的就是接替李小姐的岗位。

"不要紧张，我是前任秘书。"李小姐善意地微笑，说道，"我是来收拾东西的，见到你一个人在这里，所以来跟你聊聊。"

说着，她坐了下来，下意识地摸了摸微微隆起的肚子。

"几个月了？"江心关心道。

"五个月了，如果不是因为他，我才不愿意这么早就离职呢。"虽然嘴上这么说着，但她脸上全是初为人母的幸福笑容。

江心一眼就看出眼前这个前任秘书是一个热心肠的人。心想：说不定能从她这里获取一点信息。便道："我听说别的集团公司高管都有钱又很好色，那王总是这样的吗？"

听了这话，李小姐一愣，随即哈哈一笑，道："别的公司我不知道，但咱们的王总可是一个大大的好人，从来都不发脾气不说，对员工也非常关心。如果不是老公要出国定居，我才舍不得离开恒记呢。申请批下来后，老板不但没有扣我的薪水，还把年终奖也提前给了我。"

可能是本职工作的关系，江心还是抱着怀疑的态度：都说无奸不商，如果不是那钱来路不明，资本家怎么会这么大方？按此逻辑，这老板不会没问题。

李小姐自然不知道她心中所想，见她半天没有说话，还以为她紧张，便道："我看过你的资料，名校出身，优异成绩毕业，应聘个秘书绰绰有余，只要努力一点，有的是机会，何必这么紧张呢？"

江心点头故作赞同，心中想的却是：一个秘书的工作我当然不放在眼里，为了完成任务，我必须留在恒记，哪怕是当一个清洁工。

她正要多问一些跟王浩明有关的事情，李小姐接了个电话便要离开。江心忙道："不好意思，请问人力资源部在哪里，我想直接去面试。"

李小姐道："咱们公司业务虽然多，但规模并不大，没有专门的人力资源部，技术员工由技术总监负责招聘，而行政岗位都是公司副总负责招聘的。"

说着，她指点了去副总办公室的路径。

江心随即先去了趟卫生间，彻彻底底地补了妆。

她是一个对自己非常严格的人，绝对不能出现任何瑕疵，何况这次面试对她来说十分重要。

直到确认自己的妆容没有问题之后，她整理了一下衣服，这才离开了卫生间。

一路上她都在思考一会儿该说些什么才能让副总记住自己。其实她之前已经做了充分的准备，各种面试时需要注意的问题她都留心记住。只是在接待室中空坐了这么半天，她心里已经有些发毛了，总觉得副总架子这么大，肯定不好对付。

她已经走到了副总的办公室门口，犹豫了好久才终于敲了敲门。

过了好半天，办公室中还是没有动静，她又用力敲了几下，仍然没有人答复。

如果换作其他人，肯定会找个地方坐下，不敢再打扰领导，或是等下次再来。可她并不是这样的人。

深深吸了一口气，她用力推开了屋门。

她本以为堂堂恒记集团的副总，办公室也一定大有派头，可进来之后却大失所望。

单是"质朴"已经无法来形容这间办公室了，简直可以说是简陋，严格点可以形容为垃圾场。

办公桌上摆着电饭锅，书架上放着皮鞋，冬天穿的羽绒服此时也堆在沙发上，更可笑的是在门后竟然放了一辆已经生锈的自行车。

偌大一间办公室已经被各种各样的东西堆满。

在众多杂货之中，有一个人蒙头大睡，虽然已经是正午了，但依旧鼾声如雷。

"这人该不会就是恒记集团的副总沈逸吧？"

昨天晚上她已经为此次面试做好了充足的功课，对恒记集团的历史也非常清楚。如今叱咤风云的恒记集团，在十几年前还挤在城中村的出租房里办公，那时候全公司也只有三个人：总经理王浩明、副总沈逸以及运营部门经理张博。就是这三个意气风发的有志者，短短几年之中摸爬滚打，把恒记集团打理得有声有色，成为本市最大的科技公司，声名远播周边省市。

那样的传奇人物怎么可能是一个睡觉流口水的粗糙大汉呢？

她轻声说道："对不起，打扰一下。"

她不说还好，说完之后，鼾声更大了，办公桌上的一个方便面袋都被他吹了起来。

"端庄，我一定要端庄。说不定这就是面试的一部分，他在故意试探我。"想到这里，江心冷静了下来，随即恭敬地站在了一旁。

她向来心思细腻，不管做什么事情都要准备得妥妥当当才安心，不给人抓住一点把柄。

果然，几分钟之后，沈逸浑浑噩噩地坐起来。江心心中一喜，正要说话，却发现原来他只是换了个睡姿。

眼看已经是下午了，但沈逸依旧睡得正香，江心担心惹他生气，自然不敢叫醒他。静待无聊中，她环视这脏乱的办公室，心中灵机一动，便开始动起手来。

对于一个高才生来说，打扫屋子实在不是一件轻松的工作，但好歹大学毕业的第一份工作就是办公室打杂的，所以这些琐事算是手到擒来。此时，马路上已经有三三两两下班的人。

第八章

她把最后一辆自行车推出办公室，刚想喘口气，就见到沈逸已经醒了，此时正睡眼惺忪地看着她。

沈逸的两眼全是血丝，额头也出汗了，刘海一撮一撮地粘在额头上。

如果不是他坐在副总的位置上，江心绝对会把他当成一个大街上的流浪汉。

"您好。"江心试探性地打了一声招呼，便走到了沈逸面前，却发现后者还是呆呆地盯着她。

"挂'总'的果然都是色鬼，这样也好，看他的眼神多半应该会录用我了。"江心心中暗暗得意，毕竟她对自己的容貌还是很有信心的，可又被他看得浑身都有点不舒服。

瞪了足足有二十秒，沈逸这才收回目光，问道："几点了？"

在来之前，江心已经准备好了一大堆台词，却万万没想到对方一开口就问时间，先是一愣，这才说道："正好下午五点过一刻。"

沈逸砰地跳了起来，脸上全是惊慌失色的神情。

江心还以为沈逸耽搁了什么大事，谁知沈逸竟然一拍桌子，不甘心地自言自语："真是糟糕，博子说过中午吃海鲜他请，下午吃甲鱼我请，没想到竟然让我睡过了，下午轮到我请他了，这真的是亏大了。"

他一边说着，一边唉声叹气，就好像有什么宝贝被人偷了似的。

一听这话，江心顿时觉得他小气，堂堂副总，竟然对一顿午饭这么耿耿于怀。

好在她涵养很好，虽然心中已经有些瞧不起他了，但脸上并没有表现出来，只是不知所措地站在一旁，就像一个等待检阅的士兵一样。

在脸上胡乱抹了一把，算是洗过脸了，沈逸这才注意到她，便问道："你是谁，在我家干吗？"

"你……你家？"江心丈二和尚摸不着头脑，再次环视四周，过了好一会儿才说道，"这是您的办公室，我是来应聘秘书岗位的，我叫江心，昨天已经把简历发送到公司邮箱了。"

"搞了半天，原来这里不是我家啊！"沈逸恍然大悟似的摸着脑袋，随即似乎发现了什么，一下子跳了起来，道："不好，办公室是不是进贼了？！"

于是他在办公室里翻来翻去，口中也是念念有词，道："我那双袜子刚穿了一个礼拜，还没脏呢，怎么找不到了。"

江心冷眼旁观，心想：这人到底是不是副总啊？难不成刚才的秘书在故意耍我，还是恒记的副总真是个大傻子呢？

她毕竟刚刚离开学校不久，社会经验还不够，所以也没有过早地下定论，便耐着性子把刚刚打扫办公室的事情说了。

她本以为对方一定会感谢她一番，至少也得表扬一两句，可谁承想听了她的话之后,沈逸竟是满脸不高兴,道:"你看看你,把我办公室搞得乱七八糟,东西全部换了位置,我以后找文件都找不到了。"

说着,他闷闷不乐地坐了回去,不耐烦地说道:"行吧,拿你的简历来给我看一下。"

"您真的是恒记集团的副总吗?"江心试探性地问道。

"这不是显而易见的嘛。"沈逸挖了下鼻孔,又在掌心吐了口唾沫,试图整理一下发型。可谁知道他越整理越糟糕,成了彻彻底底的鸡窝头。

他也觉得有些尴尬,随即从抽屉里拿出了一个牌子,上边写的正是"副总经理"四个字,然后瞥了她一眼。

江心的心里像小鸡在抓,心想:这是集团公司的领导吗?这样的公司怎么可能搞好管理,提升业绩?

她将包包中的档案拿了出来,展示出大大小小的奖状复印件。一边递上去一边解释那是自己哪年得到的嘉奖。

沈逸看都没有看那些奖状,只是盯着江心,道:"这么流利,不知道的还以为你是在背书呢。"

"这些都是我的荣誉,当然记得比较清楚。"

沈逸没有多说什么,随意翻了翻,便道:"你被录取了,以后就做我的秘书好了。"

江心问道:"我应聘的是办公室秘书,不是私人秘书,您是不是搞错了?"

沈逸回应:"这有区别吗?"

说完,他便从抽屉里拿出工作证交给江心,而后便离开了。

就这么草率?我准备了好几天的档案,他问也不问一声就让我上班了?

江心在原地愣了很久,心中始终有点不乐意,不过至少自己顺利地留了下来,以后要想接近王浩明就简单多了。至于这个沈逸……实在不敢恭维。

想到这个男人,她就起了一身鸡皮疙瘩。这人不被骗就已经阿弥陀佛了,绝对不可能牵扯到金融诈骗中,我看多半是别人找来的挡箭牌,等情况不妙就会被当成替罪羊推出去,还是尽快接触一下总经理王浩明吧。

沈逸刚刚走出办公室,便看到了迎面走来的张博,一脸不甘心地说道:"今天中午那顿不算,晚上还得你重新请我。"

张博弱弱地说道:"哥,就一顿饭而已,看把你小气的。我请也可以,不过你得把新来的那个秘书给约出来。"

说着,他还用肩膀撞了沈逸一下,不停地使着眼色。

沈逸下意识地看了办公室方向一眼,随即小声说道:"周伟的事办得怎么样了?"

"进入我们的视野难道还跑得掉吗?按计划进行,很顺利。"

"刮了多少下来?"

"身份证、房产证、车辆行驶证、手机卡,还有几个萝卜章,够他喝一壶的了,还是老套路,直接到了山区的账户。周伟也逐渐开始发现问题了,嘿嘿,但咱们的手法很娴熟了,一时半会儿他绝对查不到问题出在哪儿。"

"嗯,行吧,还是那一点,不要过我们的手,记住,这是原则。"

"放心吧,不会有问题。还有,那些孩子的情况我一直在关注,吃、住、穿都在慢慢改善,都想知道是谁在帮助他们。"

"是谁没关系,咱们做的也不是什么光明正大的事,但求良心上过得去吧。"

嘀嘀嘀,张博收到一条微信,脸色立刻就沉了下去。

"哥,周伟那小子……挂了。"

还未待沈逸反应过来,他的手机也恰逢时宜地响了起来。

"是沈哥吗?!"电话那头的声音哆哆嗦嗦。

"我是沈逸。"

"哥,我是小兵啊。"

"小兵啊,有事吗……"还没等沈逸说完,就被打断了。

"哥,哥!出事儿了,我不知道怎么办是好。我……我能见你一面吗?"他语速很快,夹杂着哽咽,似乎在崩溃的边缘。

"小兵,别急,慢慢说!这样,我们约在胜利街见面,还是那个你熟悉的网吧,我开一个包间,你叫个的士……对,来了我给钱。"

"好……好……哥,我马上来。"

沈逸挂上电话,他隐隐感觉事态不是想象中那么简单。

胜利街网吧。包房。吴佑行给小兵点了一杯冰饮,这是他第一次坐在包房里,第一次点这里的饮料,因为太甜,如果有杯清茶就好了,他喜欢茶,使他头脑清醒。

小兵努力而急促地想把整个事件陈述清楚，沈逸时不时地揉揉太阳穴，时不时地用手指敲打着桌面沉思。

"狩猎人……"这个词挺新鲜。

"是的，我在为他们提供网络和黑客技术帮助。挣的钱为了还债。"

"你也有债务？"

"不是我，是我妈，她投了一些钱在家家贷 P2P 里面，后来这家公司倒闭跑路了，我妈因此负债累累。这其中有一部分是借来的钱，然后差亲戚朋友的，他们三天两头来催，我妈头发都急白了。我因此无心上学，现在基本是休学的状态。"

"原来你妈妈也是家家贷的受害者啊。"沈逸非常熟悉这个名字。

"嗯，我恨死他们了！那天就是我陪妈妈去他们营业厅的，那个业务员说得天花乱坠的，硬是把我妈骗进去了。"小兵气愤地说。

"就是因为你妈妈的负债，所以你才答应他们做这个？那么到底谁是狩猎人？"沈逸问。

"我只是做兼职，从来没见过他们，都是在微信上联系的，换着号和我联系，不清楚他们到底有多少人。一般我按照他们的指令完成任务，然后他们给我微信转钱，有时也会转入 QQ 钱包。"

"我们从头捋一捋。"沈逸的思维不仅跳跃而且敏捷，"前几次的任务都是参与到一些大型企业里，与狩猎人配合完成捕猎的计划，具体的实施方法是获取这些企业高层行贿受贿或者暗箱操作的违法证据，然后以此要挟他们做一些事，比如钱。对，应该就只是为了钱。然后此次计划的目标是一个叫周伟的人，你或者还有些兼职人员，通过网络技术进入周伟的私人电脑以及解密了他公司的平台系统，发现他违法的证据，然后狩猎人以把证据呈交警察而要挟周伟，要他在一定的时间内筹备一定数量的钱财，结果周伟没办法筹集，然后自杀。过程是这样吧。"

"差不多是这样，我想不过是做点技术活，应该没什么大事，但这次不同，我们害死了人！我现在有些害怕，警察迟早会查到我参与了，不知道会不会牵扯到自己？我家就我一个独子，这个家本来就如履薄冰，我如果再出事，我妈肯定不想活了。"小兵潸然泪下。

"好一个狩猎人！"沈逸心中打了一个冷战。"明白了。小兵，你也别着急。你的事情还没严重到那个程度。如果警察抓到你,你只需要明确在这个过程中只提供技术服务,并不知道他们在干什么就可以避开重要的责任,懂吗?"

树欲静而风不止,沈逸觉得要收网了。

深夜十点。挚爱茶吧。一座中西结合的小院子。清净,优雅,容量不大,适合小资们的小型聚会。沈逸和张博秘密联络的地方,不会引人注意。正巧,沈逸停好车出来撞见了张博。

这两人一个西装革履,一个衣衫不整,勾肩搭背地走在街上,自然引来了不少诧异的目光。不过他们并不在乎,发小就是这样,夸张点说,从穿开裆裤的时候开始,他们就已经是这样了。

和往常一样,此时茶吧里的客人从来不会超过三桌,这是冷门的时间,常客不是在迪吧里,就是在电影院,中外的习惯都没有深夜还在喝茶的。却不知为何,这家茶吧的营业时间会一直持续到午夜十二点。

所以,在这霓虹满街的城市中,难得会有这么一个安静的地方。

"狩猎人,这名字本来就不错,又酷又有型。"张博不正经地嬉笑。

"别废话,两个事。周伟挂了,警察正在查,周伟那边赶紧收手,干净点,别留痕迹。"

"行,他请了一些打牛的正在找放出去的人追钱呢,是说怎么跟到半头时候都没下文了,原来是老大挂了,没人发工资了,这下我省事多了。"

"再就是找人查一下市局经侦那边有什么动静,小心他们找麻烦。"

"嘿嘿,正好经侦里面有熟人。"

"什么熟人?怎么没听你说过。"

"哦……才认识的,小人物。"

"好小子,现在学会吃公攒私啦。"

"还不是跟你学的。师傅手艺高,学生也不逊。"

"喝点什么,我请客。"

"拉倒吧,哪有晚上喝茶的。闪了,KTV的班子还等我上歌呢。您慢坐。"

张博早就坐得有些不耐烦了。他喜欢灯红酒绿,喜欢姹紫嫣红,实在觉得茶吧无趣得很。如果不是沈逸硬要他来这里会面的话,恐怕他这辈子也不会来这种地方，又听他唠叨了两句，然后离开了。

"还是老样子？绿茶不加糖吗？"老板娘俯身轻轻问道。

"是的。"沈逸没有抬头，只是淡淡回应了一句。

老板娘的名字叫陈晓琳。身材性感妖娆，能言善道，如果说这家茶吧与别家相比有什么优势的话，就是这位老板娘了。许多客人，特别是男性，来过一次，便还会再来多次，他们不约而同地被这位茶吧西施的气质所打动，搭讪和调侃中，有意无意地透露出一丝性的暗示，却被聪慧的陈晓琳在插科打诨中化解于无形，那些客人往往无功而返，但好奇心却因此有增无减。他们都在暗地里猜测陈晓琳到底结婚没有，或者有没有心仪的对象，甚至她是不是被什么富豪包养的情妇之类。

沈逸虽然是这里的常客，却从来不曾与陈晓琳交流过，每次点了茶水后，只微笑示意一下。沈逸一个人安静地坐在角落里，时而沉思，时而看书，时而凝视着店里来往的人，感觉独自一个人在这里便是一种享受。陈晓琳也十分默契，从不打扰，就让他一个人安静地待着，似乎觉得这个人天生就喜欢独行，不喜欢喧闹，也难以与人交流。

深夜，当客人逐渐稀少之后，陈晓琳都会闲坐在后台，在放置的一架小型的古琴上弹奏几曲，以解え闷。古琴少且名贵，挺难学，没十年八年难以成气候，就算是学精了，在当下物欲横流的社会，又有多少人理解什么叫风雅、静思、禅定和诗意。

只见陈晓琳轻扬双手，那手纤细而白皙，轻抚琴面，屏气深思，琴声徒然响彻店内，委婉中透露着刚毅，似高山流水之音，韵味无穷。每当此时，沈逸便闭上眼睛，将琐事都置身于世外，专注聆听，仿佛整颗心都沉醉于琴声之中。

"一曲琴韵瑟瑟，悲欢尘世离合。

醮一抹沧桑，盈满袖暗香，将尘俗情思泯于无痕。

那指尖舞落的一世繁华，弹尽一曲浪漫忧伤。

掬一轮皓月，携一缕清风，越千年尘烟。

寂寞芊指滑过灵魂的忧愁，情深未了。

多少笑泪飞扬，蓦然回首，惘然一梦。

倾尽一生的温柔与诗意，惘然回顾时，却早已遗失了你。"

沈逸沉浸在悠扬的琴声中,同时反复回味那些诗句,两者完美地结合在一起,心生一股淡淡的哀伤。

第九章

第二天一早。江城市第一人民医院,吴佑行要去看望一个特殊的病人。

这个病人与他无亲无故,已经在医院住了一段时间,欠下了高昂的费用,却没人替他偿还。因为他的老伴跳楼自杀了,儿子也不知所终。

吴佑行走入病房,第一眼就看到了这个可怜的老人。此时他正张着嘴,呆呆地望着天花板,如果不是他的胸口还微微有些起伏的话,简直就跟一个死人没有多大区别。

"您好,我是市局经侦队的,能问您几个问题吗?"吴佑行表明了自己的身份。

老人没有说话,甚至都没有看他一眼。

直到吴佑行又重复了一遍,护士才接话说道:"老人中风了,不仅行动不便,口齿也不清楚,这两个月我也没听他说过几句话,你是问不出什么的。"

有些事见多了或许会习惯,但永远不会麻木。做警察这么多年,什么生离死别,什么人间悲剧,吴佑行已经不知道经历过了多少,但床上那个瘦弱、孤独的身影,还是令他有些动容。外表刚强、心思敏捷的吴佑行,都还没有发现自己的内心还有一面是充满了怜悯和善良的。

他本想询问一下护士,可是还没张口,手机便收到了一条短信,内容很简洁,只有几个字:江队,有新情况。

吴佑行转身给护士丢了1000块钱,请她帮忙给老人买点营养品。然后准备赶回警局,却发现一辆警队的车正好开进医院。

从车上下来的不是别人,正是刚刚给他发短信的同事,小汪。

两人一见面,均是一愣。没等寒暄,吴佑行开门见山地便问他怎么回事。

小汪道:"刘向东在看守所中身体状况十分差,在送医途中他非要见你一面。"

"刘向东?"吴佑行沉吟了一下,这个刘向东就是家家贷公司工商登记的法人,也正是这家P2P公司直接导致了老太太跳楼。

在学生跳楼之后，警方很快就羁押了刘向东，他也对自己的犯罪事实供认不讳。可是警方通过调查，发现这人只是一个街头的混混而已，并没有稳定的收入，家庭条件也一般，这和经营一家P2P公司的逻辑完全不符。

可是，不管警方怎么询问，他都坚持公司是自己的，除此之外不愿意再说些什么，所以一直都被关押在看守所中。

"他在病倒之前有没有发生过什么事情，或者跟什么人接触过？"吴佑行动脑筋的时候烟瘾就上来了，他上下翻摸着口袋，却发现医院不允许吸烟。

小汪翻了翻手上的资料，随即说道："根据狱友交代，前两天他的孩子曾经来探过监，然后他就变得不吃不喝了。"

吴佑行拉着小汪就往门外走，在门口点燃一支烟，深吸一口，他们立马驱车来到刘向东所在的医院。

昏迷中的刘向东直到中午才醒过来，从医生口中得知，他的胸腔内长了一个恶性肿瘤，压迫到了心脏，晚期，没救了，估计就是这几天的事儿了。

"警察同志，我没有犯罪！"这是刘向东见到吴佑行时说的第一句话。此时他的身上已经插满了管子。

吴佑行此刻的心情五味杂陈，他摸了个凳子坐下来，也没有打断他。

"大概半年前，在检查身体的报告中，我知道了自己是晚期。不知怎地，他找到了我，苦口婆心地劝我在有限的时间里可以为家人多做点事情。他说反正我也是晚期，就算做一些出格的事情，最后的结果都是一样的。"

"用心险恶、狼心狗肺的东西！"吴佑行听着火就上来了，但发现烟扔在了车上。

刘向东自顾自地继续说："他让我当法人，而且明说公司做的就是违法的事情，如果公司出事，让我把所有事情扛下来，在这期间，每个月支付我一万的工资。其实我因打了人，刚刚才被放出来，实在不想再回去了，所以没有答应。可结果当天晚上我老婆就出了车祸，又是一大笔费用，这窟窿越来越大。这时候他又找上了我，仍然是那句话，只要我帮他做事，以后，他就给我钱。我实在是需要钱，这些钱不但可以帮我老婆治病，等我进去家里的钱还可以供孩子上大学。我犹豫了很久，但也别无选择，只能答应。可是……可是……我没想到伤害了那些孩子，特别……特别是那个跳楼的孩子，我愧对她，愧对她的父母啊。我真是该死啊！"

说到这里，他已经出现气短的情况，脸上挂满愤怒，眼泪止不住地倾泻出来。

吴佑行满脸地愤慨："说出那人的名字，我会给你一个交代。"

他的语气很平常，但眼神已经变得锋利起来。

"周伟。"说出这两个字，刘向东似乎用尽了全身的力气。

吴佑行拉开病房门，朝着门外的小汪吼道："召集队里人开会！下午两点。不许迟到！"

"是全部人吗，出差的也算？还有已经约好税务局查案的呢？"小汪急忙问道。

"不管在哪个旮旯里的，都给我爬回来、飞回来，我不管他们怎么回来，迟到的扣奖金！"吴佑行用力地关上房门。

市公安局会议室。经侦大队的人基本到齐了。气氛相当严肃。

"大伙都到齐了啊，会议开始。咱们市最近出了几起大案子，学生跳楼，网贷公司老板跳江，法人还剩一口气在医院躺着呢。"吴佑行"哼哼"嘲讽了两声，"咱这队里最近是触了什么霉头，都一起来了啊。没的说，这几起案子都有关联，知道兄弟们忙，但今天都歇一歇，咱们就围绕这些案子分析一下，我分配给你们调查的任务都说一说结果。"

"我先来。"警员刘小辉站了起来，"网贷老板周伟唆使癌症晚期病人刘向东顶包，这是刘向东提供的和周伟签订的私下协议。我们还在周伟家中找到一些随手用的便笺，发现他曾经随手写过一些东西，虽然被撕掉了，垃圾桶也没找到，但在第二页上还是留下了笔痕，科里的同事用技术手段提取了字体，反复出现'狩猎人'三个字，还打了几个问号。"

"狩猎人？什么来头？"吴佑行问。

"通过刑侦那边提供的资料，涉嫌狩猎人的案子已经发生好几起了，他们正在查。据说是多人组成的一个组织，专门搜集企业老板或高管的行贿受贿、谋私、包二奶、嫖娼、吃回扣、作奸犯科的证据，然后要挟他们，牟取钱财。"

"绕来绕去不就是敲诈勒索吗？"吴佑行撇撇嘴。

"在周伟所持有的电信手机里，我们在电信提供的拨出和打入的电话号码中，筛出来了最近的几个号码，核对后发现归属人是江城大信集团总经理办公室的服务号码。在核对周伟社保情况的时候发现，十年前，他曾经入职大信集团，两年后离职，社保至今处于欠费状态。"

吴佑行手中的烟在烟灰缸的边缘轻轻磕了两下："恒记是谁在调查？"

"在这儿呢。"小汪笑着举手示意，"恒记王浩明和沈逸分别在周伟死亡前几周和他见过，应该是洽谈生意上的事情。恒记科技集团成立于十五年前，董事长兼法人是王浩明，起初创建者至今仍然在公司的还有两个人，分别是副总沈逸和运营负责人张博。恒记现在已经拥有本市科技行业至少八成的市场，也就是说不论是电商、物流，还是网贷，或是各种商业推广所需的APP或者微商，他们的技术开发都会以恒记为首选，因此恒记科技现在是行业的标杆。"

"行行行，少扯些没用的。王浩明是什么人？和沈逸、张博又有什么关系？"吴佑行不耐烦地掐断烟头。

"王浩明是老板，沈逸是打工者，就是一种雇佣关系，没有亲属关系。外界评价王浩明是个儒商，靠正道起家，做事有原则，不踩红线，纳税积极，支持政府的各项工作和号召。前段时间证券老鼠仓的案子，你知道的，王浩明在股市里投资了不少钱，而且还是巨亏的状态；副总沈逸虽是老臣，但现在的口碑不怎么样，表现平庸；张博做事一个顶三个，很有效率和手段，算是工兵级的帮手。说到沈逸，还是有些神秘的，他的故事只有一些老员工才知道。"

"据说这人看起来平庸，却又似乎无所不能，他能够搞定别人搞不定的事情，比如……"

"比如什么？"吴佑行来了兴趣，坐直身子。

"比如听说在十几年前，他才二十几岁，去恒记应聘的时候，有几个行业里的老学究、老油条争夺一个首席运营总监的岗位，本来沈逸胜算在手，那几个老学究不服气，于是要求随机出题，和沈逸现场比试看谁半小时写文章写得最好，其他应聘者和公司员工二十几人做评委，别人开始动笔了，他却看向窗外，自顾自地玩了二十五分钟，才动笔，结果……"

"结果他赢了？"吴佑行好奇地打断道。

"不仅赢了，还是全票获胜。"

"他怎么做到的？"

"不知道，老员工都走得差不多了，这事就成了谜。所以王浩明一直觉得他是个人才，至今他在恒记的地位是一人之下、百人之上啊。"

"这就奇怪了，这小子有些与众不同的能力。"吴佑行虽觉得可疑，但也掩盖不住对他的欣赏。

"队长，还有呢。最近几起冒用身份证贷款的事情，也和周伟有关系。这几个身份证都是真的，全部是本人遗失的，他们都不在江城，对于在周伟公司借钱的事情一概不清楚。用几个身份证贷款的账户的钱，全部汇到了一个外地账户上——甘肃省的一个建行账户，查过了，是个贫困县小学名下的账户，账户的钱备注'慈善款'。"

"慈善款？你的意思是说狩猎人敲诈的钱都做慈善了？"

"嗯，调查的情况确实是这样。我这里还有多个这样的事件呢，落网的涉嫌非法集资、非法挪用公众存款的犯罪嫌疑人，被抓到后都说自己曾经做过慈善，说自己的钱打到山区、灾区，还有红十字会，问我们这算不算贡献，能不能减刑，搞得我们哭笑不得。"

"嘿，这事太蹊跷，太玄乎。那意思是说，他们害死了学生，逼死了周伟，还做得有理了？是天道？是代表正义咯！"吴佑行摇着头站起来，什么慈善不慈善的，他根本就没想那么多，拍了拍快坐麻了的腿，在白板上写下了几个字，恒记，王浩明，沈逸，并且打上问号。"汇总你们汇报的内容，事情大概有一个脉络了。"

"周伟被狩猎人敲诈，情急之下，他加倍向学生收取高利贷，逼迫学生跳楼，而周伟没办法按期筹齐狩猎人要求的巨额钱财，也被逼跳江。那么关键就在狩猎人身上，狩猎人是谁？恒记王浩明资产上亿，流动资金充裕，还有钱投资股市，根本没有必要和周伟这种人扯在一起，更没有违法的动机，但如果做慈善是一个借口，王浩明会铤而走险下这么大的赌注吗？而沈逸有没有这个嫌疑呢？他俩会不会有一个是狩猎人？这其中还有没有我们没搞清楚的隐情和目的？"

"我觉得恒记没有嫌疑是不可能的，周伟的网贷黑链技术可能是他们支持的。大家都知道，恒记是江城出名的技术开发大企业，除了他们，没人能提供这么完整和高效的技术团队支持，而恒记是王浩明说了算，没有王浩明的默许是没办法做成的。"小汪分析道。

"所以我们要把这事弄清楚。给我想个理由去一趟恒记集团。得好好查查这个恒记集团，现在什么时代了，磨刀的离得开打铁的吗？我不相信没有鬼！"吴佑行看来要下定决心非查出点什么不可，"另外，还有什么其他线索？"

"吴队，我这里有个情况，不知道有没有用。"坐在角落里的小张站起来，"你也知道，最近涉嫌金融问题的报案特别多，我和陈涛一组正在调查群众举报涉嫌非法集资的事情，有家公司的运作模式和周伟的家家贷十分相像，群众说见过周伟经常去这家公司和他们老板喝茶。"

"他们什么情况，还没来得及去查。公司叫爱钱迷，老板叫周宏。"

吴佑行先是愣了几秒，随即跳起来大声说："这是秃子头上的跳蚤，明摆着的嘛，宏伟啊！宏伟！他们可能是兄弟，我真是史进认师傅，对你甘拜下风，怎么不早点说，不怕他跑了？速速啊，一组、二组马上跟我去一趟。"

小张狠狠拍拍脑袋："老大，我还真没发现宏伟的词组啊。"

第十章

在警队的通力合作下，周宏在当天晚上就被捕了。

几乎所有罪犯在被抓到之后，都会想尽办法狡辩，但周宏却出奇安静，他对自己的犯罪事实供认不讳。

当吴佑行审问他犯罪问题的时候，还没动气呢，这个男人直接就哭了，哭得像是30多岁的孩子。

用他的话来说，就是这些年毛都没搞到，白白给人做了快递小哥。

听到他这么说，吴佑行倒是显得有些尴尬了。

向警察同志要了一根烟，周宏道出公司实情："本来前几年也赚了一些钱，可最近不知道犯了什么太岁，总有人要搞我，我旗下所有的生意都黄了。"

听到这里，吴佑行来了兴趣，便插嘴道："仔细说说，你的生意都怎么黄的？"

周宏叹了口气，娓娓道来："以前的事情也不用说了，你们应该都查到了。最近两个月我一直都在放款，可也不知道哪个王八羔子要搞我，竟然用假身份证来借钱，一下子就套了我一百二十万。为了补亏空，我只好挪用车贷公司的钱，结果也是一毛不剩。后来我才想起上个月有人抵押了一辆宾利，质押一个月，拿走了一百五十万。可等我把那辆宾利拿到车行，才知道原来这辆车竟是改装、翻新的，除了样子像之外，其他设备根本就是假的。没有办法，我只好把新买的捷豹给卖了，换的钱也只是维持正常开支而已。"

听到这里，就连吴佑行都差点笑出声来。作为一个骗子，他竟然也会上这么低级的当，真不知道他这些年是怎么活下来的，完全和周伟一样的货色。很明显，他说的被骗的事件中似乎也有狩猎人的手法，但又没有直接对他进行勒索，而是通过反诈骗的手法，将钱汇给了贫困山区。

周宏也是叹了口气，道："同志，你看我这么老实交代，能不能少判几年？"

周宏想了想，说道："量刑不是我们说了算的，不过我可以替你求求情，前提是你把所有知道的事情都说出来。"

周宏撇了撇嘴，道："我所知道的全都说了，实在没什么可交代的了。"

"是吗？"吴佑行"哼"了一声，表情随意，"你和周伟什么关系还没说呢。他经常到你这里来喝茶，关系可不一般。再说了，周伟违法的事情我们都一清二楚，你肯定脱不了干系。他虽然跳江解脱了，你却要在人间受罪，想想你们兄弟俩的下场还真是有很大差别。"

一听这话，周伟吓得差点坐在地上，结结巴巴地道："什么？！周伟死了？"

"你不知道？不是据说双胞胎兄弟之间会有感应的嘛，你怎么不问问他你啥时候启程啊。到那边去，兄弟也好有个照应。"吴佑行的三言两语让周宏不寒而栗。

"我交代，我全部都说！"周宏擦拭着头上的冷汗，"周伟和我都是从大信集团出来的。"

"大信集团，"吴佑行十分熟悉，"不就是江城有名的金融集团嘛，据说还有国资背景，业务挺广啊。"

"对对，大信的老板的三叔很厉害，我们在大信混得不怎么样，就决定出来自立门户，混来混去，也只有金融熟悉一点，于是就干起了老本行。"

"大信有参与你们的事情吗？"

"大信倒是没有，三叔平时对我俩也很宽泛，表面的话虽说得漂亮，但实际是个老狐狸，有事也不会怎么管。"

吴佑行联想到周伟的手机在最后几个电话号码里，拨打过大信集团的客服座机电话，如果和这个三叔的关系真的好，为什么不直接打他的私人电话呢？周宏的话证实了他的判断。

"狩猎人听说过吗。"

"听说过，听说过。"

"你有接触？"

"没有没有，怎么可能，他们做的是高端的客户，咱们这不是小虾米嘛，根本看不上。再说了，金融行业特别是普惠金融，国家的法律还不完善，所以风险也挺大，狩猎人他们要的是钱，只要搞到证据，在哪一行都可以敲诈不是？"

吴佑行一愣，他立刻被周宏的一席话点醒。他突然想起了什么，于是起身离开，在室外拨通了刑事科李晓的电话。

"李晓，有个问题，你们查的狩猎人，都是在哪些行业下手啊？"

"哦，这事儿啊，有地产，政府官员，还有一些集团公司的 CEO 之类的，都是年薪动不动百万的人。对了，还有前些时候周伟的案子，第一个涉及普惠金融的。"

放下电话，吴佑行觉得所谓的狩猎人的目标不是在某一个行业里，而是唯利是图的那种类型。但是……慈善是怎么回事，他又拿起电话。

"小李吗，我吴队，上次开会你说你那边有几起案子的嫌疑人都做过慈善，有这回事儿吧，好，你马上给我都捋出来，好好查查这些慈善款都打到什么地方去了，给我查仔细了，我要详细的资料。"

虽然奋战了一个晚上，吴佑行却一点都不累，当从审讯室出来的时候，他反而有些神采奕奕。

他本来以为这只是一起普通的诈骗案，现在看来远没有这么简单。在这起案件之中似乎还有一个关键人物没出现，找出这个关键人物的地方也许就在恒记集团。

第十一章

沈逸可没那么兴奋,此时的他正站在办公室的门外打盹,一副鄙视的样子。

如果是在以前的话,他早就回办公室呼呼大睡了,但是此时却没有,因为屋子里全都是84消毒液的味道。书桌上莫名出现的盆栽更是让他大为光火,不仅占据了他睡觉的地方,更让他的电饭锅无处可放。

沈逸自然知道,这一切都是江心干的好事。

这个女人有着严重的洁癖,不管他把袜子藏在哪里,江心都有办法把它找出来,然后扔在自己完全找不到的垃圾桶里。这是一种不对等的嗅觉器官,他发现自己招聘来了一只警犬,他开始后悔当初让她通过面试了。

江心对他的印象也好不到哪里去,她是秘书,每天的工作是协助领导组织协调日常工作、做会议纪要还有接待外来人员,现在还得被迫兼任钟点工。每次见到沈逸,她都有种想要掐死他的冲动。

还好,她接受过一定的素质教育,懂得隐忍,换作电视剧里的宫斗情节,沈逸都不知道领盒饭多少回了。

为了有更多的时间监视王浩明,她每天晚上都会把第二天的工作准备好,但计划赶不上变化,此刻又白白耽误很多时间,以至于一个礼拜以来并没有跟王浩明有过多的接触。

万幸,王浩明这个人很谦和,对待下属也很好,经常会找她来聊天,甚至有好几次故意贴着她很近的距离,问她愿不愿意调到总经理办公室工作。

江心自然求之不得,正中下怀,但也隐隐觉得有些不安。一来是毕竟在总经理办公室工作和秘书还是有点不一样,怎么处理不好把握。二来是担心掌握不好尺度,让彼此产生误会。

毕竟王浩明正处于男人一枝花的年纪,事业有成、谈吐颇有魅力又不失幽默,简直就是一个师奶杀手型的人物。跟沈逸比起来,他俩简直就是一个天上,一个地下。

她有一些问题萦绕在心中百思不得其解,为什么反差如此之大的两个人会成为好兄弟?沈逸有什么本事立足于恒记副总的位置上?恒记违法的问题是什么?为什么局里领导这样重视这个集团公司?

自从自己从警校以优异的成绩毕业后,市局、区局的领导都抢着要她。

本来以她的资质，做什么都能行，只要是为人民服务，做一个正直的警务工作者，哪怕只是一个打杂的，这是当初导师在学校的教导。但不知道为什么，才到区局几个月的时间，领导就分配了这么一个重要的工作，说实话，自己的社会经验还不足，演技也欠缺，但一股执着的劲儿，迫使她一定要完成任务，还要出色地完成。

正想着，她的肩膀突然被拍了一下，猛地回过头来，只见沈逸正面无表情地呆呆盯着自己。

看着对方那双油腻的大手，江心有一种想揍他的冲动，心中暗暗把他诅咒了无数遍，但脸上却是勉强带着微笑，问道："沈总有什么吩咐吗？"

沈逸打了个哈欠，嘴里还有一股昨晚食物发酵的味道，彻底让江心恶心了一把："你不是说半个小时后消毒液的味道就会散尽吗？这都两个小时了，里边的味道还跟猪圈一样。"

"猪圈……"江心的嘴角抽动了一下，默默想着之前的样子才更像猪圈吧？何况在猪圈里办公倒也符合你的形象。可她嘴上却说道："说明书上是这么说的，我再去看看。"

她走进办公室转了一圈，着实呛了一下，道："沈总，你知道吗？空气要流动，气味才能散开，你紧闭门窗的话，就是再等一年，里边也还是有味道。"

此时她说话的神情，宛如一个教小朋友不能在暖壶里撒尿的幼儿园老师。

"原来是这样！"沈逸恍然大悟，随即面露喜色地小跑进了办公室。

他摇摇晃晃的样子，江心真为他捏了一把冷汗，着实担心他会突然跌倒。

沉吟了一下，她便拿着一沓文件走进办公室，道："沈总，这些是上个月的员工绩效，需要你审核然后签字。"

沈逸看都没看一眼，便要签字。

江心忙补充道："这涉及员工的福利，不能出错，一定要仔细看完之后才能签字的。"

"真是麻烦。"沈逸小声嘟囔了一句，道，"那你帮我看吧，你说没问题那我就签字。"

江心的嘴角微微翘了一下，随即很快转过身，直接坐在了沈逸面前的沙发上。她一边看，一边装作漫不经心地问道："沈总，你听说过周宏吗？"

这件事在江城可以说是妇孺皆知。果然，听了她的话之后，沈逸便点了点头，道："岂止是认识，简直熟得不能再熟了。身材还不错，就是长得差了点，不过没关系，反正黑灯瞎火都一样。"

听了他前半句话，江心还窃喜了一下，想道：我果然没有猜错，他真的跟恒记集团有关系，隐藏得够深啊，竟然一点证据都没有，还好这个副总是个脓包。可是当听到后半句话之后，又不禁被恶心了一把，什么叫身材不错？黑灯瞎火？该不会是仍在回味昨晚的事儿吧……"

江心故作镇定地说道："听说他跟我们公司有不少业务往来，最近刚刚被抓了，不知道会不会牵连到我们？"

沈逸嘿嘿一笑，道："周红被抓不是经常的事吗？八竿子打不着的人，怎么会牵连到我们？"

江心继续问："他不是和咱们有业务上的来往吗？"

沈逸嘟囔道："这就对了啊，既然要做皮肉生意，当然要找我们这种行家呀，找那个丫头片子有什么用？那个骚货经常被抓，因为太白腻了，总是故意露出屁股让人摸……"

"这是什么和什么啊？！"江心大惊失色。

"你不是在说夜总会的周红吗？"沈逸撇撇嘴。

"啊？！我的天。沈总，我先出去了。"江心腾地站起来，脸色红扑扑的，抓起文件就跑了出去。

沈逸看着江心的背影，脸色阴沉了下来：好一个小秘书，用这个身份来伪装不错啊，只可惜演技差了那么一点意思。动物天生都有一张皮，有的用来保暖，有的用来伪装，有的用来狩猎。但人不同，除了本来的那张剥不下来的皮以外，还有高超的演技，可以模仿别人的皮囊。沈逸也有多张皮囊，可以演绎各种不同的角色，不仅如此，对别人的演技也有一种细微的洞察力，洞察别人的目的不是为了拆穿他们，而是为了更好地调整现在的角色，以便做好二次伪装。

为了劫富济贫的事业，沈逸从十年前就一改自己偏于精明的外表，用一层厚厚的伪装将这些容易被人看见的优势包裹起来。年轻时的他，非常帅气，谈判颇有章法，富有魅力，令人印象深刻。为了达到真实的效果，他通过熬夜、增加体重、抽烟喝酒、改变穿着等方式，频频在商业接洽中颠覆曾经的人设，他开始装傻充愣，明知故问，接触的任何人都会让他们有一种优越感，自我感觉比沈逸优秀和聪明，以达到不被人关注、重视的目的，迷惑对手，让他们放松警惕，露出破绽，最后伺机行事。

至于江心小秘书，这么多年的伪装已经让自己习惯成自然了，沈逸不自觉地还是那么演绎，然后观察她，然后再次调整，再观察，不断修正自己的性格和作风。别人看来有点累的活儿，在沈逸的眼中反倒是一种享受，在与各种各样的人交手后，随之带来的是只有自己才能感受到的成就感。

警局。小李拿着个U盘在吴佑行的电脑接口处插进去。

"吴队，在查周伟和周宏公司的时候，我们搜集了大量的监控录像，有些是贷款公司的，有些是物业的，你看看吧。"

只见营业部人来人往的，看起来生意还挺好。周伟和周宏公司的利息很高，如果不是走投无路，没有人会来找他们借钱。这样的人在进门之前，脸上一定会有忧虑之色，借完钱之后也未必有多么高兴，这么多人，一般人也看不出个所以然来。

"按快进。"吴佑行突然说道。小李点到 x4。

"慢了，再快进。"小李点到 x16。

"我自己来吧。"吴佑行一把将键盘拿到自己跟前，直接快进到了 x64。他盯着闪动的两个画面。

"啪！"他按下暂停键，似乎发现了什么，然后又回放。小李的眼睛瞪得老大，脸上全是疑问，他没觉得有啥不同。

"哪出问题了，队长？"

吴佑行停下来，点了一支烟，转身看了看小李。

"周伟和周宏都曾经说过，他们被人耍是最近一个月开始的。我问你，如果你买个假身份，会买什么样的？"

"我啊？"

"别傻乎乎的，快说！"

"假如我买，我肯定买和我年龄差不多的。老了，年轻了，都不行啊，用的时候就对不上了。"

"这不就结了。"吴佑行一拍大腿，"不只年龄，还有长相、性别对得上才能使用。对不？谁会傻到用女人的身份证去冒充呢？你看这些视频，有一个人特别可疑。不管是进门还是出门，他的脸上都没有过多的表情，而且在这炎热的夏天，他还把自己包裹得严严实实，偶然间瞟到监控时，他还下意识地压了压帽檐，他没有问题才怪了！"

"你看周伟和周宏的营业部都有这个人出现过，特征还挺明显的。三十几岁的年纪，体形肥胖，身高176厘米左右，走路微微外'八'字，而下摆露出的半截衬衫则说明这个人不修边幅。"

"厉害啊，队长！"小李眼睛变得异常明亮起来。

"废话，不厉害能当你们队长？告诉你，这人的嫌疑最大，说不定就是什么狩猎人。根据我刚才描述的特征，从客户信息里找出相符的，咱再看看照片，基本就有一个轮廓了。赶紧去办吧。"吴佑行说。

第十二章

"沈总，你刚才说的那个周红是谁啊？"江心小心推门进来唯唯诺诺地问，"该不会是你的情人吧？"

沈逸道："还能是谁，当然是逍遥谷的那个领班喽，叫个什么不好，非要叫个红，人不红，屁股红了。我跟你说啊，不过身材确实是好啊，活棒，哎哟，那个声音好嗲。"

"哎呀，你别说了。"听了这话，江心脸上感觉红扑扑的，额头顿时也冒出了冷汗，这话没办法接下去了，随即拿着文件让沈逸签完字就快步离开了，刚一出门，她就将那所谓的重要文件扔到了垃圾桶里。

其实这哪里是什么员工绩效，只不过是她随手做的一些部门绩效表格而已，她笃定像沈逸这么懒散的人一定不会看，所以才找了这么一个借口前去套话，谁知套来的都是些没用的。

她猜得果然没错，但万万没想到他满脑子想的竟然是一个夜店的领班。

对于沈逸的为人，她早就已经私下里打听过了。虽然算不上什么大奸大恶之徒，但也绝对不是什么好人，据说连一个安稳的落脚点都没有，今天睡酒店，明天就睡夜店，两三天不上班是常有的事，就算是半个月没来，大家也不会觉得意外。

江心也不禁暗暗佩服王浩明讲义气，竟然会养这么一个只会吃闲饭的家伙。

思虑再三，她已经渐渐意识到沈逸这个人失去了价值，他应该没什么问题，不应该在他身上白白浪费时间，便准备晚上下班之后找王浩明重新商量一下关于总经理秘书的问题。虽然有点唐突，但只要自己表演得好一点，应该没有问题的。

她知道王浩明很晚才会离开公司，所以吃完饭之后又逛了一会儿街才回到公司，结果发现王浩明并不在，但技术部却有不少人在加班，而且看起来很忙碌。

这是怎么回事？

江心是公司的秘书，所有合同都要经过她的手，貌似这段时间并没有加急的项目啊？

她心中起疑，随便找了个技术员工问了一下，结果对方什么都没说，只说是总经理吩咐的。技术员工都有保密协议在身，当然不会多说话。

江心觉得有问题，但也没有声张，只是把这事记在心里。

第二天，她特意来得很早，结果发现昨晚加班的同事刚离开公司，一个个精神不振，显然是加班熬了一个晚上。办公室的电话正好响起来。

"您好，这里是恒记集团。"她的声音很好听，很容易让人感觉到亲切，一边说着，她一边拿笔记录，可只写了几个字，便写不下去了。

那几个字正是：市局经侦队长吴佑行。

她沉吟了一下，便继续说道："麻烦确认一下，市局经侦队今天要来我们这里检查是吗？好的好的，要约见我们的领导是吗？"

电话那头哈哈一笑，道："不算是检查，只是例行公事而已，谈话在中午休息时进行，不会打扰你们工作的。"

说着，电话便挂断了，江心心想怎么这群家伙要来了，连忙赶紧汇报。

果然，刚到十二点，市局经侦队的人就到了，只有两个人，正是队长吴佑行还有小汪。为了体现对公安局检查工作的重视，负责接待的是恒记集团的一把手王浩明和二把手沈逸。

两个老总同时坐在一起，对比更加强烈，江心看了看王浩明又看了看沈逸，硬是忍住没笑出来。

可他们两个却根本就不在意，一直谈笑风生，直到吴佑行来了之后才严肃了起来。

打过招呼，互相介绍之后，刚刚落座，吴佑行便开门见山地说道："两位虽然不是搞金融的，但也算是圈内人，我想最近发生的事情你们应该都知道了。你们也别慌，咱今天只是一次例行检查，都是大忙人，希望没啥事。"说完便观察起两人的神色。

王浩明一副职业经理人的样子，清了清嗓子，但还是忍不住小咳了两声，直言不讳："当然了解，那个周伟我见过两次。"

一听这话，吴佑行就来了精神，好家伙，正是像外界所说的"儒商"一样，或者应该叫道貌岸然吧？

王浩明道："我们是在一次聚会上认识的，互相留了联系方式之后，他就整天给我打电话，说是要让我帮他筹备个什么网站。找上门来的生意，我自然高兴，可后来才知道原来他是违法放高利贷的，月息到8分了。我们可是正经生意人，违法乱纪的事情坚决不做。"

"难怪恒记集团最近两年名气这么大，老板是这么有原则的人。"吴佑行夸张地竖起大拇指。

他本想总经理这么有气度，副总也一定差不了，可是当吴佑行扭过头打量一番沈逸之后，他的眼睛却被亮到了。

吴佑行再次确认眼神，只见眼前这人蓬头垢面，里面明明没穿衬衣，还非要打领带，两个眼圈更是跟熊猫的相差无几，毫无副总的皮囊，真和传说中一模一样。这只是门面上的小事，工作忙，加班多，难免会邋遢一点。但是他打量第二眼的时候，却觉得这个人有点面熟，可又想不起在哪里见到过。

沈逸也被他盯得发毛，打了个哈欠，憨憨地笑着："不好意思，昨晚加班，直到今天都没有休息。"

听了这话，吴佑行这才回过神来，连忙收回目光，道："这没什么，公司做大了，高层都是这样，不像以前那么喜欢摆架子。就说前段时间吧，我在表彰会上见到了口袋金融的总裁，他穿着拖鞋就来走红毯了，也让咱们吃惊不小呀。"

"口袋金融？"沈逸随意问道。

"口袋金融你不知道吗？"吴佑行反问道。

"知之为知之，不知为不知，不知装知，那是一知半解。"沈逸答道。

"哈哈，说绕口令对吧？"吴佑行笑了笑。

"不带开玩笑的,你说口袋金融被表彰了?"沈逸问。

"对啊,区里的普惠金融优秀企业表彰会。你看看,他们这才叫搞金融的,ICP、银行存管什么资质都全,据说还有国资背景,你说这样的企业老百姓投资起来多放心。"吴佑行夸夸其谈,就像在局里开会。

口袋金融,还表彰?为什么需要表彰?谁表彰谁?又是表彰给谁看?沈逸一下子就来了兴趣,但他不动声色,反复整理着手上的文件。

其实这个口贷金融他也曾听说过,只是池塘里的鱼太多,没三头六臂哪里抓得完呀,所以一直没有去留心。现在金融业这么发达,手机APP自然也是层出不穷,但还从来没有听说过有什么表彰大会。表彰大会有什么用?无非就是增添一点骗人的筹码罢了,政府看似做了一些引导和示范作用,其实是为不法犯罪做了一次冠冕堂皇的背书,中间人充当捕客,达到三赢的局面,这难道不是同流合污?从吴佑行的口中说出来,不仅是口袋金融的虚弱,吴佑行似乎也有一种虚荣存在,而虚荣就像人穿的衣服一样,不管有多么华丽作用都是一样,那就是遮挡,至于遮挡什么东西那可就不好说了。

吴佑行有自己的职业嗅觉,他能够从最不起眼的东西之中找到可疑之处,然后将罪犯绳之以法。沈逸也有自己的嗅觉,而且比吴佑行更灵敏和具有前瞻性。两者最大的区别在于,吴佑行是看事论事,看的是皮;沈逸是看人论事,看的是魂。事物是根据人的行为在不断变化,人性是根深蒂固的,是社会行为中最为稳定的因素,几千年岁月的沉淀和打磨,文化属性导致人性在任何时候都不会改变。

看起来在听他说,但沈逸手上却没有停,显得认真而忙碌,把文件整理好之后,一件件亲手递到吴佑行的面前,让他来审核。

一旁的江心看在眼里,心中却好奇起来,这家伙做事怎么突然利索了?原来这个糙汉也不是一无是处,有时候还是井井有条的。是不是今天有老板在身边,所以他才这么认真对待?

沈逸突然转过头来,向她有意无意地眨巴一下眼睛,脸上带着诡异的微笑,就像看穿了她的心思一样。

江心惊恐之下,连忙低下头,装作记录,其实心却"扑通扑通"地跳个不停,就像小时候偷糖果被人发现了一样。

吴佑行按部就班地和小汪审阅着资料,将所有文件翻看了好几遍,确认没有问题之后，和两位老总示意告别，临走时突然想起什么，转身对沈逸说："沈总，今天你忙乎半天了，费了不少心，有空我请你喝茶啊。"

沈逸连忙上前伸出双手握住吴佑行的右手，傻傻地笑道："行的，让我来请你吧。"

总体来说，他对恒记集团的印象还是很不错的，老板谦虚友善，副总看起来虽然有些邋遢，却有掩饰不住的精明，所有资料一件件拿来，全都是按照审查顺序，一点错漏都没有。有时候他故意问几个合同中的问题，对方都能不假思索地回答，显然对一切都了然于胸，提前半天通知，就准备好了要问的内容。所以此次恒记之行只能算打个照面，做做表面功夫，没什么价值。

告辞两位老总，秘书送他们下楼，他本来并不是一个多话的人，但见到江心亲自送他出门，还是忍不住夸赞了她两句好漂亮、有气质之类的客套话。

"吴队长见笑了，我还是新人呢，刚毕业，初来乍到，请多指教啊。"江心神秘一笑。

"新人好啊，有前途啊，年轻又有才能，好好在恒记干，说不定能升官发财呢。你这么出众一定能行的！"

刚刚发动汽车，小汪古灵精怪地低声说："吴队真有魅力，这才见了一次面，就和人家聊上了，此行收获不小啊。"

"你小子别瞎叨叨，这叫打官腔，懂不懂？学着点！"

"哦，叫打官腔，下次把江心约出来呗，我们一起打官腔。"

"回去乱说，你看我不给你吃个大蛋糕。等等，你刚才说她叫什么？"

"江心啊，江秘书。"

"我说名字听起来怎么这么耳熟啊，还有那个憨乎乎的沈逸，感觉也是在哪里见过。"

"队长，最近忙迷糊了吧，赶紧回去睡一觉。"

"哎哟，最近可能真是上头了，睡个大棒槌，事儿多着呢。"

当天晚上，沈逸就将张博和孙小兵叫到家里来。

"哥，怎么突然要我们调查口袋金融了？"张博拿着一摞资料和孙小兵一起走了过来。

"哼，因为吴佑行啊。"沈逸说。

"这小子？昨天才大张旗鼓地来检查，咱们在楼道口碰见过。"张博说。

"吴佑行昨天带队到恒记来了，我和王浩明接待的，虽然都是一些很程序化的审查，但是我对他说的话倒是有点感兴趣。"沈逸说。

"他说了什么把你给刺激了啊？"张博问。

"他说江城口袋金融是区里的普惠金融优秀企业。ICP、银行存管等什么资质都全，还是国资背景……咱们来琢磨一下这句话的逻辑怎么样？"沈逸饶有兴致地说。

"沈哥，你的意思是不是说有了这些资质，就是优秀企业啊？"孙小兵问道。

"没有这些资质固然不是优秀金融企业，但有了这些资质也不见得是优秀企业啊。"沈逸回答，"我想说的是，吴佑行仅仅靠这些东西来判断一个金融企业，作为一名公安局经济侦查工作人员，是不是有点牵强附会？这两者没有必然的联系，这就好比谁能骑上赤兔马谁就可以随意出入千军万马，太夸张了吧。"

"你的意思是给吴佑行上一课？"张博笑了笑，马上领会了沈逸的心思。

"差不多是这个意思，我想告诉吴佑行他的逻辑是错误的。因为这个思维方式与恒记和我们有着必然的联系。你们看，最近涉及几起跳楼案件的金融企业，和恒记只是正常的生意往来关系，但是那些好事的人却偏偏将两者联系起来，这其中也包括吴佑行，他们都以为恒记做技术开发就一定参与了他们的运营，这是错误的，我其实是想给吴佑行一点提示，免得他再来骚扰我们。"

"嗯，是这个道理。那既然定下来了，咱们就干，反正搞这种公司，多一个不多。"张博说完，清理出和孙小兵整理的关于口袋金融的资料。

"口袋金融的总裁叫李东升，这个人很厉害，最近和政府的官员走得很近，都为他说好话呢，难怪口碑这么好。调查过了，这个人不好色、不好酒、不好赌，是一个看似非常正直的企业家。"张博挠挠头，显然觉得有点难搞。

"但是，没有爱好不等于没做坏事啊。"孙小兵接着说，"我查了口袋金融平台的数据，还进入他们的微信群和QQ群里，通过几天的观察发现，里面好多的托儿。这些托儿非常有趣，在固定的时间内就出现三五个人，然后在群里发自己的收益情况截图和抽奖情况，说这个平台怎么怎么好，什么将自己的银行存款都取了买他们的理财产品。过一个时段再换一批人在里面聊，这些人很好认，地区是江城都不改，图片也不改，很容易就能发现。既然公司品牌这么好，怎么还要找托儿去哄散户投资呢？"

"还有，我查了，这个所谓的国资背景，只不过是个四手货色。有一家国企没有错，这个国企是全资子公司，子公司下面有投资公司，投资公司又和另一家公司签订了融资协议，而最后这家公司才委托口袋金融作为居间方融资，口袋金融出了200万元的费用才弄下来。这样倒来倒去的，虽说有国资背景那么一点意思，但是风险无形当中被这个居间方化解了，最后出现问题，还是极有可能该单户买单。"张博进一步分析道。

"这不就等于一句话归总了嘛。"沈逸打了个响指，"花200万买了个国资背景！"

"哈哈，精辟，就是这个意思。"张博笑道，"现在的问题是我们知道他们在搞鬼，但是很难拿到证据啊。没有证据吴佑行也不信，那咱们不等于在意淫了？"

"嗯，这是个问题。"沈逸琢磨了一会儿，眼睛一亮，"既然确认他们是有问题的，但无法在已有的项目上找证据，那么我们就来个新项目，怎么样？"

"沈哥，你有什么好点子？"孙小兵好奇地问。

"嘿嘿，我们虚构一个项目，让他们来合作，这样我们就是乙方了，你们想想看，怎么会拿不到证据呢？"沈逸说。

"那要极具诱惑力的项目，才能请君入瓮啊。"张博说。

"前段时间我正好接触到一个老板，是做房地产的，他的楼盘现在卖不动，流动资金出现了问题，我们就这样……"沈逸拿出笔和纸画出来，"这是一个商住两用楼，商住楼现在卖不动，是因为户型、房价上涨等问题，这栋楼还有一个三层的地下车库，如果将这些车库划成商铺，分割出来，就……"

"对啊！那就成了一个个可以进行抵押的标的，每个标的只要评估价格不高于20万元，口袋金融就能够放在平台上进行融资了！"张博一点即通。

"是的！你们想想，每一层2000平方米，一共三层，这个体量还是可以满足口袋金融老板的胃口吧。咱们作为中间人，怂恿房地产老板拿出非常高的回报诱惑口袋金融入局,而我们还可以赚取两边的差价,但这不是重点,重点是我们将口袋金融带进来后,口袋金融的违法证据我们就轻而易举地获取了。"

"哈哈哈,真是好计策啊,咱们还没什么风险。"孙小兵竖起大拇指。

"明天张博就去打扮一下,搞个壳子公司,去找这个房地产公司的老板谈。没关系,就说是我的朋友,在吃饭的时候听到这个消息的,你就尽挑他爱听的说。如果成了,这么一来他的资金问题也可以马上解决。谈好了之后,再去口袋金融,将包装好的资料交给他们的风控部门,到时候你将风控的人带到逍遥谷里嗨皮一下,把个个儿整得口袋鼓鼓的,这事不出一周的时间就能搞定。小兵就在他们谈话的时候录下语音,如果可以的话,顺便把视频也捎上,以防万一。"沈逸说。

"好嘞,这就是我的强项了,放心吧。"张博和孙小兵同时做了一个OK的手势。

第十三章

早上。警局经侦队长办公室。吴佑行在抽屉中翻找文件,发现了一封新员工入职信。打开一瞧,有张登记照,嘿,这不是昨天王浩明和沈逸旁边的那个小秘书嘛。一看名字,江心!

也直到这个时候,吴佑行才想起来,原来江心是咱们的新同事,难怪上次只是送了一份述职信就不见了踪影,原来是直接被送去做卧底了。不通过上级直接越级调派任务是警局常有的事儿。

他从来没指望新人能做什么事情,不增添点儿事就算是积功德了。只是隐藏在王浩明和沈逸身边,其难度可想而知,她能够胜任得了吗?

吴佑行回想自己从警十年,什么样的任务都执行过,从警校毕业之后第一次执行任务就是做卧底,一做就是一整年。直到现在,回想起那段黑暗的日子,他依旧是心有余悸。

其实,他对江心的第一印象还行,有点小精,柔弱没有霸气,距离优秀还差得远。

要知道,做卧底这一行可并不容易。既要学习坏蛋的生存法则,不能过分出格，又不能违反警队纪律，这其中的平衡实在是难以拿捏。哪怕是出一点差错，不仅职业生涯遭遇壁垒，甚至这条小命都会交代出去。

他实在对这个"女秀才"的能力不抱任何希望。

不过令他好奇的是，这才毕业的女学生怎么不到自己手下来打杂，而是上面直接派遣了这么一个重要的岗位。他正寻思着就已经走到了副局长李茂盛的办公室，门也没敲。

李茂盛副局长，身材不高，45岁。吴佑行闯进来的时候他刚刚端起茶杯走向门外，差点撞上，被他这么一吓，一杯热茶有一半都倒在了自己的手上。

"怎么还是一副赶杀场的架势？！慌慌张张得像个没头的苍蝇！"李局不带笑脸，绷得老紧。

"哟，李哥，我这不是给你赔不是嘛。"吴佑行嬉笑着拿来卷纸帮他擦。

"啥事，那么着急？"

"就是有个事我琢磨了半天，才来问问您。"

"说！"

"你看我这儿人手本来就不够吧，好不容易给我派了个大学生，怎么没到我这儿报到，直接就上岗了？"

"哪个学生？"

"介绍信里说叫江心。"

"哦哦，你说她啊。"李副局将茶杯盖上杯盖，坐到椅子上靠下来，还跷起了二郎腿，"我说你不是搞侦查工作很出色的嘛，来的什么人也不调查清楚？"

"调查了啊，高才生嘛，学习优异，人长得漂亮……"吴佑行好似在背书。

"你想想，一个才毕业的，为啥能这么快过实习期，立马转正，还派任务？"

"她难道特别优秀？"

"吴佑行啊，吴佑行，你真是个榆木脑袋，现在什么时代了，你知道的那些谁不知道，你要好好查查你不知道的。唉，你这人务实可以，务虚就差远了。"李副局满脸的不屑。

"虚虚实实？"吴佑行挠着脑袋。

李副局实在拿这个一根筋下属没有办法，连忙起身去关上房门。

"他的叔叔是上面的。"李副局食指朝天上指了指。

"哦……难怪……"吴佑行这才恍然大悟，但又继续问道，"上面的哪位？"

"北京的。管银子的。"

原来是银监会！这次吴佑行听懂了，管银子的就是公安局经侦侦查案件中涉及最多的金融领域中的管辖部门，是国务院直属正部级事业单位，统一监督管理银行、金融资产管理公司、信托投资和其他存款金融机构。

从李副局办公室回来，吴佑行的桌子上便多了个快递包裹，本想嚷嚷小汪一声到底是谁的快递，乱丢在这里，可当他把快递拿在手中端详过后，收件人分明写的是自己，便感觉到了不对，他快速回想自己有没有在网上买过东西。

好奇心使他犹豫着将包裹打开，是一个盒子，他又把盒子打开。

首先映入眼帘的是一张 A4 纸，上边几个大字：口袋金融违法证据。

A4 纸下则是一沓厚厚的文件，还有两支录音笔。随便打开一份合同文件，里边全是密密麻麻的小字，还有碳素笔的批注，落款是匿名举报者。

只随意看了几眼文件里的内容，吴佑行立刻就知道这家公司 100% 有问题，凭借这里面的证据基本就可以对它立案调查。

口袋金融刚刚被评为本年度的行业表率，甚至单独召开了表彰大会，很多领导、企业家都参加了。

正纳闷儿，小汪走了过来，告诉他有电话找他。

吴佑行点了点头，可拿出手机一看，却根本没有动静。转过头来，只见小汪指了指一旁的办公室。

说是办公室，其实根本就没人在那里办公。里边只放了一部电话而已，属于特殊专线，保密措施极为严格，据说现有监听设备根本无法窃听。

只有发生特别严重的事情，或是执行秘密任务的时候，专线才会被启用。

吴佑行并不是一个胆小怕事的人，但听说专线有人找自己，还是忍不住一凛，随即连忙跑了进去。

电话兀自响个不停，他深深吸了好几口气才让自己平静下来。

刚刚拿起电话，便听到电话那头传来了一道浑厚无比的声音："吴佑行，是我！"

"哎哟，老领导，您好您好。啥事要您专门打电话给我啊？"韩跃平是市银监局的局长，也是吴佑行在大学里的老师，一直都很受吴佑行的尊敬。

"我就是闲下来没事，给你打个电话，看看你最近的情况，咱们随便聊聊。"

"哎呀，谢谢您的关心哟。"

"嗯，恒记是不是有什么问题啊？最近老是听见一些案子和恒记集团有关系。"

吴佑行回答道："我看过恒记集团的资料，也查过他们的一些基本账目，没有任何问题，不知道您的消息是哪里来的？"

韩跃平说："因为保密条例，具体细节我不能细说，只能告诉你，最近三个月中，本市一共有六家金融公司向山区贫困乡、希望小学、灾区打过款，数额巨大。"

吴佑行道："是的。情况我大概了解一些，据说是叫狩猎人的组织在背后搞鬼。"

韩跃平道："嗯，根据我们深入调查的结果，这六家公司只要跟恒记集团有商业上的合作，不久后就陆续投入种种公益活动中，在此之前也没有见过他们有任何的慈善举动。他们平白无故地为什么会突然大发善心？难不成恒记集团是观世音菩萨，把他们给点化了吗？这其中必定有不可告人的秘密。"

说到这里，他的语气已经颇为严肃。

他的意思显然认为这六家公司有什么把柄被恒记集团攥在了手里，所以才不得不大出血。也直到这个时候吴佑行才明白，领导为什么要安排江心去恒记，原来早就掌握了线索。

韩跃平继续说道："这六家公司已经陆续被查封了，该有的证据已经摆在案上了，其他的估计找不到和恒记集团更多的线索。要想找证据，只能等他们下次出手。你接下来的任务就是跟江心同志一起，把这个什么狩猎人给我揪出来，我倒要看看他有什么七十二变能够化腐朽为神奇！嗯，就这样，你先忙吧。"

挂上电话，吴佑行认为韩老师如此重视这件事完全是出于一个执法和监督人员的职责，司法部门的权威受到了严重的挑衅，长此以往，公信力也会荡然无存。这是一件很可怕的事情。他再次暗暗敬佩韩老师的远见和责任心，只不过江心这事嘛，不用说，这等于是嘱咐吴佑行帮助江心出色地完成一次任务，而功劳必定是江心的，能够让老师出马"拉郎配"的也只有上层的领导面子，吴佑行不习惯官场那一套，也就没多想，这事先放一放吧。

不论于公于私，事关重大，吴佑行自然不敢怠慢，连忙成立了专项小组，再次把最近三个月所有被查的金融公司全都筛选了一遍。

经过一整天的整理，只发现五家公司做过公益，而且公司的软件全都是向恒记集团定制的。至于第六家，是无论如何也找不到了。

直到此时，吴佑行才突然想起今天送来的那个鞋盒。他立马派一组人突击审查了口袋金融那边的文件，果然，就在上个月口袋金融刚刚和恒记签订了一份软件技术开发协议。

不出意料，又是恒记！

一次两次还能说是巧合，但连续几次的话，真和老师说的一样，那就是板上钉钉的事实了。

"口袋金融，口袋金融……"

吴佑行小声念叨着，脑海中突然闪过两个身影，一个温文尔雅,看似精明，一个邋里邋遢，看似憨厚。他突然想到什么，打开电脑，反复观察在周伟和周宏公司前徘徊的那个身影，那个看似憨厚的和这个身影有好多相似之处。

等等，前几日才去过恒记，无意间提起口袋金融表彰会的事，今天口袋金融的证物就送到了自己的面前。这办事效率可真高啊。吴佑行在办公室踱步几个来回，有这么巧合的事情吗？这是出于一种什么心理？妒忌，藐视执法权威，还是展露霸气？

好家伙！吴佑行冷笑一声，把鞋盒先收了起来。

本来这盒证物，已经足够搬倒口袋金融了，但他现在想稳一稳，因为他敏锐地感觉到，这是一个机会，一个揭开恒记集团面纱的大好机会。

他已经隐隐猜到那个告密者就在恒记集团中，而且还是一个位高权重的人，但具体是哪一个，他暂时还没办法判断。

单论外形来说，明显沈逸符合告密者的体貌特征。不过也不能因此臆断，毕竟这世界上身材差不多的人多了去了，再说王浩明位高权重，又有钱，随便指派几个人也是有可能的。虽然只见过一面，但他已经感觉到了王浩明的不一般，已经看到了在他谦和的外表下，似乎隐藏着秘密。

如果让他选择一个的话，他倒认为王浩明的可能性更高一点，但是动机在哪里？"慈善"这个理由还不足以符合行事的逻辑和动机。

此时小汪将手机递过来，吴佑行看了看，原来是小汪的一个哥们儿在江城聚力金融里打工，而且还混到了管理岗位。

"这小子的信息可信吗？"

"放心，他和我在一个院子里长大，感情好着呢。"

"这上面说聚力的老板每个月都要往一个山区的个人账户里打钱，数目还不少。这人也没有业务往来，该不会是他家亲戚啥的吧？"

"他老板是杭州人，有亲戚在兰州，还是个旮旯里的小村子里的人，有这么离谱的事儿吗。"

"是吗……"

"做财务的那个小妞刚被他追到手，不会有假。所以他最近一直跟我炫耀这事呢。"

"看把他能耐的，你小子该不会也想谈恋爱了吧？我跟你说啊，我这儿缺人，你别添乱。"

"看您说的，怎么会呀。您看这信息有用吗？"

"废话，当然有用，这足以说明聚力金融也被控制了。"

说到这儿，吴佑行计上心头，正愁怎么才能让他露出马脚，这事不就能让他自己送上门了吗？十有八九这个家伙跑不掉。

第十四章

另一边，江心一门心思地只想找出与王浩明有关的罪证。

说来也巧，江心还没想出接近王浩明的办法，他自己就送上门来了。刚开始的几天只是见面打个招呼而已，渐渐地，她每天都会收到一些小礼物，时间一长，她也感觉到了不对劲。

貌似这已经超越了上司对下属的关怀，倒更像是……

她不敢再想下去，希望能够赶快结束任务，然后被调回局里，堂堂正正地做一名警察。

自从上次偶然见到王浩明偷偷安排人加班之后，她就已经暗自留了心，曾经试探过沈逸的口风，结果发现他对这件事一无所知。

也就是说这看似关系极好的两人，其实也都有自己的小算盘。

以后的几天，她每次下班之后都会回公司一次，结果再也没有发现过加班的事情。所以上次技术部临时加班一夜，就显得特别不同寻常。

就在调查陷入僵局的时候，上级领导与她取得了联系，告诉她口袋金融涉事老板的账户又向某个慈善机构打款200万元，要求江心继续深入调查口袋金融和恒记集团除了正常业务往来的其他问题。同时告诉她，市局经侦大队吴佑行即将成为她的直属领导。

口袋金融跟恒记集团有合作这件事她是知道的，貌似就在加班事件发生的那几天。

难不成那次加班跟口袋金融有关系吗？

当时加班的人很多，不过江心来的时间比较短，所以认识的人很少，从人事部的排班记录来看，应该是由一个叫张正的技术组长负责的。

想到张正，更引起江心的怀疑，因为他今天早上已经辞职了，辞职报告是由自己亲自交给沈逸的。

接到好的项目应该有丰厚的项目奖金，在这么好的任务来到时就辞职了，世界上会有这么巧合的事情吗？

她连忙打开了公司通讯录，找到了张正的电话，并在档案室记下了他的家庭住址。

这就是做秘书的好处，不用通过任何人就能掌握很多资料。

化装侦查是每一个警察必学的功课，江心更是各中高手，戴上假发，又改了个妆容，就像完全变了个人似的。

虽然张正只是一个小小的基层组长而已，但恒记集团的效益这么好，他的收入应该也很可观了。可来到他家之后，江心却吃了一惊，因为他竟然居住在一个十分落后的城中村里。

如今，城中村的定义已经跟以前不一样了，它俨然已经成了新时代的红灯区。

里面住的人来自四面八方，三教九流什么人都有，或者什么事情都可能发生。

在来的路上，江心已经想好了一套说辞，不管威逼还是利诱，一定要从张正的嘴里套出些东西，实在不行的话，也就只能表明身份了。

隔壁的狗狂吠几声后,她便敲响了屋门,结果门没锁,稍微一碰,就开了。

住在这样一个鱼龙混杂的地方,竟然还不锁门?

江心突然有了一种不好的预感,随即用力咳嗽了两声,示意自己不是贼,然后便大着胆子走了进去。

在她的心目中,沈逸可能是这个世界上最邋遢的人了,但来到这里后,却再次被刷新了三观。

单是猪窝已经不足以形容这间屋子了,简直就是一个垃圾场。烟头、包装袋、臭袜子应有尽有,床单也不知道多久没有换过,已经变了颜色,上边还有几个用烟头烫出的窟窿。

一室一厅的平房里,并没有发现张正的身影。

此时她要迅速离开了,如果被人撞见的话,也没办法解释,确认没人之后便快步离开了,准备到胡同口去等。

这是个视野十分通透的地方,胡通只有一条,住户也只有张正一家,只要他出现,就一定能够看到他。

前后也就三分钟左右,她正假装踱步闲逛,身后突然传来了一阵脚步声。

"奇怪,这里只有张正一家住户,怎么会有人从他家出来?难不成刚刚我进去的时候,他悄悄躲了起来,等我离开之后才出来吗?"

心思急转而下,她连忙将头转了过去,正要开口假意问路,却跟一个人撞在了一起。

"你是谁?"

两人几乎同时脱口而出,然后就再也没有动静。

江心心想:张正身材瘦小,估计连一米七都不到,而眼前这人身材略显臃肿,显然不是他。便低头向旁边让了让。

就在这个时候,一辆摩托车从大路驶来,车灯虽然不算亮,但照亮了正前方的整个胡同,也足够两人看清对方。

"是你!"

两人又是同时脱口而出。

原来那个跟江心撞在一起的不是别人,正是沈逸。

沈逸外表还是一副邋遢样,一身休闲服,但他的心思却十分缜密。最近几天,江心总是有意无意向他询问公司有没有加班任务,一来二去他也就留了心，随即暗暗打探，果然发现前几天有十几个人被张正留下来加了一晚上的班。张正虽然职位不高，但也算是公司的元老了，而且还是王浩明的心腹。为了弄清楚事情的真相，他悄悄让张博跟踪张正，结果发现他每天下班之后都要去一家叫作"聚力金融"的公司小聚片刻。

　　对于聚力金融的底细，没有人比沈逸更清楚了。这是一群乌合之众被老板陈永昌聚集在一起开的公司，表面上经营的是小贷业务，实则干的是赌博生意。业务涵盖了山城周边的二三级城市和县城，因为数额巨大，去年被沈逸查到，在张博的配合下，顺利成了他们的下饭菜，并开始达成了长期的"合作"。陈永昌这个人胆小怕事，也没做过什么害人性命的勾当，又非常听话，配合按时汇款，从不耽误，是沈逸的忠实猎物。

　　恒记集团靠的就是网站统筹起家，虽然没有接过这样的业务，但做起来应该是得心应手，一个通宵的时间足以完成。

　　在秘密联系聚力金融陈永昌后，沈逸已经从侧面知道了情况，王浩明因为炒股票赔了钱，在扒本心的作祟下才想在其他地方找"副业"，最终瞄上了建设网络赌博这块儿，这是他的老毛病又犯了，还是一个"贪"字。于是在聚力的软磨硬泡下，终于动心，王浩明派张正负责跟聚力金融接触，用一个晚上的时间帮他们筹建了网站，似乎还入了股，当然沈逸是在没有泄露自己身份的情况下侧面问的，陈永昌未必会把底全部交出来。

　　沈逸这辈子没什么朋友，除了和自己出生入死的兄弟张博，剩下的就是王浩明了。王浩明不仅对他有知遇之恩，更是在十几年前一次与人结仇被人追杀的关键时刻救过他的性命。建设赌博网站看似处于技术层面，但涉及国家明文禁止的违法行为，说没踩红线，实则已经被吊在红线上了，于情于理，于公于私，他都不希望看到王浩明出事。

　　他这次来就是找张正要那个网站域名的，只要知道域名，以孙小兵的本事，就能让这个网站办不成，他其实是希望王浩明知难而退。

　　他自然不想让别人发现自己在这里出现，便翻墙来到了张正家，结果发现屋里没人，正要离开，便跟江心撞到了一起。

　　两人各怀心事，所以谁都没有说话，气氛一时间变得十分古怪。

　　如果什么都不说，装作什么都没发生过的话，似乎又不太现实，毕竟两个人都有一个不想让别人知道的秘密。

毕竟还是沈逸机敏一些，表情一转，嘿嘿大笑，反客为主故意打趣道："江小姐，这么巧啊，你也来这里看望同学？"

听了这话，江心闷笑。这条胡同中只有张正一家人，都是公司的同事，这不是此地无银三百两嘛。

这话没法接，沈逸分明是给自己一个台阶，至于下不下，傻子才会有台阶不下，难道硬生生地摔死？

"不是，我……我男朋友住这里。"

这话说出来，连她自己也觉得有些心虚。突然，她想起了一件事。自己明明化过装的，而且还特意戴了假发，自己照镜子的时候都险些没认出来，而眼前这个连毛巾和抹布都分不清的人，是怎么一眼就认出自己的？或者是自己太天真？

江心虽然手忙脚乱，不过看到对方是沈逸，心里也松了一口气，因为在她的印象里，沈逸只是一个睡觉流口水的抠脚大汉，根本没有值得称道的地方，更加不会对自己有什么怀疑。

两人都没有说话，气氛又变得尴尬起来。

就在这个时候，不远处传来了一阵笑骂的声音，似乎是有一群小混混在打闹。两人都是一般的心思，觉得今天是白来一趟了，身处这样一个环境里还是早点离开为妙。

心念相通，两个人也就没有说话，默默向村外走去。

村里每一个角落都有腐烂的恶臭味，直到看见步行街，味道这才渐轻，倒真有一种恍入隔世的感觉。

此时不算太晚，只不过晚上八点钟而已，对于江城这座不夜城来说，夜生活也只是刚刚开始。

"走，一起去喝一杯？"沈逸试探性地问道。

听了这话，江心受宠若惊，眼前这个沈总怎么都不像是一个会约女孩子吃饭的人。

如果是在平时的话，她多看沈逸一眼都觉得心烦，自然不会跟他一起吃饭，可今天也不知道为什么，她总觉得眼前这个男人有哪一点和往常不一样，但究竟是什么，一时间也说不上来。

她犹豫片刻后，还是答应了。

其实她还有一个目的，那就是一会儿想办法圆圆今天这个谎，让他不要把今天晚上遇到自己的事情说出去！

正中下怀！沈逸又何尝不是这样想的！他做的事情比江心要危险百倍，稍微有一点走漏风声，就有可能把自己以前所做的一切全都牵扯进来。

走到一个路边摊，沈逸直接就坐了下来，顺便脱掉了鞋子，露出了一对文艺青年的脚丫子，俨然回到了自己家。看了看简陋的桌子，还有一旁正在撒尿的小孩，江心皱了皱眉，下意识想做一个捂鼻的动作，还是忍住了。

第十五章

江心心中疑窦丛生，思绪烦乱，一时之间竟然找不到一个合理的话题。

沈逸也不先开口，而是倒上满满一杯酒然后洒在了地上。

江心不解道："沈总，您这是？"

沈逸叹了口气，道："每当我喝酒的时候，总是让我想起另一个喜欢喝酒的人。"

"另一个？酒水倒在地上这种方式……难道他已经不在人世？"江心问。

"是的。"说完沈逸又倒上一杯，依旧愁容不展，然后一饮而尽。

"对不起。"江心再次无言以对，看来今晚偶遇的事，两人都准备心照不宣了。

江心再次打量着眼前这个男人，他依旧穿着不合身的衣服，顶着乱糟糟的头发，一副不修边幅、无精打采的样子，可也不知道为什么，江心总觉得这个平日里邋里邋遢的男人，今天似乎哪里有点不一样，他今天好像变成了一个有故事的男人。

沈逸突然望着街头的一处，江心顺着他的目光找去，只见刚刚在路边撒尿的小朋友正被他的父亲追着满街跑，连裤子都没来得及提。被抓住后，孩子被凶狠的父亲打得眼泪汪汪，但沈逸脸上却本能地露出笑容。

江心瞪了他一眼，起身想去阻止，还没等她站起来，便感觉有一双大手拉住了自己。

只听沈逸带着羡慕的口吻说道："你又想干吗？别多管闲事了，人家大人教育的方式还挺合理的，没啥问题，放心吧，小孩子幸福着呢。"

"对这么小的孩子出手那么重，还没啥问题？"江心不置可否地撇了撇嘴。看沈逸那真挚的笑容，即便心中有气，她一时间也无法发作了。只觉得沈逸越来越奇怪，这种有别于常人的观点，让她越来越难以捉摸。

就在这个时候，爸爸再次追上孩子，并没有继续打他，而是暖暖地将他抱了起来为他擦拭着眼泪，虽然语气很严厉，但任谁都能看出他有多么疼爱自己的孩子。

看着那个又哭又笑的小孩，江心也是扑哧一笑，道："咦，还真被你说中了，你好像知道后来要发生什么一样，你家的孩子是不是也这么教育的？"

"孩子？"沈逸苦笑一声，道，"我哪有那么好的福气，就连老婆都不知道在哪个丈母娘的肚子里呢？"

"沈总说笑吧，您都奔四的人了，还是堂堂恒记老总，老婆应该成群结队，孩子也应该有一个班了吧？"江心调侃道。

"让你见笑了。还真没有。我是一人吃饱全家不饿的状态。没有女孩会喜欢一个不修边幅、穿着大裤衩、满脸胡碴、吃饭打嗝的中年油腻大叔，除非你有强力洗油的威猛先生，否则无法净化干净。"沈逸夸张地双手比画起来。

江心禁不住开怀大笑，那少女般的笑容十分迷人，仿佛她灰色眼睛里呈现一团温柔的火焰，脸蛋上露出两个可爱的小酒窝，就连那无光彩的秀发都在她优美而放松的快乐中飘动起来。

江心的笑容让沈逸心中激荡片刻，不过他还是回应一个标准的憨笑，他们开怀碰杯，江心眯着眼喝下去。

似乎今天很开心，江心站起身来，第一次给沈逸倒了一杯酒，也不知是否受到沈逸的影响，她的动作也大大咧咧了起来，她随口说道："您的个人问题我倒是不担心，但公司的事儿我倒是有点不放心了。您也知道，我才到恒记来，是希望能稳定做下去的，最近我听说，有好几家金融公司都被查了，而且都跟我们公司有业务往来……上次经侦的也来过，那个吴队看起来也有点讨厌，咱们公司是不是真有什么问题？"

沈逸将杯中酒一饮而尽，道："我们公司的实力摆在这里，十之八九的金融公司都跟我们有业务往来。林子大了，什么鸟都有，难免就有几个手脚不干净的。那些人之所以搞金融，就是看上了这块大蛋糕，自然会想尽一切办法赚钱，合法的赚完了，那就去拿不义之财，这是他们贪婪的本性，跟我们有什么关系？就算是不搞金融，他们也不是什么善良的人。"

"还有，虽然最近被查的公司都存在违法行为，而且在恒记定制了软件，确实和恒记有业务关系，有业务关系不等于恒记就违法，那不是还有几十家金融公司没违法吗？人们的眼中往往只看到自己想看到的，而忽视了事实存在的那一面。"

顿了顿，沈逸拿起酒杯，摇着杯中黄白之物，欣赏着道："醉于酒的人，越喝越清醒；迷于财的人，钱越多越贪心。"

江心在心中将这句话重复了一遍，越品味越觉得有道理，却不敢相信出自沈逸之口，应该是酒醉之后的沈逸。

"这么说来，恒记集团确实是干净的喽。"她小声嘟囔了一句，随即感觉到了措辞不对，便补充道："我就说嘛，我的眼光从来不会差，如果咱们公司真的跟诈骗有关，那我这辈子可就完了，这可是我的前途啊。"

"你的前途在这里，但有的人已经迷失了。"沈逸又自饮一杯。

"您和我的前途不是一样的吗？我们都希望恒记能越来越好。"

"我的前途……我在寻找一个方向，寻找自己的归宿，这归宿也许是悬崖的峭壁，也许是深海的窒息，也许是森林的狰狞，也许是无底的深渊。"沈逸开始有些恍惚地抬头看天。

"沈总……"江心不敢相信，一席话下来，这个平时一脸颓废的男人今天摇身一变，成了一个深邃而犹豫的不羁灵魂。

沈逸眨了眨眼睛，对江心微笑道："没吓着你吧？"

"没有，没有，只是今天的沈总和平时有点不太一样。"

"来，我们干了这杯，然后听我讲一个故事。"

江心的双颊已有红晕，酒精慢慢发挥效应，她满怀好奇地想听他说的是怎样的一个故事。

"那时候我跟他一样大，比他还要淘气，别说在大街上撒尿了，再调皮捣蛋的事情我也干过。现在，我希望被他打，但是他再也不能打我了。"沈逸动情地指了指刚才那个被打的小孩。

第十六章

沈逸的故事只有张博一个人知道,甚至对王浩明都是守口如瓶。可也不知道为什么,他今天非常想说出来,也许是酒精的作用,也许是见到刚刚被爸爸打的孩子之后心有感触,也许是江心的笑容,他现在只想静静倾诉内心隐秘的东西。

原来沈逸和他的父亲沈富春都是黄口地人,那个地方很穷,大部分人都靠种地为生,只有年轻力壮的才会到城市里打工。1992年,沈逸随着父亲在乡亲的介绍下来到了江城,从此就在批发街做起了副食品批发的生意。

60平方米的门面,以目前的价格来说,他们是无论如何也租不起的。不过那时候是改革开放初期,都抱着铁饭碗,很少有人下海做生意,所以门面一点也不贵。沈富春为人善良,老实本分,一开始做一些酒水批发的生意,却不曾想到,不知不觉中享受到了改革春风带来的好处,才不到两年时间,净利润超过了50多万元,在那个万元户兴起的年代,完全是一个天文数字。从这之后,沈富春的生意越做越好、越做越大,竟成了这条街上知名的商家。

不久之后的一天,有两人来到了店里,问有没有上好的猪饲料,沈富春从未接触过这类商品,出于谨慎的心理,也就说从没卖过。那人说可惜,有钱都不会赚,于是就摇着头离开了。

别人问沈富春,为什么有上门的生意却不愿意做,咱们只需要去进货再卖给他就可以了。沈富春告诉他,饲料他没做过,成本也不知道要多少,销量也不好说,如果囤在手里可就糟蹋了。现在收入已经很不错了,所以不想冒险。现在想来,沈富春真是老实人,做事也小心谨慎,但谁知道后来还是……

过了几天,又有两人来了,依旧要上好的猪饲料,以后每隔几天都会有人来问。

既然确实市场有需求,那就说明有商机,沈富春开始暗暗留心起来,于是等再有人来的时候,便问他们要什么牌子的,那人回答荷花牌。

沈富春没听说过这个牌子,便将信将疑地记在了本子上,打算以后托人问问。

购买饲料的其中一个人十分健谈,很快就跟沈富春火热地聊了起来,说自己开了一个养猪场,需求很大,可是总找不到货源,如果能找到的话,钱不是问题，而且进货量将非常大。

一听这话，沈富春就来了精神，便留了他的联系方式，以后每天关门之后都要出去找猪饲料的厂家。他运气不错，三天之后就找到了荷花牌猪饲料厂，并且在工作人员的带领下参观了厂房，出厂价格还挺优惠，于是双方签订了合作协议。

回来之后，沈富春赶紧联系到了养猪场的老板，问他要多少货。他倒也豪爽，一口气就要5万元的货，并且支付1万块定金。

既然下了定金，沈富春心中最后的一点疑虑也打消了，马上开始着手进货。前后也就几天而已，便从这笔生意中赚了8000块。

在二十多年前，那时工人工资每月也才200多块，8000块实在不是一笔小数目了。

沈富春很忠厚和懂得感恩，拿到钱之后马上就买了好烟好酒去感谢养猪场的老板，那人也经常回请沈富春喝酒，一来二去，两人就成了无话不谈的好朋友。

这个养猪场的老板，生意做得很大，除了养猪之外，其他行业也涉猎了不少，总之什么赚钱就做什么，用现在的话说就是多元化经营。

本来哥儿俩每天都要在一起喝酒的，可说来也奇怪，他突然间消失了两个礼拜，不仅没来喝酒，连电话都没有打一个。

在这个陌生的城市里，能有这么一个相谈甚欢的朋友，实在不易，沈富春便主动打去了问候的电话。结果他说最近忙一单大生意，是跟外国人合作，一单干成，一辈子都不用上班了。

毕竟都是做生意的，沈富春也不是傻子，当然不相信有天上掉馅饼的买卖，但是这位朋友的门路他已经领教过，确实是有点生财的门道。也许有人会问，沈富春明明生意已经做得很不错了，为什么看到有挣钱的好门道，依然非常感兴趣？所以，人性就是这样，永远不会满足，有了1万，还想要10万，有了10万的时候，觉得做什么都特别容易，世界上的钱好像都是自己的。

过了几天，养猪场的老板又来家里喝酒，陈富春心里一直记着他的大生意，酒过三巡之后就问他生意谈得怎么样了。

一听这话，老板顿时眉飞色舞，可似乎又想到了什么，便住口不说了。

他越是这样，沈富春越觉得好奇，最后在他的软磨硬泡之下，老板终于和盘托出。

原来最近美国发明了一种新能源膨化剂，按1：10000的比例兑水，可以把水变成油，变成水基燃料。

水变成油？

那个年代信息不发达，不像现在有什么问题一上网就知道真假。如果是在以前的话，也许会半信半疑，但接着忽悠说连人都能登上月球，这个世界上还有什么不可能的事情呢？何况，老美就喜欢搞些这稀奇古怪的玩意儿，所以大部分人都会相信。

老板告诉沈富春，目前这项技术刚刚研发出来，但还没有申请专利，所以很多人都不知道，前不久他在美国的朋友联系到了他，想让他在国内建厂，趁着没有人知道，先狠狠地赚上一笔。现在万事俱备，母液渠道也搞到了手，马上就开始准备着手建厂了，只是一直没找到合适的地方。

生意人看到商机，怎么可能让它就这么从眼前溜走？沈富春马上提出自己可以找地方。

老板摇了摇头，说光有地方还不行，设备必须也要买人家国外厂家的。

一想到水可以变成油，那利润简直无法估量，沈富春当即提出设备由自己出钱购买。

老板还是摇头，说这些都是小钱，母液才贵，而且要托关系走私才能带回来。这玩意儿比较危险，所以一次要多买一些。

这时候，沈富春犹豫了，问他大概要多少钱，老板说要150万元。

在当时来说，150万元可以说是天文数字，就算这几年挣了不少钱的沈富春也没办法拿出来。

老板似乎看穿了他的心思，接着说道："以咱们哥儿俩的交情，有这种好事，我第一个想到的自然就是你。可一想到成本实在有点高，也就没有找你，老哥可不要怪我，我已经张罗了50万元，等把钱凑齐就开始干了。不过你放心，以后我发达了也忘不了你。"

人们可以理解一个和自己无关的人升官发财，却不能容忍自己身边的人飞黄腾达。因为陌生人和自己无关，只是茶余饭后的谈资笑料，而朋友则是和自己息息相关的人。如果是身边的朋友，会有落差感，会羡慕、妒忌甚至是恨，会想为什么是他而不是我，这种心理很正常，再加上欲望在作祟，所有人都会存在这样的心理。

　　一想到自己现在还能跟他喝酒聊天，等过些日子之后，就跟他不再是一个世界的人，沈富春顿时觉得心理有点不平衡，越是得不到的越是会觉得可惜，于是便咬着牙，说什么也要在此次生意中掺合一脚。

　　听了沈富春的话，老板很为难，叹了口气才说道："虽然咱们是兄弟，但是亲兄弟也得明算账。'水变油'的生意铁定赚钱，我想你也明白，可渠道是我找的，关系也是我找的，这才是这单生意的根本。虽然你买设备，但赚了钱之后怎么分是个问题……"

　　他的话没有说完，但意思很明显了。

　　沈富春肯定听懂了，说做兄弟的当然不能占你的便宜，你不是说本钱一共要150万元吗？这样吧，剩下的100万元我来出，赚了钱咱们五五分。

　　如果以股份来说，沈富春也是大股东，却要平分，这样做可以说是对眼前这位兄弟的报答或者妥协。

　　谁知道听了他的话之后，老板还是摇头，随即告诉他，那150万元只是买设备的钱而已，等他到了美国之后，还要花很多钱打点关系，所花的钱未必比他少，而且这单生意做成了，至少能赚1500万元……

　　别说1500万元了，那个年月有不少人甚至会为了1500块钱而杀人。

　　沈富春心想哪怕少拿一些，也够这辈子花了，便又让了一大步，四六分吧。

　　即便这样，老板还是犹豫了很久，说这是看在咱们兄弟这么长时间的情面上，才勉强答应的。

　　答应是答应了，可想凑齐150万元又谈何容易。拿出所有的积蓄，又把能借的朋友全借了遍，沈富春也只凑到了70万元而已。

　　这时候猪场老板告诉他，房子抵押出去可以借到30万元，他就是这么凑钱的。父亲一咬牙也就答应了，随即把100万元交到了他的手里，这时忠厚的沈富春还在为他人着想，一路嘱咐他到美国之后一定要小心，就算是谈不成，人也别出事。

　　结果可想而知，老板去了"美国"之后，就再也没有了音信，沈富春也因为欠下了巨额债务而自杀，十几天后才发现的尸体……

　　这个故事很短，只不过沈逸讲得很投入，所以足足讲了两个多小时，讲的过程中沈逸的脸上已经挂满了泪水，到最后已是不知所云。

江心在一旁默默倾听，这时，才对他的身世有所了解，也十分有感触。

她是警察，自然明白沈逸的父亲是被人骗了。那个养猪场的老板根本就是骗子，他看到沈逸父亲开店赚了钱，所以便动起了心思，接连好几天派人去打听什么荷花牌猪饲料。其实他早已经跟厂家打好了招呼。

但凡生意人，知道有商机没有不动心的，沈逸的父亲势必会上当，那8000块钱就是给他的甜头，是老鼠夹上的那块奶酪。

等取得信任之后，老板常常请他喝酒，一来是表现自己的阔绰，让他看到自己有实力，二来也是进一步拉近关系。等时机成熟之后，老板突然"失踪"。等沈逸父亲联系到他的时候，他吞吞吐吐，说自己在忙大生意。

商人的禀性，听到有生意，绝对不可能置之不理。老板就是利用这个心理，把他一步一步地引入陷阱中。

至于饭局中，他几次三番的推诿，自然也是在演戏，目的就是打消沈逸父亲最后的疑心，再加上前边那8000块的"奶酪"，没有人不上当。

天仙局！这骗局简直是环环相扣，哪怕是在今天也未必有人能够看穿，何况是在二十年前了，那个骗子显然不是一般人。

"那么那个骗子最后被抓到了吗？"江心问道。

沈逸叹了口气，擦掉眼泪，道："据说派出所立案调查了，但很长时间过去了也没有结果。那个年代侦破这种案件的手段还比较少。而那时候我才12岁，所知道的事情也十分有限。"

"你才12岁，可是，当你父亲出事后，你又是怎么……"

"怎么生存是吗？"沈逸苦笑道，"张博和我一起流浪，当乞丐，漂泊。"

"原来张博那时就和你在一起了啊。"

"我们流浪，乞讨，甚至徘徊在生死边缘。有一次差点病死，幸好遇上了一对好心的做早点的夫妇，收留了我们一段时间。"

"你们才那么小，无父无母，真是可怜。"

"你能想象到的事情我们都做过，杀鱼、推销、摆地摊、倒货，直到遇上王浩明，我们在恒记才有了安身之处。"

"那个骗子至今一点线索都没有吗？"

"这就是为什么我一定要待在金融行业的原因。现在回想起来，这个骗子的手法就是典型的商业诈骗手法，他们采用虚构事实或者隐瞒事实真相的手法，骗取公私财物。狗改不了吃屎，所以，在信息化和金融开放的今天，他们肯定会在这个领域继续犯罪，只要我还在这个行业，我就肯定能够找到一些蛛丝马迹的。"

第十七章

他那逐渐变红的眼眶却分明在告诉别人，他非但没忘，甚至可以说是记忆犹新。

有人说，时间可以冲淡一切仇恨、一切痛苦、一切不如意，其实，这只不过是我们在自己骗自己罢了。真正的痛苦苦入骨髓、痛彻心扉，又岂是时间能奈何的？

如果说仇恨是跳动的火焰，那时间就是包在外面的一层纸。初时，火焰或许会小一些，但用不了多久，它就会连纸也烧起来，而且时间越长，火焰也就会越大。

沈逸一杯接一杯地喝着，试图用酒去浇灭心头的火焰，却根本就不起作用。

江心本想安慰一下，但最终还是忍住了。

她是一名警察，自然对所有违法乱纪的事情深恶痛绝，可她自问没有沈逸的经历，也无法体会他的痛苦，不管此时说些什么，都是站着说话不腰疼。是啊，不管是谁经历了那一切，恐怕都会变得自暴自弃，但似乎他的心中仍然存在着一种坚定的信念。

从第一眼见到沈逸开始，她就从心底里瞧不起这个男人，直到此时才终于对他彻底改观。此时她想忘却自己警察的身份，做一个朋友，做一个聆听者，做一个能够安慰他的人。

此时，远处突然传来了一阵货车的汽笛声。那车来得好快，当江心转过头来的时候，货车已经开到了眼前。而那个调皮捣蛋的孩子此时正好在大街的中央玩耍。

下意识的警觉，让江心站起身来，想要冲过去把孩子拉开，却已经来不及了，只发出了一声刺耳的尖叫。

紧接着，便是一阵急刹车的声音，这声音很大，即便是在热闹的夜市中依旧尤为刺耳。

时间仿佛在这一刻定格，旁边吃饭的人纷纷张大嘴巴，但没有发出一点声音，有些人甚至闭上了眼睛，似乎已经预见到了那血肉横飞的一幕。

就在这千钧一发之际，江心的身边突然有一个人冲了过去，一把抱起了孩子，而后跟他一起滚入了一旁的绿化带中。

说时迟，那时快，其实所有的一切都发生在一瞬间而已。当众人回过神来的时候，货车早已扬长而去。

看了看身边空荡荡的座位，江心也是一惊："沈逸？！"

她第一时间冲到了街道的一侧，果然看到了趴在绿化带中的沈逸。

此时他把身体缩成一团，显然十分害怕，但依旧紧紧地把孩子抱在怀中，用身体遮挡着他。当确定危险过后，他的右手护在孩子的后脑勺部位，首先顺势做了一个抚摸孩子头部和颈部的举动，这个举动江心看在眼里，因为这个下意识的举动，在一个接受过专业训练的警务人员头脑中是一个专业的护理动作。小孩的头部和颈部还没生长发育好，比较脆弱，是一个关键的部位，在翻滚过程里，如果出现二次伤害，极易造成颈部损伤，而严重的颈椎受损会导致高位截瘫。

所有人都把他围在了中间，对他的义举交口称赞，但他只是拍了拍身上挂着的杂草，就像是怕做贼被人看见一样，慌忙跑开了。

结完账之后，她连忙追了过去。刚走出没多远，便见到了趴在路边呕吐不止的沈逸。

"想不到，你还有这身手，恒记副总的才能让小女子见识了。"

江心一边轻抚其背，一边将他搀扶了起来。看样子是在取笑他，实则是掩饰不住的钦佩。

"咳咳，还行吧……"沈逸不停地擦着额头的汗水。

"你保护孩子的手法很专业啊。"江心分明记得，刚才救小孩的动作没有上千次的实操经验，一般人的手法不会达到这么纯熟。

是吗？沈逸心里疑惑了一下，但是没有表现出来，丢掉纸巾，道："看来你对小孩也挺了解的。"

"我可喜欢小孩子了，我家亲戚的小孩过年过节总吵着要见我呢。以前我还准备报幼师专业呢。"

"真这样吗？嘿嘿，有时间我带你去看很多小孩。"听江心这么说，沈逸的脑海里突然浮现出一个既熟悉又陌生的倩影，但是一瞬间又消失在脑海里。

"真的？！沈总这么厉害，还有幼儿园的关系不成？那你可要说话算数！"

沈逸点点头笑而不答。

过了好一会儿，沈逸才心有余悸地呼喊道："真是吓死老子了，以后可再也不干这种蠢事了，为了救一个小兔崽子搭上自己这条小命，实在不值得。"

听了这话，江心白了一眼，如老友般打趣道："真是经不起表扬，痞劲又上来了？"

似乎是被她看得很不自在，沈逸下意识地避开了她的目光，等再回过头来的时候，脸上又恢复了往日那惫懒不堪的表情，道："不会这么快就爱上我了吧？小心以后无法自拔！"

江心不禁扑哧大笑："少在那里臭美了，你以为我不知道吗，你只不过是喝多了想要去旁边吐，路过的时候一不小心才救了人，要不然别人感谢你的时候，你怎么会跑开呢？还不是受之有愧？"

沈逸也没有跟她争辩，只是皱着眉头眼望远方，似乎又想起什么事情。

看到他这副样子，江心也是心中一动，心道："刚才他就是这副样子，然后就像变了个人一样向我吐露心扉，不知道一会儿他还会说些什么。"

虽然不想承认，但她真的很期待接下来的故事。

然而，很快她就失望了，沈逸沉吟片刻，便突然跳了起来，道："我想起来了，我那瓶酒还没喝完呢，可不能吃这大亏，我要打包回去。"说着，他便向路边摊跑去。

看着他那笨拙的背影，江心哭笑不得。

回想刚才的一幕，她也是暗暗惭愧。在那间不容发之际，她最先想到的也是救人，可当感觉来不及的时候，她还是下意识地选择了自保。然而那个平日里浑浑噩噩的沈逸，竟然肯冒着生命危险去救人，实在让人不得不敬佩。

等了好半天，沈逸还是没有回来，江心也有些不耐烦了，等回到路边摊之后，她才发现沈逸已经靠着垃圾箱睡着了，而且只剩下一只鞋子，另一只早不知道去了哪里。

如果不是亲眼看到，不管谁说她都不会相信这个醉汉刚刚对自己倾诉了一夜，还救了一条人命。

上级曾经几次叮嘱过她，恒记集团一定有问题，而且那个有问题的人一定在高层之中。而在恒记集团中，真正的高层也就只有沈逸跟王浩明而已。

她从来都没想过以沈逸的智商能够去骗人，今晚过后，她更加坚定自己的想法：以沈逸的智商不会去骗人！

她当然不会让他露宿街头，连忙过去摇了摇他的肩膀，道："沈总，你家在哪儿，我送你回去吧？"

一边说着，她已经将沈逸扶了起来，随即就开始后悔自己刚刚说过的话了，因为想把这200多斤肥肉送回家实在不是一件容易的事情。

她几乎把吃奶的力气都用上，才终于将沈逸搬上了出租车。他迷迷糊糊中也说不出家庭住址，只是指挥司机在市里转圈，就在连司机都不耐烦的时候，他这才让车子停了下来。

将沈逸从车里扶出来，抬起头看到所处之地后，江心吓了一跳，这里竟然是逍遥谷。

"您……您住这里？"

没等对方回答，江心就下意识地跟他拉开了距离。她虽然没有来过这里，但"逍遥谷"的大名早已如雷贯耳，住在这里的人又能是什么好东西？

沈逸早已昏迷不醒，自然也没能回答她的话。

就在这个时候，一个女人突然跑了过来，将沈逸上上下下打量了一番，道："这不是沈总吗？怎么这么晚才来？早知道您要来，我就不会这么早下班了。"

沈逸打量了这个女人一眼，只见她20岁出头，浓妆艳抹，穿得更是暴露异常，只在外面披了一件外套，一眼就能看出来是做什么工作的。

江心本不愿意跟这样的女人打交道，但还是问道："你认识他吗？"

那女人笑了笑，道："整个逍遥谷谁不认识挥金如土的沈总啊？那么多有钱的老板光顾这里，只有他老人家自己长期包了一个房间，每天晚上都让我们……那个……"

她的话还没说完，江心就关闭自己的听觉，连忙跑回出租车里，连连催促司机立马开车。

直到出租车消失，那女人才神秘兮兮地说道："怎么，又有生意上门了吗？可我怎么看那个女人都不像大肥羊啊，多亏我机灵，否则她就看穿了。"

她这话是对沈逸说的。

"就说嘛，久经沙场的沈总怎么会被这么点酒弄得魂不附体？"

沈逸没有理会，刚刚还烂醉如泥的他，此时已经坐了起来，除了脸上有些发红之外，根本就没有一点醉意。

这女人不是别人，正是当初沈逸跟张博设计袁华时，负责色诱他的那个坐台小姐，也是老相识了。

见到沈逸只是望着出租车消失的方向，也不说话，那女人连忙凑了过来，道："沈总，您今晚会点我吗？我好长时间没开张了啊。"

没等她说完，沈逸就站了起来，从荷包里掏出几张大钞塞给那女人后就径直进了逍遥谷，心中却着实有点不痛快。因为他不喜欢让别人知道自己的事情，并且千叮咛万嘱咐让张博不要随意暴露自己的身份，可这个女人怎么知道的？张博这小子一到温柔乡就得意忘形，七七八八乱说一通，完全不顾后果。

躺在包房的床上，他更是无法入睡，心中想着一个人。

同样难以入眠的并不是只有他一个，江心又何尝不是如此。

她是一个作息很有规律的女人，十点之前必定准备完第二天的工作，然后上床睡觉。可现在已经是凌晨，不但工作没准备好，躺在床上更是翻来覆去地睡不着，更让她难以忍受的是，满脑子想的竟然全都是沈逸那个肥头大耳的男人。

只要她一闭上眼睛，脑海中就会出现沈逸诉说身世时脸上那痛苦的神色，还有他不顾一切救人的画面，还有逍遥谷那妖娆的女人对沈逸的态度。

江心在床上翻滚了半天无法入睡，于是坐起来，打开床头的笔记本，登录了市局的网站。当从数据库中查到沈逸的资料之后，她吃惊不小。

第十八章

别人的资料只有几行字，甚至是几句话，但沈逸的资料却是密密麻麻的好几页，光是被派出所处理的记录就有几十条。

似乎只要是派出所去清查娱乐场所，不管什么时候行动，都一定能够找到他。

当看完资料之后，天都已经亮了。

躺下没两个小时，就又要上班了。来到公司，她自然又成了同事之间的焦点，唯一不同的是，以前别人都是在谈论她的容貌，今天却是在聊她的黑眼圈。

她是一个极为在意自己外表的人，听了大家的议论之后，心里更是把沈逸骂了千百遍。只不过她的脸上却没有表现出来，仍然是面带微笑，跟往常这样工作。

"这么憔悴啊！"看到她的样子，王浩明顿时吓了一跳，接连咳嗽了两声，"昨晚没睡好吗？那就别来上班了，我放你假，回去好好休息吧。"

一边说着，他已经走了过来，王浩明故意贴近江心。

王浩明喜欢江心，并且正在追求她，这已经不是什么秘密了，但像这次这样明目张胆还是头一次。

虽然他们两个的年纪差距比较大，不过王浩明平时吃斋，再加上从来不生气，保养得非常好，所以一点都看不出来是一个年过半百的人。公司的人都说王总的妻子很早就去世了，现在是钻石王老五，还没遇上合适的，所以宁缺毋滥。

两人站在一起，一个儒雅，一个端庄，倒真有一点郎才女貌的感觉。

江心不留痕迹地退后了一步，跟他保持了距离，道："我没事，只是昨晚整理文件，睡得晚了一点。"

王浩明温柔地说道："工作什么时候都可以做，累坏了身子就不好了……我给你放假，怕什么。"

他的话还没说完，便有人从身后把他给搂住了。回过头来，只见那人不是别人，正是沈逸。

此时他已经像一只树懒一样贴在了王浩明的身上，黑眼圈比江心还严重。

王浩明白了他一眼，无奈地说道："咳，你又是怎么了？"

沈逸道："我没事，只是昨晚整理文件，睡得晚了一点。"他故意把声音提得老高，嬉皮笑脸地对着江心说道。

此言一出，顿时惹得哄堂大笑。大家都知道，这个副总如果去整理文件，除非太阳打西边出来。

王浩明自然也很了解这个兄弟，知道他是嘲笑自己一碗水端不平，当即也是老脸一红，随即一伸手，不偏不倚地抓住了沈逸的耳朵。

沈逸疼得眼泪都差点掉下来，几乎是哭着说道："老大，你这也太偏心了，人家没休息好，你就让她好好休息，我没休息好你就……哎哟！"

在一片哄笑声中，沈逸直接被王浩明提着耳朵拉进了办公室。

看到办公室中的花花草草，沈逸就忍不住皱了皱眉头，随即大大咧咧地往桌子上一坐，道："老大，我看你干脆去当园林工人算了，就你这种花的手艺，咱们整个江城也找不到第二个人了。或者直接去出家也挺适合你的，公司就交给我打理吧。"

"交给你？"王浩明扑哧一笑，道，"那恐怕不出一个月，大家伙都得跟你喝西北风。"

说着，他一把夺过了沈逸手里正在把玩的香炉，放在了他摸不到的地方。那可是自己好不容易淘来的宝贝，以往只要被沈逸玩过的东西都会不见了。

随即王浩明岔开话题："最近经侦怎么变得勤快了，自从上次吴佑行来过之后，他手下的人又来过两次，说是什么要我们提供客户名单，这可是商业机密的东西。"

沈逸耸了耸肩，说道："这有什么可奇怪的，人家吃的就是这口饭，反正咱们清清白白，没有什么好隐瞒的，也不怕人家查，倒是……"

话还没说完，他似乎发现了新大陆，连忙向办公室的一角跑去，结果脚下一滑，差点把一旁的鱼缸给碰倒。

"哎哎，那是风水鱼，你给我小心点！"王浩明上气不接下气地跑了过去，对鱼缸拜了几拜，便把沈逸用力拉到了一边，道，"倒是什么？"

沈逸道："没什么，新官上任三把火嘛，等过段时间，他们就没有这么高的热情了。"

王浩明道："可我还是总觉得不对劲。你也别总这样吊儿郎当的了，有时间就多留意一下，查查看是不是咱们集团下面有谁犯了错误。如果真要有的话，一定要揪出来，实在不行就直接交给警方，要告诉公司上下所有人，恒记不是违法乱纪的地方！我只求个平安，黑道、白道谁都不想得罪。"

沈逸心不在焉地点点头，但眼睛却不停地东张西望。

"好了，别看了，稍微值钱一点的东西都让你撸走了，再撸的话只能撸我这把老骨头了。你就不能给我留点吗？总这么吃着碗里、瞧着锅里的。"

一边说着,他一边把沈逸向外推。

沈逸道:"老大,你这话可得讲良心啊!当初如果不是你整天让我陪客户喝酒,我至于这样吗?再说了,我这身肉有什么不好?冬暖夏凉的。"

听了他的话,王浩明哈哈大笑。

直到走出办公室,沈逸回头一笑:"老大,你最近缺钱吗?"

王浩明心领神会,随即拿出了支票本,飞快地写了几个字,然后交到了沈逸手里,道:"省着点花,你也老大不小了。"

回到了自己的办公室,看了一眼支票上的数字之后沈逸就撕掉了,喃喃地说道:"老大不缺钱,那就说明他没有让张正去跟人家搞赌博网站的事情,那么张正是受谁指使的呢?"

他想得入神,全然没有注意到江心进了办公室,将一沓文件放在了他的面前。他连看都没有看一眼,便要在上面签字,结果字全都写分了。

等他回过神来的时候,第一眼就看到了江心那仿佛要杀人的目光,讪讪一笑,道:"不好意思,麻烦你再重新打印一份吧。"

四只黑眼圈对在一起,两人都忍不住相视而笑。

"还笑呢,都怪你,如果不是你非要拉着我喝酒,又讲了一大堆身世,我也不会那么晚才睡。"江心可怜兮兮地照着镜子。

沈逸连忙打了个哈欠,随即趴在了桌子上。

江心已经见怪不怪了,倒也没有多说什么,直到打开房门,她才说道:"其实……其实我跟王总没有什么。"

这话她刚说完就后悔了,心想:糟了,我无厘头地跟他解释什么?他又不是我什么人!

沈逸同样也是一头雾水,鼾声说来就来。见她出去了,正要打电话给张博,问一下有没有张正的消息,结果他却先一步发来短信。内容很长,但一个字都没有,全都是"口"和"-"的符号。

这是摩斯密码,以前发电报的时候都是用它来进行信号传输的。不过现在通常使用二进制代码,早已经没有人用这种密码了。

见到这短信之后,沈逸沉默片刻,因为这是他跟张博约定好的暗号,只有在极为特殊的情况下才会用。

一定是出了什么事!

沈逸一凛，连忙将办公室的门反锁，边跑边将短信翻译了过来，大概内容是：聚力被查。

"聚力金融怎么会出现问题？证据都在我手里，警方怎么会查得到？"这个念头在脑海中转了一下，沈逸便没有多想，马上让张博联系聚力金融的老板陈永昌，让他以出差为借口，出去躲一躲。

聚力金融是沈逸这么多年攒下的资源之一，类似这样的金融企业共有十家，沈逸通过自己的手段，将他们的把柄也就是金融公司老板害怕泄露的"核心"秘密，牢牢控制在手上。也正是因为这样，才能让山区的孩子们源源不断地拿到慈善款，如果聚力出现问题，正常的持续的慈善资金势必会不济。

一家聚力在沈逸眼里还算不上什么，但最重要的是他担心警方顺着线索将其他几家金融公司也查出来。问题是警方到底掌握了什么线索还一无所知，这才是最头疼的地方。

而这十家公司的证据，是沈逸慈善行为的生命线，已经被他藏在一个秘密的地点，这个地点只有他和张博两人知晓。

这个时候，门铃突然响了起来，打断了他的思绪。

向窗外看去，只见一群警察已经站在了公司的门外，前台正在接待，领头的正是吴佑行。

"又是他？"吴佑行的出现令沈逸十分不安，这个人出现在哪里，哪里就会有麻烦。

第十九章

张博收到沈逸的短信之后，知道事关重大，马上就给陈永昌打去了电话，结果根本没有人接听，又连续发了好几条短信，还是没有人回复。张博快速思考着，警察的速度这么快吗？不是刚刚在官方微博上通报过聚力金融的违法行为即将展开行动，这还没一个小时，怎么陈永昌就被控制了呢？

张博有些拿不定主意，连忙又给沈逸打电话，结果沈逸的电话刚刚接通就被人挂断了，再打过去时就已经关机了。

这么长时间以来，他的所有行动全都是在沈逸的指挥下完成的，此时突然断了联系，他就像一个突然断线的风筝一样无所适从。

"冷静，我一定要冷静，就算没有大哥我自己也能行。"张博安慰自己。

表面上虽然这么说，但他的行为却分明出卖了他的想法。踌躇过后，他还是决定先去聚力公司看一看，试试运气，说不定能够碰到陈永昌。

想到这里，他跨上摩托车，一脚油门便向聚力公司赶去。

另一边，沈逸已经被吴佑行带到了一间会议室中。屋子中人都几乎到齐了，除了王浩明还有两个秘书。

恒记集团的核心只有两个人，那就是王浩明跟沈逸。至于那两个秘书，则是最靠近权力中心的人，其中就有江心。

见到他们，沈逸稍稍缓解了内心紧张的情绪。既然王浩明也在，那就说明吴佑行还没有怀疑到自己，至少还没有掌握对自己不利的证据。

那就看看吴佑行在耍什么把戏，随即沈逸还是一副吊儿郎当的样子，坐到王浩明身边。

王浩明始终愁眉不展，直到见到沈逸也来了之后，才没好气地说道："吴队，您这是干吗？来之前也不通知一声？"

吴佑行露出诡诈的微笑："王总多心了，只不过最近金融诈骗的案件实在发生了太多，所以上级让我们来普及一下关于防止诈骗的知识。没办法，上级交代的任务，配合一下吧。"

一句上级交代的，让人充满了想象，这就犹如一把尚方宝剑，不论对与错，其初衷是完全容不得质疑。

普及？知识？王浩明心中不屑："我们又不是小学生，难道这些东西还需要别人教吗？他们吃亏上当，只能说明他们不是做生意的料，如果我跟他们一样，恒记集团还能像今天一样红火吗？普及什么？向谁普及？难道是专程为我们两个老总定制的课程？"

别看王浩明平日里为人十分和气，但毕竟是做董事长的，身上自然带着一股霸气。因此这番话说出来，也是想让吴佑行感觉到恒记并不是好惹的。

吴佑行也懒得和他争辩，直接就将一个鞋盒放在了桌子上，鞋盒里有一张A4纸，上面分明写着"口袋金融"几个字。

沈逸不会不认识，暗自嘿嘿一笑，这个鞋盒就是自己叫张博送到警局去的。两个目的，一是专门铲脸用的招儿，杀杀吴佑行第一次来的锐气，他不是说口袋金融是优秀示范企业吗？证物在此。二是一蹴而就，顺路查到口袋金融的老板包二奶、三奶，东窗事发，二奶、三奶找大房扯皮，这老板找人打得两人遍体鳞伤，惨不忍睹，人道行不通就行天道。按沈逸的作风，这就叫替天行道。

只是没曾想到，吴佑行今天把鞋盒带来了，这是要给王浩明看还是给自己看？

吴佑行说道："今天的会议里有保密内容，根据局里的政策，请各位配合一下，把手机都放到里面，等开完会之后再归还。你们有什么事儿，就调整个来电转接什么的，让秘书传个话。还望理解啊！"

他虽然说了"请"，但口气却是不容置疑的。

沈逸刚刚把手机拿出来，偏就这么巧，张博的电话就打了进来，他自然不敢在吴佑行的面前接，只能选择挂断，然后关机。

吴佑行一直都注视着沈逸，当看到他把手机关掉以后，随即送给沈逸一个招牌式的警方微笑，就差敬礼了。

随后吴佑行低声试探性地对沈逸问道："我们是不是在哪里见过面？"

沈逸有条不紊地说道："对对，是见过面。您上次不是来过吗，就在这里咱们曾经见过。"

吴佑行又眯起眼睛，试探道："嘿，我想起来了，我们好像在周伟的营业部里打过照面。"

"哈哈哈。"沈逸假意大笑，实则在想怎么应对这难缠的家伙，沈逸心里再清楚不过，自己曾扮演多个角色用假身份信息在周伟和周宏的营业部里谈"业务"。吴佑行一定在监控里发现了自己的身影，但是，在没有确凿证据的前提下，除了攻心，他也没辙。没有硝烟的战斗，就从这里开始打响了。

"吴队真会说笑，身为恒记的副总，能够出现在那里吗？我除了睡觉，就是喝茶。"沈逸迅速切换话题，"对了，上次吴队还说要请我喝茶的，该不会只是说笑的吧，咱们做企业的，说的每一句都是实诚的话啊。"

"呵呵，不会，不会。"吴佑行冷笑两声，看到无懈可击，也就无奈地坐下来。

进入会议室后，吴佑行果然若有其事地打开投影仪向大家讲述怎样防止诈骗以及一些基础的培训知识，丝毫没有涉及什么保密内容。

"难不成他真是吃饱了撑的，所以才来消遣我们？"王浩明小声对旁边的秘书嘀咕一句。

沈逸却打开笔记本，一本正经地记录起来。他想这个人虽然外表粗犷，其实心细如发，不管做什么事情都有自己的目的，那么他究竟有什么目的呢？不论怎么样先把戏演完再说。

沈逸的脑海中突然灵光一现，想起了刚才张博短信里提到的事情，就在上午十点钟的时候，市局官方微博发布了一条信息，说掌握了聚力金融非法集资的证据，准备进行抓捕。

沈逸纳闷儿，既然掌握了证据，那么直接去抓人就好了，为什么要在官微上发出来呢？这不是故意提醒人要做好准备吗？直到这个时候他才想通了，原来这是吴佑行的"敲山震虎"之计。看不出来这吴佑行玩阴的还挺厉害啊。他故意在微博上放出这个消息，那么心里有鬼的人自然会主动联系陈永昌，而他所要做的就是守株待兔。说不定此时他已经在陈永昌的办公室外布下了天罗地网，就等着张博去跳了。

沈逸跟张博一起长大，对他太了解了，这小子急起来智商下降几个档次，现在联系不上自己，说不定会一头栽进陷阱里。这倒好，他要是被抓到，谁都知道自己和他之间的关系，恐怕不需要任何证据，傻子都能联想到自己。

沈逸心情开始紧张起来，感觉额头冰凉凉的。

"怎么，这里很热吗？看你头上的汗，要不要秘书把空调开大一点？"吴佑行问道。

"今天不是您来了吗，我特意撸上一件西服，既然你们这么正规，我也要正装一下嘛，你看这穿多了吧。"沈逸随即脱下西服挂在椅子后面，起身发现身后有一个摄像头对着自己。

蓦地，沈逸心中一动，吴佑行这个计划可以说设计得十分巧妙，只要抓住这个人，基本上就能锁定目标，可他为什么要来恒记集团？

不过转念一想也就明白了，是了，他已经开始怀疑恒记集团内部有问题了，只是无法确定那个有问题的人是谁，所以才来个突然袭击，让我们没有准备。这说明他已经确定王浩明和我之间有一个是他的目标，做这个计划只是为了证实他的假设。

时间一分一秒地流逝，沈逸表面上若无其事，其实心里简直如同翻江倒海一般，根本没有听吴佑行在说些什么。

直到临近中午的时候，吴佑行这才关掉投影仪。

沈逸心中顿时一喜，机会来了吗？他心里清楚，此时自己哪怕表现出一点焦急或是一点喜悦，就会马上被吴佑行锁定。

他现在固然没有证据，但可以一天二十四小时派人跟踪……那个结果他不想看到。

正想着，便听吴佑行说道："我的同事已经替大家去买饭了，大家休息一下，等下午再继续。"

什么！下午还要继续？

王浩明终于没有忍住，一拍桌子就站了起来，冷哼一声，道："吴佑行，你可不要欺人太甚。当着明人不说暗话，你把我们弄来究竟有什么目的不妨直说了，免得浪费大家时间。我们是生意人，没有那么多时间陪你们耗。"

"哦，王总怎么这样说呢？执行公务啊，我们也是照章办事，合法合规的。"吴佑行耸了耸肩，没有对他的话上心。

谁让他是执法者呢，王浩明拿他没有办法，狠狠地瞪了他一眼，道："等这件事完了，我一定要告你一个滥用职权、玩忽职守。管他告不告得成呢，不然还真被人当成猴耍。"

说着，他走出了会议室，但是马上就有警察跟在了他的身边。

沈逸也走了出去，吴佑行特意嘱咐大家十分钟以后回来，随后紧紧跟上了沈逸。

我今天才知道自己算是一号人物，原来被照顾的感觉是这样的。沈逸暗暗摇头，脸上却始终带着微笑。

两人直接去了技术部的吸烟室。

"大公司就是不一样，抽支烟还有专门的设定地方。"吴佑行递上一支烟，随即径自坐在窗台边沿上。

沈逸接过香烟，并没有马上抽，假意去旁边的技术部视察了一番，果然有人跟着自己。

随后沈逸回到吸烟室，两人都没有说话，各怀心事，一口接一口地抽着闷烟。

吴佑行时不时向着窗外远眺，看似胸有成竹。他私自动用了警方的微博，还有这些警力，是没有得到李茂盛副局的同意的，说白了是私自行动，有可能会被上级批评，但是在他心里，为了抓捕坏人是没有这些条条框框限制的，狐狸尾巴露出就那么一会儿，一旦错过时机，坏人就会有时间又穿起伪装的外衣。至于李局那边，自己如果立功了，他唠叨几句也就过去了，没什么大事。

吴佑行下意识地看了一眼时间，心想：马上就要十二点了，那个神秘人的身份也是时候揭晓了，我倒要看看他是不是真的长了三头六臂。

回到会议室中，其他人也都回来了，随便吃了一点东西就开始了下午的会议，江心负责对会议进行记录。

看她的样子似乎很认真，跟平时没有什么两样，但如果你靠近的话就会发现，其实她的本子上一个字都没有，她的心也根本就没有在这所谓的会议上。

第二十章

江心已经从上级那里得知了情况，而她今天的任务就是暗自留心每一个人的异常行为。

从始至终，她的注意力就全部放在王浩明身上。上午的时候他也就不快地说了几句，可自从休息了十分钟之后，他的情绪就变得焦躁起来，每隔两分钟就要变换一次坐姿，每隔十几秒都要摸一次下巴，这是一种心理反应，也是焦虑的表现。

看着焦躁的王浩明，沈逸心中比谁都有数，张博发现张正下班出现在聚力金融，而指示张正等技术部员工加班的只有王浩明，这就等于承认陈永昌的聚力金融和王浩明在私下做买卖。做的买卖已经查实，是建设赌博网站，这只是表面的合作，深入有什么合作、有什么见不得人的勾当，沈逸并不清楚，陈永昌也不会交底。以沈逸对王浩明的了解，王浩明看似亏了钱面不改色心不跳，实则极度不爽。他倒不是在乎那些钱，而是有点不服输，希望从别的地方捞回损失，这就是好赌的老毛病又犯了。虽然明里不赌博，实际上人生处处都存在赌。

而此时，王浩明心中的恐惧逐渐蔓延，他万万没想到别人常说的那句老话应验了，触霉头真的祸不单行，从一开始吴佑行说聚力金融出事开始，他就惴惴不安，一旦聚力出事，必然将私下的那点秘密和盘托出，王浩明的一世英名将尽毁，恒记的前途将不复存在。

就在这个时候，江心突然听到一阵很有节奏的"嘟嘟"声。转头一看，只见沈逸正坐在那里眯起眼打着瞌睡，用手中的钢笔很无聊地一下一下敲击着桌子。

如果是其他人，或许未必放在心上，但江心毕竟是受过专业训练的警察，立刻警觉了起来，这难道是摩斯密码？

这事非同小可，江心挺直了腰揣测起来。

"他在给谁发信号？"江心看了看王浩明，又看了看另外一个秘书，似乎都不像。

想到这里，她故意把笔碰到地上，弯腰去捡的时候特意检查了一下桌子下，也并没有发现收音设备。大家都被关在这里，心里都清楚，不管彼此间怎么发信号，都无法传递出去。那么他发信号给谁？

她正要打开本子，准备记录摩斯密码的内容，可偏就这么巧，还没等她下笔，敲击声就停止了。

"好无聊啊……"沈逸低头咕哝了一声，又继续敲了起来，似乎又没什么规律。

也就在这个时候，一名警察敲门走了进来，一时间大家都紧张起来，所有人的目光都聚集到了他的身上。

他显然也觉察到了会议室中的怪异气氛，一时间竟然忘记了要说的话。过了好一会儿，他才小声说道："吴队，你要的东西……"

说着，他把手揣进了衣兜，似乎想要拿什么东西。

所有人的目光都盯着他的手，吴佑行则是用力拍了一下桌子，笑道："终于有答案了。"

说着，他便行色匆匆地跟那个警察一起走了出去。

"吴队，买个彩票而已，干吗搞得这么隆重？"那个刚刚敲门的警察一脸蒙圈，一边说着，一边从口袋里拿出一张双色球的彩票。

吴佑行似乎明白了什么，没有说话，接过彩票之后就随手装进了口袋中。

这一切自然都是他事先安排好的，目的也很简单，就是吓一吓会议室中的人。

会议室中所有人的精神都高度紧张，敲山震虎的目的达到了，心理暗示导致脸上表情的扭曲，江心全部看在眼里。

在门外站了足足一刻钟，吴佑行这才回到会议室，脸上没有过多的表情，似乎什么事情都没有发生过。

众人不约而同地又放松下来，各自的表演继续。

江心暗暗留心沈逸，紧握手上的宝珠笔，沈逸还会再敲吗？

可是，沈逸并没有如她所愿，竟然开始认真地做起了笔记。

这下更是引起了江心的注意。

她每天都要拿文件到沈逸的办公室去请他签字，每次他都会想尽办法拖延。一个连自己名字都懒得写的人，怎么会突然做起了笔记？而且，吴佑行说的那些东西，全都是警局里的宣传材料，沈逸怎么会对这个感兴趣呢？

他偷偷朝沈逸的本子上瞟了一眼，很好看的字！一排排标准的行书写得酣畅淋漓，江心甚至不敢相信那跳动的字体和沈逸能扯上一丝一毫的关系！

沈逸翻页的动作打断了她的思绪，她迅速调整了一下自己的坐姿和状态，以免被沈逸发现。

聚力金融营业大厅门前，陈永昌的办公室就在大厅的二楼。张博已经围着马路边转了好几圈，他已经在停车场见到了陈永昌的车子，然而他还在犹豫上不上去。

因为这里实在是太安静了！

今天上午十点钟，市局官微点名通报了聚力金融，按道理他们应该忙碌起来，想办法解决危机才对，而上次跟着张正来这里的时候，进进出出的人挺多的，今天的氛围似乎有点不一样。

张博从来就不是一个有耐心的人，虽然明知道有问题，但最终还是决定化装成外卖小哥上楼去看一看，就算是没有发现，也不会有人注意一个外卖小哥。他看见路边有个黄马甲骑电动车的小哥蹲着玩手机，于是上前递了一支烟套近乎，然后给了一张红票票，马甲借过来，骑着车就准备进去。

此时背后被人狠狠一拍，张博惊愕不已，心中只有一个想法：糟了！

沈逸等人已经被吴佑行软禁了大半天，每个人都焦躁不安，似乎随时都有可能爆发什么事情。其实，吴佑行的心里比谁都要着急。

已经过去了几个小时，却一点消息都没有。

一个激灵，他微微一抖，手机突然响了起来，只响了一声，他就迫不及待地接听，刚开始还眉飞色舞，可下一秒就像霜打的茄子一样蔫在了椅子上。

他的目光在众人脸上扫过，神情十分复杂，踌躇几步后抬头对着天花板发呆了几秒，接着朝身边几个警员大声嚷嚷："局里有任务！收队！"

两位领导陪着吴佑行他们出去，只剩下江心一个人，她迅速拿起了沈逸的本子，本想看一看他究竟写了些什么，结果却发现有一页已经被撕掉了。

真有鬼？为什么要将那页纸给撕下来呢？

接着她又去了沈逸的办公室，翻遍了每一个角落，却再没发现任何疑点。

而此时的王浩明和沈逸送走吴佑行后，已经开始在逍遥谷中和约好的客户把酒言欢了。

深夜，路边摊，撸串摊上，三人打着赤膊推杯换盏。

"沈哥，我今天的表现还可以吧。"孙小兵滔滔不绝地吹嘘着自己。沈逸没说话，端起酒杯和小兵闷了一口。

"哥，你说这狩猎人到底是些什么人啊？两个跳楼的，一个跳江的，都和他们有关系，还有今儿这事，差点让咱们沾到火星。"张博吃相难看，含着一口肉语速还飞快，唾沫四溅。

沈逸放下酒杯，搓了搓手上沾到的孜然粉："小兵，其实你做得不够好，你还需要努力和学习，因为你不懂摩斯密码，差点误事。"

"这话怎么说，沈哥？"

"当我发现身后的摄像头的时候，我当时就想到了你。几天前为了调查张正部门加班的事情，我不是叫你黑了技术部的监控吗，但是你并不知道我在会议室里，中途休息的时候，我故意去技术部转了一圈，这点你还挺机灵的，你发现了我在安全通道抽烟，继而跟到了会议室的摄像头。随后我随意地在桌子上敲，敲出了摩斯密码，为了保险，我又在笔记本上写字，结果你只在我的字上发现了端倪。"

"啊，你还敲了摩斯密码？这真没发现，我一直都注意你在传达的信息，直到我将镜头放大，看见你的字体里面有些不一样的地方。上边密密麻麻写满了字，但有几个字的字体却和别的不一样，我拼出来就是：马上招回张博。立刻就明白了。"

"所以你要学的东西多着呢，还吹牛皮这么带劲儿。"张博抡起手轻轻拍了拍小兵的脑袋，"好好学，什么叫行书，什么叫楷体，连这都不懂，还大学生呢。我再告诉你小子，要不是我和设备科的老陈关系好，所有的摄像头都是买的超高分辨率的，你放大了字体也是白搭。"

"行了，张博，他也别以大欺小，幸好你也没冲动，按以前的性格，早冲进去了，小兵十匹马也拉不回来你！不过，从化装成外卖小哥这点上看，你还是动了脑筋的。好了，我们干一杯，只要平平安安就是福。"

"两位大哥，你们真有智慧，我以后就跟你们干！一起替天行道。"孙小兵一饮而尽。

"嘿，好小子，看把你能耐的，你替得了天吗？"张博取笑道，转而递给沈逸一支烟，帮他点上，"咱下一步怎么办？"

"看来狩猎人并不知道我们的存在，吴佑行查恒记也只是因为恒记和诸多的金融公司有技术上的合作，我们只是无意中成了狩猎人的嫌疑对象，这事一时间吴佑行不会善罢甘休的，只能拖吧。对了，小兵不是有狩猎人的网络联系方式吗？你继续和他们保持联系，业务可接也可不接，理由可以扯上课没时间，毕竟井水不犯河水，他们做他们该做的，我们做我们该做的，但是小兵如果接到涉及金融行业的任务，我们就要提前准备，毕竟我们手上的金融老板们是咱们的聚宝盆，我们是相生相惜的关系，也是维护那些山区生计的生命线，这一点不可大意。"

"沈哥，你为啥这么热衷于扶持那些贫困山区的人啊"？孙小兵不解地问道。

"嘿嘿。"沈逸摸了摸小兵的头，"这是我和你张博哥的故事啊。"

"就给你上一课，人要懂得知恩图报，懂不？"张博接过话来，"咱两兄弟小时候流浪街头差点饿死，你看看你，虽然现在家境也不咋地，但至少双亲都健在，就是一个完整的家庭，而我和沈哥可是孤儿，相依为命呢。"

"对不起，真不该提这事儿，原来你们曾经那么可怜。"小兵愧疚道。

"没啥，我跟你说，我们当时才14岁，整天沿街要饭，沈哥因为吃的尽是不干净的东西，上吐下泻，又身无分文，那时真是命悬一线。幸好遇上一对好心的卖早点夫妇，把咱们救了，还给咱们买衣服、买鞋子，在他们家吃住一个多月才算恢复。"

"是啊，你现在说起来这事，我还真的有点想念刘妈他们了。"沈逸百感交集起来。

"哦，原来你们是因为这对老夫妇的善举，才有今天的善举行为啊。"小兵领悟道。

"你个猪娃子确实很聪明啊。老两口儿现在被咱们安排得妥妥当当，安度晚年咧。"

"原来是这样啊，真好！"小兵为他俩斟酒一杯，三人十分开怀。

"哎，哥，经侦的那个叫吴佑行的看起来有点烦哪。"张博将手中的烟头弹出去。

"不好对付，是个棋逢对手的人。这次的事，他非常聪明，找到点腥的就能钓到大鱼。但是咱们不是狩猎人，这个锅不能瞎背。狩猎人的手段凶狠残暴，完全是不计平衡地收割钱财，最后逼迫受威胁者走投无路，做出一些无底线的事情，甚至导致死亡。我们不一样，我做事有原则，别人明明身上只有100元，我们只会拿走50元，另外50元可以让他再赚取下一个100元。"

"哥，咱们真的很仁慈了，咱们找的那些金融老板，都是自融，从老百姓手上搜刮的钱财都用来包二奶，买豪车豪宅，自己享受。就算他们涉及谋财害命的，咱们也只能将他们的证据交到条子手里，这些事其实判不了几年，几年后出来，他们还不是重操旧业，干那些破事。"

"是的，这是原则，尊严、生死最大。他们游戏人间可以，但不能害人性命，侮辱别人的人格，一旦触碰我的原则，我们也没有权力去判罚他们的罪责，只能在国家法制层面，让天去谴责他们的行为。"

沈逸将满满一杯酒倒进肚子里，目光如炬："还有，那个狩猎人，他的所作所为已经触碰了我的底线，这次是为了保护那些财主，等我缓过这口气，第一个就找他们，我要让他们知道，做坏事谁都逃不过天谴！！

第二十一章

市局办公室。吴佑行狠狠地将打火机砸在桌子上，发出"啪"的一声响，幸好壳硬，没有爆燃。吴佑行的烦躁并非来自被领导批评，而是行动的结果让自己非常不满意，到底问题出在哪里呢？

他是全警局破案效率最高的，同样也是挨骂最多的。原因很简单，就是因为这个人一根筋，脑子里除了抓捕罪犯之外什么都不想，既不会讨好领导，也不会打点同事，如果出了事也没有人给他说情。时间一长，他也就慢慢习惯了，写检查也写出了心得，甚至练成了一套一心二用的本事，可以一边写检讨，一边思考案子。

反正来来去去就是那么几句话，他几乎不用过脑子，提起笔来就能写。

可是今天，他拿起笔却一个字都写不出来，因为他实在想不通自己的计划究竟哪里出了问题。通常对付这些金融企业的管理人员，吴佑行还是非常有心得的，他们精明，这点承认，但都用在坏点子上了，所以有点一边倒。另一点就是一个欲望和恐惧，让他们不得不做出抉择。所以今天为了万无一失，他先派人将陈永昌控制起来，这才赶到了恒记集团，最后才发的微博。目的就是引君入瓮，但凡心里有鬼的人，当见到那一条微博之后一定会采取行动，可他足足等了一天，却一无所获。

原因只有两个，要么就是恒记集团没有问题，要么就是走漏了风声。

吴佑行又将整个过程回忆了一遍，没有找到什么破绽，嘀咕着："经过这次行动之后，他一定会更加小心，想要再抓住他的把柄可就难了。"

嘀咕着，他不由自主地看了一眼办公桌下，却发现本来放在那里的鞋盒不见了，鞋盒里装着当初匿名举报的关于口袋金融的证物，这证物足够立案彻查，但是一直忙于对付恒记集团，以及找出狩猎人，所以他拿到口袋金融证物的时候没有急于呈上去，而是放在自己的办公桌下面，现在居然不见了！吴佑行立刻叫档案室找了找当初在周伟和周宏公司找到的证物，也找不到！

这一下他的怒气立马就上来了，但没发作，于是连吼带叫地把小汪呼到办公室来，关上房门，责问到底是怎么一回事。

小汪委屈地用手遮挡嘴巴小声说："周伟那件案子不是已经审结了嘛，李局说了，既然完结了，证物自然也应该被封存，今天下午李局派人拿走了。至于你说的鞋盒子，你放哪儿我怎么会知道？"

听了这话，他气不打一处来，但是他也明白，证物被封存是为了留待复查，这个规矩吴佑行自然知道，可这么一件小事还值得副局亲自出马吗？

这是他的职业习惯，不管遇到什么事情都要刨根问底。

"李局，李局……"他小声念叨着，突然想起了一件事情。

就在昨天，他带头破获了一起金融诈骗案。在整理证据的时候，他无意间发现了一个黑账本，结果发现他们每年都要拿出大笔分红给一个叫三叔的人。

他当时就觉得"三叔"这个称呼很熟悉，略一沉吟便想了起来，当初查周伟和周宏的案子时发现，他们的履历中涉及金融行业初期有一段时间是在大信集团工作，后来离职出来自立门户。而周伟在出事之前，也曾经找过这位大信集团的掌门外号"三叔"的人。这两个地方的三叔有没有可能是一个人呢？

之前他觉得他们之间应该是有关系的，于是马上将这件事情反映给了副局，副总李茂盛也没指示什么。后来他开始着手设计抓捕聚力金融的陈永昌，就把这回事儿给忘记了，直到现在才又想了起来。最近事儿太多了，吴佑行按了按太阳穴，但他的眼睛里可容不得半粒沙子，一转眼冲进了副局的办公室，还是连门都没有敲。

等看清来者是吴佑行之后，李茂盛气不打一处来，道："怎么，这么快？检查写好了吗？"

吴佑行哼了一声，道："检查的事一会儿再说，我问你三叔到底是怎么回事？他不是和周伟、周宏有关系吗？"

如果是其他人，对上司说话的时候肯定是毕恭毕敬，但吴佑行根本就不吃那一套，他觉得说事就是说事，不想搞那些冠冕堂皇没用的。

听到"三叔"两个字，李茂盛假装愣了一下，随即摊开手表示："三叔怎么了？"

吴佑行不耐烦，道："我说的是昨天那起诈骗案中提到的三叔。他虽然没有露面，但每年都拿分红，显然跟案子有关，而且还牵扯到了另一桩案子，你把鞋盒拿出来，快拿出来，我指给你看。"

他的每一句话都咄咄逼人，就像是在审问犯人，丝毫没顾及这个副局的感受。李茂盛显然被气得够呛，极度不爽地一拍桌子跳了起来，食指指着他就破口大骂起来："吴佑行，你小子是不是疯了？有你这么跟上级说话的吗？今天你擅自使用微博发假消息，降低公安局公信力的事情我还没追究，你现在有什么资格在我面前大呼小叫？再不识相的话，给我滚回去守鱼塘。"

李茂盛中气十足，别有一番局长的威严。

吴佑行没有办法，只好退了出来，心里却隐隐觉得周伟那件事情一点都不简单。

转眼，他就带着小汪一起去了周伟的公司，准备重新检查一下，看看还有没有遗漏的线索。

等他到了才发现,这里已经改成了服装店,连招牌都立了起来,显然是租给了别人。

"老大,周伟那件事情都已经结束了,咱们还来这里干什么?"小汪问道。

吴佑行道:"结束是结束了,但还有一些疑点没有解开,我感觉这个疑点如果能解开,咱们肯定能抓一条比周伟还要大的鱼。"

"比周伟还要大的鱼!"

小汪咽了一口唾沫,眼睛也睁得大大的。

吴佑行也没解释,直接开车去了医院,因为他还有一个重要的证人要见。如果再不去,可能就见不到了。

这个证人不是别人,正是当初替周伟顶罪的刘向东。

虽然只是一个替罪羊,但他手里也掌握了不少秘密,只不过因为他的病情经常反复,所以吴佑行一直没有跟他好好聊过。

现在也只能把希望寄托于他了。

正想着,小汪接了个电话,随即问道:"老大,你是要赶去医院见刘向东吗?"

吴佑行点了点头。

小汪道:"现在去的话已经来不及了,如果去火葬场说不定还能看到他最后一面。"

听了这话,吴佑行也被吓了一跳,一脚刹车把车子停到了路边。

小汪道:"刚刚医院打来了电话,说刘向东抢救无效,刚刚死了,已经送去火化了。"

说着,他从口袋里掏出了一支烟递上。他跟着吴佑行的时间最长,所以很了解他此时需要什么。

吴佑行摆了摆手,苦笑道:"有这么巧的事儿?我刚要来他就没了,真是像知道似的。"

小汪再次递上那支烟,低声说道:"我劝你还是抽一口吧,否则我怕下一条消息你会越发承受不了。"说到这里,他停顿了好久,这才说道,"周宏也死了,就在今天中午,据说是患了传染病,现在已经被送去火化了。"

什么!!!

吴佑行脸色铁青，就像被雷劈中一样呆立在那里。

小汪道："传染病这种事情，谁也没有办法，连葬礼都省下来了。"

"传染病？你的脑袋是木瓜做的吗？"吴佑行怒斥道。

吴佑行接过香烟，深深吸了一口，任由烟雾在口中弥漫，而后再缓缓吐出，只觉得大脑里空荡荡的。他从警这么多年，从来没有像此刻一样令人迷惑。

有鬼！没什么什么所谓的巧合，就算有巧合也是人为造成的。刘向东是癌症晚期，他私下和医生聊过，虽然得到的答复是只能活几天，但昨天打电话问询的时候还没有什么即将离世的征兆。而周宏的情况就和刘向东完全不一样，周宏生龙活虎的，他那个体形别说在看守所里，就算拉去监狱折磨几个月，也绝对扛得住。最纠结的问题是口袋金融的证物怎么不见了，周伟、周宏和刘向东，口袋金融，这八竿子打不着边的一回事儿啊。

李局有问题？这个念头只在吴佑行脑袋里一闪而过，就立刻打消了。李局资历特别老，在警局里是很受人尊敬的，他立功无数，曾经在20世纪90年代破获过多起集团性质的诈骗案件，由于李局突出的业绩和个人能力，十分受上面领导的赏识，只不过自从升上市局副局后，可能高度不一样，考虑问题的角度不一样，导致他对民间出现的新型金融案件不太感冒，再加上越来越会打官腔了，所以吴佑行对他还是有一点偏见，不过吴佑行毕竟是个男子汉，不和他计较这些，过去的事儿都过去了，也不记仇，更不能因此怀疑他。

第二十二章

吴佑行漫无目的地游荡在不知什么地方，满脑子都在想刚才的事儿，有点想不明白，大风大浪也算见过不少了，却从来没有像此刻一样无助过。

那种感觉就像是被一双无形的大手扼住了喉咙一样，既喊不出声音，又无法呼吸，只能任由他人摆布。

他讨厌这种被人掣肘的感觉，更不喜欢半途而废，有时太正义的人会让人感觉到害怕！

因为他一旦发现邪恶就会奋不顾身地去主持正义，结果往往会把自己弄得遍体鳞伤。

吴佑行觉得自己就是这样的人。

过了一会儿，他已经坐在路边摊了，一杯接一杯地喝着闷酒，就像是一头在舔着自己伤口的孤狼。从警十年，他经手侦办的案子数都数不过来，几乎每天都在跟形形色色的罪犯打交道。有的罪犯阴险狡诈，有的罪犯凶残狠毒，没有人能逃过他的眼睛，但此时他却觉得敌人比自己还狡猾。如果他是"狼"，那离狼狈为奸还差个"狈"，敌人就像狐狸，明里不是对手，阴的防不胜防。

还有那个不知道隐藏在哪里的幕后操纵者，更是让他感觉如芒在背。

挫败感就像潮水一样从四面八方朝自己涌来，即便是吴佑行也承受不住，他只能用酒精来暂时麻醉自己。

此时他满脸胡碴，叼着烟，啤酒一瓶瓶地吹，路人看到他这副模样，似乎也纷纷避开，怕被他给"咬"到。唯独有一个老人坐在了他的对面，显得十分淡定。

说他是老人似乎并不正确。虽然他满头白发，但一点都没有老态龙钟的样子，甚至还有点神采奕奕、精神矍铄，只是额头上的几道浅浅的皱纹才显露出他的年纪。

老人刚一坐下来就开始打量吴佑行，脸上没有多余的表情，似乎对他的行为十分感兴趣。

吴佑行懒得理那些退休无聊人群的人，将杯中酒一饮而尽之后便付了账，摇摇晃晃地离开了。

随后就有一个混混打扮的年轻人坐在了他的位置上，脖子上的金项链又大又粗，他不屑地看了一眼吴佑行落魄的背影，道："这个家伙就是最近在江城哪吒闹海的那个经侦队长吴佑行吗？我看也不过如此嘛！"

他一边说着，一边从口袋中拿出手帕，把面前的玻璃口杯仔仔细细地擦了好几遍，这才倒满酒，恭敬地端到老人的面前。

老人轻轻抿了一口，随即皱起了眉头，似乎是不太习惯这火辣的味道，缓了缓，好一会儿才一饮而尽，道："你可别小瞧他。鹰有时飞得比鸡还要低，但鸡永远都到不了鹰的高度。"

年轻人抓了抓头，听不太明白。

"平日里让你多读书，你就是不听。"老人摆摆手，随即正色道，"告诉你，不管是鹰还是鸡，我都不放在眼里，因为说到底它们也都只是畜生而已,我最害怕的是养鹰人。他们训练猎鹰去捕猎,随他们争斗得头破血流,自己却从来不参与、不露面。"

年轻人好像此时才回过神来,嘿嘿道:"三叔,您不就是最高明的养鹰人吗?从您手底下出来的都是猎鹰,小鸡一抓一个准,更别说鸡了,豹子都能给你抓来。"

"是吗?"三叔抿了一小口白酒道,"周伟、周宏这两只小鹰差点火候,不会抓鸡也就算了,还总会招惹麻烦。"

年轻人连连点头称是。

三叔叹叹气:"其实我也不想的,他不仅是我的手下,更是我的侄子,只可惜我这个侄子跟他老爸一样胆小怕事,是个会小打小闹、挣点酒钱、胆小怕事的孬种,没什么大志。还是那句话,这些人眼不高,手也低,眼睛只盯着钱,那叫一个鼠目寸光。"

"这话怎么说?"

"眼睛要盯着铺子,盯着街,盯着城市,盯着社会,钱不就自然而然地生在其中了嘛!"

"三叔高明!!"

听他说话的淡淡的口气,似乎只是在诉说一件家长里短的小事,周伟和周宏死了就等于自己养的众多宠物里死了两只一样,没什么大不了的,他心中喜欢的是有远见的人。

……

吴佑行不知道怎么回到家里的,第二天起床的时候已经九点了,而且脑袋里也是隐隐作痛,这可能是他工作以来第一次迟到。

不过大醉之后,他看事情反而更清晰了,既然是案子,那就一定有线索,只要是线索指向的人就抓起来,管他有多大背景、多大势力。

其实他心里也十分清楚,这只不过是他在自己安慰自己罢了。在江城能够只手遮天的人可不在少数。

去局里报完到之后,他直接去了看守周宏的拘留所。

偏就那么巧,其他地方的监控都没问题,唯独关押周宏的那间出了问题,所有视频都变成了雪花。当问工作人员的时候,他们也是众口一词,都说犯人是心脏病突发,一下子就死了。

吴佑行明明记得，昨天小汪还说是死于什么传染病，怎么突然间又变成心脏病了？

连基本的信息都不一致，这做巧谋杀周宏的人是多么不可一世！是多么不将法制放在眼里！又是多么可憎！想到这里，吴佑行将拳头捏紧了。

没有办法，他只好查看其他区的监控，结果拘留所门前的一段监控引起了他的注意。

监控中的画面并不清楚，只能看到一个人在用力地开关车门，随着车子的晃动，似乎有什么液体流了下来。他问过拘留所的工作人员，但根本就没人回答。

离开拘留所之后，他找到了监控中的那个位置，结果发现地上有大量的水渍，似乎清洗过什么东西。

虽然心中有疑问，但他也没有多想，随即又试图联系周宏的家人，结果一个电话都没有打通，倒是火葬场那边查到了一点线索。

据火葬场的工作人员说，周宏被送去的时候已经血肉模糊了，是被他们用铲子扔进焚化炉里的，完事儿之后家人就把骨灰领走了。

调查到这里，就再也没有一丝线索了，还没开始，就已经进入结束阶段，吴佑行瞬间又有了那种想喝酒的感觉。

"三叔，还得从这个三叔身上下手！"他给自己打气。

这话说起来容易，做起来可就难了，毕竟只知道一个外号而已。吴佑行只是抱着试试看的态度给自己的线人打去了电话，结果很快就得到了答复，这个三叔不是别人，正是江城最大的金融公司——大信集团的老板胡保川，三叔是尊号，江湖上没人不知道，为此吴佑行还被线人奚落孤陋寡闻。

这个人吴佑行自然听说过，可以说是江城首屈一指的富豪，旗下的生意遍布各个行业，体量特别大，更厉害的是似乎不管他干什么都赚钱。

这么一个大人物会跟几个搞诈骗的小蟊贼有关系吗？

想到这里，就连吴佑行自己都觉得可笑，如果说出来的话，估计又会被谁奚落一番。

调查进行到这里，可以说已经进入了死胡同，因为像胡保川那样的人别说调查了，就算想见一面都难如登天。

他已经隐隐意识到自己接触到的是一个天大的事件，一时半会儿绝对理不出什么头绪，只好暂且放下。

手机响起来。"老大，速速喂，在下西路的酒吧偶遇两个伪造支票案跑路的家伙，我这儿人手不够……能不能调几个兄弟来……"小汪征询道。

一听是要抓贼，吴佑行立马神采奕奕，这可是好事儿，近几天尽是乌云密布的事儿，他就盼着雨过天晴呢，正好抓几个贼冲冲喜。

"小兔崽子给我盯紧了，我自己来！"

吴佑行搭了辆出租车，付钱下车，已近黄昏时分。这条城市隐秘的街道旁，都是一个个小型的清吧，年轻的白领们三五成群，听着轻音乐，聊聊天或者玩桌游，好不惬意，是下班消遣的好去处。

根据小汪的信息，他们在酒吧里假装客人监视着逃犯。吴佑行已到这家酒吧门前，他抬头看了看，"挚爱"大字下面是"茶吧"两个小字，他撇撇嘴，小汪这警察当久了连酒吧和茶吧都分不清，是时候给他上上课了。

茶吧生意还不错，一半的桌台都有客人，他一进去小汪便看见了，吴佑行给他使了个眼色，于是坐到小汪身边。

"就是那边穿咖色夹克的两个人。"小汪朝那边瞟了瞟。

"等会儿动手时注意旁边的客人，动作别太大。"吴佑行低声说。

"得嘞，您亲自来我就放心了。"小汪比画了一个剪刀手。

吴佑行假意去吧台瞅瞅，顺便路过那桌人，一个眼神就把两人的度量审出来了，那两人还在津津有味地谈论着什么稀罕的破事儿。

"哥们儿，借个火呗。"吴佑行凑过去，朝其中一人示意。那人头也不抬就将打火机递给他，吴佑行将火力调至最大，火焰朝那人头上一喷，那家伙的头顶瞬间就成了一个火把，双手捧头哇哇大叫。另一人准备起身，被吴佑行一脚踢翻正好翻滚到小汪脚下，一人压住一个，手铐伺候上去，整个战斗仅仅持续十五秒，在场的客人甚至都还没意识到发生了什么事情。

"你们就这么走了？！"吴佑行拎起犯人准备出去，就看见门口有位身材丰满、风韵犹存的女人站在那里怒视道，此人正是老板娘陈晓琳。

吴佑行掏出警官证亮了亮:"不好意思啊,执行公务。"

"公务怎么了?公务就可以不和店主打个招呼就动手?"陈晓琳面无惧色,丝毫不让。

"嘿……"吴佑行上下打量了一番,他也算见过不少世面上的女人,没想到眼前这个女人看见警察抓犯人丝毫没有惧怕,顿时感觉不一般。警车停在外面,警笛呜呜响个不停,他将抓到的家伙交给刚刚赶到的同事。

小汪凑过来阴阳怪气地对着吴佑行嘀咕:"老大,咱好像遇上对手了。"

"你先带他们回去,我处理一下。"吴佑行拍了拍外套上的灰尘。

"来吧,美女,喝什么,我请你。"吴佑行找了张桌子坐下。

"有啥指教啊,吴警官。"陈晓琳也坐下。

"不简单的老板娘啊,这么快就把我的名字记下了。"

"您也不看看我这儿是什么地方,这里的客人随便抓一个都是公司大老板,随便点一个就是带总的,经常喝酒酒量大的道理您懂的吧?"

"也是,这店和别的店不一样,茶吧,对吧,晚上喝茶,这就是不叫人安生嘛。"

"这么说吧,吴警官,您这一闹,我还有生意吗?客人都被吓着了,本寻着静一静的,今儿却是最热闹的了。"

三言两语,吴佑行就感觉她句句不饶人,这是一个有天使般面容的彪悍女强人。"嗯,好吧,我赔,怎么赔?"

"呵呵呵。"陈晓琳笑得十分妩媚,尽显女人的娇柔,"瞧你说的,我多认识一个朋友不好吗?要你赔的是钱,用出去就没了,但经常陪朋友,陪出来的却是长久的感情。"

好一个有见地的女人,这类女人有远见,懂得欲擒故纵,赢得主动权,天使的面容还有巾帼的胆识,难得的风情万种、世俗尤物,吴佑行发现自己暗暗被她的气质所吸引。

"行,我喜欢交朋友,你叫什么?"

"陈晓琳。晓得的晓,王琳的琳。"

"名字不错,顺口,我挺喜欢的。"

"看来吴警官是个性情中人,你刚才可答应了啊,经常来喝茶就是对我这儿最好的补偿。"说完陈晓琳笑笑,优雅地扭着丰臀走开,去忙别的客人去了。

第二十三章

夜已经深了,街道也清静下来,只剩下朦胧的月光伴随着挚爱茶吧的霓虹,店里的最后一拨客人离开。忙完店内最后的清洁工作,陈晓琳疲惫地擦了擦额头上的汗水,倚靠在沙发上。此刻,她丝毫没有准备关门的意思,她把所有的灯都关掉,只留下一盏角落里的壁灯开着,微弱的灯光照在她那白皙的面容上,退去白日的光华,尽显沧桑。桌子上放置了一杯刚刚泡好的热茶,也许是给自己的,或者是准备给什么人的。

屋子中很寂静,陪伴她的只有挂钟在嘀嘀地走动的声音,还有那缓缓飘散的茶香。

此时,有一个身影在窗外踌躇,片刻后又停留站立,隔着玻璃凝望着屋内那杯冒着热气的茶。他在门前徘徊了好一会儿,最终还是没有进去,随即消失在街道的另一边。

陈晓琳望着天花板发呆,直到那杯茶被放到冰冷,视线也没从天花板上离开,许久,从她的眼角边慢慢滑下了一行泪水。

本来沈逸和王浩明的关系是人所共知的,但是最近江心发现,自从上次吴佑行突击检查之后,这哥俩的关系就变得微妙起来,每天都是故意错开时间来公司,即便偶尔碰上了也不说一句话。

很多人都没有在意,但江心却记在了心里。

这天,沈逸早早就到了公司,直接去了王浩明的办公室。沈逸直截了当地质问王浩明是否和聚力金融有关于赌博网站上的合作,张正即是派去的牵头人,王浩明拒不承认。沈逸苦劝他不要参与赌博网站这种违法合作,小心被人拉下水,王浩明不以为然,自顾自地打太极,因此两人大吵了一架。

没过多久沈逸就气急败坏地离开了。

吵架声时不时地在办公室外面也能隐约听见,江心知道一定是发生了什么事情,于是找借口请了假,开始悄悄地跟踪沈逸。

以往，沈逸离开公司之后就会找地方喝个烂醉，然后就去逍遥谷过夜。可今天他却没有这样做，而是径直去银行取了一笔数额可观的现金。他用一个白色的学生运动背包装着，少说也有几十万元。

现在网络转账、手机网银这么方便，没有人会无缘无故地携带大量现金，除非他有什么不可告人的目的。再联想起他刚刚跟王浩明有过冲突，江心的心中已经有了一个大胆的猜测，于是她连忙拿出了早已准备好的相机。

在她看来，一定是吴佑行的那招"敲山震虎"起到了作用，王浩明终于坐不住了，所以才让沈逸拿钱出去打点关系，他们也许在打点谁的问题上产生了分歧。不过，这都是一个初入警界的小警员凭空的猜测。

卧底几个礼拜，狐狸终于露出了尾巴，江心自然是喜出望外，但必须找到证据。

为了近距离拍到沈逸贿赂他人的证据，江心特意在车里化了装，直到确认看不出自己的本来面貌之后，她这才跟了上去。

沈逸拎着钱在大街上逛了很久，又打了好几个电话，这才进了一家拉面馆，进去之后便找了一个角落坐好，又戴上了鸭舌帽和口罩。

江心找了一个距离他很近的地方坐下，顺便打开了录音笔，同时心里也有点不以为然，心想：这家伙果然是个吝啬鬼，请人吃饭都不找个好地方，如果是我的话，一定不会帮你。

她留心着进店的客人，大部分是农民工和附近的学生，显然不是沈逸要等的人。

大概过了半小时，才终于有一个穿着体面的人走了进来。

那是一个40岁出头的男人，已经有些谢顶了。说是体面，其实就只是衣服干净一点，也不像什么政府高官或是企业高管，手里还提着一个黑色运动背包，跟他的年纪一点都不搭。

他直接坐在了沈逸的面前，正要打招呼，沈逸拍了拍装钱的背包，对他轻轻摇了摇头。

"看不出来，这个不着调的家伙也有这么谨慎的时候。不过，那又怎么样，还不是被我给发现了？"

江心的心中暗暗得意，但也有一点踌躇。因为她知道，交易一旦完成，她把证据向上级一提交，沈逸马上就会以行贿罪名被抓起来。一想到沈逸可能会入狱，也不知道为什么，她的恻隐之心油然而生，竟然有点五味杂陈的感觉。

就这么一犹豫，沈逸转瞬已经离开了拉面馆。

"这是什么情况，难道他们发现了有人跟踪，所以取消了交易？"江心心中疑惑，而后悄悄拨打了局里电话，通知上级立刻逮捕和沈逸接头的那个嫌疑人，自己则继续紧跟沈逸。

这次沈逸并没有在路上闲逛，直接拦了一辆出租车，而后赶回了公司。

等江心回到公司的时候，沈逸已经趴在办公桌上呼呼大睡了，看起来跟往常并没有什么两样，不过沙发上却放着一个黑色运动背包。

江心分明记得沈逸用来装钱的是一个白色的运动背包，怎么突然间变成黑色运动背包了？而且这个运动背包貌似也很眼熟……想起来了，这是刚才和他接头的那人手上的包。

他根本就没有去行贿！而是和这个人交换了背包！

敲门，沈逸慢慢醒过来，揉了揉眼睛，她微笑着以签字为名进入了沈逸的办公室，随即坐在了背包旁边，同时眼睛注意着沈逸的表情。

按理说，花几十万买的东西一定很重要，如果见到有人接近，沈逸一定会紧张才对，然而他却根本就没把江心的举动放在心上，甚至都懒得看上一眼。

"看不出来，沈总竟然也是一个热爱运动的人，这包包是什么牌子的？"江心假装漫不经心地问道。

沈逸打了个哈欠，道："背运动背包的人就一定爱运动吗？你什么时候在老婆饼里吃出过老婆？里边只是我托朋友从乡下带来的一点土特产而已。"

土特产要花几十万元买吗？瞎编！江心心中嘲讽，却没有表现出来，正想找个借口打开背包的时候，沈逸接了个电话，便急匆匆地跑了出去。

看了看沙发上的背包，又看了看沈逸离去的身影，他把这么重要的证据留在办公室里，难道就一点不担心被人发现吗？还是说他已经开始怀疑我了，故意把背包留下只是意在试探？

一时间，江心的心中也有些拿捏不定：沈逸这个人不会大意到这种地步，而且，最近几天我一直都在跟踪他，有好几次都差点被发现，搞不好这真是一次试探，如果贸然打开背包，说不定我的身份就暴露了。

江心是个极为谨慎的女人，所以上级才放心让她来做卧底，可是让她放弃眼前的大好机会，说什么也不甘心。

犹豫了好久，她这才下定决心，大不了就由暗访改成明察，反正我几个礼拜来都没有找到有用的线索，如果再不拿出点证据的话，上级也会找人来替代我。

想到这里，她便把背包拿到了自己的面前，可是还没等打开，身后便传来了一阵脚步声。

江心一惊，连忙坐好，又随手拿起了一份文件，表面上虽然很镇定，但其实心里已经开始打鼓了。

"咦，你怎么在这里？"

是女人的声音！

江心顿时松了一口气，回头一看，站在门口的果然不是沈逸，而是公司的另一个秘书。她叫周婷，是一个实习的大学生，主要负责会议记录。

江心道："没什么，只是有些文件需要沈总签字，他有事出去了，让我在这里等他。"

周婷道："那就奇怪了，他才说要离开一个礼拜的时间，还让我把没处理的案子移交给王总，怎么会让你在这里等他呢？"

"他请假了？"江心问道，"那他离开公司了吗？"

周婷点了点头，道："我刚刚看到他匆匆去了停车场，现在应该已经离开了。"

这是怎么一回事呢？待秘书离开后，她迅速打开了背包。

原来里边装的并不是什么所谓的证据，而是一摞摞用黄色信封装好的书信。

粗略一数至少也有几十封，每一封上都用铅笔书写着"沈逸叔叔"亲启的字样，字迹工整。

她好奇地随意打开一封信件，字里行间充满了稚嫩的味道，而铅笔字也有被橡皮擦涂抹的痕迹，字迹歪歪倒倒，却也分辨得清楚，她开始仔细阅读起来：

亲爱的沈叔叔，你好久没有回来看我们了，我和弟弟妹妹们都十分想念你。听校长说你很忙，不会经常回来，但是婆婆为你酿了你最喜欢喝的米酒，你要早点回来喝。我想，你一定很累吧，回来后要好好放松一下，闻一闻大乡里的空气，品一品大乡里的甘露。我想你，我也想琳姐，好想你们再带我去大山里生火抓鱼烤着吃……下个月阿姐阿哥的婚礼，你一定要回来哟。

江心看完信，心中充满困惑，这是一封家书，书写者从文笔上看，很明显是一个孩子，他口中的沈叔叔是沈逸无疑，大乡是什么地方呢？大乡里的人们和沈逸的关系又非同一般，他口中的琳姐又是什么人呢？看起来和沈逸的关系十分要好，无数的疑问困扰着江心。江心顿时觉得自己在沈逸的面前显得无比的渺小，思想行为幼稚而可笑，沈逸的身影在神秘的同时又突然蒙上一层浓浓的迷雾。

就在这个时候，她的手机响了起来，拿起来一看，是个陌生的号码，于是连忙去卫生间接听。

刚刚按下接听键，电话里便传来了一阵咆哮："你搞什么鬼？！"

江心一下子就听了出来，是吴佑行这个大老粗。上级早就告诉过她，以后她的行动由吴佑行来指挥，这还是他们第一次通话，没想到却是这样暴躁的声音。

吴佑行噼里啪啦骂了好半天，而且声音越来越大，江心一句也没听清楚，干脆说："我现在说话不方便，一会儿再打给你。"

吴佑行道："不用了，你马上来局里一趟。"

他的声音很低沉，显然是在压抑怒火，江心也吓了一跳，但实在不明白自己哪里出错了。

第二十四章

　　江心在一间屋子中见到了吴佑行。此时他正一脸阴沉地盯着面前的电脑屏幕，甚至连看都没有看江心一眼。

　　"吴队。"江心打了声招呼，便双手叠在身前，站立在一旁。

　　吴佑行也不说话，只是指了指面前的电脑。

　　只见电脑中播放的正是审讯室的监控，画面中只有两个人。

　　"这就是你说的，和沈逸接头的那个人吗？"吴佑行问道。

　　"是！"江心点了点头。其实画面并不清楚，不过从衣着来看，画面中的两人一个是沈逸，另一个就是他在拉面馆中见的人。

　　"那你知道那个人是谁吗？"吴佑行继续问，但眼睛始终停留在画面上。

　　江心摇了摇头，道："他们两个没有说话，我不知道他的身份，不过既然能跟沈逸接头，一定是不一般的人，是他的同伙，也许是我们要找的人，或者是犯罪嫌疑人。"

　　听了这话，吴佑行直接就被气笑了，他抹了抹快要笑出来的眼泪，道："的确和你说的一样，是大有来头！他的名字叫吴剑涛，是一个在乡村义务支教十五年的老师，还是贫困县里的贫困村的老师！十数年如一日，拿着最低生活费的老师，他就是你说的犯罪嫌疑人？！"

　　听了这话，江心的脑子里如短路似的"嗡"的一声，再想到背包里的信件，瞬间就联想到很多画面，再将这些画面结合到一起，她立刻明白了这是怎么一回事。

　　吴佑行接着说道："我们接到你的电话之后，马上就把他带到了这里，果然发现了不少现金，可一查才知道，那些钱都是匿名捐助的善款，用于资助贫困村孩子们吃饭上学问题的钱，并不是什么贿赂款。"

　　"善款？！"江心不解，道，"既然是做好事，那就光明正大做就好了，这个沈逸为什么鬼鬼祟祟的呢？"

　　吴佑行白了她一眼，道：你倒说说看，怎么个鬼鬼祟祟法？他们俩不遮不挡，光明正大地在面馆吃个饭，还有这么多摄像头盯着，那请问，他们是商量做贼啊还是准备抢劫啊，我看你跟踪他们才是鬼鬼祟祟的吧？我刚刚查过沈逸，这几年来他一共向慈善机构捐献了200万元的善款，而且全都是匿名捐献的。"

"那这些钱……难道没有问题吗？"江心问出的话显然已经底气不足。

"废话，不去查清楚我怼你干吗？这银行流水全部正常，一分不多，一分也不少，全是这些年恒记发的工资和奖金，以及年终的分红，我都打印出来了，你自己看看吧。"吴佑行明白她想问什么，干脆一股脑都给说出来。

江心感觉自己脸上顿时发烫得厉害，恨不得马上找个老鼠洞钻进去躲起来。

吴佑行无奈地随即把审讯室的声音开大了一些。江心听到了来自审讯室的对话。

那个老师说的方言，三句话中有两句听不懂，但大概也猜得出来八九分，基本是在对沈逸的资助表示感谢以及概述学校和学生的情况。

吴佑行带着声调道："我让你来并不是要责备你，只是提醒你要坚决执行命令，上级明明指示你监督王浩明，你总跟这个沈逸过不去干什么？我承认，这家伙，他是有点小精明，但还不是咱们此次任务的主要目标。以后要服从指挥，听命令，懂吗？"

江心觉得耳朵有点被高音频震得发聋，此时心虚地辩解，显然已经词穷："我只是觉得这个人形迹可疑而已。而且，他是恒记的高管……和王浩明走得又那么近。所谓近朱者赤、近墨者黑……"

吴佑行实在听不下去了，连忙摆了摆手，道："你别跟我乱弹琴好吗？咱们队里忙得不可开交，你一个卧底人员，不能胡乱调集队里的资源，害得我们陪你瞎忙活儿！鉴于你卧底这么长时间依旧一无所获，我已经决定调你回来了，你这几天回恒记集团办理离职手续，然后回来报到。"

其实从卧底的第一天开始，江心就想调回来做一个堂堂正正的警察，可现在让她退出的话，无异于让她做逃兵，一向要强的江心怎么可能答应？

似乎是看出了她的心思，吴佑行点上烟，道："怎么，你还不服？"

江心道："这件事是我大意了，不管上级给我什么样的处分都可以，我也都能接受，但不能把我调回来。"

"凭什么？就凭你这张嘴吗？"吴佑行"哼"了一声。

"我早就说过，大学生就是没用，头衔再多、学位再高也就是一张纸而已。要不是银监会有关系……你要学的多着呢。"吴佑行发现差点说漏了嘴，立马话锋一转。

被他这么数落了一番，江心也不示弱，随即咬着嘴唇从包包中拿出了一个密封的文件袋。

"这是什么？"

"这里面有四家私营金融企业的详细资料，他们跟聚力金融一样，不仅在恒记集团定制了软件，更是每个月都向慈善机构提供善款，时间、金额、负责人我都清清楚楚地记了下来。"

听了这话，吴佑行的脸色也是一变："你是怎么知道他们在向慈善机构提供善款的？"

江心道："我自然有我的办法，只要你再给我一点时间，我一定能查到更多。"

吴佑行不置可否，想了一会儿才缓缓点点头。企业做不做慈善和经侦没多大关系，经侦只管企业是否涉及金融违法行为，所以这些东西不能说明什么，但终究还是通过她的努力得来的，不宜打消积极性。

江心敬了一个礼，随即就离开了。

看着她离去的背影，吴佑行笑着摇了摇头，喃喃道："这个大小姐不捣乱就行了呗，能做点成绩我也好交差，谁叫她上面有人呢。"

说着，他抚摸了一把文件袋，眼神一下子变得锐利起来。

离开警局之后，江心松了一口气，同时也坚定了一个信念，那就是一定要顺着沈逸这条线查下去。因为那些有问题的金融公司都在暗地里做好事，而沈逸也在匿名捐款，她隐隐觉得这两者之间有关系。

沈逸和孙小兵惬意地坐在网吧的包间里，孙小兵借用网吧的光纤网络调取视频给沈逸看。视频里显示的是刚刚沈逸和吴剑涛在面馆会面的镜头，还有一旁偷偷观察他俩的江心。

"呵呵。"沈逸憨笑两声，悠闲地端起一杯茶抿了一小口，这是今天专门找网吧老板要的一点茶叶，虽然有点陈，不过口感还过得去。

"沈哥，她完全在你的掌控中啊。"小兵嬉笑着调侃道。

"真是奇怪，这丫头资历这么浅，吴佑行怎么会把她放在我身边的？"沈逸道。

"资历浅不是正好忽悠吗，你这三下两下的，她不就被你利用了。"小兵说。

"是的，吴佑行有点难搞，初衷是想利用她观察吴佑行那边有什么动向，结果今天她倒好，调动起吴佑行来了，看来她八成要挨骂。不过咱们的目的算是达到了，今天将沈逸的名字暂时洗白了，希望吴佑行以后别咬得太紧。"沈逸耸耸肩。

"该说她傻还是聪明呢？"小兵问。

"呵呵，不聪明能有这么多想法？不聪明有不聪明的好处，聪明有聪明的坏处，我们只根据对其人性的判断，做出分析和引导，请君入瓮还得她自己找到入口！这丫头情商不错，心思细腻，但经验不足，努力上进，是个好苗子，做警察有点可惜。"

"不过，你故意把孩子们的信件给她看，我就弄不明白了，这不是把你的事儿都暴露了吗？"

"上次和她喝酒，有过一次交谈，我隐约在她身上看出一些东西。"沈逸仰着头，感叹道，"一些我自己无法用言语形容的东西，那种感觉，唉，有点似曾相识但又说不出来。所以，我也希望她能够看到一些东西，一些透过现实看本质的东西，看能不能引起她内心深处的共鸣。"

"不懂，沈哥的话太深奥。"

"在资助大乡这件事情上，光有钱是远远不够的，最近这么多年，为了寻找杀父仇人，为了事业，我很少回去亲力亲为地帮助他们，自感为他们做的事情太少。其实，做好这件事是需要无私奉献精神的，我自己受诸多的干扰，是没能达到这个要求的。而在江心的身上，我看到了她和以前的女友，与孩子们、大乡里的人匹配的气质，人都是需要被理解，特别是希望被一些特定的人理解。我有种感觉，也许在一些事情尘埃落定以后，她将会是为这一切画上完美感叹号的最佳人选。总的来说，算是缘分吧，冥冥之中似有天意。"

"沈哥该不是看上江心这个大美女了吧？"

"别瞎说，我啥美女没见过。喝完这杯茶，我还要演一场戏，把这丫头彻底绕进胡同里，这也算是对她的考验，至于走不走得出来，就看我的眼光准不准了。对了，我这几天会回大乡一趟，有事打电话，再就是盯一下狩猎人那边的动向。"

"狩猎人自从周伟那件事以后暂时没什么动静，行，有事跟你联系。"

江心自然不知道沈逸已经打起了自己的主意，回到公司之后，她就连忙找到周婷，问出了沈逸请假的原因。

原来他是要请假出去散心，而且还让周婷替她预订了一张去湖北恩施的火车票。

恩施？

江心觉得似乎在哪里见过这个地名，但一时间又想不起来。

下班之后，她照例又去了一趟逍遥谷。这已经成了她的习惯，只要找不到沈逸，在这里准能等到他。

果不其然，没过多久她便见到了沈逸的车，他下车之后，又从车里出来了七八个女人。每个人都脏兮兮的，就像是逃难的灾民一样。

刚一下车，她们几个就哭哭啼啼的，说她们只是想出来打工，不想做其他的。

沈逸二话不说，上去就是一巴掌。这招果然管用，那几个女孩子一下子就不哭了，老老实实地跟着一名服务员进了逍遥谷。

一个领班打扮的人递上一支烟，随即跟沈逸一起向江心的车走了过来。

江心吓了一跳，还以为自己暴露了，连忙躺了下来，尽量把自己的身体放低。

还好，沈逸并没有发现她，向车里张望一眼之后，便跟那个领班靠在了车门边。

领班道："沈总真是有钱啊，我听说最近你出手就是几万的消费，不知道什么时候也照顾一下咱？"

沈逸"嘿嘿"一笑，说道："几万算什么？就算是100万我也拿得出来，不过我的钱可不是白花的，我拿出一块，别人就得拿出100块来还给我？"

"这怎么说？"领班问道。

沈逸小心翼翼地打量了一下四周，随即小声说道："几万放在手里永远就是几万，但你如果把它投资出去，那可就不一样了，刚才那几个小妞你也见到了，你觉得怎么样？"

领班道："虽然打扮得有点土，但个个都是美人胚子，准能赚大钱。"

沈逸道："那就对了，穷乡僻壤的女人懂什么？我随便捐了点钱，她们就把我当成大好人，我随便动动嘴巴就能哄她们出来跟我干活儿。干活儿是干活儿，可究竟干什么，就不是她们能做主的了。"

说到这里，他时不时还发出了几声奸笑。

那领班恍然大悟，道："难怪沈总总能带些好货色来，原来是这么回事儿，区区几万，她们恐怕一个月都用不了就能赚回来了。"

听了这话，沈逸毫无遮拦地淫荡大笑，随即两人勾肩搭背地走开了。

这番话一字不落地被江心听到了耳朵里，她感到无比恶心，胸口有东西飞快往上涌，没等两人走远便一脚油门踩了下去，卷起的尘土全都飞到了两人的身上。

"我去，这女人还真他妈狠，差点撞在我身上。"那领班冲着江心的车子竖了竖中指，骂道。

刚刚说完，走进逍遥谷的几个"村姑"便从后面走了出来，只不过此时都已经打扮得花枝招展，哪有一点害羞的样子。

领班给她们每人发了200块钱，又觉得有点心疼，随即又在每个人的屁股上摸了一把。

直到几个女人娇笑着跑开，领班这才罢休，没好气地说道："沈哥，以后别让我扮领班了行吗？这身衣服怎么看都像是牛郎，丑死了。"

沈逸诡异地嘴角上翘，没有说话，只是看着消失在夜幕中的汽车。

第二十五章

夕阳西下，深秋的天色早早就暗淡下来。恩施土家族苗族自治州209国道上，一辆破旧的依维柯艰难地在山路崎岖的路面上缓缓前行。朝窗外望去群山环绕，风景秀丽，却无暇欣赏，目光微微向下就能看见轮胎外不到1米的地方就是万丈峭壁。如果遇上雨天路滑，司机一不小心就可能造成车毁人亡的后果，因此，境内的老百姓都称呼这里为魔鬼路段。

"一山有四季，十里不同天"说的正是湖北恩施。上午还是暖风徐徐，到了傍晚就可能进入凛冽的寒冬，只可惜很少有人能够感受到这奇异的气候。和车外山区寒冷天气不同的是，车内显然暖和许多，只不过车厢内的空气中夹杂着一股浓烈的脚臭味，实在叫人难以忍受。

沈逸戴着一副金丝框眼镜坐在第二排靠里的位置上，他若有所思地望着窗外，似乎并没有受到外界的干扰，与周围的环境显得格格不入。

虽然漂泊打拼多年，沈逸却从来不忘学习，他通过自己的努力自学考上了一所普通高校。那一年，在大学里听见鼓励即将毕业的学生积极参与山区支教的报道后，沈逸就暗下决心每年利用寒暑假的时间去湖北山区支教。其实，但凡院校每年都会组织支教，大多数是出于学校的声誉和社会影响力的考虑，支教的学校并不是十分困难，多半是教学条件和师资力量都不错，条件优越且不算偏远的地点。

但是沈逸却有自己的想法，首先是不喜欢这种光面的形式主义，其次，他需要帮扶的是真正想接受教育而又资源匮乏的孩子。因此，沈逸选择了最贫困、最荒蛮的恩施百合村。其实，做出这个选择的还有一个人，只是她……她是沈逸的大学恋人，也是沈逸这一生唯一追求过的女孩，他们相识相知，有相同的爱好和志向。她善解人意，温柔善良，知书达理，是不可多得的红颜伴侣。

他们来到这个村庄后，先是以支教老师的身份教育着一批批渴望学习知识的孩子们。这些孩子的家分布得非常稀疏，他们往往要凌晨四点起床，翻山越岭几十里来到只有两间平房的学校，阿妈一早烙好的面饼，放到中午又干又冷，在寒风中一口口地啃下去；山路崎岖，脚上一双布鞋已经磨破，脚丫露在外面冻得通红……无论怎样艰苦，他们的脸上总是挂满天真而富足的笑容，似乎能够学到知识，这一切都值得。一看到这里，沈逸和她的心就被刺得酸疼，她偷偷擦拭着泪水，拿出身上所有的钱跑了几里山路给孩子们买生活用品。

几乎是瞬间，沈逸立刻明白了她的意思，更明白自己应该做些什么。从小流浪差点饿死的沈逸当年受到过刘氏夫妇的帮助，沈逸也想用同样的方式回馈那些需要帮助的人。于是，他一边打工，一边用挣来的钱给孩子们买物资和食物，可惜，这些努力对村里众多孩子来说，只是杯水车薪；对于沈逸力求改变这个村子的愿望，更是痴人说梦。沈逸总在思考一个问题，为什么伤天害理的人可以逍遥法外？为什么有正确理想和抱负的人却爱莫能助？这晚，沈逸想通了，他找到了将两种形式相结合的办法！

随后几年，在沈逸的劫富济贫计划下，新鲜资金源源不断地进入这个被他们悉心浇灌的世外桃源中来。学校有了好多教室，教育设施慢慢健全，孩子们吃上了鸡蛋和鸡肉，山路有了石阶，村里的泥路成了水泥路，引入种植果树技术让村民们自给自足，剩余的产生了经济价值……百合村每一处都有沈逸的心血，沈逸也使这个没落贫困的山村逐渐有了生机和活力，逐渐在村民的心中有了不可替代的位置，他们感谢他、尊敬他、仰慕他。此次临行前，沈逸已经买了大约4万元的物资寄了过去，想必要比自己晚到几天了。

汽车到达终点黄水镇。这里离目的地百合村还需要翻越两座山，由于没有路，车辆不能进去。此时天空已经慢慢昏暗下来，沈逸将背上的厚重的背包稍微整理一下，拿起手电筒，深吸了一口气，这不知是他多少次来到这里，走夜路已是驾轻就熟。

因为实在是太过偏僻，国家出资修建的一条盘山公路修了十年都没有修完。里边的特产运不出去，外来的投资者也懒得来这里。

前方快接近学校了，以往天还没亮的时候，学校里就会传来朗朗的读书声，但是今天已经到了中午，学校却一个人都没有。

此时，他们都已经聚集到了村口，个个都穿着本民族的特色服饰。村口放了四张桌子，摆满了自家酿的米酒和各种土特产，似乎是在迎接什么贵客。

日头已经偏西，但孩子们还是没有离开，哪怕是平时最顽皮的孩子，此时都像站岗一样地守在村口，所有人的目光都盯着远处山坡上的一棵树苗。

这棵叫信号树，信号树上绑着火把，是古代打仗时用来发信号的，一般都有人守在信号树的旁边，一旦发现敌情就会把树砍倒。跟烽火是一个道理。

不一会儿，那树苗突然剧烈地晃动了起来，村口的孩子们也跟着叫了起来，就像过年一样高兴。七八个大姑娘快步迎了出去，等再回来的时候，人群中已经多了一个人。

这人不是别人，正是请假出来散心的沈逸。

虽然少数民族人民的热情他早已不知道领教过多少遍了，但此时被七八个大姑娘簇拥着，还是觉得有些面红耳赤。沈逸本已经筋疲力尽了，可当见到村口的孩子们时，所有的疲劳瞬间一扫而空。这些孩子沈逸都认识。好不容易见面，本应该关心一下孩子们的学习情况，可还没等他张嘴，就已经有七八碗酒递了过来，是村民们自家酿造的米酒，香甜无比。

沈逸杯到干杯，碗到干碗，还没等到进村口，就已经醉得差不多了。

这还远远没有结束，村子里的道路上堆满了鸡笼，竹筐里装满了各种杂货，就像是进了集市一样。大姑娘们端着米酒站成一排，口中唱着山歌。

要么对歌，要么喝酒，否则这关是说什么也闯不过去的。

唱歌沈逸是不行的，只能选择喝酒，结果又喝了七八碗。他之所以陪人吃饭时能千杯不醉，全都是在这里练就的。

还没等把酒都喝完，他就已经醉得不省人事了，直接被人抬到了炕上。

睡到半夜，沈逸这才醒来，一睁眼就能望到窗外的夜空，鼻子中嗅到的全是泥土的清香。被凉风一吹，酒意瞬间就无影无踪了。

他喜欢这种感觉。

最近的十几年来，沈逸每天都在社会上摸爬滚打，跟形形色色的人打交道。虽然表面上看起来迷迷糊糊，其实时刻都在防备着别人，也只有在这个时候，他才能真正放松，真正感受到幸福。

沈逸伸了个懒腰，还没起床，便听到窗外传来了一阵咯咯的笑声。等他跑到窗口的时候，人已经不见了，不过远处却传来了悠扬的歌声。

沈逸正纳闷儿，便听到门口有人说道："我说过别让她们来打扰你的，可这帮小妮子就是不听，非要来看看。"

转过头来，只见一个小姑娘正坐在门槛上，借着月光做绣活儿。

月光斜斜照在她的脸上，说不出的明艳动人。

见到她，沈逸一愣，总觉得很眼熟，却一时想不起她是谁。这时候她正好抬起头来，四目相对，她又连忙把头低了下去。

"你……你是苏青？"沈逸试探着问道。

女孩害羞地点点头，随即转过身把嘴巴一嘟，似乎是在为他的口气而生气。

其实这也怨不得沈逸，上次见面的时候苏青还只是一个小丫头，这才短短一年的工夫，就已经变成了大女孩儿。都说女大十八变，这还真是一点错都没有。

见到沈逸起床，她连忙放下了手上的绣活儿，又从柜橱里端出一盘竹粽，用手摸了一下，便道："都凉了，我去热一下。"

沈逸笑了笑，道："不用忙了，你去休息吧。"

苏青微笑着还是走进了厨房。

沈逸开始打量这间屋子。

很小也很干净。

墙上挂的还有屋子里摆放的，全都是自己用过的东西，尤其是桌子上那几本工具书更是十年没有移动过位置。

　　第一次来这里的时候,沈逸还在读大学,支教的那三个月,或许是他这辈子最难忘的一段时光。

　　十年过去了,沈逸许下的宏愿也实现了。

　　最开始的那一批孩子都带着沈逸的叮嘱离开了村子,可不管他们走多远、有多忙,每年都要回来待一段时间,把沈逸的叮嘱流传下去。有的没走的,则留在村里教育下一代的孩子,使这个村子的教育事业能够传承下去。

　　一瞬间,沈逸已经想了很多,等回过神来的时候苏青已经端着竹粽回到了屋里。似乎是觉察到了沈逸的异样,她没说话,只是默默地坐在了他的身边,替他把粽子一个个剥开。

　　"老规矩?"沈逸问道。

　　苏青一愣,显然没有明白他的意思,睁着一双大眼,一脸茫然地望着他。

　　沈逸指了指粽子,道:"你先吃,剩下的我包圆。"

　　听了他的话,苏青也是扑哧一笑,道:"现在不一样了,咱家有的是米,用不着你吃我的'嘴巴子'了。"

　　说完之后,她似乎意识到了什么,脸上顿时一阵酡红。

　　别看沈逸在逍遥谷中的时候,声色犬马样样都行,十足一个暴发户,可一旦正经起来,那也是让人挑不出半点毛病。

　　苏青见到他半天没有动筷子,便道:"你快吃吧,你上次寄回来的钱还剩下很多呢,何况等明年我就能出去打工赚钱了。"

　　一听这话,沈逸脸上的笑容顿时就僵硬了,随即猛地一拍桌子,认真道:"说什么傻话,现在不好好读书,整天就想出去打工,打工有什么好的,要你挣钱有啥用?"

　　苏青显然没想到他的反应这么大,被他吓得一哆嗦,过了好一会儿才唯唯诺诺地说道:"可是我已经17岁了,明年就毕业了。"

　　"毕业也不行,高中毕业还有大学呢,然后还得考研、读博、出国深造。"沈逸一本正经地说道。

　　苏青艰难地咽了一口唾沫,带着痞气说道:"深造完之后是不是还得移民、选举、当总统,最后长生不老、得道升天?"

"少给我嬉皮笑脸的。"沈逸瞪了她一眼,道,"我这都是为了你好,以后没有知识,什么事情都干不了。"

苏青吐了吐舌头,小声说道:"你说话的口气可真像我阿爸。"

这句话说完,屋子中的气氛一下子就变了,苏青的眼圈也微微有些发红。

沈逸自知触碰到了敏感的话题,她想起了自己的身世。

苏青就是土生土长的百合村人,祖祖辈辈都守着这鄂西林海,除了穷之外倒也没有什么,直到二十几年前,人们在另一个城市里发现了大量的铁矿。随后,全国各地的人就像蜜蜂一样聚集到这里开矿,这里还得了一个"四大铁矿"之一的美称。苏青的父亲也加入这个采矿大军中,希望能多挣钱改善生活。

灾难也就是从那个时候开始的。

商人的眼里只有利益,其他的什么都不管。他们在山里发现铁矿之后,就发疯一样地开采,有的时候一座山上可以开几十个窑口。

横七竖八的窑洞将好好的一座山挖成了"蜂窝煤"。坍塌、矿难几乎每天都在发生,苏青的父亲就是在矿难中丧生的,而苏青也成了孤儿,时年10岁。

沈逸知道这件事之后,就主动承担起了照料苏青的责任,这么多年来简直把她当成了女儿一样养着。

两人都不再说话,屋子中的气氛变得沉闷无比。沈逸连忙岔开话题,问道:"玥玥呢?我怎么一直都没见到她?"沈逸口中的玥玥姓刘,跟苏青的身世差不多,同样是自己助养的。苏、刘也是侗族中的大姓,仅次于吴、杨。

听了他的话,苏青连忙擦干了眼泪,道:"她呀,不知道跟谁家的小伙子在外边唱歌坐月呢,刚才偷偷看了你一眼就跑掉了。"

第二十六章

唱歌坐月也就是谈情说爱了。

在侗族人看来这都是很正常的事情,有人跟自己家的孩子对歌,说明孩子受人喜欢,那是脸上有光的事情,所以大人从来都不会多加管束。

正说着,窗外便传来了一阵咯咯的笑声,一排小脑袋整整齐齐地出现在了窗口。

大家你推我让，过了好一会儿才排成一排走进屋子，一个个低着头，就像被老师请家长的小学生一样。

扭捏了好一会儿，才有一个人小声数道："一，二，三。"随即大家一起弯腰，齐声道："老师好！"

见到他们一个个可爱的模样，沈逸忍俊不禁。

每个人从口袋中掏了一把栗子放到桌子上，然后就跑开了，而后陆陆续续又有人送东西来，都是一些家常菜和土特产。盛情难却，沈逸只好全都收了。

当饭菜全都摆好之后，有人牵了一条黄狗来，先给它盛了一碗饭，它吃掉之后才来给沈逸装饭。如果初来乍到的客人，肯定会以为对方这样做是瞧不起自己，其实不是的。

据说上古时期，共公怒触不周山，引得天降大雨，洪水滔天。所有庄稼都被冲毁了，自然也绝了谷种。这时候，一条白色神犬漂洋过海，在昆仑山西王母的晒谷坪里打了一个滚，把谷粒全都粘在身上，回来时身上的谷粒都被水洗掉了，只有狗翘在水面上的尾巴尖带着几颗谷粒。人类就靠这几粒谷种才发展到今天。

所以在侗族人的习俗中，狗是天神，客人排在它之后吃饭那是上宾之礼。据说每年新谷登场的时候，也都要先让狗来吃一碗，表示不忘本。

刚开始只有沈逸一个人吃，其他人都在一旁站着看，这是表示对客人的极度尊敬。后来大家如家人一般聊开了，人们才纷纷入席，推杯换盏，沈逸又是大大地醉了一次。

小小的一次夜宵，竟然吃得比年夜饭还要热闹，这种感觉，沈逸好久没享受过了。

第二天一早，沈逸就去了学校，不只是为了看孩子，更重要的是因为这里住着两个对他来说最重要的人。自从沈逸的父亲出事之后，他就成了孤儿。邻居看他可怜，偶尔会接济一下，但大部分时候他过的都是食不果腹的日子。

在那段日子中，泡面对他来说都是一种奢侈，他曾经试过整整半年的时间，每天只吃一顿早餐，吃完之后就躺在床上数着肚子上的肋骨浑浑噩噩地度日。

虽然事情已经过去了很多年，但对沈逸来说，那段日子却恍如昨日。

只要有一口吃的，人就饿不死，不过时间一长，他还是患了各种大病，尤其是贫血和低血糖最为致命，他每天都要昏倒好几次。

他想过自杀，可每当拿起绳子的时候，都会想到爸爸上吊时的样子。

那时候他年纪很小，没办法把爸爸的尸体从房梁上拖下来，只能抱着他的双腿，眼睁睁地看着他的身体变僵变冷。

那双眼睛早已失去了光华，但沈逸却能从中看到两个字：复仇。

也正是这两个字，支撑着沈逸活了下来。

在病痛生死的边缘，做早点的刘氏夫妇收养了沈逸和张博一段时间，这才让他有了喘息的时间，待把病养好之后，刘氏夫妇还给了他们不菲的费用，供他们读书，生活。沈逸在城市里稳定后，苦苦寻找，终于找到了他们夫妇两人，他们也没孩子，所以沈逸就一直把他们当成亲生父母供养。

后来老两口儿年纪大了，再也不能工作了，本想找个地方定居，当知道沈逸在百合村的善举之后，毅然决然地来到了这鄂西林海，替他照料这里的孩子们，这种大义的举动让沈逸很是感动。

为了方便照顾孩子，老两口儿干脆住在了学校里，衣食住行样样都替孩子们打算。

等来到学校之后沈逸才知道，原来老两口儿前两天出去买教材了，要等明天才能回来。

一想到两位老人应该是颐养天年的年纪，却还要为自己的事业奔波劳累，沈逸觉得十分愧疚，亏欠他们的实在太多。

隔着很远，沈逸就注意到了门口树下坐着一个人，正捧着一本书认真读着。

只看了一眼，沈逸就认了出来，她叫刘玥。

和苏青一样，她这一年的变化也很大，长高了不少，也苗条了不少，长长的马尾辫已经被剪去了，一头干净利落的短发有着说不出的干练。

老实说，如果不是她读书时总是习惯性地皱眉，沈逸还真不一定能认出她。

苏青和刘玥自小一起长大，而且身世也差不多，可以说是真正相依为命的姐妹，不过两个人的个性却差得太多。

苏青随和、细心，是一个成熟懂事的好女孩，但刘玥却是另外一个极端，她单纯、幼稚，似乎总也长不大，个性外向好动，从小就顽皮，村里的人都称她是小哪吒。

在她们小的时候，沈逸总是喜欢讲一些历史故事或者自己的经历，两个孩子受益匪浅，特别是刘玥，她有种行侠仗义的气质，老是吵着要和沈逸一起行走江湖，惩奸除恶。

无奈，沈逸每次都以她年纪小为理由拒绝，后来为了让她不再念叨，就骗他她说等她长大了一定带着她到大城市去。

而小刘玥倒好，在沈逸这么多年带来的那些书里，尽挑侦探故事和悬疑故事看，现在也算是村里的"破案"高手了，谁家鸡鸭不见了，总有她的身影出现。

刘玥似乎有心灵感应一样，一下子把头转了过来，"哼"了一声，道："好一个沈大侠，舍得离开外面的花花世界，回来看我们了吗？"

沈逸耸了耸肩，道："我也不想回来，这不是东窗事发，所以才来躲一躲吗？"

如果是苏青听到这话，一定会温婉地对沈逸嘘寒问暖，可刘玥听完之后，神采奕奕地道："我早就说过，没有我帮忙，你一个人在外面是扛不住的。我看这样吧，你先在这里休息几天，等我把这本书吃透了之后，就带你一起出去闯荡。"

说着，她还扬了扬手中的书，得意地朝沈逸显摆了几下。

沈逸还以为那本书是什么宝典，却看到扉页上写着《肖申克的救赎》几个字。他心里咯噔了一下，有种欣喜的感觉，他觉得眼前这个小女孩长大了。

"喜欢看这本书，嗯，不错。但你知道这本书有什么深层次的意义吗？"

"我才看了一半，觉得这个主人公虽然杀人坐牢，也许是一辈子的事儿，但在牢里他并没有放弃啊，还在努力。"

"说得好！这本书给我的启示就是，'希望'遵循神的旨意安睡在内页被挖空的《圣经》里。我们要有自己的信仰，人一旦有了信仰，那么，无论是在逆境中，还是在绝望中、无助中，生生不息的希望之火都将被点亮，照耀我们度过无数个被黑暗笼罩的夜晚。"

"那信仰是什么？"刘玥的眼中绽放着求索的光芒。

"信仰是对某些东西的信奉和敬仰，它也许是宗教，就好比西方的基督，也许是什么伟大的领袖，或者是什么思想，比如马列主义，然后将它奉为自己的行为准则。"

"沈叔叔，你的信仰是什么？"

"我的信仰……"沈逸没想到这孩子的问题这么直截了当，他站起身，眺望远方，指向天空，"我的信仰是天，是自然的规律，是物竞天择，是坏人就要受惩罚，好人就应该得到奖赏。这就是天道！"

"真好，刘玥的信仰也要和你的一样！"她信誓旦旦地说。

"傻孩子，和我的一样，其实并不好，我的信仰充满了危险和意外，有时需要扮演坏人，有时也会违心地去充当所谓的好人。沈叔叔如果有一天不能陪你们了，你们要学会照顾好自己，还要承担起责任，照顾大乡里的那些亲人。"沈逸突然意识到可能发生的事，神情黯淡下来。

"沈叔叔，琳姐、琳姐呢？为什么没和你一起回来，为什么我好久都见不到她？"

"琳姐……琳姐她……"沈逸低下头，此次回村里，已经有好几个孩子在询问琳姐，确实，琳姐和沈逸的名字从一开始就深深印刻在百合村每一个人的心里，是永远无法割舍的烙印。文静而贤惠的气质，温柔善良的个性，对孩子们悉心而无微不至的照料，在他们的内心俨然就差一个亲切的称呼——妈妈。

"琳姐她忙着呢，城市里有好多事情需要她，所以……这次没能回来。"

"你骗人！我又不是小孩子。"刘玥愤愤地质问，"琳姐为什么不回来？她难道不想念我们吗？"

"没有……没有……"这孩子说话真犀利，沈逸顿时没有了底气。

"哼，你不带她回来，我就去找她，我要去江城找她！我想她，我真的想她。"刘玥眼眶里噙满了泪水，仿佛快要溃堤而出。

沈逸凝望着大山，沉默不语。他如父亲般轻轻抚摸着刘玥的发髻，把她搂在自己的胸前，和她一起哭泣起来。

晚些时候，沈逸来到学校，教室里正在进行的是一节生活常识课，苏青作为助教也在课间忙着发一些道具，教课的老师是一名年轻的大学生，他身着打补丁的衣裳，脚上穿着一双破旧的布鞋，脚后跟还露在外面，如果这样的打扮放在江城，学校一定会认为老师的仪容仪表存在问题。而沈逸却很快判断出，这位年轻的老师也是出身于贫困家庭的学子，因为有着和沈逸共同的志向，才愿意来到这穷乡僻壤教书。想起年轻时的自己，沈逸的心中不由生起一股酸酸的味道。

苏青看见了站在教室外的沈逸，高兴地跑到老师身边耳语了几句，老师立刻让孩子们停下正在进行的教学内容，将沈逸请到教室里来。

"孩子们，大家知道他是谁吗？"老师对大家问道。

"沈叔叔！"孩子们的回答非常整齐一致。

"但是大家一定不知道，沈叔叔是咱们学校里资历最老的教师。早在十几年前，他就在很破旧的教室里教课，而你们的哥哥姐姐，甚至叔叔阿姨，都曾经是沈老师的学生。"

台下的孩子拍着小手，掌声四起。

"那么，今天下午的这一节课，就请沈叔叔来为我们上，大家说好吗？"

"好！！！"孩子们的脸上露出满是期待的笑容。

突如其来的任务，让沈逸有点意外，但这并不是什么勉为其难的事情，作为一个经历丰富的社会人，拯救过无数的边缘人，"授人以渔"并不是什么新鲜事，作为一位曾经支教的代课老师，专业也在那里，但今非昔比，自己有十年没这样面对孩子们了，说些什么好呢？他沉思了一会儿，拿起粉笔在黑板上写下一个"礼"字，然后向孩子们鞠躬致敬。

"孩子们，当下，是信息化、智能化社会，我们要学习的东西很多。在我们学习丰富多彩、层出不穷的现代知识时，很多人却忘记了我们老祖宗留下的传统知识。我觉得，传统的知识才是一切的根基，根基不稳，学再多的东西也是徒劳。所以，我的教学理念是先成人，再成才。成才不难，勤奋，努力，求索，融会贯通，坚持不懈终将成才，而成人不仅仅是学习，还要从道德、品行、人格上去不断完善自己，达到知行合一。知书达理、品学兼优的人，才能称之为人才。"

苏青和老师在一旁认真聆听着沈逸的话，也时不时地点头。

"今天，沈老师先说一个'礼'字。什么是礼，说大点，是等级制度和伦理秩序；说到我们村里这样一个小社会，有礼节仪式；说到个人，那便是在待人接物时表现出的道德修养。今天沈老师再说细一点，和大家息息相关的，有这么几个字，孝、慈、恭、顺、敬、和、仁、义……这就好比一个家，每个字就是家中的成员，当你们拥有了所有成员，你就拥有了力量，拥有了助手，拥有了幸福，而那便是一个完美和完整的家！小到我们住的家，大到村里的家，再到国家，每一个成员缺一不可。"

"小豆子。"沈逸对其中一个10岁的小男孩说，"你的爸爸妈妈外出打工，有多久没回来了？"

小豆子使劲掐着手算着，然后说："好像有十八个月都没有回家了。"

"那就是一年半，虽然你和爷爷奶奶生活，但这也是一个家。你是一个男孩子，不，你应该是男子汉了，爷爷奶奶年龄都大了，身体都不好，他们的身体在衰退，而你是健康的，你身体在茁壮成长。他们抚育了你10年，十年里你衣食无忧，享受着家中最好的待遇，但是你现在为他们做过什么了吗？是的，你可以说你还是孩子，还小，力量有限，但是沈叔叔今天告诉大家了，还有一些朋友可以帮助自己，你找到他们了吗？"

小豆子愧疚地低下头："我今天回去就找！我一定可以找到的。"

"好孩子！沈老师告诉大家怎么找到这些朋友的方法。孝，即孝顺，对长辈的奉养和顺从。慈，慈悲，慈爱。恭，恭敬。顺，顺应，顺时。敬，崇敬，敬意。和，和睦。仁，仁爱，仁慈。"

"找到这些朋友，照顾好他们，请他们住在自己家，有他们的陪伴，相信大家在未来的生活和学习的道路上会更加顺利。这就是我今天的课，谢谢大家。"

沈逸鞠躬致意走下讲台，老师握住沈逸的手久久没有放开。苏青甚至眼泛泪光。

"上下台都鞠躬致意，你的教学作风是后辈老师最好的表率！这让我想起，当年你给我们授课时的情景。"苏青感动地说，"我还记得那一课的内容是'爱'，记得也是这样的风格，令人难忘，我觉得您挺适合教授这样的课，比较动情，让我们很容易就接受了。我真想回到做学生的时候，有你这样的老师，真是幸福！"

"傻丫头，我现在是忙着挣钱，不然我还能做啥？肯定是当老师啊。真的，我压根儿就不喜欢城市的喧嚣，我还是喜欢这里，喜欢这里的人和物，还有山山水水。"

"那你可要答应我啊。等你挣够了钱，一定要回来。"

"行啊，拉钩怎么样？"

"拉钩算数，不算数的是小狗！"

"哈哈哈！好！"

沈逸此行还有一件特殊的事情要办。他来到百合村偏远一点的一户人的家里，户主叫张欣，是为数不多的愿意留在家乡做点事情、想通过自身努力改变环境的年轻人。对此，沈逸颇为欣赏，并鼓励他自给自足，做些实事。于是沈逸特意找到在江城郊区农林局工作的朋友，经过深入交流，并根据百合村的土壤情况，最后推荐种植一种叫丑八怪柑橘7号的品种。采用高接换种技术嫁接后，该品种表现为黄橙色、果实大、甜度高等特点，于是沈逸收集了一些该品种种植方面的书和视频，并预定了一批树苗，想必已经在发往百合村的路上了。

　　"沈哥，不知道该怎么感谢你。"张欣接过了沈逸给他的书和一部拷贝好视频资料的IPad。

　　"说什么呢，有什么感不感谢的，你就是我的兄弟，你将这件事情做好了，就等于为百合村开辟了一个致富的新门道。我已经和恩施市的农贸市场的人接触过了，说了我们的情况，他们答应全部接收果实，所以现在就看你能不能在百合村的土地上，将这个品种成功地扎根下来。"沈逸虽然这样鼓励他，但是他也深知，扶贫不是一朝一夕，建立一个产业更不是纸上谈兵，但就目前百合村的情况来说，还有很多的硬件条件不够完善，更谈不上软实力了。此时，沈逸也有点心有余而力不足的感觉，总觉得时间不够、精力不够，没有办法统筹安排，只能打哪儿指哪儿，不想那么多，先做再说。

　　"那……那咱们山路不通，运输方面可能有点麻烦。"张欣顾虑道。

　　"这个我来想办法，放心，毕竟种植还需要一段时间，届时我保证有人来运出去。"百合村和外界闭塞，很大一部分原因是进山道路不通的问题，沈逸也曾经想过修建道路，但是成本太高，以目前这样的"收入"，很难完成，除非有新的大量的资金。不过，为了让百合村的村民没有后顾之忧，建立信心，安心搞好农业，并且产生利润，他已经和多家物流公司沟通过，暂时可以以高运输成本，邀请他们介入，只是这部分钱当然不能算作农户的经营成本，理应先由自己来补贴。

　　"好的。沈哥，我一定不辜负你的期望。我马上组成一个班子，还把我媳妇也拉上。"说到这里，张欣突然想到什么，从抽屉里拿出一张早已写好的红纸，放在沈逸的手里，"沈哥，我和村里的张晗已经定在下个月在村里举办婚礼，我们特地邀请你来做我们婚礼的证婚人，你一定要来啊！"

"哈哈，你原来和张晗……嚄，这可是咱村里天大的喜事啊！我一定来，一定来！恭喜恭喜，我提前祝福你们！"沈逸满面喜色地说。

第二十七章

清晨，山间雾气还未完全散去，清凉的微风加上淡淡的日光从林间的缝隙中投射到地面上，令沈逸精神抖擞，此时刘氏夫妇正好回来。

老两口儿身体都不行，已是满头白发，上台阶的时候，两个人也是互相搀扶着。

沈逸叫了一声，连忙迎了上去。

见到沈逸，老两口儿十分开心，转着圈打量着沈逸，虽然并没有说什么煽情的话，但谁都能看出这一家人有多么和睦。

一番寒暄之后，沈逸来到专门属于他的房间，这是个小隔间。

屋子里摆放的全都是陆续从城市里带来的小时候曾经留下的旧物，甚至连他小学时写的日记都在这里。看着这些儿时的用品，他略显伤感。

平日里的沈逸总是需要应酬而把自己弄得醉醺醺的，主要目的自然是为了迷惑别人，还有一个原因，那就是他想通过酒精来麻醉自己。否则的话，他的脑海中总是浮现出父亲上吊的那一幕。此时，眼前这所有的一切，又勾起了他痛苦的回忆。

深深地叹了一口气，他这才重新收拾了心情，又让刘玥拿来几个箱子，准备把这些东西全都封存起来。

似乎是感觉到他的心情有些沉重，刘玥也总是想尽办法哄他开心，不时拿出一些小玩意儿。也不知道她从哪里找来一个半导体收音机，就像找到了宝贝似的，拿到沈逸的面前来炫耀。这个收音机沈逸自然不会忘记，那是他10岁的时候，父亲托人从广州带回来的，这种在当时看来的高级货，江城根本就没得卖，沈逸一拿到的时候就爱不释手，在街坊小孩子的眼里甭提有多炫了。

可以说，它伴随着沈逸度过了整个童年，他每天晚上必做的事情就是抱着收音机听单田芳老师的评书《白眉大侠》。有的时候时间太晚，父亲就会帮他录好，等第二天的时候再听。

现在说起来，恐怕已经没有多少人知道了，但对沈逸来说却是最美好的回忆。也就是在那个时候，这个"侠"字深深地印刻在了他的脑海里，他希望也做一个别人眼里最为伟大的"侠客"。

那个年代的东西质量都很好，除了有些旧之外并没有其他毛病，换上电池之后就能直接用。

将灰尘擦干净，沈逸感慨万千，晚上便把它带回了自己的房间，准备回忆一下儿时的时光。虽然过去了很多年，但里边的录音还在，刚刚按下播放键，便传来了单田芳老师沙哑而独特的声音："道德三皇五帝，功名夏后商周。英雄五伯闹春秋，秦汉兴亡过手。青史几行名姓，北邙无数荒丘。有道是前人播种后人收……"

沈逸正津津有味地听着，收音机里突然传来"咔"的一声，紧接着便是一阵噪声。这是常有的事情，沈逸正准备倒回去重新听，突然听到里边传来一阵熟悉的声音："哎哟，你可算是来了。"

沈逸的手颤抖了起来，眼泪更是夺眶欲出，因为这正是他父亲的声音。

他万万没想到，时隔十几年，还能听到这熟悉的声音，不由得愣在了那里，半天他才想起来，原来这台收音机有一个录音的功能，同时按下播放键和红色的录音键，就可以开始录音了，那个年代由于江城还买不到空白的录音带，所以调皮的自己有时手痒想录音，就将本来已有内容的带子给覆盖了。

此时，便听父亲接着说道："您可真是大忙人啊，找你人都找不到，是不是钱赚多了，连老哥哥都忘记啦？"

听他的口气，显然是家里来了客人，而且还跟父亲很熟悉。

自从父亲死后，他那些生意上的伙伴就如鸟兽散，而且事情过去那么多年，沈逸早就没什么印象了。

这也不奇怪，毕竟父子两人刚刚从黄陂来到江城还没多久，不会有什么好的朋友。

好奇心使他继续停下去：另外一个人叹了口气，道："不是我不接你电话，是实在太忙了，为了这单生意，我是吃不好睡不好，整天就在外奔波了，喀喀……这还不满意，美国那边天天打电话催促，喀喀……那个场地不行，我也在发愁。"

毕竟年代已久，录音早就已经变得断断续续了，但是通过一些关键词还是能猜出个大概。

生意、美国、场地……

听到这些词，沈逸立马警觉了起来。

那个时候流行"出国热"。只要能出国，哪怕是出去要饭，回来之后都会成为大人物。可实际上出国的要求很多，能够真正走出去的并没有多少。在沈逸的印象中，貌似父亲的身边并没有出国做生意的朋友，除了那个害死他的骗子！

谈话还在继续。

父亲道："究竟是什么生意啊，竟然能忙成这样？"

那人沉吟了好一会儿，这才神秘兮兮带着低沉的声音道："如果是别人问，我肯定不会说，但是咱俩……我就跟你明说了吧，这是美国……水变成油……我的乖乖，至少1500万……喀喀喀。"

接着传来一阵似乎感冒了的咳嗽声。他似乎故意压低了声音，再加上年代久远，磁带的效果并不好，所以一句话中勉强只能听到一半内容。不过这对沈逸来说已经足够了。

他马上意识到，正是那个害死父亲的骗子。沈逸的呼吸开始变得急促起来，手指更是被捏得咯咯作响。自己在金融界寻找这么多年，与骗子有关的线索原来就藏在自己的这些旧物里。

父亲继续说道："有这么邪乎吗？水咋能变成油？"

骗子道："你别不信，人都能飞上天，都能登上月亮，水变成油有什么稀罕的？我上次去美国谈事的时候，亲自去了他们的办公室，喀喀，一台机器就比你家房子还要大。"

录音到这里就结束了，应该是磁带空间已经录满了。

那个时候，收音机是高档货，不过里边的录音设备却远远不如现在，录进去和播放出来简直就是两个人的音色，而这个音色，沈逸在脑海中反复寻觅，没有什么印象，似乎并没有出现在目前的商圈和那些"财主"里面。

就在他全无头绪的时候，苏青端着粽子走了进来，似乎是说了些什么话，但沈逸一句都没有听到耳朵里。

苏青也没有离开，而是陪在他的身边，过了一会儿才说道："这人是生病了吗？说话老是咳嗽。"

正是说者无心，听者有意。沈逸警觉了起来，于是又把录音翻回去听了一遍，果然那个骗子每三句话中总要"咳咳"几声，像是感冒，却又像是鼻腔里有东西卡着不舒服，这咳咳的几声，似曾相识……

王浩明！沈逸脑海里立刻浮现一个人的身影。

"是他？不，不可能的！一定不会的！"沈逸就像着了魔一样，不停地胡言乱语。

苏青吓了一跳，连忙用力摇晃他，可沈逸惶如不知，腾地站起来就跑了出去。

那个骗子的言语中夹杂着咳嗽的声音是如此熟悉，跟王浩明的一模一样。沈逸跟汪浩明相处了那么多年，几乎每天都要见面，自然对他的语气十分熟悉，绝对不会记错。在认识王浩明之前，说王浩明他得过哮喘病，所以落下这个病根，说话时气息不畅，鼻腔和喉咙不舒服，总要咳嗽两声才舒服。凡是春秋两季和花粉过多的时节，就喷嚏连天，轻则需要戴口罩，重则要去医院疗养。

如果从年龄上，是对得上号的，王浩明今年50岁，二十几年前，父亲和他是可以称兄道弟的。不过，单是一个言语上的特征，远远不能证明王浩明就是当年的那个骗子，如果真是他的话，他实在没有必要这么关照自己，曾经在危难之时救过自己不说，如今更是以兄弟相待。而且王浩明为人做事一直都很本分，遵守原则，不仅做生意不踩红线，就连生活中都很少跟人争吵。他常常挂在嘴边的一句话就是：吃亏是福。

试问，这样一个人怎么可能是陷害自己一家的骗子呢？

话虽这样说，但这个念头却总在脑海中挥之不去。

将烟叼在嘴中，可打火机却无论如何也点不着，不是因为风大，而是因为他的手在不停地颤抖。最后，他终于失去耐心，把香烟揉成一团塞进嘴里，任由那苦涩的烟草味在口中蔓延。

等他原路返回的时候，已经看到寨子中的人三五成群地上了山，口中还不停呼唤着他的名字。沈逸连忙迎了上去，一眼就见到了人群最前边的刘玥。

还没等他报平安，刘玥就跑了过来，一下子钻进了他的怀中，抽泣个不停。

"傻丫头，哭什么，我这不是没事吗？"说着，他便想摸一摸她的脑袋，随即想到了白天时说的话，连忙改变动作，拍了拍她的后背。

"你……你吓死我了，我还以为你……你不管我了呢。"

她越说哭声越大，泪水湿透了沈逸的衬衫。

沈逸笑了笑，道："我好不容易才把你养这么大，眼看就能杀了吃肉，怎么能不管你呢？就算是舍得你，也舍不得我浪费的那些粮食啊。"

刘玥破涕为笑，随即在他胸口用力捶了一拳，道："你才是猪呢。"

也直到这个时候她才注意到，沈逸说话时的样子虽然跟往常一样，但眼睛中分明带着血丝。

她知道他一定有什么焦虑的事儿，但也没有多问。

第二十八章

沈逸请了一个礼拜的假，一来是回来看看孩子们，二来也是想趁这时候摘下那层面具，好好地放松一下。可这才短短两天，他便要离开了。

得到这个消息之后，村子里的人都很舍不得，但还是含着眼泪把他送出了村子。村子里的人几乎都来了，只有刘玥一个人除外。

沈逸也没有多想，只当她还在赖床。

离开的时候，大家伙给他准备了不少东西，大部分是土鸡蛋，用稻草包裹好小心翼翼地塞进了沈逸的包里。

校长紧紧握着沈逸的手不肯松开。

"小沈，你急匆匆地回来，又急匆匆地走，辛苦你了。"沈逸发现他的额头上皱纹又多了一些，皮肤也越来越粗糙。

"老校长，我不在的这段时间，您才是操劳了，这么多的孩子，衣食住行还有教育，事无巨细都要您亲力亲为，我没能帮上什么忙，心里真不是滋味。"

"唉，你这说的哪里话，要不是你，他们哪有像现在这么好的生活条件，我们打心里知足。你在外面忙，还不是为了让这里更好，我们能理解。"

"我昨天看了一下这里帮忙教学的老师，好像人手不够啊。"

"是啊，虽然这里的生活条件改善了，但是和那些县城还是不能比，有些老师还是觉得艰苦，工资又低，不愿意来。而那些自愿支教的大学生，虽然来了，但也只是待十天半月，短暂地停留一下，不能延续。而我们这些老家伙的年纪大了，身体也在走下坡路，师资力量确实是个亟须解决的问题。"

"知道了，光有学校不够，还要有愿意长期驻扎的老师，否则建设再多的学校也是无用功，嗯，这个我再想想办法。"沈逸心中忽然又闪过那个人选。

说罢，沈逸背着行李下山，走出一段距离回望山上，那些人们仍在挥手道别，他们舍不得沈逸，而沈逸又何尝舍得他们？

可他必须走，因为他知道村子里的孩子都需要他赚钱，除此之外，他还有另外一个亟须离开的理由。想到这里，他不再留恋，头也不回地离开了。

走路实在不是一件好玩的事情，尤其是对沈逸这种体形微胖，又长期不锻炼的人来说，更为吃力，还没走出几里，他就已经气喘吁吁，正想坐下来休息一下，突然发现一旁的大石下放着一条手链，而且样式很眼熟。

他小跑过去，拿起来一看，果然是自己去年送给刘玥的那一条。

他每次回来的时候，都会给姐妹两个准备一些小礼物，有的时候是洋装，有的时候是玩偶。刚开始姐妹两个都很高兴，直到后来，他每次再送这些东西的时候，她们都会嘟着嘴表示不满意。

苏青倒还好一些，刘玥直接就会把玩偶扔掉。

直到他问起的时候，刘玥才哭着告诉他，自己已经不是小孩子了，不需要那些东西。沈逸虽然觉得她人小鬼大的样子很好笑，但去年她过生日的时候还是替她精心挑选了一款手链。

刘玥开心得不得了，几乎每天都戴在手上，这时候怎么出现在这里了？

沈逸突然有了一种不好的预感，连忙快跑了两步，果然在山脚下看到了另外一座山上的刘玥。

沈逸越是叫，她就爬得越快，等沈逸追上她的时候，她已经到了车站。

刘玥整个人都脏兮兮的，但脸上却挂着奸计得逞的笑容。

"你跑来干什么？快回去。"沈逸尖着嗓子说道。

可刘玥根本就不理他，自顾自地看起了小说。沈逸没有办法，只能晓以大义，告诉她读书才是重中之重，等她长大了之后再带她出去玩儿。

然而，他的嘴巴都说干了，刘玥还是不为所动，最后干脆把身份证拿了出来，指着上边的出生日期告诉沈逸，自己已经18岁了，已经是个大人了。

身份证是崭新的，显然是刚刚办下来的。不用想沈逸也知道，她为了这一天一定筹划了很久。

其实沈逸也知道，这个丫头好动，根本就不是读书的材料，留在学校中除了白占一个名额之外也没有其他用，可是他一个单身中年男，带着一个小姑娘怎么在城市中生活？

而且，他所做的那些事情一旦被牵扯出来，刘玥也脱不开干系。

想到这里，他终于狠下心把刘玥痛骂了一顿，而后把她赶了回去。看着她楚楚可怜的样子，沈逸也是于心不忍，但他别无选择。

中午的时候，班车才出现在视野中。

这里虽然已经远离百合村，但依旧很偏僻，每天只有这一趟班车，乘客自然也很多，沈逸好不容易才挤进去，等有座位的时候已经是两个小时之后了。

刚一坐下，他就开始呼呼大睡，可也不知道怎么搞的，身边总有一个人找他麻烦，有时揪他头发，有时在他耳朵边吹气。

沈逸脾气很好，从来都不会找麻烦，然而在这"乐此不疲"的攻势下，他也终于按捺不住，头也不抬地说道："你咋回事啊，像没骨头似的，站也站不稳了？！"

谁知那人听了之后咯咯地笑了起来。

沈逸大怒，猛地把头抬了起来，却发现站在自己身边的不是别人，竟然是小丫头刘玥。

"你……你怎么上车的？"沈逸瞠目结舌。

刘玥双手叉着腰，随即得意地说道："那还不简单，我翻了两座大山，在上一个路口上的车，一直躲在最里面，你看不见我，但我一直都能瞧见你。"

如今生米已经煮成了熟饭，沈逸想要赶她下车也不行了，因为这里只有这么一趟车，总不能让她露宿野外吧？这孩子，真是拿她没有办法，他只能先由着她，大不了让她去江城玩两天，然后再找人把她送回来。

看到沈逸没有生气，刘玥也是喜出望外，随即使出浑身解数，硬生生地挤在了沈逸和另外一个乘客中间，顿时惹来了一阵白眼。挤呀挤，终于半坐在沈逸的腿上。

看着周围人诧异的目光，沈逸也觉得她玩得太过，一时间不知所措。

就在这个时候，刘玥一把搂住了他的脖子，撒娇道："阿爸，说好的要带我去游乐园玩儿，这次你可不能抵赖哟。"

听了这话，众人才纷纷扭过头去，不再用那种怪异的目光盯着他俩，沈逸也无奈地笑了笑。

少数民族结婚都比较早，十六七岁组成家庭很正常，这么看的话，他们两个确实像一对父女。

在路上颠簸了半天，又坐了几个小时的火车，他们这才到达江城。刘玥一直吵着要出去玩，沈逸却没有这个心情，因为他的心里还有一桩大事。

其实在路上的时候，他已经想得清清楚楚，可如今回到江城，他却有些忐忑，只能一根一根地抽着烟，几次拿起电话又放下，最终还是没有打这个电话。

刘玥倒也不客气，自己玩了一会儿之后便上了沈逸的大床。

别看沈逸是恒记的副总，但他所有的钱除了应酬之外，全都打回了百合村，所以连自己的房子都没有，只是租了一间小屋。一个人生活勉强够了，但如果两个人的话，那就实在有点拥挤了。

思考片刻，他想也只能这么办才合适了，于是吃完晚饭之后便带着刘玥去了"挚爱"茶吧。

茶吧里的客人本来就不多，今天更是出奇少。本来陈晓琳正以手支颐，在那里无聊地打着瞌睡，见到沈逸之后，马上就站了起来，随即走到了柜台后边。

"哟，稀客啊……老板好久没来了，去哪儿快活了？"陈晓琳还是玩笑中用词犀利。

"不用这样吧？"沈逸无奈地回应道。

"老板确实是很久没来了，我没说错啊，还是老规矩绿茶吗？"陈晓琳指了指水单。

"我今天来有事儿找你。"沈逸心虚地看看四周，小声道。

"喊，太阳从西边出来了？你沈大老总啥时候求咱这做小买卖的弱女子了？"陈晓琳依旧不依不饶，语气中分明带着旁人看不清的怨恨。

"小点声不行嘛……不是没办法，我真不会来找你。"沈逸又压低了声音，走到角落里他常坐的那个座位上坐下。

"哼，当初也不知道是谁说的要保持距离，怎么现在要反悔了吗？"陈晓琳转过身，从吧台里泡了一杯绿茶，绿茶飘着热气，仿佛还和那天晚上的一模一样。

刚刚把茶水放下，还没等她离开，便觉得有人从身后环抱了她，听到一个女孩的声音说道："谢谢琳姐。"

"你是……"陈晓琳转过身来，仔细打量着她，似乎觉得眼熟，但又想不起在哪里见过。

刘玥满脸纯真地说："琳姐，我是小玥啊，你不记得我了？"

"小玥？百合村？"陈晓琳的心脏猛地跳动了一下，神情也变得极为复杂，似乎被突如其来的幸福感敲开了她尘封的往事。

陈晓琳俯下身，右手抚摸着刘玥的脸庞，泪花闪闪，她再次轻轻地将刘玥拥抱在怀里。

沈逸本来不想打破这温馨的场面，但还是忍不住交代了一句："她放暑假了，所以来江城玩几天，如果方便的话，就让她在你家住两天吧。我一个大男人，也不方便让她住在我那儿。"

"你去忙吧，其他的不用操心了。"陈晓琳悄悄擦拭了眼睛，破涕为笑，眉毛上依然挂着点点闪烁的泪光。

"谢谢……"一句简单的对白，似乎又回到那种相爱相知的默契中，沈逸不敢多想，于是转身便想离开。

"今天晚上有时间吗，咱们仨人一起吃顿饭吧？"陈晓琳双手捏紧身前的围裙，满含温情，多出几分期盼，和几分钟前的那个老板娘判若两人。

沈逸背对着她，没有回头，但脚步分明迟钝了一下，却还是头也不回地离开了。

陈晓琳用力攥了攥拳头，泪水再次在眼眶中不停地打转。

走出茶吧之后，沈逸深深地呼了一口气，就像刚刚跑完马拉松一样。就在刚刚那一秒，他差点就答应了，因为这顿团圆饭他也等了很久。他做梦都想回到以前，无时无刻不曾想着一家人高高兴兴地吃上一顿饭，然后手牵手地出去逛街，但是他知道这不可能。

这在普通人眼里再平常不过的一件事，对沈逸来说却是一种奢侈。

在他的身体里总有一个声音在提醒他：不能回头，不能留下，否则之前所有的一切用心都将前功尽弃。

"对不起！"

走出门外，他回头深情地凝望茶吧，这才向远处走去。

此时，他的背影是那么落寞，那么孤独，跟周围热闹的人群形成了鲜明的对比。

听着周围情侣们的欢笑声，他的眼泪也不争气地掉了下来。

茶吧的另一处角落里，一身休闲装扮的中年男子低头沉思，他点了一杯咖啡，还有几份小吃。经侦队长吴佑行曾经答应过老板娘陈晓琳要多来照顾生意，他一直记着这事儿，今天忙里偷闲，他就抽空过来坐坐，没想到居然有意外发现，他完整地看到了沈逸与陈晓琳刚刚发生的一幕。这下可让他那颗好奇的心悸动起来，想不到这幽静的'挚爱'茶吧也有这位老朋友的身影，看起来和老板娘交情不浅，他们是什么关系呢？'挚爱'茶吧似乎藏有很多的秘密。思绪中他点了支烟，烟雾缓缓萦绕在天花板上，久久未能散开……

第二十九章

过去，人们常说："人只能够共患难，永远不能同富贵。"这话用在沈逸和王浩明的身上并不合适。

他们刚刚认识的时候，沈逸一边读大学，一边在汉街勤工俭学，一方面还肩负着百合村的支教和救济孩子的重担。为了能够赚到更多的钱，他开始投机倒把，什么钱来得快就做什么，很快被这里的一伙地痞流氓盯上了。这群人游手好闲，专门在汉街做些小偷小摸的事情，由于偷盗的数额不大，总是拘留几天后，放出来又继续作案。这伙人眼红沈逸的商业头脑，有一次便找了个碴儿，将沈逸逼入巷子里暴打，就在此时被商人王浩明和几个朋友路过救下。

命运让这两个人不期而遇。王浩明当时开着一个几十人的小企业，得知沈逸投机倒把的套路后大为赞赏。于是给了一个面试机会，沈逸在人生的关口懂得把握机会，毫不犹豫地去了，在面试过程中巧遇挑战者的刁难，凭借沈逸的机智化解于无形，王浩明将一切看在眼里，觉得收获了一员能力出众的大将。沈逸归顺后，从此王浩明的事业便一发不可收，短短的十几年间，他们不仅创立了自己的品牌，更是一步一步成为江城科技行业的领头羊。

如今，恒记集团已经成为江城首屈一指的科技公司，但他们两个之间的感情却没有因此而变得疏远，甚至变得更加深厚，而当年那段忘年之交的故事也在公司里被传为佳话。

王浩明是什么人，沈逸最为清楚。作为朋友，他值得被尊重；作为商人，他是驴粪蛋子外表光。明明是无往不利的作风，却偏偏打着不踩红线的招牌，这其中的矛盾，沈逸有段时间确实没弄明白。不过，这也符合沈逸的行事风格，不做犯法的事情，由衷地唯愿这个朋友兼老板事事一帆风顺，也就没去多想。

所以，沈逸一度把王浩明当成了除养父母之外最亲的人，以为他们的关系会一直这样维持下去，直到他无意间发现了那段录音。连续几天，他每晚都会在噩梦中惊醒，好几次想冲到王浩明的家里，用手掐着他的脖子，质问他到底是不是自己的杀父仇人，但最终还是被理智控制了。

因为他珍惜这段感情，同时也了解王浩明。如果是，没有证据，录音能够说明什么？如果不是，他们也许会产生嫌隙，其结果也毫无意义。沈逸从来都不会冒险，也不会做没有把握的事情。权衡利弊之后，只好选择隐忍，这也是他目前唯一能做的事情。

诈骗的目的不同，但从性质上讲，沈逸本身也是一个骗子，所以他很明白骗子的内心。

二十年前的那次诈骗，那个骗子机关算尽，不仅把所有细节都考虑清楚，更是把沈逸父亲的心思剖析得一清二楚，显然是个高手。如果抛却个人情感和触犯人命关天的原则，沈逸甚至也会忍不住要为他的手段竖起大拇指。

沈逸相信，如果那个骗子真的是王浩明，狐狸迟早有露出尾巴的那一天。

什么金盆洗手，什么见好就收，根本就是不可能的事情，人只要有欲望，那就永远不会停歇，就像海里的鲨鱼一样。

鲨鱼是海里最强的掠食者，杀戮是它们的本能，哪怕肚子不饿，它们也会主动去追逐猎物，所以它们的一生都在游动。

高明的骗子也是这样。除了骗钱之外，他们也喜欢那种把人玩弄于股掌之上的感觉，这种感觉让他们欲罢不能，迟早都会技痒，迟早会重操旧业。

或许他早就已经开始行动了，比如前段时间聚力公司涉嫌赌博网站开发，王浩明就有份参与，至于参与到什么程度，沈逸还拿捏不准。

想到这里，沈逸的心中已经有了计划，一方面对王浩明虚与委蛇，另一方面暗中查找他和1992年诈骗事件的关联。

相处了这么多年，王浩明究竟有没有犯法，或许作为身边的人应该最清楚,然而事实绝非如此。就因为沈逸跟王浩明走得最近,他才最容易被蒙在鼓里。现在想起来,说不定王浩明跟他一样,只不过是戴了一副虚伪的面具而已。

用了足足两天的时间,沈逸这才让自己的心情平复下来,然后回公司报到。看着那熟悉的大楼,他的心中突然五味杂陈,感慨万千。

刚刚停好车,沈逸就见到了王浩明。此时他正手捧鲜花站在车子旁边,不时对着后视镜整理领结,隔得很远都能闻到他身上古龙香水的味道。

他虽然不像沈逸一样邋遢,但为人很随性,平日连西装都很少穿,今天却这么精心打扮,显然是有什么重要的约会。

他在追求江心,这在公司中已经不是什么秘密了,沈逸自然也有所耳闻,所以也不惊讶。

用力攥了攥拳头,而后又缓缓松开,如此反复了三次之后,沈逸算是调整好了心态,脸上立刻又恢复了往日那怠懒的表情,随即低着头走了过去,一把从背后抱住了王浩明。

"喀喀喀,你这是想要我的老命啊,你小子明知道我胸口压不得。"回过头来见是沈逸之后,王浩明一口气差点上不来,抬脚就要踢他。

在旁人看来,这是兄弟两个之间再平常不过的互动,每次沈逸都能抢先一步躲开,然后飞快地跑开。可他此次却一动不动地站在了原地,任由王浩明踢在了他的腿上。

王浩明没想到他会不躲不避,一把就把鲜花扔在了地上,连忙上来问他:"你傻吧,不躲开?"

沈逸十分夸张地揉了揉腿,斜着眼:"痛倒是不痛,不过骨头一定折了,你说怎么补偿我吧?"

沈逸的演技真挺不错的,把一个小流氓的形象演得活灵活现。

听了这话,王浩明这才松了一口气,道:"几天不见,你小子在外面撞邪了?跑到我这里碰瓷?我是出了名的吝啬,要钱没有,要命一条,你看着办吧。"

说着,他又捡起鲜花,有模有样地进了公司。

看着他的背影,沈逸脸上的笑容缓缓收敛,脸上的青筋在抽搐:"这说话的口气……和录音……"

跟往常一样，一大早恒记集团里就已经有很多人了，不过却没有人工作，而是三五成群地聚集在一起窃窃私语。偶尔转头看一眼江心，脸上更是会流露出坏笑。

江心觉得莫名其妙，正想找人问的时候，每个人都远远跑开，然后又偷看她。

如果是在以前的话，她一定会追上去问个明白，可也不知道为什么，自从沈逸请假离开之后，她就像变了个人一样，不仅上班经常迟到，来了之后也总是一副魂不守舍的样子，工作上更是经常出现错误。

其实她也不想这样，可无论如何都无法集中精神投入工作中，脑海里总是会出现沈逸的影子，监视王浩明的任务更是被她抛到了九霄云外。

沈逸离开的时候，曾经留下一个背包，这几天江心已经不知道把里边的明信片看了多少遍，每看一次，都会被那些既稚嫩又饱含感激的言语所感动，同时也为这些孩子感到不值。

因为她知道，沈逸之所以做慈善，并不是真正想做好事，只不过是想收买人心而已。等所有人都相信他之后，他就会原形毕露，利用那些可怜的女人去赚钱，就像她前几天在逍遥谷外见到的那一幕一样。

一想到看似混沌的沈逸竟然有这么深的心机，她便怒不可遏，心里已经打定了主意，等沈逸一回来，马上就把他彻底查个清楚，然后将他扭送到派出所。

正在思索，身后突然有人轻咳了一声。她转过头的时候才发现王浩明已经站在了自己的身后。

"对不起王总，你要的会议记录我忘在家里了，我马上重新打印一份。"

一边说，她一边手忙脚乱地去开电脑，同时心里也是七上八下的。因为她清楚，自己还没有过实习期，最近的表现又很差，随时都有被开除的可能。

可令她没想到的是，王浩明非但没有生气，反而和颜悦色地说道："没关系，明天再拿来也是一样的。"

看着他那"慈祥"的表情，江心这才算是松了一口气。

两人的年纪差了20多岁，说王浩明是她的长辈一点都不为过，事实上她心里就是这么认为的。

毕竟领导就在面前，她也不敢明目张胆地偷懒，慌忙开始了工作，可过了好一会儿，等她抬起头来的时候却发现王浩明并没有走开，依旧站在那里。

"您还有什么事吗？"江心眨着一双无辜的大眼睛，似乎对一切都一无所知。

"没……没什么。"王浩明抓了抓额头，似乎有点紧张，好几次欲言又止，最终还是没有说出口，随即便背着手悻悻地离开了。

这一切都被刚刚进门的沈逸看在眼里，心中的疑惑更是加深了一层：一个向喜欢的女生表白都不敢的人，真的有勇气去搞得别人家破人亡？又或者说他是真的喜欢这个江心，所以才把自己最真实的一面表现了出来？

这是沈逸多年积累的处世经验而养成的思考习惯，行事前先窥探别人的心理。人的行为千变万化，但是人的性格却是一成不变的，虽然偶尔能够通过演戏进行暂时的隐藏，但不会有持续性，个性是天生具有的，无法通过后天来改变。

他进了王浩明的办公室，一眼就看见了正坐在那里摆弄鲜花的王浩明。此时他的样子哪里还像是一个叱咤互联网的商界大佬，分明就是一个深闺怨妇。

跟往常一样，沈逸一下子就坐在了办公桌上，嬉皮笑地说道："老哥，恭喜你临老入花丛啊。"

一听这话，王浩明就像被人踩到了尾巴一样，连忙把办公室的门关好，心有余悸地向江心的办公桌看了一眼，这才说道："别瞎说，这话如果传出去，会影响公司内部团结。"

第三十章

沈逸察言观色，已知他确实对江心动了心，他突然找到了王浩明的一个弱点。

做骗子这行，不一定要冷血无情，但也要摒除七情六欲，否则骗人的时候难免会心软，也会给其他人留下把柄。和王浩明相处十几年，女人这个东西在他身边却是不常见的，这个钻石王老五似乎除了事业和钱，对再漂亮的女人也没什么感觉，而江心的出现似乎将打破这个僵局。

王浩明自然不知道沈逸心里的鬼主意，幽幽地说道："我也知道这样不好，可不知道为什么，第一眼见到她之后，我就心动了，然后就总想着她。老哥的情况你也知道，我身边就缺这么一个知冷知热的女人。"

看着他自怜自艾的样子，沈逸的心中也是暗暗好笑，嘴上却说道："既然看上了，那就去争取呗，以你的条件，还怕她不答应吗？就算她不答应，那软的不行咱就来硬的。"

说到这里，他特意压低了声音，道："兄弟这里有个宝贝，是从逍遥谷的领班那里弄来的，只需要这么一勺，管他什么贞洁烈妇，都得变成……"

他的话还没说完，王浩明就把手上的鲜花扔了过来，恨铁不成钢地说道："跟你说过多少遍了，做人要脚踏实地，别总想那些歪门邪道的，对你没有好处。"

此时他说话的样子，十足一个严厉的长者。

这样的神情、语气根本装不出来。沈逸的试探，再次换来的是真心实意关心自己的王浩明，心中的矛盾和惭愧不自觉地又增加了一层。

他不敢再试探，于是收敛了一下，道："如果你想让她心甘情愿，也不是不可能。"

他故意不把话说完，而后又拉起了长音，目的就是吸引别人的注意力，迫不及待地想听接下去的话。

这招果然管用，王浩明一下子就来了兴趣，不过也只是侧了侧头而已，脸上并没有过多期待的表情。

沈逸嫌弃地看了他一眼，道："大哥，不是我说你，就你这不食人间烟火的样子，哪个小姑娘会看上你呀？如果真要跟你结了婚，结果你跑去当了和尚，那人家岂不是要守活寡了？"

王浩明似乎也觉得他的话很有道理，嘴上却装作漫不经心地问道："那你说怎么办才好？"

沈逸没有回答他的问题，只是另有所指地说道："今年公司效益不错，这还不到半年就已经完成了指标，我觉得是时候庆贺一下了。"

跟聪明人说话不需要把话讲得太明白，只需要稍微点拨一下就可以了。王浩明随即给了他一个心照不宣的眼神。

等沈逸离开之后，王浩明马上就下了通知，为了感谢大家半年来的努力，今天晚上逍遥谷聚餐。

沈逸之所以要帮助王浩明，是因为有他的企图，就是想利用江心把他的实话骗出来。

　　这么多年来，王浩明一直推脱托自己的肝有问题，所以从来都不喝酒。哪怕是再重要的事情，他也是滴酒不沾，如果他真的那么喜欢江心，别说肝有问题了，就算是把命搭进去，恐怕也会在所不惜，到时候沈逸也就有机会了。

　　他的计划虽然不错，但能不能成功可就不一定了，他自然不会把鸡蛋全都放在一个篮子里。回到办公室之后，他马上联系孙小兵，让他帮忙查王浩明的底细。

　　其实他之前也查过一些，不过全都是皮毛，无非就是××年获得了年度企业家的荣誉，接受了某某报纸的采访而已。孙小兵不一样，他一定能够查到很多不为人知的东西。

　　还没等孙小兵回复，江心突然闯了进来。

　　沈逸下意识地把笔记本合上。

　　四目相对，两人都吃惊不小。

　　沈逸惊讶是因为没有想到会有人不敲门就闯进来，江心则是没想到沈逸没有趴在桌子上呼呼大睡，而是表情这么严肃地盯着电脑。

　　"难不成他又在做什么见不得人的勾当，被我给撞到了？"江心心中想着，嘴上却说道："上个礼拜富平县发了洪水，街道的干事过来通知我们公司，让我们组织募捐。以前王总和他们关系处得不错，总是积极响应号召，现在钱都收上来了，需要您审批一下。"

　　说着，她将一沓报告递了过来。

　　跟往常一样，沈逸看都没有看一眼，就在上边签了字。

　　"听说这次洪水很大，学校都被冲毁了，幸亏有人匿名捐助，才解了燃眉之急，听说那人还是江城的，真不知道究竟是谁这么好心？"江心故意提高音量。

　　然后，她的眼睛却始终停留在沈逸的脸上，似乎想从他的脸上看出些什么。可是结果她却失望了，沈逸那张圆润的脸上一丝表情都没有，就像是死水一样没有波澜。

　　沈逸不是喜欢做慈善吗？说到点子上一点反应都没有。

　　沈逸已经趴在桌子上。别人是端茶送客，但沈逸不一样，他是趴桌送客。

江心自然明白他的意思，但为了彻底弄清楚沈逸究竟是一个什么样的人，还是硬着头皮留了下来，道："大家虽然都解囊相助了，但加起来也没有多少钱，你看……要不要捐点？"

意思已经很明显了，就是想沈逸也打开腰包。然而，回应他的只有此起彼伏的呼噜声。

"果然是只铁公鸡，见不到好处就不肯出血！"江心的心中已经对他有了判断，也就没有再耽搁下去。

直到她离开，沈逸这才又重新坐好，心里也想不明白，这个江心明显有问题，王浩明怎么会看不出来？又或者说他已经看出来了，只不过跟我一样，想利用江心？

等了一会儿，孙小兵那边还是没有任何回应，他就关好了电脑，顺便清空了记录，心里暗暗盘算晚上的计划。

江城这么大，几乎每天都有大案要处理，吴佑行自然也没有闲着，短短一个礼拜的时间，他又破获了两起重大诈骗案，甚至连市里的领导都嘉奖了他。可吴佑行却无论如何也高兴不起来，因为在他的心中一直有个疙瘩。

那就是周宏之死。

直到现在他都想不通，究竟是谁有这么大的能力，可以悄无声息地弄死周宏，而且让各个职能部门都袖手旁观。

还有，那个神秘的三叔究竟有没有参与这一系列的金融犯罪？

就在他毫无头绪的时候，江城又发生了一件大事。当天中午一段名为《你辜负了这座城市》的短视频在各大门户网站上疯传，点击量在一个中午就突破了600万。

视频开始的时间是凌晨两点，一个光头青年把车停在了看守所外，而后就快步跑进了看守所，等他再出来的时候，身后已经跟了一个穿着橘黄色囚服的犯人。

画面声音很小，听不见他们在说什么，只见那个犯人跪在了车前，似乎很害怕，而那个光头则在一旁放哨。

大概两分钟之后，从车里下来了一个老头儿，二话不说就用手上的拐杖去打那个犯人，简直把他的脑袋当成了高尔夫球。很快，犯人就晕了过去，但老头儿还是没有放过他，直接把他拎了起来，让他靠在了车门上，然后猛地开门、关门，用车门去撞击他的脑袋。

整个过程持续了三分钟，鲜血流得到处都是，随后车子便扬长而去。

视频出现之后，马上就成了网民热议的焦点，大家都说车上的那老头儿是什么治安维持者，要替法律制裁那些坏蛋。

也有人认为，这根本就是一个谋杀现场。

看守所马上出来辟谣，说没有犯人失踪，视频系伪造。

可不管他们如何回应，视频已经流传开来，执法部门的公信力受到了前所未有的挑战。

看完这段视频，吴佑行立刻警觉了起来，因为视频拍摄的日期正是周宏死亡的那一天。

针对周宏的死因，他问了很多人，有人说是突发心脏病，没来得及送医院就死了，也有人说是患上了传染病，所以才直接被送去火化。

吴佑行一共听到了四个版本，每一个版本都很可疑，也更让周宏的死变得扑朔迷离。而这则短片的出现，则很好地解决了所有难题。

他不是自然死亡，而是他杀！

那日他听闻周宏在看守所中突发疾病死去之后，马上赶了过去，结果尸体直接就被送去火化了。他离开的时候，分明发现看守所外有一大摊水，就在视频中停车的那个地方。

刚开始吴佑行还不明白为什么无缘无故会出现一摊水，现在想起来，恐怕就是用来清洗地面的。

把人从看守所中带出来杀掉，而后又旁若无人地离开。这听起来似乎是天方夜谭，可事实摆在面前，又由不得人不相信。

这么大的事情，可他事先却连一点风声都没有听到，更加匪夷所思。

究竟是谁有这么大的权力，可以把人从看守所中带出来杀掉，而看守所的人又守口如瓶？

吴佑行隐隐猜想到了些什么，可还没等他有所行动，便被叫到了局长办公室。

不只是他，警局所有干警全在这里，显然上级对这段视频也格外重视，要求立刻通知各大门户网站，删除该视频，并做好媒体公关工作。

第三十一章

提到逍遥谷,人们最先想到的词,恐怕就是挥金如土。

这也难怪,用餐、桑拿、按摩、足浴、KTV、客房……只要你能想象到的东西,这里全都有。甚至一些灰色产业这里也不缺,哪怕你一辈子住在这里,也绝对不会寂寞。

当然,前提是你必须有钱。

据说曾经有一家小公司的业务员来江城出差,只在逍遥谷中住了几个晚上就花光了所有积蓄,人被扣着,最后还是打电话叫老板来付账才算完事,其销金能力可见一斑。

但是如果你请人来这里玩儿的话,恐怕没人会拒绝,因为每个人都有欲望,而这里则能满足你的所有需求。

天还没黑,逍遥谷中就已经热闹非凡,空气中弥漫着的酒精味让人头晕,也让人着迷。

王浩明也算是这里的常客了,但此时却非常局促,一直跟在沈逸的后边,亦步亦趋、扭扭捏捏,就像是头一次上大花轿的大姑娘似的。

"你这办法行不行啊,如果她把我当成一个花花公子该怎么办?"王浩明不无担心地问道。

"就你这把年纪还花花公子?我看花花大爷都轮不到你。"沈逸戏谑着,又正色道,"放心吧,现在的年轻人就喜欢这个调调,你要想追求江心,不能和在公司一样的老气横秋,你必须先年轻起来,要有活力,才能跟她玩到一起。"

这话自然是沈逸信口胡说的。

别看他整天眠花宿柳,可其实也不过是逢场作戏而已,那些女人只要有钱,要多少就有多少。转眼他也快到不惑之年,但这些年为了于公于私的事业,恋爱经历也未必比王浩明丰富,否则现在也不至于身边一个妞都没有。

两人先订了包厢,然后就等其他人到齐了。王浩明就像一个小学生一样,不停地请教沈逸自己一会儿该怎样做。

刚开始沈逸还不能确定他对江心是不是动了真情,现在看来十有八九是真的了。

有好几次，沈逸都想投石问路，试探一下王浩明对于1992年那事儿的深浅，但权衡利弊之后还是忍住了。

确实，现在还不到时候！暂时不宜打草惊蛇。

很快，孙小兵发来了短信，内容很长，大概意思是无法查到王浩明1993年以前的任何记录，好像他1993年才刚刚初生。除此之外，他还查到了另外一条重要的信息，那就是张正的下落。

当初的加班任务是张正一手安排的，沈逸多次想要找他，可每次都无功而返，他就好像凭空消失了一般，如今终于再度出现了。

能不能把王浩明跟聚力公司联系起来，他就是重要的纽带。

想到这里，他连忙发了短信，让孙小兵联系张博，尽快把张正给找出来。

短短几分钟的时间，他就将一切都安排好了，但脸上始终都是一副吊儿郎当的表情。

王浩明看在眼里，便道："你也老大不小了，是时候替自己的未来着想一下了，难道你就想一辈子这么胡混吗？我现在还能照顾你，哼，等再过两年可就难说了，到时候我一家三口不会拖着你这个大油瓶。"

他说话经常一副老气横秋的样子，但沈逸却一点都不讨厌，甚至很喜欢有人在自己耳边唠叨。因为他很小的时候父亲便去世了，养父母虽然对他很好，但陪在他身边的时间却极为有限，多年以来，从王浩明的身上他能够找到一种类似父爱的感觉，这是一种弥补。

江心等人已经到了。好不容易能出去玩一次，大家都换上了平时穿的衣服，一个个花枝招展的，跟上班的时候判若两人。沈逸的年纪虽然比他们也大不了多少，但早就已经没有那种青春的活力，所以也忍不住多看了两眼。

在众人之中，江心显然是个另类。她上身穿的依旧是白衬衫，职场范儿十足，下身选择的是磨砂感十足的修身短裙，将腰部以下的好身材凸显得淋漓尽致，脚下踩的则是带着小高跟的拖鞋。

沈逸再次窥探江心的心理，从江心的穿着打扮就能看出来，她的内心纠结。修身短裤和拖鞋说明她正在努力让自己找到一种放松的感觉，但上身的白衬衣却分明在说，她正处于工作的状态，工作状态不仅是演戏，还有后天培养的警觉。

沈逸隐隐猜出了些什么，但也没有多想，今天自己的目的并不在江心这里。

他给王浩明使了个眼色，自己则出去叫酒，顺便问了一下孙小兵的进展。

有了张博的帮助，他们那边的进展出乎意料地顺利，毫不费力地就在一个汽车旅馆抓到了张正。

以张正的收入，就算舍不得住豪华酒店，可住普通酒店也应该没什么问题，他为什么要选择又脏又乱的汽车旅馆呢？而且现在天也没有黑，此时住旅馆，是不是太早了？

略一思索，沈逸的心中就已经有了答案，这人在跑路！

只有跑路的人才会住在方便坐车的汽车旅馆中。而他这么早住店，则说明他不想让人发现他。

想到这里，他连忙让孙小兵打开视频，有些话他想当面问清楚。

当见到张正时，沈逸也是一愣，只见视频里的人脑袋肿得跟猪头一样，两只眼睛都封了起来，显然张博把他"照顾"得不错。

刚开始，张正还一副惊慌失措的样子，当见到沈逸时，松了一口气，道："原来是沈总啊，吓我一跳，我还以为是……"

说到这里，他似乎想到了什么，连忙闭上了嘴巴。

"是谁？王浩明吗？"沈逸质问，同时眼睛也是死死盯着张正的脸。

沈逸锐利的眼神直抵人的内心深处，他有信心能够看出张正是不是在说谎。

果然，张正那本来已经被封起来的眼睛一下子就睁圆了，喃喃道："你……你怎么知道？"

"你别管我怎么知道的，你只需要告诉我王浩明究竟吩咐你做了什么，我就放了你。"沈逸不想跟他浪费时间，如果不及时回去的话，难免会让王浩明产生怀疑。

张博跟了沈逸这么久，自然明白他的心思，见到张正半天没有说话，一拳就打了上去。虽然隔着屏幕，但沈逸还是能感觉到那一拳的力道。

可出乎意料，张正此刻竟变得硬气起来，纵然满脸鲜血依然紧闭牙关。

难道事情比想象得还要严重，所以张正才抵死不说吗？

沈逸继续问："就算你不说我也清楚，王浩明吩咐你帮聚力公司的陈永昌建网站，对不对？"

张正奇怪地看了沈逸一眼，问道："你跟警方合作了？"

沈逸本想否认，但注意到张正脸上的一丝惶恐之后，连忙忍住，顺势说道:"没错,因为我不想让恒记集团毁在王浩明的手里。你也算是公司的元老了,难道你就希望看到我们的心血就这样付之一炬吗?"

这番话显然触动了张正。

世界上根本就没有所谓的好人,也没有纯粹的坏人,他们只是在某个时间做了一个不同的决定而已。

恒记集团是大家齐心协力、一砖一瓦盖起来的,每个人都付出了心血,从某种角度来说,它已经超脱了建筑的范畴,倒更像是大家精心呵护的孩子。

沈逸看到张正有些犹豫,便继续游水他,帮他回忆他们一同打拼的日子以及未来的出路,软硬兼施,从心理上继续击溃他的防线。

这招果然管用,张正最后还是妥协了。

原来,那天王浩明交给他一项任务,说是加急的,不用备案,他也没有多想,可直到进行到一半的时候才发现那所谓的任务竟然是聚力建设赌博网站。

他马上就想去汇报,结果银行突然发来短信,他的账户里突然多了20万元。他自然明白这是什么意思,而且又确实亟须用钱,也就只好装作不知道,硬着头皮将这事完成。

网站建设完成后的一天,有人找上了他,二话不说就把他打晕了,然后放到了后备厢里。也是他运气好能够提早醒过来,否则这条小命恐怕都交代了。

逃出来之后,他大病了一场,心中害怕再次被人抓住,不敢留在江城,便想方设法地要逃走,没想到这么快就被沈逸给查到了。

他这番话娓娓道来,没有一点绊巴,似乎说的全都是实话,但沈逸却分明发现他的目光有些闪烁。

他一定还有秘密没说出来!

沈逸正想问下去,服务员已经带着酒来了,他不敢再多停留,便跟着服务员一同进入了包间。

大家早就已经玩在了一起,只有王浩明自己坐在一个角落中,显得那么格格不入。

"明哥,怎么样了?"沈逸坐在了他的身边,一脸暧昧地问道。

王浩明老脸一红,支支吾吾了半天,却一个字都说不出来。

沈逸能体会他的心情,因为他也曾有这种感觉,而且已经过了好久。

这个念头只是在脑海中一闪,沈逸再没有想下去。

第三十二章

"我真是没用,当初拉投资的时候,我几乎把江城所有有头有脸的人物都拜访了个遍,也没觉得什么,现在竟然对一个小姑娘无从下手。"王浩明苦笑一声,便端起了杯子。

沈逸一把抢过了杯子,道:"今天的目的是开心,不是应酬,所以喝点酒也没关系,你这杯白开水还是换了吧。"

这是王浩明的习惯,不管到哪里应酬,都会特意吩咐服务员将他的酒换成白开水,有人给他倒酒的时候,他也总想办法让沈逸来代劳。

别人或许不清楚,但沈逸自然是知道的。

说话间,他已经给王浩明倒了满满一杯红酒。

本来这也算不得什么大事,可当见到沈逸倒的酒之后,王浩明一下子就变得紧张了起来,似乎那杯不是酒,而是什么穿肠毒药。

沈逸看在眼里,对自己的计划又有了几分把握。

沈逸清晰地记得,恒记成立集团公司后做成的第一单生意,那时王浩明曾经大醉过一场,而且喝得比他还要多,那天他说了很多胡话。第二天醒来之后,他就像变了个人似的,一下子失踪了好几天,等再出现的时候就宣称自己的肝出了问题,不能再喝酒了。

当时沈逸并没有怀疑,现在想起,王浩明并不是不能喝,而是害怕喝多了会胡言乱语,否则为什么别人送的酒他都照单全收?

显然是拿回家自己偷偷解馋了,而他此时的表情则说明沈逸判断得没错。这就是人心的窥探,将所有蛛丝马迹连成一条线,画出了你内心真实的东西。

沈逸要想知道二十年前的事情,最简单的方式就是灌醉他。

王浩明不知道他的心思,可是任凭他把好话说尽,仍然不肯喝,最后甚至直接找借口去了厕所。

看到他这么固执,沈逸眼睛不经意地一扫,正好看到了在一旁唱歌的江心,顿时心中一动,随即坐到了她的身边。

江心虽然表面上在跟大家玩儿,但眼睛其实一直注意着沈逸和王浩明两人,试图从他们的谈话中听到些什么。当见到沈逸向自己走来的时候,她下意识地缩了缩脖子,一脸警惕地问道:"你想干什么?"

看着她如临大敌的样子，沈逸也是忍俊不禁，耸了耸肩，道："没什么，只是想敬你一杯酒而已。"

"敬我？"江心神情古怪地看着他，不知道他在耍什么花样。

沈逸道："是啊，你可知道，今天我们能够出来玩儿，全都是沾你的光。还有，我们这也是第二次喝酒，我知道你的酒量还不错。"

江心心领神会地和沈逸碰杯一饮而尽。

沈逸接着说道："你不喜欢明哥也很正常，不过他为你做了这么多事情，如果直接拒绝的话，未免太伤人了，不如我教你个办法吧。"

"什么办法？"江心几乎是冲口而出。

沈逸道："很简单，明哥别的毛病没有，但就是爱喝酒，只要你把他哄开心了，保准什么事情都答应你。到时候如果认你做了干妹妹，自然就不会再纠缠你了。"

正说着，王浩明已经回来了，沈逸便坐了回去。

江心沉吟了很久，最终还是选择了听沈逸的话。其实她也没有别的办法，总不能就这么结束卧底的任务吧？

女人对男人来说，具有与生俱来的杀伤力，漂亮女人的杀伤力更是无法估计，否则为什么那么多公司都会请漂亮女人做公关？

在江心的敬酒和沈逸的怂恿下，王浩明勉为其难地喝了一杯，然后马上止住。

"王总真是好酒量，刚才那一杯是感谢您的知遇之恩，这一杯是感谢你的栽培之恩。"说着，江心又倒了满满的一杯。

沈逸暗暗点头，心想：这女人还真是聪明，没有白费我一番苦心。

王浩明看了江心一眼，脸上出现了为难的神色。

沈逸把嘴巴凑到了他的耳边，小声说道："江小姐刚才对我说了，其实她也很敬佩你，只是怕别人说闲话，所以才跟你保持距离，今天难得拉下脸来敬酒，你可不能不答应呀。"

每个人都有弱点，一旦被人掌握在手里，就像是在野狗的颈上套了铁圈一样，究竟朝哪个方向走，就不是你能够决定的了。

果然，听沈逸提到江心，他便把心一横，索性开怀喝了起来。江心也不含糊，杯到干杯。

这两人也算是棋逢对手了，简直把酒当成了白开水一样喝。很快，就已经是深夜了，其他人纷纷告辞，包间中只剩下这三人。

沈逸虽然也喝了一点，但根本无伤大雅，但另外两人可就不一样了，江心已经倒了下去，王浩明也迷迷糊糊了。

此时，他那云淡风轻的样子早已消失不见，简直就跟市井无赖一样满嘴脏话，好不快活。

"明哥，你喝多了。"沈逸说着，又给他倒了一杯。

"没……我怎么可能喝多呢，再喝上一天也没问题，嘿嘿，不信你考考我。"王浩明道。

沈逸等的就是这个机会，拿着酒瓶的手都忍不住颤抖了起来，但还是尽量保持着镇定的声音，说道："行啊，那我就问你一个问题，你这辈子有没有做过什么错事？"

说完之后，沈逸立即屏住了呼吸，生怕错过一个字，眼睛更是一瞬不瞬地盯着王浩明。

突然，他心中一惊，王浩明的双眼对沈逸闪过了一丝抵触的目光。

不好，他还没醉！

沈逸随即灵机一动，一把将瓶子狠狠摔在了地上，怒气冲冲地说道："你不要否认，你做的事情我早就一清二楚了，就是你吩咐张正帮聚力公司开发赌博网站的。"

王浩明在沙发上坐正："我跟你不一样，你还年轻，有的是机会，而我再过两年就退休了，总得给自己找条出路吧？"

此时，他说话十分清楚，哪有半点喝醉的样子。

沈逸也是暗呼侥幸，幸亏自己脑筋转得快，否则可就穿帮了。唯今之际，只好继续说聚力公司了，希望他没察觉自己的真实意图。

沈逸也是用力跺了跺脚，装作恨铁不成钢地说道："你现在春秋正盛，恒记集团也是越发强大，你这么快想后路干什么？就算是想留条后路，也不能做这种事情啊。"反正也是怒气上头，要做就做好，他最后干脆一把揪住了王浩明的领子，"还记得你跟我说过的话吗？你说做人要堂堂正正，对得起天地良心，可你又是怎么做的？"

显然，王浩明也没想到他的反应竟然这么大，杯子脱手而出，瞬间摔成了碎片。

似乎是听到了吵闹声,几名服务员快步跑了过来。

王浩明扫视了一眼,将众人的目光尽收眼底,顿觉脸上无光,但还是耐着性子说道:"你喝多了,先把手松开,这事儿咱们以后再说。"

沈逸没有回答他,依旧死死抓着他的领子。

泥菩萨尚有三分土性,王浩明就更加不用说了。如今沈逸让他在这么多人面前出丑,他觉得脸上有些发红,随即低沉着声音说道:"沈逸,请你摆正自己的位置,不要忘了自己的身份。今天咱们都喝多了,有点冲动,回去洗个澡,明天好好谈谈。"

他的声音虽然不大,但任谁都能听出来,他已经生气了,但还是十分理智的。

江心在一旁听得一清二楚,她想上来劝劝他们,可见到沈逸那怒发冲冠的气焰后,又生生把到嘴边的话给咽了回去。

"我没忘记自己的身份,是你自己忘了。你为了那么一点点钱就不惜以身犯法,难道就没考虑过恒记集团也会为你的所作所为而蒙羞吗?"

"什么叫以身犯法?别把话说得那么难听,我们只是正常的商务合作而已,我为他的网站进行统筹规划建设,他付给我一点点技术维护费,这很过分吗?"王浩明用力挣脱了一下,但还是没有摆脱沈逸,脸色变得更加难看。

"技术维护费?嘿嘿!"沈逸冷笑一声,歪歪倒倒地上去又推了他一把,"你的鬼话哄得了别人,骗得过我吗?咱们心里都清楚,这就是变相越线。警察虽然难为不了你,但你对得起自己的良心吗?你可知道这网站建出来,会有多少人受害,会有多少家庭破裂?难道你就不怕遭天谴吗?"

第三十三章

其实,他倒不是完全在做戏,沈逸确实见过不少家庭因为赌博而支离破碎,打心眼里儿憎恨那些开赌博网站的人,程度仅次于那些骗子。

他一而再、再而三地抢白,王浩明也终于忍无可忍,上前跟他推搡在一起。

江心尽力斡旋想将他俩拉开,她没想到王浩明坐实了赌博网站的开发,更加没想到沈逸会如此义愤填膺地为这事与他反目。虽然,她的心中仍然对沈逸持有怀疑的态度,但他斥责王浩明的那番话,还是令江心忍不住要暗暗叫好，沈逸正派的形象瞬间又在她心中树立起来。

她本想再多听一点有用的信息，直到起身才发现那进口红酒的后劲太大，她只感觉眼皮越来越重，头也越来越痛，迷迷糊糊中只看到沈逸摇摇晃晃地向自己走了过来。

"你……你不要……"

江心的话只说到一半，便感觉头痛欲裂，而后便失去了知觉。

等江心醒过来的时候，已经是第二天了。她习惯性地便想去摸枕边的手机，可是摸了半天却只摸到一个烟盒。

困意顿时烟消云散，她一下子就想起了昨天晚上发生的事情：

为了摆脱王浩明的纠缠，她不得不同意沈逸灌醉他的提议，可谁知王浩明的酒量出奇好，竟是自己先醒了。在失去知觉之前，她明明记得沈逸抱住了自己……

一想到那个整天留恋在逍遥谷的男人，她的身体不由自主地哆嗦了一下，一时间竟不敢睁开眼睛，因为她不想看见自己想到的那一幕。

但她还是作了一会儿心理斗争之后便冷静了下来，随即慢慢睁开了眼睛。

首先映入眼帘的便是雪白的天花板，她的心中一凉，因为这里果然不是自己的家。

也就在这个时候，身边突然传来一阵不耐烦的声音，道："既然醒了就不要继续霸占我的床了。"

江心猛然转过头来，只见沈逸正站在一旁，手上拿着拖把，一副无可奈何的表情。

见到他猥琐的模样，江心便怒不可遏，抄起枕头就扔了过去："你这个混蛋！"

沈逸似乎早就有所预料，在她拿起枕头的时候，就已经远远地避开了。不过桌子上的那些瓶瓶罐罐就没有那么幸运了，都被无情地打到了地上。

这些东西都是从百合村带回来的，虽然算不上贵重，但都是老乡们的一片心意，沈逸回家后还没时间整理就放在了桌子上，此时看到它们碎了一地，也不禁有些生气。

还没等他发火，江心又发动了攻击，遥控器、闹钟，总之拿到什么就扔什么。

女人都是一样的，别管她相貌如何、多大年纪，一旦生起气来，只会扔东西。

这方面，沈逸对待女人却一点办法都没有，只能躲了出去。

直到能扔的东西都扔完，江心这才平静下来，也直到这个时候她才发现，被子早已被她扔下了床，而她身上赫然穿着昨天的那身衣服。

"难道他没有……"江心连忙检查了一下，确认没有任何异样之后这才放心，这家伙还是个君子。

江心揉了揉依旧有些疼痛的脑袋，正要下床，却发现自己的鞋子不见了，只好光着脚丫站在地上。

地板刚刚擦过，除了刚才被她扔到地上的东西之外，整个屋子都很干净，甚至连墙面上也没有烟熏过的痕迹。

这倒是让她有些意外，因为在她的印象里，貌似沈逸并不是那种讲卫生的男人。她便开始四下打量，这间卧室虽然小，却收拾得干干净净，墙上挂着一些相片，都用相框装裱着，显然沈逸十分在意。

照片虽然很多，但里面却只有一男一女两个人，那女的长得秀气，穿着朴实，不食人间烟火的样子，气质颇为贤淑，就像一位单纯的邻家女孩。

那个男人虽然算不上多么英俊，但也可以说是一表人才了，浓眉大眼、双眼炯炯有神、十分明亮。江心第一眼就觉得那个男人很眼熟，仔细一看，那人不是别人，正是沈逸。不过那时候的他还没有现在这么胖，更没有现在这么邋遢。

在众多照片后边还有一张大合照，沈逸和那个女人都在其中，周围还有不少穿着少数民族服饰的孩子。江心十分喜欢小孩，情不自禁地摸了一下，结果从相框的背面掉下了一封信。

被藏得这么严实，显然十分隐私，江心本不想私窥，可又始终好奇，最后还是拿了起来。

信的开头写着：亲爱的沈逸哥哥、陈晓琳姐姐。落款则没有姓名，只写着：湖北恩施百合村小学。

湖北恩施？！

江心觉得这个地名很眼熟，随即很快想了起来，上次沈逸请假旅游时，去的就是这个地方。而且，前段时间闹得风风雨雨的"周伟诈骗案"一些被敲诈的赃款似有一些打到了恩施市，这其中有什么关联呢？

将所有的一切都联系起来，江心的心中已经有了一个猜想，便迫不及待地要去找沈逸对质。

可当她走出卧室的时候，却发现沈逸已经在沙发上睡着了，怀中依旧抱着拖把。

原来，他一整晚都在照顾自己，呕吐物到处都是，现在才发现满屋子里都还有那种恶心的味道，江心顿感愧疚，于是悄悄从房间里找了一床毯子轻轻盖在沈逸身上。

"这究竟是一个怎样的男人呢？"江心不忍打扰，带着疑问，拿好衣物，穿好鞋子，静静地离开了。

江心刚刚关好门，沈逸马上就睁开了眼睛，心中也是暗道："好险，幸亏我会'装死'，否则不知道这个女人会闹到什么时候，我可没这工夫跟她耗。"

昨天他离开逍遥谷的时候，看到了喝醉的江心，便出于好心把她抱回了自己的家中。沈逸来到里屋，发现墙壁上的照片，还有照片后面的信有被人动过的痕迹，他得意地笑了。

穿好衣服之后，他直接去了张博的住处，见到了顶着黑眼圈的张博和孙小兵。

看他们的样子，显然是打了一夜的游戏。

老实说，沈逸并不喜欢他们这个样子，因为他们所做的事情都非常危险，必须随时保持警惕。不过他也没有多说什么，毕竟现在还很安全。

在张博的卧室，沈逸见到了半死不活的张正，他身上的伤倒有一半是旧伤。

"现在可以聊聊了。"沈逸递上一支烟，随即坐在了他的身边，跷起二郎腿。

"聊什么，昨天晚上我不是全都告诉你了吗？"话虽这样说，但他始终不敢直视沈逸的眼睛。

这么一说，更是增加了沈逸对他的怀疑。如果要沈逸去怀疑王浩明是一个会杀人灭口的人，那么只能等东湖的水干了。

而且开赌博网站这种事情，说小不小，但说大也不大，如果王浩明没有直接参与其中，只是提供了技术支持，并不算犯罪，就算是警察都不能把他怎么样，傻子才会冒险杀人呢。

想到这里，他把张正刚刚点着的香烟夺了过来，直接用手指掐灭，狠狠地怒视："我没那么多时间跟你磨嘴皮子，识相的就把所有的一切都告诉我，否则后果就不是你能想象的了。"

听了他的话，张正的身体不由自主地颤抖了一下，因为他全然没有想到平日里浑浑噩噩的沈逸，竟然会露出凶相，他完全明白，沈逸并不是在吓唬他。

将他的表情尽收眼底，沈逸心中的大石头也终于落地。从人心上琢磨，张正最是胆小怕事，所以上来就开门见山，直击要害。

这招果然管用，张正稍微犹豫了一下，便说道："其实绑我的人并不是王浩明。"

"那是谁？"沈逸心中隐隐有了一种不好的感觉。

张正道："我也不清楚，那天王总交给我加班任务之后，我的卡里就收到了20万元。我还以为是王总给的封口费，可没想到第二天便有人打电话，让我把技术部的监控拷贝一份送给他。"

花20万元，只为买一份监控影像？

难道是警察？现在想来，的确有这个可能，因为就在那次加班的事后不久，吴佑行就亲自带人找上门来，显然是掌握了一些证据。可转念又一想，不会是警察！警察不可能有那么多的钱来贿赂一个技术人员。

"你老实告诉我，除了王浩明和聚力金融的陈永昌，还有没有人介入这件事情当中？！"

"没有，至少我没有发现。但是……有件事情很奇怪……"

"什么事情？快说！"

"就是……我几次去聚力金融联系这项工作，你也知道，有一天我本来走了，但是笔记本忘拿了，我又回去拿，路过陈永昌的办公室，看见里面坐着一位上了年纪的人，声音很粗，他们的谈话，我听到了一句。"

"什么话？"

"那个老男人说王浩明敬酒不吃吃罚酒，给脸不要脸，自投罗网什么的，就这一句，不敢多听，怕被人发现，我就走了。"

沈逸心情沉重下来。显然，这其中有圈套，但设计这个圈套的目的又是什么呢？

第三十四章

此刻，江城市警察办公大楼中却是另外一番光景。

到处都是人，但并不是嫌疑人或是受害者，而是扛着"长枪短炮"的记者。这些人都是为网络上流传的那段视频而来的。

几乎所有警员齐心协力，才没有让他们闯入办公区。在这些警员之中，就有吴佑行。

昨天副局长李茂盛召集大家开了会，可会议的目的并不是彻查内部问题，而是让所有人统一口径，对外宣称那段视频系伪造。同时通知各大门户网站删除视频，违者必究。

吴佑行马上感觉到了不对劲，可李茂盛根本不给他发表意见的机会，交代完任务之后就离开了。

所有警察的脸色都不好看，但也没有说什么，可吴佑行不是那种忍气吞声的人，他心里已经打定了主意，一定要把这件事查清楚。

同时，他心里也明白，这件事情牵扯重大，必须有确凿的证据，否则根本就不会有人相信他的话。于是，他每天都会趁下班的时间去调查。

经过多方查找，他终于找到了周宏的家，可不管他如何问，家人都一口咬定周宏就是死于心脏病。没有办法，他只好重新梳理周宏的人际关系，结果排查到那个三叔那里就断了线。

他曾经找线人问过这个三叔叔究竟是谁，结果对方不假思索地告诉他，大信集团的老板胡保川就是三叔。

想到这里，他开始悄悄调查大信集团，越查他就越是心惊，因为这个大信集团实在是太干净了，不仅账目上没有问题，员工更是了不得，个个都是遵纪守法的好公民，连超速罚单都没有。

然而，大信集团是不是也存在问题呢？说不定警察局里的资料都是假的。他突然想起，前段时间口袋金融那件事情，自己无心在恒记集团表扬了一番口袋金融做得好得过奖，结果没出几天口袋金融的违法证据就出现在自己桌子上，这不是很讽刺的事情吗？由此他也学会什么叫逆向思维方式了，越是干净的，越是有问题。他怎么感觉自己好像被人上了一课，而这位老师可能不是沈逸就是王浩明，吴佑行突然琢磨着啥时候去找他们道个谢才行。

自嘲过后，他决定亲自在线上线下搜集资料。

大信集团旗下的业务很多，他曾经从同事的口中听说过一个叫"宜信保"的投资平台，客户非常多，各种地方都能看到它的广告。

很快，他就找到了这个投资平台，一查也是大吃一惊。

国资背景，资质齐全，交易量超过50亿元！不过这是累计的，待收资金应该远远低于这个数字。

跟它比起来，吴佑行过去惩办的那些所谓的金融公司，简直就跟过家家一样了。

里边投资的项目琳琅满目，吴佑行也没有挑，随便就选了一个车辆质押物项目，结果网页提示他必须实名登记。

毕竟实名制一直都是国家提倡的，这样一来，也会给他们侦破案件提供很大帮助。

没有犹豫，他便用自己的身份证信息进行了注册，而后又记下借款人车辆质押信息和车辆质押地点。

到此为止，他一直都没有发现网上的任何猫腻，直到第二天实地探查的时候，他才发现这所有的一切根本就是假的。

那个车辆质押点根本不存在，什么大型停车场，根本就是一个住宅区，连评估公司也是多年没营业的空壳。

借款人自然也就更加不存在了。

虽然大信集团名声在外，虽然宜信保有庞大的交易额，其实跟他过去所侦办的案件根本没有任何区别。他们只不过是打了个幌子在敛财而已，你投资所得的利益，其实就是后来投资者的投入资金，而这个所谓的借款人就是平台自己。

这是庞氏骗局最明显的特征！

一个被人玩了两百多年的花招，按说不应该有那么多人上当才对，然而时代在改变，骗子的骗术也在进化，再说了，就连口袋金融这种获奖的企业都存在问题，更别说每天流水在数百万元上下的大信集团了。吴佑行突然意识到"只有不查，没有查不到"那句话的真理。

联想起周宏曾经说过，有一个与三叔有关的账本，拿到它，一切都明了了。

大信集团的胡保川和周宏的突然死亡以及他涉及的金融业务一定有关系。

然而，要扳倒大信集团又谈何容易，从某个角度来说，大信集团就是江城的一块招牌，后面必定有大树在庇佑，自己这么唐突地去查，不是有点蚍蜉撼大树的味道吗？

他拿不定主意，只好求助于自己的恩师，韩跃平。

韩跃平，省银监局副局长，位高权重，而且也是各大财经媒体的常客。

这些年来，由于性格的原因，吴佑行得罪了很多人，韩跃平暗地里也为吴佑行说了不少好话。

"吴佑行，你可是很久没给我打电话了。"这声音很亲切，宛如一个慈祥的长辈。

事实上，在吴佑行的心里，也的确把韩跃平当成自己最为尊敬的人。

吴佑行知道现在不是闲聊的时候，便开门见山地把自己的发现告诉了韩跃平。

听了他的话，韩跃平那边沉默了好久，就在吴佑行以为他已经不在的时候，他这才说道："佑行啊，你是警察，应该明白所有的事情都应该照章去办，贸然就去私自调查人家是不对的。"

这个道理吴佑行又何尝不知，然而他实在不知道谁可以信任，所以只能依靠自己，便道："老师，这个大信的胡保川除了在金融上面有问题之外，我还怀疑他跟一宗谋杀案有关。"

"别瞎说。"韩越平似乎有些生气地道："咱们两个是师徒，所以我不会把你怎么样，但这件事如果让别人听去了，告你一个诽谤，那你的前途可就毁了。"

他刻意在"前途"两个字上加重了语气，似乎是若有所知。

吴佑行显然没有觉察到他语气的古怪，依旧恳请韩跃平帮忙，可对方想都没想，就说他没有这么大的能力，让吴佑行先去请示上级，然后再行动。

说完之后，他就匆匆挂断了电话，甚至连招呼都没打。

吴佑行很了解自己的这位老师，不仅知识渊博，脾气更是好得没话说，这还是吴佑行第一次见到他这么反常，不过也没有多想，直接就回到了警局。

作为一个副局长，日常处理的工作自然不会少，李茂盛跟以前一样坐在办公室里，只不过精神状态似乎不怎么好，不仅头发乱糟糟的，就连茶壶摔碎了，他都没有去收拾。

吴佑行进门之后见到的就是这样一幕。

"有什么事吗？"见到来者是吴佑行，李茂盛的眉宇间分明流露出一丝不耐烦的神色。

吴佑行知道李茂盛并不喜欢自己，也就没有跟他客套，直接将自己拍的照片、线下的资料等放到了办公桌上，道："这是我一个礼拜以来搜集到的证据，请您下命令，彻查大信集团。"

一听这话，李茂盛的嘴角分明抽动了一下，低沉着声音说道："难怪你最近一桩案子都没有办成，原来是去开小差了。"

他的声音很古怪，就像是好多天没有喝过水一样，既嘶哑又难听。

吴佑行道："我并不是开小差，这都是我利用下班时间查的……"

他的话还没说完，李茂盛便打断，道："这就更不对了，既然已经下班了，那你就是一个普通的公民，有什么资格去调查别人的隐私？而且，大信是国资背景，是江城市优质企业，能有什么问题？有问题也轮不到你管！局里这么多的案件没有处理，你非要跟人家过不去，你这是狗拿耗子多管闲事，我说你渎职不为过吧？"

他一口气说了很多，中间一点停顿都没有，显然这都积压一段时间了。

这一顶顶大帽子压过来，吴佑行的心里也是拔凉拔凉的。

稍微懂点事的人，恐怕都会选择明哲保身，毕竟他没有接到任何举报，按照规章来说，是不能私自去调查的。

然而，如果他真的选择放手，那也就不是吴佑行了。表面上啥都没说，心里已经做了决定，无论如何，也要将大信集团的底细查个清清楚楚，哪怕是要赔上自己的前途。

离开办公室之后，他马上就给自己的线人打了电话，告诉他准备计划着做点事，随时等候自己的通知。

然而，他的话还没说完，那线人就挂断了电话，等他再打过去的时候，对方已经关机了。骂了两句后，吴佑行也没多想。

这时候，他已经来到了警察局的外面，被凉风一吹，他也是清醒了不少。是啊，胡保川家大业大，影响力更是无法想象，有谁敢跟他对着干呢？

蓦地，他的脑海中浮现了一个身影——狩猎人！

第三十五章

深夜的挚爱茶吧。

"哟,吴队,您最近挺闲的。"陈晓琳见到吴佑行上前招呼道。

"唉,也不知道为啥,心情不顺当的时候就想到你这儿来坐坐,听听音乐,马上就能舒缓下来了。"吴佑行边坐下边职业习惯式地巡视着店内。

"是不是这么回事儿啊,难不成是看上这儿的老板娘了吧?"陈晓琳抛出一个媚眼打趣道。

"呵呵……呵呵呵,这……话说的。"吴佑行还真没被这么开过玩笑,接不上话了。

"看你,脸都红了,说笑呢,老板娘可有意中人了啊。"

"是吗?谁啊,是不是上次带着这个小丫头来的那个老鲜肉啊?"吴佑行神秘地指了指吧台内坐着的刘玥。

"哎,你瞎说什么呀。"瞬间,陈晓琳的脸上有一个细微的变化,还是被吴佑行所察觉到。

"吴队今天是来点咖啡,还是……"

"我看今天来点酒吧!"这时一个声音突然从门口传来,两人一齐向那边看去。

"沈叔叔!你来了!"刘玥从吧台里一个飞奔过去抱住沈逸。

吴佑行心里打着鼓,好样的沈逸,撞日了吧,今天算是碰得忒巧了。沈逸和陈晓琳打了个招呼,陈晓琳拉着刘玥走到后间去了。沈逸毫不犹豫就坐到了吴佑行的对面。

"吴队,想不到你也喜欢在夜色中来到这茶吧里坐坐。"沈逸没感觉一丝意外,井井有条地脱下外套。

"确实啊,沈总,这茶吧好像有一种魔力,不约而同地把我们吸引到这儿啊。"吴佑行话里有话。

"那倒不全是,吴队应该还记得两次见我,都说要请我喝茶的,我今天可是专程来被你请的啊。"

"哎哟,你看看我这记性。"吴佑行朝前台招招手,"美女老板娘,来点啤酒,谢谢啊。"

"吴队这是要以酒代茶啊。"

"咱们无酒不欢,男人,来点酒才痛快嘛。"

"咋啦,我这叫挚爱茶吧,今儿被你俩改名叫知音酒吧了?"陈晓琳放下两瓶啤酒,没好气地扔下一句话。

"哈哈哈!"两人被陈晓琳的一句话给逗乐了,同时干了一杯。

"沈总的眼光不错。"吴佑行竖起大拇指,话没明说,却说明白了。

"吴队上次到这儿抓逃犯时对她的欣赏,不也同符合契吗?"沈逸回敬一个。

"嘿……"说话毫无破绽,吴佑行对眼前这个对手的功底可不是一般了解,今天这个人似乎有备而来,连茶吧抓人的事情也知道得一清二楚。

"吴队将那口袋金融的事儿立案了吗?"沈逸毫不避讳地直视他。

"好样的啊,原来那鞋盒也是你放的。"都是高智商的人,吴佑行立刻心领神会。

"你是怎么做到的?"吴佑行小声问。

"你说鞋盒?"沈逸不解。

"不。那天我去恒记,你们在会议室放消息出去,是怎么做到的?"

沈逸笑了笑,原来这小子是对这件事一直放不下啊。他没有立刻回答,而是缓缓从荷包里掏出手机,点了几下,然后将手机放置在桌子上,移动到吴佑行的面前。

手机屏幕上显示的是他俩正在挚爱茶吧喝茶的镜头,镜头里的吴佑行还盯着手机傻傻地看。

"好一个沈逸,原来是这样,厉害啊!"吴佑行自饮一杯掩饰窘迫,似乎一下全明白了,原来自从上次恒记集团下套之后,沈逸一直都在跟踪自己,首先是茶吧抓逃犯被摄像头监视得一清二楚;其次鞋盒也是沈逸放置的,也就是说沈逸对自己的敲诈行为毫不遮掩,最后能将监控玩得这么溜的人,就算被关在会议室里,想把消息传出去也并不难。想到这里,吴佑行突然感觉脊梁骨冒出阵阵冷汗,他还是有点低估了沈逸,现在面对的是一个对全局掌控非常透彻,思路非常清晰的对手。

他下意识地抬头找茶吧里对着他们桌子的摄像头,突然转过头盯着沈逸目不斜视地说:"你是狩猎人!!!"

沈逸淡淡地笑了笑，关掉手机，没有正面回答他，而是指了指上面的这个摄像头："摄像头那边是刚刚投靠我的一个小兄弟，名字叫孙小兵，才上大学。既然来了，就认识一下，打个招呼呗。"

吴佑行垮得像个驴脸，没好气地朝上面斜着眼睛瞪了一眼，沈逸却微笑着朝摄像头招了招手。

"这个孩子原先是被名叫狩猎人的组织雇佣兼职做黑客的，后来狩猎人在对周伟的行动中，涉及一个叫刘莎莎的女孩跳楼身亡的事件，这些你都知道了，他因为害怕受到牵连，所以来找我。"

"你就不怕被牵连？"吴佑行质问。

"你做的事冠以正义，我的难道就不正义？"沈逸再次迂回而答。

"但你违法了。"

"我不违法他们就能改邪归正？"

"你违法他们就能改邪归正？"

"但至少能逼迫他们做一些善事去自我救赎。"

"哼，说来说去，也并不能证明你不是狩猎人。"吴佑行抿了一口酒，"聚力金融那事儿，你做的就是敲诈勒索的勾当，我只不过还没弄明白，你将那些钱汇给贫困山区是干吗，有意义吗？还不如将他们绳之以法上缴国库，国家再来资助他们，力量不是更强大吗？"

"聚力金融百分之百违法，那些违法的证据或许也会像鞋盒一样迟早寄到你的办公桌上，但是现阶段，请你还是为那些贫困山区人的处境考虑一下吧。中国有如此多的贫困人群，国家扶贫的政策确实很好，但落实到个人还需要一段时间，毕竟这是一个十年大计呀。"

"你做什么事情我管不着，但你不能用道德绑架的方式去行使你的特权，我们毕竟才是国家的执法者。"

"我没有要证明自己不是狩猎人，更没有否认自己做过那些事。但在原则上我们是一致的，只是信仰不同罢了，这就需要求同存异。"沈逸还是面带微笑，递给吴佑行一支烟，给他点起来，"今天我是特意来找你，恳求帮助的。"

"找我？我能帮你什么？"吴佑行受宠若惊。

"抓住狩猎人！"沈逸斩钉截铁地说，"狩猎人组织有一个专门用于联络的群，孙小兵就在里面，自从周伟事件发生后，狩猎人好久都没有动静了，我琢磨着等风声平静下来，他们又将开始一些动作。最近群里时不时地发些大红包，估计是稳定这些拥趸，好继续为他们所用。而且，群主也艾特了小兵，发给他资料，要他查几家公司的底，恰巧这几家公司里面又有一家金融公司是我老早就盯上的。"沈逸顿了顿，继续说道。

"所以，想请你配合我揪出这个狩猎人。首先是出于我本人对这个组织的憎恨，他们的行为已经触犯了我的原则——逼迫学生跳楼等于谋杀，有句话叫'撇开生死，都是小事'，因此这行为天理难容。其次，如果有幸抓住狩猎人，也可以证明我不是与他们同流合污，事实不是大于雄辩吗？最后，对你耿耿于怀的周宏案来说是一定会有帮助的，在金钱至上的社会里，你真以为清水池塘里有鱼？至于我，如果犯了法，就算侥幸逃脱法律的制裁，你以为天容得下我吗？"

三言两语有条不紊的几句话，有的放矢，知己知彼的套路运用得炉火纯青，句句点中要害。吴佑行不得不承认自己已经被说服，眼前这个人行事作风颇有魅力，言语中亦有敢作敢当，他开始有点敬佩起沈逸来，如果自己不是警察，他觉得这是一个非常值得做朋友的人。

"你是怎么做到的？"吴佑行突然想起什么事打岔问道。

"你是说狩猎人的线索吗？"沈逸再次反问。

"不。我问你当初去恒记面试，那不是一个部门负责人的岗位嘛，后来你遇到个刁难你的同岗位竞争对手，随后你们即时出题，比谁写文章快写得好，在场的面试者和工作人员一起投票，你不是最后全票胜出了吗，我一直很好奇，你那会儿是怎么做到的？"吴佑行严肃地求端讯未道。

"哈哈哈。原来你是说这事儿啊。"沈逸颇感意外，没想到这小子对自己一些旧事这么感兴趣，他笑而不答，扭过头叫陈晓琳再拿酒来。

"好你们个二人转啊，个把钟头就打得热火朝天了，真要改名知音酒吧啊。"陈晓琳瞪着眼睛嘲讽道。

"知音怎么不好啦。高山流水遇知音，伯牙遇钟子期……没有高山，总有水吧。"沈逸半说半吟道。

"嘿嘿，不管那么多了，酒逢知己千杯少，惺惺相惜泯恩仇。"吴佑行也来了感觉，冷不丁地冒出一句来。

夜深人静的街道，挚爱茶吧暖意犹存。

第二天深夜，挚爱茶吧的店门已经关上。吴佑行带着小汪，沈逸带着张博、孙小兵来到这里，商议对付狩猎人的计划。

张博见到吴佑行，一开始愣了一会儿硬是没有反应过来。

"原来是吴队啊，有意思啊，啥时候改邪归正加入咱沈总队伍的？"张博调侃道。

吴佑行抠着耳朵，不屑地说道："我耳朵没毛病吧，谁正谁邪呢？你个臭小子，没大没小的，问问你哥，不求我才不跟你们同流合污呢。"

"你怎么说话的！啊！"张博一下子火就冒了上来，站起来正要动手，沈逸一把拉住了他。

"你们干吗！臭味相投？张博，你不是喜欢玩吗？有吴队长这种老司机，你以后不怕迷路。"沈逸打趣道。张博拿了个板凳坐下，愤愤不平，头扭向另一边。

"说正事，我说个原则啊。今天到茶吧聚会是万不得已，以后不要随便到这里来找我！咱们微信联系。"沈逸说，"根据狩猎人布置给小兵的任务，在摸底的公司里有一家叫'恒信商贸'的金融公司，正好是我叫张博一直盯着的，现在正好用得上。小兵可以故意把其他公司的调查结果做得难度大点，将狩猎人的下一个目标引到这个'恒信商贸'上来。我查过了，这家公司表面上从事信用担保、避险保值、贸易融资等业务，实际存在涉嫌伪造、购买、出售、运输假币和持有使用假币的行为。假币的源头应该在国外，他们的体量不大，做的都是小面值钞票，没被人察觉，所以还没造成什么社会影响。"

"你打算怎么玩他们？"吴佑行点了支烟，把火吹灭。

沈逸接着说："你知道什么叫死猪不怕开水烫吗？这个被敲诈和勒索的企业，是因为自己还在岸上，还有生存的机会，所以才会就范。我们假设一下，这个企业早就被人推到水里淹死了，试问一个已经死了的人怎么会心甘情愿地被人威胁？"

"有你的，这种鬼主意都想得出来，真不怕祖坟被挖了。"吴佑行和小汪会心地一笑。

"我怎么听不懂？"张博捂着脑袋，转过头不经意看见正在玩手游的小兵，给了他一巴掌，小兵恶狠狠地看着他。

"我们计划这样：找出恒信商贸的假币售卖、运输、分销随便哪一条下线，张博冒充合作者伺机留下证据，小兵通过线上交易渠道搜集犯罪证据。吴佑行和狩猎人组织各一份，吴佑行拿着证据控制住恒信商贸的老板谢长运，可以用羁押、拘留等手段，但不公诉，反正他与外界的所有接触在你的监控之下，晓之以理，动之以情，说服他戴罪立功，用他以身作饵，等待狩猎人与其联系。"

"接着，狩猎人会用这些证据敲诈和勒索谢长运。好了，谢某的表现肯定会让他们失望，他心里不仅不再惧怕出事，还会质疑对方所谓证据的真实性，他要求见面，看证据的真伪，答应他们提出的要求，并且一手钱一手货，那么……"

"那么我们至少能抓住狩猎人的某一个组织成员，顺藤摸瓜找出这票人。"张博终于开窍。

沈逸扭过头看了一眼在一边眯着眼抽烟的吴佑行："根据刑法第170条、171条、172条、173条，伪造、持有、运输以及买卖货币罪，是由公安局经济犯罪侦查部门管辖的案件范围。吴队长，在找出狩猎人的同时，你还顺道办了件本职工作内的大事。"

"嘿，这计划，亏你想得出来，有点狠。"吴佑行将烟头踩灭在鞋板下。"今天这语气，我怎么觉得你像是我领导似的……"

"请别把烟头扔地上好吗？"沈逸指了指后台，"做清洁很辛苦的。"

"天也不早了，就这么搞吧。这事完了，怎么说也该你回请我了。"吴佑行说。

一上车，小汪就忍不住问吴佑行："咱们跟他们合作靠谱吗？这沈逸也干着违法的事儿呢。"

"知道日本为啥在钓鱼岛闹过以后首相还要访华吗？这个世界只有共同的利益，没有绝对的敌人。"

"好像明白了一点道理。"

"再说，咱们干经侦的你也知道，受害人不报案，没人举报，不用立案，那就没多大的事儿，咱们只能例行检查，督促整改和规范经营，所以，沈逸干的那些事，企业的那些人都有被虐的倾向，咱们着什么急啊。也是奇怪，沈逸这家伙，压根儿就没一点想推脱罪名的意思。"

"那倒是,咱们现在连立案的那些都忙不赢呢。"

"还有,看沈逸这么认真办这事,说不定他还真不是什么狩猎人。另外这个恒信商贸如果真做的是假钞买卖,这可是大罪,最近咱们头顶也是乌云密布的,正好找条大鱼冲冲喜。"

"嘿,我就说嘛,吴队啥时候做过赔本的买卖。"

百合村因为地理环境,路不通,车不畅,物资匮乏,所以一般人不会到这里来,可今天却迎来了一位特殊的客人。

江心既不是来游玩的,也不是来观赏名山大川的,而是拿着沈逸留下的线索——信件上的地址,这里非常难找,山路非常崎岖,幸好自己也练过,一般的女生估摸着脚都会被磨破皮。为了寻找这个地址,她光问路就花了一天的时间,要知道,这次她可是从恒记请假出来的,局里并不知道,逾期了两边的领导都会骂。

随着调查的深入,她越来越觉得这个男人不简单,直到她发现相框中藏着的一封来自百合村的信件之后,才打定主意一定要来看看。

真正进入百合村后,如果不是亲眼看到,说什么她也不相信在这么闭塞的小村子中,会有这么多现代化的设施,尤其是那个图书馆,里面的陈列形式颇有气势,有点像她曾经去的图书大世界的味道,让她叹为观止。

在村里缓缓步行,身边出现的两所学校都是最高的建筑,不管你走到哪一个角落,都能听到铿锵有力、阳光满满的读书声,令她如沐春风。

她端坐在学校对面的一块大石头上,打量着眼前的这个建筑特征明显与周边格格不入的学校,陷入沉思。此刻,她呼吸着大山里的新鲜空气,空气中充满了负离子,令她疲惫的身躯顿时倦意全无,大脑立刻清晰起来。按道理来说,这种徒步十几里,没有马路,没有交通的村落,应该是极为落后和贫困的,但是从她一进入村子,这里每个人的脸上都充满了富足和幸福感。他们生活和谐,辛勤耕种,各得其所,山间田野里尽是一望无际的新鲜果实,没有落后山村那种慵懒和荒废。令她惊讶的是,田间和学校里仍有多个二三十岁的年轻人耕耘在岗位上,这是不多见的,一般的村落里年轻力壮的都去城市打工,剩下的都是留守老人和儿童。那么,是什么力量改变了这里?又将这里变成了现实版的世外桃源?

学校的午间铃声打破了她的思绪，孩子们三三两两地从教室里出来奔向食堂，食堂就在靠门的地方，江心看见他们都可以吃到白米饭加一荤两素的伙食。此时从学校里走出一位满目慈祥的老人，他朝着江心走来。

"你好，我是这里的校长，请问你是来找人的吗？"老人慈蔼地问道。

"您好，我是……"江心迟疑了片刻，还是说，"我是沈逸的一个远方朋友。"

"哦哦哦，原来你是小沈的朋友呀，走走，咱们进学校说去。"一听是沈逸的朋友，老校长立刻更加殷勤起来，拉着她就往里走。

老校长给江心倒了一杯茶，还洗了一些村里种的水果。

"小江，你这次来需要我帮助些什么吗？"

"哦，我是个记者……"说到这儿，江心估摸着自己现在居然说谎都不脸红了，可能总是和沈逸在一起的原因，也学坏了，她有模有样地从包里拿出笔和纸来，"来百合村收集点素材。"

"记者啊，好说。我一定配合你。"

"校长啊，这百合村和外面大不一样啊！"

"你是说咱的学校，还有村里的生活吧。"老校长眯着眼，侃侃而谈，"要说为啥我们百合村这十来年有如此大的变化啊，你随便去村里问哪一个人，他们都只会说一个人的名字。"

"沈逸？！"

"对！就是他啊。十来年以前，他和陈晓琳偶然来这里支教，那时学校破破烂烂，连张桌子都没有，孩子们都是坐在地上听课，一来二去，他们和孩子们建立了深厚的感情，于是决定扎根这里了。小沈非常辛苦，除了要打工挣钱供养这里的孩子，还要四处奔走拉赞助，小陈就像孤儿院的妈妈一样悉心照料他们。后来赞助拉到了，有钱了，但不能自给自足，也不长久，于是小沈又请到城市里种植养殖的专家，专程教我们这里的农民技术，就这样，咱们村一天天就好起来了。"

"赞助？"

"对啊，就是企业老板用来扶贫的钱。"

"原来是这样的。"江心立刻知道是怎么一回事了，原来那些金融企业的不义之财都流向了这里，这样一来，所有的谜题也就说得通了。沈逸一个人的力量没有办法去改变，所以才走上了这条路，同时沈逸并没有告诉村里人这些钱的真实出处，而是善意地隐瞒了劫富济贫的行为，保留了这里朴实纯真的山村形象，真是用心良苦。

"对了，您刚才说的和沈逸一起来的陈晓琳是什么人呢？"

"小陈啊，唉，说起小陈好久都没回来了。"老校长叹了一口气，"小陈真是个好女孩，这里好多孩子都受过她的恩惠，不知道多喜欢她，多惦记着她呢。他俩本来是恋人，以前的感情不知道有多好，我琢磨着小陈应该和小沈有什么误会吧。"

校长安排了她今晚借住在一个农户家里，江心感谢校长的款待，从学校出来她决定四处逛逛。江心在门口看见了坐在水泥台阶上吃饭的孩子们，他们一人抱着一个大碗，狼吞虎咽地吃得好不香甜。

"阿——姨！"其中一个女孩朝江心喊了一声，江心顿感那稚嫩的声音把她的心都融化了。她上前摸了摸女孩红扑扑的脸蛋，整理了一下她的刘海儿。

"你叫什么呀？"

"小铃铛。"

"小铃铛啊，好听的名字，和你的声音一样脆、一样响。"

"小铃铛几岁了？"

"8岁。"

"好好吃饭，吃饱了好好读书。"

"床前明月光，疑是地上霜……"小铃铛嘟着嘴巴，自顾自地诵读起来，让人忍俊不禁。那可爱单纯的模样，让她忽然觉得这里的一切，乃至世界瞬间变得美好起来，似乎从来就没有罪恶、没有伤害、没有暴力、没有尔虞我诈，更没有城市里的乌烟瘴气。

第三十六章

一整个晚上，江心都没有睡好，她想了好多好多。

她明白沈逸"劫富济贫"的手段太过极端，必然涉嫌违法。可设身处地地想一想，在经历了那一切之后，满腹的悲伤、无助、迷惑，人生没有了方向，试问，还有谁能够带着理智去生活呢？

至少，沈逸没有伤害任何一个无辜的人，甚至倾尽所有去帮助他人。

而他所骗的那些人，全都是靠非法手段来牟财的。如果不是沈逸，他们还会一直骗下去，去伤害更多的人，甚至于将自己堕落在深渊里，无法自拔。从这个角度上说，沈逸拯救的不仅是被骗者，还有行骗者。

再者，沈逸所得的钱，一分一毫也没有落入自己的口袋。

从某种角度来说，与其说沈逸是个骗子，倒不如说他是一个"周转站"，把那些非法得来的钱用到了更需要它的地方。

话虽这样说，但中国是法治社会，无规矩不成方圆，任何人不能以个人的行为，乃至道德去撼动国家的法律，这种信念已经在她的心里根深蒂固，所以，她对于沈逸的手段实在不敢苟同。

第二天，她暂时借住的小屋中来了很多客人。

像这种穷乡僻壤，平时很少会有人造访，如今好不容易来了城市里的贵客，朴实的乡亲们自然将家里最好的东西毫不吝啬地都拿了出来。

看着这热情和纯朴的人们，江心的内心再度陷入了纠结。

她非常清楚，百合村之所以赢得目前这种局面，完全是因为沈逸的缘故。她一旦把沈逸的所作所为汇报给上级，不仅他会锒铛入狱，这个正在发展中的村落也可能因为得不到"赞助"而再次陷入停滞甚至倒退中。

至少现在的她不会忍心将沈逸交出去，自己是一名公安干警，于公是职责所在，于私可以暂时隐瞒，但是以后呢？以后会有更多的人知道！

大家都穿着特色的服装，唯独两个人例外，两人都是60多岁的年纪。

昨天晚上，老校长在吃饭的时候，提起曾经救助过沈逸的养父母刘氏夫妇的故事，他们也住在这里，而刚刚从他们的口里得知，面前的这对老人就是刘氏夫妇。

大概是整天操心的原因，两位老人的头上已经没有一根黑头发了，尤其是刘山，脸上似乎始终都蒙着一层愁云，眼中也带着血丝。

江心上去问候了几句。过了一会儿才发现，手机没电了。

"你是要跟家里报平安吧，用我的。"刘山连忙掏出自己的手机。

见到他的手机，那古老的样子可把江心逗乐了，竟然是那种蓝屏的，早就已经被淘汰了十多年的老式机器。

老两口儿在这里定居了十多年，平时很少出去，自然跟不上时代。而且，如果他们有钱的话，应该最先想到的就是这些孩子，哪会想到给自己换手机？从这方面也反映出，从企业家手里流向百合村"赞助"的钱，确实是一分一毫都用在需要的地方，自己的父母都不能例外。

一想到沈逸作为恒记集团的副总，可他的父母却过着如此简朴的生活，这种大公无私的精神，令江心对他的敬佩感再次升华。

知道她要打电话，其他人都退了出去，但刘山却留了下来，不停地搓着手，似乎有什么事情下不定决心。

"大叔，您还有什么事吗？"江心请他坐下，便要给他倒茶，随即想起自己才是客人，不禁觉得有些好笑。

"没……"刘山小心翼翼地看了一眼门外，这才说道，"我是想请你代我发条短信息，就说学校里买教材的钱不够用了。"

说完之后，他便满脸通红，就像是一个做错了事情的孩子似的。

虽然他没有说给谁发，但江心也猜到了，马上打开电话簿找到了沈逸的电话，随即拨了过去。

"不要！"刘山慌张地一把抢过手机，手忙脚乱地挂断了电话，见到电话没有拨出去，这才舒了一口气，道，"还好，还好。"

他从进门时候就表现得很反常，刚开始江心还没有放在心上，直到这时才终于意识到不对。这是一个警察的直觉。

刘山似乎没有注意到她的异样，又把手机递了过来，道："打电话费钱，还是发短信合算些。"

仅仅是因为在乎那几毛钱吗？

江心不相信他的话，但也不知道该怎么开口质问，她还是把手机接了过来，按照他的要求发了短信。

刚刚发送成功，手机便收到了一条短信。江心下意识地按了"打开"键，结果提醒信箱已满，无法打开。

打开信箱，只见里面已经有了九十九条未读短信，信箱都已经满了。她知道老人家一般都不会用手机，便想顺便帮他清理一下信箱。

可是当看到短信的内容之后，她却愣住了。短信的内容是这样的：

为什么要赌？这个问题困扰了我很久，但一直都没有答案。自从不小心沾上赌码，我就像着了魔一样一发不可收拾。输了就借，借了又赌，赌了还输，很快就输光了所有家当。我没脸去面对自己的家人，甚至想到了跳楼，可一个人的出现却改变了我的命运。龙哥，是个专门研究赌码的专家，按照他的方式玩儿，我很快就把钱赢了回来，到最后甚至还赚了钱，现在我自己开了公司，在市中心给儿子买了房。龙哥的联系方式是：1393×××××303。赌码有正确的方法，没有找到方法千万别碰，希望我的经验能帮到处在水深火热的老哥。

这条短信乍看起来似乎是劝人戒掉赌博的，可仔细一看才发现，原来是一条现在比较盛行的植入式软广告，甚至连电话号码都留了下来。

江心又把其他短信一一打开，内容都差不多。

"大叔，你是不是去赌钱了？"江心这次问得直接。

听了这话，刘山的嘴角分明抽动了一下，但还是硬着头皮说道："赌？什么赌？怎么可能呢，儿子辛辛苦苦在外面赚钱，我怎么会用扶贫的钱来赌博呢？"

他的声音越来越低，似乎连自己都不相信了，说到最后，他的头已经深深埋了下去。

江心虽然做警察的时间不长，但这样的情况也见多了。

她知道，人们都是因为一时冲动才去赌钱，然后慢慢地无法自拔，就算是你打他骂他都没用，其实就是一个欲望在作祟。人的欲望在赌徒的面前，表现形式为赢了想赢更多，输了想翻本，然后陷入无尽的循环当中，无法自拔，最后的结果就是血本无归，越陷越深。

刘山刚开始还嘴硬，可当江心提到学校里的孩子们时，老人的眼泪就再也止不住了，狠狠地抽了自己一个嘴巴，说自己不是人，鬼迷心窍地把钱输了个精光。

哭到最后，他突然笑了起来，道："现在我终于知道了，那些人全都是骗子，他们是靠玩花样来骗钱的，现在我也学会了，今天就把输的钱全赢回来。到时候孩子们就又有钱读书了，我做的事情谁都不会知道。"

他的笑容十分夸张，甚至可以说狰狞，两个眼珠都快凸出来了，就像是见到了满地的钞票一样。完全和自己判断的一样，面前这个沈逸称呼为父亲的人，已经深深陷入赌博里中毒不浅。

"老人家，你还想去赌？！"江心霍地站了起来，本想愤愤地指责他两句，可看到这个年纪足以做自己爷爷的老人，一时间也张不开嘴。

刘山也不跟她废话，一把抢过手机，便跑了出去。

这种事既然被江心遇到了，她不可能不管。不过她并没有立即追上去，而是准备暗中追踪，到时候一下子捣毁赌博的窝点，也好让他死了这个心。

其实，赌博的事情很常见，全世界都是这样。有钱人赌球、博彩，没钱的人押宝、赌火柴棍的长短。可江心暗暗觉得这刘山参与的赌博形式不一般。

因为他手机里的短信虽然不是来自同一个号码，但内容都差不多，显然是软件群发的。也就是说刘山一定在什么网站上用手机注册了账号，很明显涉及线上赌博。

这可就奇怪了，百合村里连手机信号都不强，网络就更加不用提了，他又是怎么上网的？

她便借口出去看风景，其实转了一个圈之后就守在了村口。这里是下山的必经之地，刘山若要出去，就一定会经过这个村口。就在这时，江心感觉背后有人，猛地转身，发现一个小女孩盯着她。

"你到底是什么人？"小女孩质问江心。

"你好啊……你怎么跟着我？"

"你一进村我就发现你鬼鬼祟祟地到处看，你现在又跟踪沈叔叔的干爹。"

"你怎么知道得这么清楚，沈逸是你什么人啊？"

"我叫苏青，沈逸是我叔叔，但他比我爹还亲。"

"好吧，我是你沈叔叔的朋友。你知道他的干爹正在做不好的事情吗？"

"什么事情？"

"参与赌博。"

"啊？！"

"嘘！不信你就跟我一起去看看。"

苏青半信半疑地点点头。她们等了一会儿，果然和江心猜想的一样，刘山出现了，一路上都躲躲藏藏的，显然是不想引起别人的注意。江心拉着苏青的手，悄悄在后面跟踪他，凭借职业素养和她曾经学的侦查与反侦查知识，刘山在黑夜里根本察觉不到身后有人。

买彩票去彩票站，赌博应该也有自己的码头，一般都用棋牌室或者小卖部作为掩护。

第三十七章

果然，刘山去的就是距离百合村十来里路、小街道旁的一家小卖部。

江心想要跟上去的时候，马上就被人拦住了，操着浓重的乡音问她是谁介绍来的。

幸好苏青用当地语言与他对话了两句才放行，随后江心通知了当地的派出所。

在小卖部的外面，正有一群人聚集在一起，叽叽喳喳地吵个不停。江心站在一旁，穿着显得太过引人注目，但也硬着头皮凑了过去。乡里人以为是谁家的城市亲戚，也没多在意。

只见地上铺了一张纸，上面画了一幅十二宫，每一宫里都画有一种动物。

庄家喊了一声，大家便纷纷把钱放在了动物图案上，紧接着庄家就开始摇骰子。

只看了一眼，江心便看出来，这又是骗人的把戏。

俗话说"十赌九诈"，这话一点都没有错，不管什么赌法，不管你刚开始赢多少钱，玩到最后一定是输得最惨的那个。

其实这个道理很多赌徒心里都清楚，但还是忍不住想去搏一搏概率，天真地以为自己就是那一个幸运儿。

就拿掷骰子来说，就算庄家不用任何千术，光靠几率他也能稳赚不赔。

至于动手脚的方法那就更多了。

很早以前，人们就已经动起了心思，在骰子里注入水银，因为这玩意儿根本不需要任何手法，想掷几点就能掷出几点。

不过这个方法有一个很大的漏洞，那就是注了水银的骰子滚动的速度要慢一些，稍微有点经验的赌徒都能看出来。

不过随着科技的发展，人们已经有了更高明的办法，他们在骰子的内部安装了芯片，由遥控器来控制，想要几点就能掷出几点，就算是你把骰子砸开也未必能够发现。

为了便于隐藏，遥控器被做成烟盒或打火机的样子，更加不会有人怀疑。

连小卖部的门口都是变着花样骗人，里边自然就更加不用说了。

很快，民警就到了，一举捣毁了这个窝点，江心也参与了这个行动，并跟随民警一起进了小卖部。

说是小卖部,其实总共也没有多少东西,货架上放的货物大部分早就过期了,倒是后院内有乾坤。

里边三间瓦房,每一间里都灯火通明,所有人都对着机器大呼小叫,甚至连警察到来都没发现。

所谓的机器,其实就是老式的大头电脑,上边滚动着数字,每当数字固定之后,都会有人惊叫,有人叹息。

取证完毕之后,民警直接逮捕了这些人。不过江心心里清楚,虽然今天抓了,但在这样的深山小村里,不用两天又会死灰复燃的,因为赌博的金额并不大,警察只能采取拘留和教育的手段。

江心见到了刘山,并从他的手里发现了一张字条,上面写着:做事瞒心天地知,本期六数最好合,十字街头九回顾,二三桃花照溪源。

见到这几句话,江心就是一愣,因为它既不合韵,也没有格律,连打油诗都算不上,一时间也不明白写的是什么意思。

通过民警的解释她才知道,原来这就是所谓的"码诗"。

不知道是谁散布的谣言,说这些诗是博彩公司透露给"码民"的密码,只要能够破译,就能中头奖。更可笑的是,居然有人信了。

就这么狗屁不通的四句话,能卖400块钱。

"爷,你真的去赌博啊?!"苏青毫不留情地说,"你咋对得起沈叔叔啊?"

刘山羞愧难当,低头不语。办好手续之后,江心三人回了村子。

第二天,江心特意抽出一点时间来开导刘山,剩下的时间则义务去学校里教学生读书。江心虽然不是师范毕业的,但毕竟是大城市来的,所知所学都不是乡下的孩子能够想象的,往往一个故事都能让孩子们听得心驰神往,受到了学校师生的一致好评。

苏青渐渐喜欢上了这位来自大城市、长得既漂亮又温柔的阿姨,很快和江心成了无话不谈的朋友,苏青感觉在江心的身上找到了当年陈晓琳的影子。江心很享受这个过程,甚至有点乐不思蜀,不过童话世界是好,但终归自己是现实世界的人,纵有千般不舍,终有离别时,此行收获颇丰,她觉得时候差不多了,要准备回江城了。

沈逸团队的高效率大大出乎吴佑行的预料。很快,张博在黑市上找到贩卖假钞的下线牵头人，张博以重金贿赂牵头人，并展示出背后老板深厚的实力，顺利渗透进贩卖假钞的交易链中；而孙小兵利用黑客技术，基本掌控了恒信商贸内部的摄像头以及移动通信工具，才三天的时间，吴佑行的桌子上就又多出一个鞋盒。吴佑行按照计划，秘密传讯恒信商贸的负责人谢长运，同时孙小兵向"狩猎人"提交此次兼职任务的结果，正如沈逸所料，狩猎人最后确定了"恒信集团"即为此次任务的目标。

果然，狩猎人拨通了谢长运的电话，电话那头传来修音器处理过的声音，狩猎人以手握制造、贩卖假钞的证据要挟谢长运打100万元到一个建设银行账号中。公安人员通过查询，此账户是一个曾经遗失身份证的江苏南京人的账户，很明显是一个虚拟壳子，准备打入后立刻转出用的。此后，在吴佑行的授意下，谢长运以全盘质疑的态度，要求当面核实证据是否属实，并提供现金换取物证。

在谢长运的坚持下，狩猎人同意了当面交易，时间就在今天晚上，并将交易的地点选择在毗邻郊区的一个公交车站旁。吴佑行明白，之所以选择这个地方，首先是地点偏远隐蔽，其次人口稀少，最后是这里没有天眼，即监控摄像头。一旦谢长运不肯就范，就算干掉他也避免了很多后续的麻烦事。但狩猎人毕竟不知道这个团队里有一位黑客高手，孙小兵虽然在街道路口没有发现摄像头，但是周边有一户自建的四层楼民房，出于安全的考虑，户主自行加装了一个摄像头。小兵立刻黑了这个摄像头，这个路口正在可视范围内，但可惜摄像头分辨率不行，拉近后看人都是模糊的，而且在街边的墙下还有一个死角，摄像头完全看不见178厘米以上的人。

沈逸和吴佑行简短商量后，吴佑行立即布置了小汪和另一个干警埋伏在周边，这事又是瞒着上面的私自行动，所以人手调派多了，上面知道了肯定会阻止自己，搞不好还会弄砸了。吴佑行觉得有自己、沈逸、张博这些人应该够了。

晚上十点整，已经各就各位。每个人的身上都装上了沈逸从国外采购的军用设备，熟称"喉咪"，说话时直接靠近喉咙，它感觉震动就自动发送语音。这种设备吴佑行也是第一次见到，但他怕丢人故作镇定，目前国内的警察大多没有装备，少部分重案刑警才用过，这次算是搭上沈逸后才顺道尝尝鲜。

此时街道上已经没有什么人走动了，按照吴佑行的布置，谢长运抱着一个黑色的大提包,里面并没装钱,是用废旧报纸填满了。他在狩猎人指定的公交站点坐下,两个干警和张博在附近的三条街道上隐蔽起来,吴佑行、沈逸则和孙小兵在距离较远的一处废旧工地上盯着移动电脑上的监控视频观察。

十分钟过去了,张博突然在耳机里告知他这边的街上出现一个男性年轻人,吴佑行和沈逸立刻进入紧张的状态。这个人走到公交车站,瞟了一眼谢长运和他的黑色大提包,然后走到谢长运身边。

"准备动手!"吴佑行下令道。

"等等!"沈逸阻止,"没看见这人身上什么都没带吗?"

果然,此人两手空空,没见带证物,他走到谢长运身边拿出烟来,询问借个火,点上后边抽烟边等了两分钟,估计没车了,于是转身走向另一个路口。

"不对,这人既然是等车,怎么往公交车行驶的反方向走呢?"吴佑行严肃地说。

"吴队,这个人走到我这边来,在树底下拿了一个文件袋。"小汪汇报。

"吴队观察力还是厉害啊!"沈逸点点头朝他眨着眼恭维道。

此人拿着文件袋再次返回车站,就在和谢长运再次对话的时候,吴佑行下令动手抓人,几人四面包抄,男性年轻人见此阵势束手就擒,计划完美实施。

"沈总,咱们这就打道回府了。"将嫌疑人抓到车上后,吴佑行这才露出满意的笑容,点上烟后还不忘递给沈逸一支,"审问出什么再通知你,有时间坐坐,和你聊天很有意思。"

"吴队客气了,这年轻人好像处事老到啊,你需要花点心思撬开他的嘴巴才行。"沈逸提示道。

"这你就不用操心了,咱办法多着呢。"说完吴佑行挥了挥手,上车疾驶而去。

深夜,江城大信集团的办公大楼仍然灯火通明。

一辆宝马轿车停在门口,大堂接待经理恭敬地上前开门。车内走出一位老年妇人和壮年男子,两人脸上都挂满焦虑,他们径直走向集团董事长胡保川的办公室。

待他们坐下,秘书倒好茶水,这才发现办公室刚刚翻新装修过,室内金碧辉煌,豪气的大班桌和整套红木家私,墙上挂满名人的字画,无不显示出集团的大气和修养。

随着一辆迈巴赫轿车驶入停车场，一位成熟的男性在两三个黑衣人的簇拥下步入大厅，值班的工作人员面带微笑倾斜身体以示敬意。

一进办公室，看到母子，他连忙脱下外套，坐到他们跟前来。他的抬头纹较深，已逾耳顺之年，两鬓斑白，却气宇不凡，精神矍铄，此人正是董事长胡保川。

"老姐姐，我才和几个朋友谈了点项目的事情，一接到你的电话，我就立刻放下赶过来了，到底是什么事这么急啊？"胡保川解开衬衫袖口的扣子挽起来。

"唉，还不是为了你这个不争气的外甥。"老妇人横了一眼一旁的儿子，苦巴着脸说。

"我说你小子又怎么惹你妈生气了？"胡保川质问道，黄浩心虚不敢接话。

"老三，我知道你忙啊，但你不能不管这事儿，这可是关乎我一家老小的大事。"

"姐姐，你直说吧，是不是手头紧啊，钱不是问题。"

"钱能解决的还是什么大事啊。这小子在外面惹了麻烦。"老妇人沉默一下，半天才挤出几个字，"他……他是狩猎人……"

"他是狩猎人？！"胡保川听见这个名字突然心头一颤，他心里非常清楚，自己黑白两道都有人脉，圈子里早就传开了，这个组织前段时间在江城惹出了不少祸事，两条人命都和狩猎人有直接或间接的关系。他一巴掌狠狠拍到黄浩的脑袋上，"真是你干的？！你是不是脑子有毛病啊？"

黄浩没说话，算是默认了。胡保川站起来攥着拳头，来回踱步，事出突然，他半天还没转过弯来。

"你……你真是个不争气的东西！"胡保川一股恨铁不成钢的语气，痛斥道，"你知道这事是好玩的吗？要坐牢的！你到底搞到什么程度了？"

"三舅，我知道错了还不行吗。一开始本来只打算和外面几个兄弟玩玩的，这两年搞过十几家吧，也没出过什么事儿，那些有钱人好弄，一个电话、一个视频基本就把钱给打过来了。没想到我们越玩越上瘾，越做越大。昨天做的一个案子，被公安局的盯上了，有个兄弟被抓进去，可能会牵扯到我。"

"你那些是什么兄弟我还不知道吗？就是一群不务正业的混混，年轻人就应该从基层锻炼，当初叫你到集团来上班，给个经理的位置慢慢做多好，现在怎么说也是中层了。但你非要跟他们混在一起说开什么公司，你倒好，开公司还要把自己开到牢里去。你看看，你妈多大年纪了，还要为你操心。"

"哼，你公司那什么经理岗位，月薪5000块，还不够我吃饭的，我混个屁啊，你叫我在兄弟面前怎么抬得起头来，别人会说你这么有钱有势力的舅舅，就给你5000块？"

"那也总比你做这些下三滥的事情强得多！"胡保川怒斥。

"我怎么下三滥了？你做的事高大上，那就干净？！"黄浩不服气地怒怼。

"你！"胡保川被他气得胃疼，一屁股坐到沙发上，"好好好，你理由多，我扯不赢你。"

"哎哟，你们别吵了，我的心脏病都要发了。老三，我就这一个孩子，他要是被抓进去了，叫我们老两口儿怎么活？当姐姐的是教育有问题，但事情到了这里，算我求你帮帮忙，你肯定有办法的，看怎么把这事瞒过去吧，之后这小子再做违法的事，要死要活我都坚决不会再管了。"老妇人一把鼻涕一把泪，搞得胡保川骑虎难下。

"老姐姐既然开口了，我还有什么话说呢？你们先回去吧，让我想想怎么办。"胡保川思量了一会儿，拿起手机翻出通讯录，他突然想到一个有本事的人，分分钟就能解决这事。

清晨，吴佑行心情特别好，还没到上班的时间就来到办公室叫来小汪，昨晚抓到狩猎人与谢长运接头的那个小子，特地嘱咐小汪加班连夜审讯他，吴佑行非常想知道审出什么有价值的线索没有。小汪来到吴佑行的办公室，一脸疲惫，像才睡醒似的，还没等吴佑行张口问，他就满脸不高兴地向吴佑行汇报。

"这个人叫吴福，32岁,昨晚我们将他带回来后,按照你的指示准备审问，结果还没问几个问题，李局长就过来了。"

"李茂盛？"吴佑行的脸色立即变了。

"对，李局来了后问我们在干什么，我看这事也盖不住了，就照你的话如实跟他说了。他有点生气，然后命令我停止审问，又来了几个人将吴福带走了。我没你那么有能耐，他说的话我不敢不执行啊。"

"带走了？带哪里去了，说了没有？"

"我哪里知道，昨天他那个想吃人的鬼样子，我不敢问。"

又是他？吴佑行满腹狐疑，立刻冲到李茂盛的办公室，这次不仅没敲门，还发力过狠，连门都快被撞破了。

"吴福呢？你把他带到哪里去了？"吴佑行看见李茂盛坐在里面，不管不着他正在处理什么别的事了，劈头盖脸就直接把话甩了出来。

"什么吴福？"李茂盛写着东西，头也不抬。

"昨天行动抓的一个人，跟狩猎人有关的一个人！"

"什么行动？什么狩猎人？"李茂盛故作疑问。

"李茂盛！你这是明着刁难我对吧？！"吴佑行抬高音量。

"你是干什么的？你是经侦支队的，狩猎人的刑事案件和你有关吗？什么行动？谁批准你的行动了？"李茂盛放下笔，抬起头，也来了气。

"好好好，我不跟你执拗，你把人交给刑侦队继续查吧，我跟他们做个交接，这事我还真查出东西来了。我给你写检查报告。"

"人我已经放了。这事你以后也不准查了。"李茂盛似乎下了命令。

"什么！！人你给放了？这人不能放！谢长运涉嫌制造、贩卖假钞，这个吴福昨晚拿着物证敲诈谢长运100万，昨晚我们是抓到个现行的！人证、物证俱全，你把他放了是什么意思？！"

"什么物证？你们拿回来吴福的资料夹里只有一些公文，但是，谢长运这事我已经知道了，犯罪无疑，准备立案起诉。"

"你说什么呢？！那资料夹里是公文？"

"你自己看看。"李茂盛从桌子上拿出那个资料夹，确实是昨晚吴福手上拿的，但是里面都被换成了××公司的行政公文。

"这个吴福供述，自己从公司出来，到公交车站点等车，看见了谢长运，于是上前找谢长运借火，这个时候被你和小汪抓了。你们无聊吗？没事去抓一个路人？经侦最近很闲还是怎地？"

"李茂盛，你！"吴佑行咬牙切齿，一时语塞，他心中清楚，孙小兵的摄像头监控到的影像模糊，因为有借火的事实在先，所以第二次交易的时候，除了谢长运没人可以证实吴福在和他交易。整个过程确实没有东西可以证明抓捕的前提是无误的。

"我告诉你，你擅自行动，我要给你处分，你乱抓人，导致的社会影响我还要追究你的责任。"李茂盛指着吴佑行斥责道。

"随你的便!"吴佑行甩了一句,怒不可遏,头也不回地转身离开了。

当晚,江城的一处私人会所里。胡保川在自己新买的一套价格不菲的高档茶具上泡了一小撮大红袍,通过一番娴熟的茶艺技巧,茶叶色香俱全,令人产生品尝的欲望。

对面坐着脱下警服、一身休闲装扮的李茂盛,李茂盛端起口杯在鼻子前闻了一闻,满怀享受地一饮而尽,略带烫口的茶水和茗香一起在咽喉部位翻滚片刻即顺下食道,让人回味无穷。

"真是好茶,好茶啊。"李茂盛抿了抿半湿的嘴唇。

"这是别人上个月才从武夷山带回来送给我的。"胡保川面露傲色,神秘地又加上一句,"极品,首长才能喝到的东西。"

"呵呵,首长能喝到的就不算什么了,胡总能喝到的才算极品。"李茂盛趋炎附势的水平不低,喝茶也不忘拍拍马屁。

"咱们弟兄谁跟谁,有我胡老三的,就有你李茂盛的。"胡保川也不忘回敬一下。

"我现在还记得哩,要不是1993年胡总在汉街的关照,我说不定现在还是个街道小警员。"

"别这么说,那个时候咱们是相辅相成的关系,鱼和水谁都离不开谁,你虽然只是汉街治安管理员,但你是最基层的一线执法者,没有你的帮助,我们怎么能在改革开放的初期捞到第一桶金,并且在汉街那个鱼龙混杂的地方扎下根,要说你才是我大信集团有今天成绩的股肱之臣啊。"胡保川又给李茂盛倒了一杯茶,这杯茶看来不喝也得喝了。

李茂盛非常清楚胡保川说这些话的含义,自己在1993年的处境说不好听点,就是汉街的一名保安,还是编制以外的,遇到胡保川后,觉得他为人非常义气、大方,有领袖气质,各种厉害的手段运用自如,一般喝一次酒就能将人心顺服,便心甘情愿地为他干事。李茂盛也不例外,巴结他也是为了自己的前途,果然,胡保川没有食言,在他的黑道关系和金钱政策下,自己的官越做越大,在侦破一些案件,政绩的提升上,胡保川明里暗里做笼子贡献不少。而李茂盛这些年也知恩图报,协助胡保川做了一些违法的勾当,同时李茂盛也明白，小打小闹的事情自己能够掩盖下来，但是涉及重大的违法或者命案，还是想尽量搪塞避开，否则小则官位不保，大则把下半辈子赔进去，内心多少还是感觉不值。

"胡总说得是。"

"老李啊，我外甥那件事应该没什么问题了吧？"胡保川问道。

"哦，放心。"李茂盛放下茶杯，赶紧回答，"黄浩那个朋友不是叫吴福吗？人我已经放了，吴福拿的资料我给换成公司文件了，真的资料我都销毁了，应该查不到黄浩的身上。"

"什么叫应该啊，我觉得要肯定我才放心啊。"

"是肯定，是肯定。只是……黄浩那边您还是告诉他要他收手算了，这事不能继续下去了。"

"那小子我已经再三告诫他了，不争气的东西，我做的什么事，那都是高级商务；他做的什么事，都是市井之徒下三滥的勾当，这个不成器的东西，尽做些丢老子脸面的事。"

"还有个事儿，可能会有点麻烦……"

"有什么搞不定的事就说。"

"我们局里经侦大队有个叫吴佑行的，是个油盐不进的家伙，我明里暗里多次警告他，他似乎不把我放在眼里，主要我是怕他追着这事不放，再给咱们添麻烦啊。这事就是他查周伟的案件之后，不知道从哪个旮旯角落里绕来绕去找到的线索。"

"这个叫吴佑行的，哼哼，我见过，小鸡一只，不就是个队长嘛，你李局长搞不定谁还能搞定啊。找个理由把他做了不就得了。"

"把他做了？"李茂盛冷汗直冒，这是要杀了他吗？

"唉，不是那个做。"胡保川看他的理解有问题，微笑着摆摆手，"咱们做啥事的人？是做大事的！能不找大麻烦尽量不找。我说他就是只小鸡，小鸡有翅膀也飞不起来，懂吧？我就是要你把他拉下来，成个闲人，闲人也不碍事，让他回家种田去。"

"哦哦，是这个意思啊，明白明白。"

"要我配合随时说啊，这都是小事。来来来，趁热继续喝，好茶至少要七泡……"

第三十八章

沈逸的计划无疑又成功了。虽然自己在吴佑行面前自暴身份，但根据沈逸的判断，吴佑行拿自己一点办法都没有，首先没有证据，没有社会举报无法立案。其次自己干的事情并不在经侦的管辖范围内，吴佑行完全没有必要狗拿耗子，当用实际行动澄清自己不是狩猎人后，吴佑行的目标将完全不会放在自己身上。最后自己手上的资源，完全可以多次帮助吴佑行在经侦领域成功完成一次次抓捕。沈逸之所想即吴佑行之所想，这就是沈逸赖以生存的致命武器——人心。

但是沈逸并没有完全放松下来，此时，甚至可以说是有些焦头烂额。

最近也不知道怎么搞的，自从他跟张博搞掉两个金融公司之后，就像捅了马蜂窝一样，麻烦事一件一件地找上门来。

先是甘肃传来消息，学校刚刚建成，就出现了质量问题，需要重建。紧接着河北富平也传来了消息，说灾势严重，学校又不能上课了。他刚刚把到手的钱打过去，百合村的干爹刘山又发来短信，说买教材的钱不够了。沈逸在每一个收到资助的村子或者学校里都有一个牵头人，他们是将沈逸通过劫富济贫的行为打来的钱用到实处的人，而百合村的牵头人就是自己最为信赖的干爹刘山。

接二连三的坏消息，完全打乱了他的计划，如果再多两家出现问题，那么后续的资金将无法衔接得上。而资金的断裂，凭借各个资助的区域牵头人的个人能力将无法控制局面。

这天，沈逸把孙小兵和张博都找了过来，让两人分头去调查最近搞的两家公司"宜利贷"跟"钱钱来"的后续情况。他隐隐感觉可能会和动这两家公司有关。

孙小兵很快就传来了消息，告诉他宜利贷的后台很硬，是大信集团下属的一家公司，至于张博那边却是迟迟没有消息。等他找到张博的时候，才发现他根本就没有调查，而是在逍遥谷中花天酒地。

后来他亲自调查，果然发现"钱钱来"也是大信集团最新并购的公司。

别人或许不知道大信集团的真面目，但沈逸整天都跟这些金融集团打交道，如何能不知道？大信集团，这家公司是沈逸从进入金融领域之前就如雷贯耳的，掌门人叫胡保川，人称三叔，扩张手段极其凶狠，凡是被他盯上的小公司，在金钱和淫威的攻势下，几乎一夜之间就能改头换面，被兼并后的小企业负责人往往因乘上大信集团这条大船，而获得更为丰厚的回报和发展。所以在替天行道的初期，由于实力不够，沈逸便不敢贸然与大信集团产生半点关系，凡是有大信参股或生意往来的公司，沈逸不会轻易下手。沈逸同时清楚，大信集团没有一点是干净的，倒不是不动它，而是就目前的现状来说，就算拉上王浩明的恒记一起对抗，也只有三成的把握，何况目前沈逸还只是孤军作战，一只蚂蚁想要扳倒一头狮子谈何容易。

想到这里，沈逸感觉胡保川如果知道有人在动他的子公司，以他的"人心"，必然眼睛里容不得一点沙子的，肯定会调查到底，找出幕后是谁在搞鬼，他可不像吴佑行那么好对付，届时张博、孙小兵可能都会有麻烦。

恰巧百合村有对自己曾经亲手带过种植技术的小夫妻发来喜帖，邀请他回去参加他们的婚礼，还要他当证婚人。沈逸暂时也想不了那么多，毕竟自己亲手扶持的百合村才是最重要的，正好回去看看是什么情况，也好再做打算。

马不停蹄，回村里。一来到学校，沈逸就被孩子们给包围了，一个个争先恐后地向他汇报自己的学习成绩。

每当看到这些可爱的孩子，沈逸觉得不管自己吃多少苦都值得。这时候，上课铃响了起来，沈逸便想去听听课。

毕竟这里实在太过偏远，想来这里支教的老师实在少得可怜，长期住在这里的老师都是附近镇子的，自身文化水平就很有限，自然教给孩子的东西受到局限。其实最近他也正准备去高校走动一下，打算说服一些马上毕业的大学生，以进入恒记集团成为正式员工为承诺，鼓励他们来山区支教一年。毕竟现在大都是被浮躁社会干扰过的年轻人，不像自己那个时候有梦想、有担当、有追求。

如果是以前的话，孩子们肯定会簇拥着他去教室，可谁知上课铃一响，大家就自顾自地跑开了，竟然没有一个孩子理会他，这种反常的情况多年没有出现了，沈逸竟然有一种失落感，还勾起了他的好奇心。

伴随着疑问，他径直走到教室外，里边传来了一位女老师的声音，教授英文课，口齿清晰，发音也是出乎意料地准。

"学校里什么时候来新老师了？"沈逸纳闷，便凑到了窗户前，正好和女老师的目光碰撞到一起，四目相对，如果在前一秒还是互不相识的陌生人，那么这一秒之后，他们仿佛好久不见的老友，相视一笑，朝对方点了点头，而沈逸则露出那招牌式的憨笑。

江心的到来，最不意外的就是沈逸。在沈逸一手的掌控下，江心逐步抽丝剥茧般地层层深入了解沈逸所做的一切。如果说沈逸在吴佑行面前自暴是为了脱身的话，那么在江心面前的自暴却是为了——塑造一个更为贴切、真实和理想的江心。从今天讲台上的表现来看，不用问任何人，他也能发现江心已经找到了自我，找到了人生的价值。

当几番与江心接触后，沈逸从各方面开始对她进行评估，评估的结果令沈逸非常满意。在他的心中，一直以来都想找一个替代陈晓琳的人，虽然陈晓琳在某种意义上是无法替代的，但百合村是沈逸一手浇灌倾注的心血，它必须有人去呵护，而且是一个值得信赖的人，江心就是一个完美的替代者。

沈逸就这么静静地站在教室外的窗子边，欣赏着江心的表演，如果说她已经沉醉在江心别出心裁的宣讲课程中，倒不如说沈逸已经被她的语言、形体、气质和修养所折服。

下课之后，江心根本没有打算第一时间招呼他，还没走出教室，便被孩子们给围住了。每个孩子都问着稀奇古怪的课外问题，这些小小的拥趸者，已充分用肢体语言表达了对江心老师的喜爱。

江心耐心地解答，脸上始终挂着温暖、慈爱的微笑。

公司里的人都说江心是个漂亮的女人，但沈逸一直都没有在意，或者说他从来都没有仔细打量过江心的五官或者肤色，连他自己都不知道为什么对任何女人都是这个态度。直到今天才发现，原来他衡量女人的标准根本就不是外在的美，而是内在的修养。外在的美是可以通过各种手段改变的，随着时间的推移或增或减，然而内在的涵养一旦获取，便深刻在骨子里，永恒不变。而今天，沈逸才由衷地觉得，她真的很美！

直到第二节课开始，孩子们这才放过江心。

"看不出来嘛，平日里大大咧咧的沈总，竟然偷偷建了这么一个世外桃花源，令人惊讶。"江心走到了沈逸的身边，一双妙目不停地在沈逸的脸上转来转去，丝毫没有感觉到快一个小时的站立而带来的疲惫。

沈逸憨笑反驳："我也没有想到，原来女警察除了舞刀弄枪厉害之外，竟然对孩子也这么有耐心。实在难得啊。"

江心脸上的笑容瞬间就僵硬了："你……你怎么知道的？"话音刚落，江心便下意识地捂住了自己的嘴巴。如果沈逸在试探，这无疑等于承认了自己的身份，太失策，"我哪里露出破绽了吗？"

沈逸安慰道："没有什么大的疏漏，其实，你表现得很不错了，资质不错，潜力也不错。只是……"沈逸假装低头沉思了一会儿，"上次晚上消夜，我不是说会带你看很多小孩子吗，只是你怎么自己来了？"

"这……"江心莞尔一笑，也调侃道，"我不是着急想看嘛。"

两人很默契地漫步在山野之间。江心时不时地看看沈逸，然后闷着发笑。

"有啥好笑的，像个傻姑一样。"

"我像傻姑？我是回想起沈总你在恒记时的表现，那个表演的功底令人折服，彻底把一个大傻子的形象表现得淋漓尽致啊。什么借着捐款卖女孩，都是故弄玄虚，做给我看的对不对？你真有一套啊，沈总。"

"好一个丫头，想明白了吧。"

"不过在百合村的几天里，我确实对你的看法有很大的转变。回忆和你接触的这两个月，我现在才发现，你在恒记的表现只能用四个字形容，大智若愚！"

"你过奖了。"

"嗯，其实你也不用继续对我遮遮掩掩的了，你既然希望我去了解你的所作所为，那就应该把我想知道的都告诉我。"

"你问吧。"

"好。首先你为什么在知道我是警察后还把我引到这里来，不怕我告发你？是什么让你这么用心做劫富济贫的事情？最后，我问你，琳姐呢？"

"一个个来吧。"沈逸走到山间，深吸一口新鲜的空气。

"我的父亲在1993年被一个诈骗集团陷害致死，这是我紧跟王浩明的原因，以此作为掩体行使劫富济贫的工作；其次我和陈晓琳大学时有支教的志向，来到这里后发现我们的能力远远不够帮助这里的孩子，所以将两个工作结合起来，就是你现在看到的。

"故意让你知道，把你引到这里来，是我的用意，没错。目的嘛，其实不用我说，你已经体会到这里的温情、淳朴、真挚的乡间风情，不用我赶你走，你都不想走，对吗？"

江心若有所思地点点头。沈逸说得一点没错，自己爱上了这里还有那些孩子。

"陈晓琳的故事，在这里你也听到了不少。她和我是大学同学，大学里我们就确定了恋爱关系，我们都是初恋。我们有共同的志向和理想，与其说我们选择了这里，倒不如说是这里选择了我们，我们通过双手耕耘着这里的每一个地方，不论是山间小路，还是绿荫树林，或是潺潺清泉，都有我们爱的痕迹。"

"那你们为什么不在一起？她现在到底在哪里？"江心急切地问道。

"凡事都有两面性，我做劫富济贫的事情，确实给百合村带来翻天覆地的变化，同时也给我们带来了隐隐的灾难。城市里那些金融领域的企业家，能够有成就不是偶然的，每个人都有精明的头脑，并不那么好骗，没有一个人是心甘情愿地被人要挟的。最初百合村的牵头人是陈晓琳，为了保护她，她用假身份信息开设了银行账户，所有的款项都打入她的账户，但被要挟的企业老板出重金找黑社会的人查我们，甚至守在银行等待我们去取款，此时陈晓琳的身份就面临暴露的危险。而我身在江城、心在百合村，每到此时我总是非常担忧和焦虑，没有人在身边保护她，将她一个人丢在这里用生命担负着重任，我自感愧疚，而陈晓琳却不以为然，从来不感到害怕。"

"你的内疚出于爱她，而陈晓琳姐却为百合村是真心在付出。"

"我们多次为此事争吵，我劝她放下百合村的事情，到江城打工，这样既能为百合村做贡献，又能保证自身的安全。但她固执己见，其实是放不下那些被她悉心教导的孩子，他们的感情非常深厚。在权衡所有利弊之后，我下了一个狠心又艰难的决定彻底伤害了她。"

"你做了什么？"

"逍遥谷……"沈逸低下头，紧闭双眼。

"你又用那损招？"江心想起沈逸左拥右抱的情形。

"嗯……"沈逸点点头，"我提出分手，找了个女人故意做给她看，伤了她的心。我说我的父仇一天不报，就一天无法给她归宿，我身在江城除了劫富济贫，还要跟王浩明尽力做事，没精力跟她耗，我只喜欢及时行乐，我有钱可以换很多女人来满足身体的欲望，不喜欢围城单调的生活……"

"你！你怎么能这样？这话真是多伤害她的心啊！"江心气愤地说。

"没有办法，为了保护她，让她从此退出来，才是对她最好的保护，只能忍着泪。"沈逸的眼中流露出伤感，"她终于答应了分手，我给了她一笔钱，让她自给自足生存下去。她提出几个要求：第一，希望去我工作的城市工作，但不会影响我；第二，希望我有空就去看看她；第三，我们相见不说话、不交流；第四，她再也不会回到百合村。我答应了她。"

"这么好的一个女孩……你真是狠心……"江心不想再听下去，此时她已经满面泪水，"不过，我完全能够理解你的做法，你是爱她才会这么做。沈总，你现在还爱她吗？"

"我不知道……分手好几年了，我用工作麻痹着自己。她现在开着一家茶吧，偶尔疲累了，思绪混乱了，我会一个人晃过去，点上一杯茶，看看她忙碌的样子，然后坐在那里发呆半天。"

"我觉得，"江心擦擦眼泪，"你们的感情很特别，仿佛已经升华到另一个境界。虽然不交流，但琳姐是希望你来的，你也想去的，你们只有一个目的，就是看看对方，对方安好，即是自己最大的满足。"

"你不仅懂我，也懂她。"沈逸情不自禁地搂住江心的肩膀，遥望远方。

百合村的一户小院子里张灯结彩，鞭炮响个不停，这里很久没有迎来喜事了，这对新人分别叫张欣和张晗。他们是曾经在沈逸的帮助下引入柑橘种植技术，自力更生脱贫的小青年，是地地道道的本地人，他们的努力和上进感染了沈逸，所谓自助者天助，这个道理无论用在哪个方面都是成功的法则。

沈逸和江心被奉为上宾坐在了主桌上，桌子上摆满了乡亲们从自家拿出来的最好的食物，有花生、瓜果、土猪腊肉、土鸡蛋等，孩子们三五成群玩着鞭炮，乡亲们围坐一团拉拉家常，土灶在柴火下烧得辣红等待食材入锅，新娘一袭红色的衣裳，头上扎着红花，脚上穿着红鞋，和帅气的新郎一起，端着酒杯敬天敬地敬父母，满是一派温馨和感动的景象。

"怎么样，从没见过吧？"沈逸推了推旁边的江心。

"好朴实，好感动啊。"江心看得入神，满脸喜悦。

"你啥时候想结婚了，我就在这里给你办一场，怎么样？"沈逸打趣道。

"我觉得挺好的啊，这才是最最正宗的中式婚礼。我一点也不喜欢大城市的奢华，什么豪车，什么豪宅，什么高级酒店，全是虚荣。这里看似资源匮乏，却是最淳朴、最真实的，没有负担的爱情。"江心有感而发地说道。

"嘿嘿，说得好。这里的生活，其实和物质、和钱、和谁都没关系，就是两个人的柴米油盐和朝夕相处，这就是他们眼中最质朴和纯真的爱情。"沈逸说。

"沈哥，还有新来的江老师，我们给你们敬酒，谢谢你们能参加我和梅子的婚礼。"这时，新郎和新娘已经端着酒杯走到主桌来。

"祝福你们，新婚快乐，早生贵子，为咱们百合村的发展再添一分力。"沈逸和江心端起酒杯一饮而尽。

"我们要沈兄弟表演个节目怎么样？"一旁的乡亲提议道，"哈哈哈，唱首歌吧？！"

对对，沈哥表演个节目！"沈哥来一个！"旁边的人也跟着起哄。

"我来得确实有点匆忙，也没给新人带礼物。这样吧……"沈逸笑着看了看江心，"江老师是名牌大学的高才生，很有水平的，我们就在现场给这对新人作首诗，麻烦付老师请出文房四宝，为新人提笔祝贺一下吧。"付老师是村里的老"学究"。

"哈哈哈，好啊好啊，咱们乡下人也没啥文化，有幸得到两位作诗，付老先生帮咱们写出来，我以后啊就挂在咱们客堂里，让来的人都羡慕着呢。"新郎非常高兴地说道。

"哎呀……我哪儿会作诗啊。"江心轻轻拉扯住沈逸的衣角，尴尬地说。

"也不叫什么诗，随口，就随口说说，没事，只押个韵就行，图个开心，来吧。"沈逸鼓励道。

沈逸酝酿了一下情绪，四周的人也非常有默契地安静下来，大家都目不转睛地注视着他。沈逸抿了抿嘴，眺望了一会儿美丽的山村黄昏的景色，注视了一会儿眼前的这对新人，情感瞬间就迸发出来："淑女恬，佩红颜，百合花下有爱恋。上河图，搜神书，四海同喜送祝福。"

说完他满怀期待地看着江心，江心心有所想，非常有灵气地眨眨眼，回应道："平布履，二郎曲，相公嬉笑肩上举。樱桃嘴，青翚眉，云髻明眸画红瑰。"

"好好好！"村里人都拍手叫好，付老师手持羊毫笔快速地在白纸上书写出来。

沈逸笑着点了点头表示对得不错，他又来回踱步，接着说道："桃花谷，渔舟逐，清溪之畔攒云树。碧波靓，绿水荡，丝丝炊烟爬木房。"

江心惊触在了那里，从沈逸的诗句中，她仿佛感受到了自己向往已久的人间仙境世外桃源，这是一种对人类生活和美好世界的终极追求。

"芙蓉帐，耕锄忙，世外烦恼丢一旁。鸟比翼，枝连理，半缘修道半缘……"江心几乎是脱口而出，但是最后一个字似乎如鲠在喉。

付师傅拢上前来，透过一副架在鼻梁上的老花眼镜，笑着对江心说："是君字吗？是元稹的那句'取次花丛懒回顾，半缘修道半缘君'吗？"

江心不知所措地愣在那里，她不知道是否合适，因为元稹的这首诗，是为悼念亡妻而作，最著名的一句是上半部分的"曾经沧海难为水，除却巫山不是云"，意思是经历过无比深广的沧海的人，别处的水再难以吸引他，暗指对其一往情深，无人可替。自己在沈逸的感染下，脱口而出，另一方面也情不自禁，暗有所指。

沈逸憨笑着拍起手来，大呼："精彩精彩，江小姐真是才高八斗啊。这么难的句子都能对得上来，实在不简单。"然后他回头朝付老先生耳语了几句，付老先生心领神会地在白纸上落下最后一个字：你！

好一个"你"，江心暗暗感叹沈逸反应敏捷，一个"你"字，替代"君"字，瞬间从遥远的时代穿越到今天。一个你，可以认为既是你也是我，或者是所有人，不仅押韵，还显得不那么尴尬。

"沈哥和江姐的好诗，加上付先生的好字，哎呀，我一定要裱起来，挂在客堂，让来的亲朋好好羡慕一下。"新郎欣喜不已。

此时沈逸的电话响起来，拿起手机一看，是吴剑涛打来的。他是富平的一名教师，义务支教十五年，没有领过一分钱工资，甚至把自己家的钱都拿出来贴补孩子。正是因为这样，沈逸才放心地将牵头人这个重要的岗位交给他。

"你好，老吴。"

对方沉默了片刻，才说道："我爸……我爸他……"

听到对方是一个女孩的声音，沈逸有些不好的预感，连忙问究竟发生了什么事情。那女孩低声哭泣："我爸让我告诉你，他对不起你，他把你给的钱全都输光了，以后没脸再见你了。"

"你爸爸他没什么事吧？"沈逸急于想知道老吴的情况。

过了好一会儿，那女孩才可怜巴巴地说道："昨晚我爸一夜未归，今天回来之后就脑出血住院了。刚刚他一醒来，就嘱咐我一定要打电话给你。"

说到这里，她就连忙挂断了电话。

沈逸一惊！难道这个地方也出事了？联想之前各个地区出现的事件，他觉得很不对劲，不会这么巧合地一股脑儿都出现。沈逸这才想起自己这次回来的目的，连忙去了养父母的家里。他发现，家里一个人都没有。

正手足无措的时候，便听身后的江心疑心重重地说道："难道刘山又去赌码了？"

"赌码？"沈逸猛然转过头来，一字一顿地道，"不可能的，我爸妈连新衣服都舍不得买一件，怎么可能去赌码呢？"

话虽这么说，但也不是那么笃定。最近几个礼拜以来，刘山要钱的次数越来越多，可他到百合村来却发现没有什么已经完成或者正在建设的项目。更蹊跷的是刘山每次要钱都是发短信，从来不打电话，当沈逸把电话打过去之后，他也只是应付两句，然后就很快挂断了。

如此几次之后，沈逸也察觉到了不对，但说什么也不敢把刘山跟"挪用公款"联系到一起，更不敢相信他会拿着本来用于学校和孩子们生计的钱去赌博。

"本来我也不相信，可那确实是我亲眼看到的。我和苏青一起跟过去的，那次报警后，赌场被停了，昨天我又去过一次，躲过风声后还是照旧开着。之后我侧面问过赌场的老板，刘山一直是那里的常客，最近两个礼拜几乎每天都要去……"

江心的话刚刚说完，沈逸便挥手打断了，他的脑袋里突然非常混乱，需要立刻整理清楚。于是他俩跟新郎新娘打了个招呼，速速离开酒席，赶往干爹的家中。

虽然沈逸跟刘山并没有血缘关系，不过老两口儿在他即将饿死的时候对他伸出了援手，在沈逸的心目中，早就已经把他们当成了自己最亲的人。对于这样的父亲，沈逸实在不愿意相信他会做那种事情，可是，江心言之凿凿，事实就摆在面前。

看着他脸上的表情不停地变换，江心也猜出了他的心思，便说道："我觉得这件事很古怪。"

沈逸想着心事，根本就没留心她在说什么，只是应付着"嗯"了一声。

江心继续说道："我跟当地派出所的民警同志了解过情况，伯父去的那家小赌场是刚刚开的，而且在此之前，当地也从来没有发生过跟网络赌博有关的案件。"

"网络赌博？"

"是的。赌场老板说刘山之所以到这个小赌场来，是因为自己用的是老人机，无法上网，于是跑老远到这里来，委托别人用网络买码。我还了解到，这个网络买码的行当是最近才兴起的，赌场老板只经营线下做小庄，而线上的人租借赌场老板的场地，并且给予一定租金。而且我还在刘山的手机上发现很多推送的赌码短信息，很明显，刘山可能被人有的放矢地盯上并带入的。"警察出身的江心分析案件还是那么井井有条，逻辑清晰。

沈逸顿时一凛。

从1994年开始，网络才在大城市中逐渐普及，在这种小地方就更加不用说了，直到现在都还没有网络。一个远离网络的老人，怎么可能跟网络赌码扯上关系呢？

而且，刚刚在电话中，那个小女孩也说吴剑涛之所以脑出血住院，就是因为把他的钱输光了，这两件事有联系？两个老实本分的人，突然在同一时间迷上了赌博，这难道是巧合吗？

不，世界上根本就没有什么巧合，所谓的巧合只是因为人们还没有找到它们背后的联系而已。

江心似乎也对这件事情很感兴趣，用手捏着下巴在屋中踱来踱去，脸上露出思索的表情。很快，她似乎突然想到了什么，道："沈总，你有没有想过，或许……或许这事和王浩明有关。你还记得那个赌博网站吗？"

"王浩明？"听到这个名字，沈逸心中一颤。

要不是江心的提醒，他还真忽略了王浩明。上次聚力金融的陈永昌背着自己，秘密和王浩明开发赌博网站，自己虽然明里提醒、暗里调查，也为这事争吵过，但王浩明并不承认自己涉足赌博领域，而是以技术开发和维护费的形式，为他们做技术支持。

正想着，沈逸的父母已经回来了。

老两口儿的日子虽然过得很节俭，但感情一直都十分融洽，至少沈逸从来没有见过他们吵架。然而此时,两人却明显在闹别扭,母亲一边走一边喋喋不休,而父亲则始终低头不语。

如果是在以前,见到沈逸,老两口儿一定会开心地迎上来。但是此时,见到沈逸之后,刘山的头反而埋得更低了,十足像一个做错了事情的孩子。

赌,无非就是为了用最快的速度赚钱,每个人都是一般的心思。不过沈逸了解刘山,知道他绝对不是那种爱钱贪财之人,否则他也不会抛弃好好的生活,来到这鸟不拉屎的深山中。

"咱爷俩聊聊?"沈逸把刘山拉到了一边。

刘山没有说话,只是亦步亦趋地跟在他的身后。偶尔抬起头来时,脸上也是红红的。

说是聊聊,其实沈逸一句话都没有说,只是让苏青准备了酒菜,两个人一杯接一杯地喝着。孩子犯了错,长辈可以训斥,甚至可以动手,但如果长辈犯了错,做小辈的也没有资格去教训他,只能慢慢开导。

几杯酒下肚,刘山才终于把事情的始末和盘托出。原来,几个礼拜之前,他去镇上买教材,等车的时候发现一群人围拢在一起,很热闹。他心中好奇,就凑了过去。所有的骗局都是从好奇开始的,只是刘山并不明白这个道理。

第三十九章

原来那些人玩的是"十二生肖",就跟之前江心见到的那种一样,只不过刘山在网上买。刚开始下注的几个人全都押中了,刘山的心中也跃跃欲试,再加上旁人的怂恿,终于忍不住下了注。跟别人一样,不管他怎么押,一定能够中,不过半个多钟头的时间,他就净赚1000多块。

回来之后,他没有把这件事告诉任何人,只想偷偷赚笔钱,给孩子们多请两个老师,也好给儿子一个惊喜。以后,他每天都要找借口去一次镇上,刚开始的几天都在赢,可慢慢地,手气越来越差,不但没有赢钱,反而把以前赢的全都输了进去。

他本想收手,可是又无法说服自己,终于沉沦于其中。

终于,自己的积蓄输光了,他也渐渐死心了。可这个时候,又有人找上门来,告诉他其实赌码全都是庄家操控的,号码都在《码经》中,只要能够破译，就能中头奖。

刘山已经在不知不觉中成了一名赌徒，失去了最基本的思考能力，听了这番话之后喜出望外，马上就买了一本《码经》，又请人破译之后，果然一买就中。

这时候的他，仿佛看到了希望，可《码经》竟然实行了限购，下注金额太小的人根本就买不到。他迫切地想翻本，更何况一旦掌握《码经》就一定能够中奖，于是偷偷挪用了善款，心想只是借一借，赢了就还回来。

结果可想而知，那么一大笔钱砸下来，庄家怎么可能让他赢？

刘山不死心，只当是偶尔的一次意外，便继续挪用善款，结果一次都没有中过。

沈逸沉思着。赌博这种东西是会让人上瘾的，甚至比毒品还要凶。一旦沉浸在其中，别说是善款了，就算是救命的钱他也会拿出来作为赌资。这就是人性的弱点，越是贫穷，越是希望用最快的方式致富，可结果却往往是另一个极端。

本来，沈逸开始还以为刘山只是偶尔赌赌而已，可将这个故事原原本本地听完之后，他却渐渐发现到了古怪。

自己在江城混迹这么多年，什么赌没见过，什么套路没看过，这种步步为营的侵入手段，会使人越陷越深，这明显是一次有组织、有预谋的诈骗行动。

他们先是聚众赌博吸引刘山的注意力，然后故意让人押中，其实那些押中的人全都跟庄家是一伙的，这叫"暖场"。有人白送钱，恐怕是个人都得去捡，刘山自然也不例外。从他第一次下注开始，就已经上当了。为了让他陷得更深，庄家故意让他多赢，等他完全痴迷之后，这才开始"宰杀"。

从中奖，到《码经》再到所谓的"限号"，显然都是有人一步步操纵的。

刘山其貌不扬，穿着也很简朴，有谁会对这样一个人如此煞费苦心？显然是有针对性的。

沈逸又给吴剑涛打去了电话，从小女孩的口中断断续续得知，吴剑涛的遭遇跟刘山可以说基本如出一辙。

到此时，他心中的猜想已经得到了验证。一场没有硝烟的战争也许就从这里开始了。

跟刘山聊了一夜，直到确信他以后不再赌博之后，沈逸和江心才一起上

路返回江城。

一路上,江心满怀心事。从情感上来说,她同情沈逸的遭遇,也欣赏他无私帮助穷人的精神。可是从职业角度来说,她是警察,而沈逸是诈骗犯,她不抓他也就算了,竟然还跟他一同上路,实在有些不成体统。

"你真不怕我抓你吗?"等车的时候,江心终于问出了那句一直想问的话。

"不怕!"沈逸似笑非笑地说道,"因为我会让你抓。"

对沈逸的回答,江心颇感意外,此时看到沈逸那自信般的笑容,她不但一点都不排斥,甚至有点欣赏。她觉得就算沈逸让自己抓,自己也未必舍得抓,不论他说的是玩笑也好,还是由衷地这么认为,江心都觉得此时要还沈逸一个默契。

"哼,百合村的老师才没空去抓你!"

……

第四十章

从警校毕业的时候,吴佑行曾对着庄严的国徽发誓,要为维护司法秩序奋斗终生,这么多年来,他也一直是这样做的。所以当那个狩猎人插手"周伟诈骗案"的时候,他才那么迫切地想要揪他出来。

今天他一直在无助和郁闷中徘徊。昨晚通过沈逸的帮助,好不容易抓到一个叫吴福的狩猎人成员,正要审讯的时候,居然被李茂盛"恰逢其时"地知晓并破坏掉,那种心情就像自己守候了一整夜抓到的猎物,居然被自己的亲戚放走了,还轻描淡写地不在乎。

他怎么也无法将李茂盛和狩猎人组织联系到一起,一个是曾经立下赫赫功勋的公安局领导,一个是做着龌龊又见不得人勾当的非法组织。同样,李茂盛打破案件的说辞也令吴佑行无力反驳,吴福如果没有拿证物来,那么完全可以说是一个借火的路人。

浪费了一次绝佳的机会,吴佑行有点烦自己当时为什么不把计划想得更周密一点。这时,小汪突然闯进来,神秘兮兮地对吴佑行说:"老大,那天吴福不是被咱们抓了吗,后来李局来带走了,但是他忘记拿自己的外套了,我在外套里发现了一张标明叫'魅夜'的小酒吧的门禁卡,一查这家小酒吧的老板叫黄浩,再查黄浩,你猜我发现什么了?"

"麻溜的,快说。"

"黄浩原来是大信集团胡保川的外甥。你说巧不巧?"

"咦,这有点意思了啊。"吴佑行站起来捏着下巴原地打了几个转,"你说这吴福有门禁卡,酒吧的老板是黄浩,黄浩又是胡保川的外甥?"

"你说这吴福的狩猎人会不会就和大信集团的胡保川有关系呢?"

"没关系,也得有关系。这不是令人想入非非吗?"吴佑行的眼睛打着转,"看来这胡保川是怎么也逃不掉干系了,周伟案件、狩猎人案件、金融犯罪都和他有直接的关系,这盘棋下得可够大的啊。"

"老大,李局最近盯着你呢,你不怕又触了他的霉头?再说咱们手下没人了,不要鸡蛋碰石头吧。"小汪提醒道。

"你不就是人吗?你跟着我干就能成。"吴佑行狠狠地捏紧拳头,"我还真不信邪了,我就算是个乌龟壳子也要磕掉老虎的一颗牙。"

吴佑行从沈逸的所作所为中领悟到了一个道理:要想维护正义,就不能在乎一时的得失,大义面前,不拘小节。

整理了一下思绪之后,他将抽屉中尘封已久的档案全拿了出来,然后从里边找到了一个绰号叫作大头的人。这个大头就是吴佑行的"黑色线人"。

线人分两种,一种是江心这种卧底,她是警局的在编人员,属于红色线人,另一种就是大头这种。

他们一般都是社会上的小混混,因为一些小事被警察查处,为了减轻处罚、赚点外快,就给警察提供一些江湖上的小道消息,为破案提供线索。

将大头的档案浏览了一番之后,觉得该是激活他的时候了,吴佑行便径直去了红黑蓝夜总会。

严格来说,大头并不是大信集团的员工,只是一个小小的保安混上正规编制,下班之后,这个夜总会就是他这种人常来的地方。

他之所以来这里,只是替人当"马夫"而已。工作也很简单,就是把坐台小姐送到指定的酒店,然后赚取一些车马费。

此时,大头刚刚把车停好,跟往常一样守在了红黑蓝夜总会的外面,闭着眼睛,似乎把自己想象成了那些一掷千金的客人。

吴佑行赶到的时候,大头就是这样一副模样。

吴佑行没有打扰他,趁着他没发觉,直接钻进了他的车内,然后拉开汽车抽屉就开始拍照。听到快门的声音,大头这才回过神来,一眼看到了车中的吴佑行,就像被踩到了尾巴一样,慌忙地上了车:"大哥,你怎么来这里了?"

一边说着,他还小心翼翼地环视了一眼四周的情况,这才慢慢把车门关上。

像他们这种捞偏门的,最忌讳跟警察打交道,如果被同行的人知道,他马上就会丢掉饭碗,也难怪他会如此紧张了。

吴佑行就是看中了这点,所以才堂而皇之地找上门来。

大头的表现完全在吴佑行的意料之中,于是他开门见山地说道:"刚才在电话中说得不清楚,所以我才想跟你当面聊一下,那件事你考虑得怎么样了?"

一听这话,大头的脸都绿了,差点就哭出来,道:"大哥,求你饶了我吧,这么多年来,我还从没听说过有人敢触三叔的霉头。上次我告诉你他的身份,就已经是冒了生命危险,你还不放过我?"

他越说越激动,声音也不由得提高了几分。

"难道这个三叔就真的这么可怕吗?"吴佑行心里暗暗嘀咕,嘴上却说道:"既然你不想帮忙,那我也不勉强你,只不过上次的案子我还有些细节没弄明白,需要你帮个忙。"

说着,他把从抽屉里带来的档案拿了出来。

"你这……吴队,你说话不算数啊,上次你明明说过不再追究的,你这是……"

他似乎想给吴佑行安个罪名,可是想了半天之后,愣是没想出来。

吴佑行似乎没有听到他的话,径自打开了档案,一边看还一边摇头,嘴上自言自语道:"介绍卖淫罪,两年;扰乱社会秩序,一年;藏毒,十年。"

听到这里,大头哭笑不得:"我哪有藏毒了,你别诬陷我。"

吴佑行也不跟他废话,直接就把汽车的抽屉拉开了,里边果然有几包类似白粉的东西。

大头顿时感觉头皮发麻,其他的事倒还好说,只要在里面表现好,用不了一年半载也就出来了,但是一旦跟毒品沾边,那这辈子可就毁了。

抽屉里有什么东西,他自然是一清二楚,不用想也知道这是吴佑行故意放进去的,当即一脸正经地说道:"这是干吗?弄几袋面粉来,我帮你还不成吗，何必要玩这么大呢？"

听了这话，吴佑行收起严肃的面相，笑道："你早这么干脆答应，也就用不着我花这冤枉钱了，买这包奶粉的钱要从你的奖励中扣。"

说着，他将那两包奶粉拿出来，扔到了大头的怀里。

不得不说，这一招还真是管用。

按照吴佑行的计划，就是让大头从大信集团内部提供证据，不过现在看来，计划要稍微改变一下了，以他保安的身份，根本不可能得到什么真正有用的资料，所以只能偷。

毕竟事关重大，毁掉自己的前途事小，一旦惊动了胡保川，以后再想找他的罪证可就难上加难了。略一沉吟，吴佑行便给小汪打去了电话，让他从旁协助。

这个小汪从警校毕业之后就一直跟着吴佑行，可以说是他最信任的人了。当得知吴佑行要从大信集团偷东西之后，小汪也很意外，但最终还是答应了。

当天晚上，一行三人趁着夜色来到了大信集团外。

晚上的时候，只有两个保安值班，两人轮流巡逻。

像他们这种临时工，从来没有把保安当成主业，只不过是找个能拿薪水的地方混日子而已，所以能偷懒的时候，绝对没有人拒绝。

大头早已换好了制服，几乎没费什么力气，就成功跟人换了班。

轮到大头巡逻的时候，小汪正好黑了监控，便一步步指导大头去大信集团的档案室。

通过这几天对大信集团的调查，吴佑行已经确定了他们金融犯罪的事实，只要有一份档案做证据，他就有把握把胡保川给钉死。

此时，小汪突然指着保安室监控的屏幕说道："你看，有些人上电梯了。"

听了这话，吴佑行也是一愣，大头明明说过，大楼晚上只有两个人值班，怎么会莫名多出一些人？

心中想着，他向屏幕看去，果然见到五六个保安上了电梯。切换到其他镜头之后，发现各个楼道也被人把守住了。

"不好，我们上当了！"吴佑行惊觉道。

权衡了一下利弊之后，吴佑行马上叫停了行动，让大头赶紧撤下来。

同时，他的心中也是暗怪自己太过大意。大信集团既然暗地里做着犯法的事情，保安系统自然会非常严格，怎么可能这么轻易地就被人混进来？

说不定除了那几个明显的监控之外，在其他的角落中还有针孔摄像头，而那两个保安只不过是摆设而已。

等他刚刚挂断电话，保安室的门便被人给强行打开了。

外边的人不少，个个手上都拿着家伙，身上的衣服也整齐划一，看起来并不像是普通的流氓混混。

吴佑行和小汪从保安室撤到大厅里，装作来找人的模样假意四处找什么，面对的一群人把他们围了个严实。吴佑行用江城话眨巴着眼问道："搞么事啊？"

从人群中走出一个人来，看起来似乎是个小头目。他也不说话，只是冷笑着上下打量着吴佑行跟小汪，过了好一会儿才问道："你们鬼鬼祟祟地在这里干什么？"

其实在他们开门的时候，吴佑行的心中就已经想好了对策，当下不慌不忙地说道："是华贸公司请我们来调试设备的，吴佑行随即亮了亮手提电脑。怎么，你们是华贸公司来接待我们的吗？"

"华贸？"那小头目"哼"了一声，狠狠道，"这里是大信集团的总部，在江城谁人不知、哪个不晓？你跟我在这里装什么蒜？！"

"原来这里是大信集团呀。"吴佑行恍然大悟地点了点头，道，"唉，都是联系人不好，连公司地址都说不清楚，既然这样的话，那我就不打扰你们了。"

说着，他便要走出去，结果那小头目一把拉住了他的胳膊，二话不说就将他拉了出去。

其实，以吴佑行的身手，完全可以甩开他，但他并没有那样做。

因为对方人太多，而己方只有两个人，一旦动起手来，必定占不到便宜，想跑都跑不了。

刚一出大门，吴佑行便把那小头目推到了人群中，叫了一声："快跑！"便一马当先地向马路上跑去。

在来之前他已经观察过地形了，马路对面是一个城中村。吴佑行虽然没有去过，不过在江城，像这样的城中村比比皆是，里边的巷子四通八达，正是脱身的好地方。

想跑？谈何容易，花坛、水池边全都是人，早就已经把这里围得水泄不通。

吴佑行心中也是暗暗吃惊，不知道对方怎么会突然间来这么多人。就算是安保再严格，也没必要请几十个人来吧？

他觉得这阵仗就像是设好的套子，等着他们钻进来，但此时根本就没有时间去考虑这些，因为已经有人挥舞着钢管向他冲了过去。

那人的速度好快，等吴佑行回过神来的时候，他已经来到了身边，想要跑是不可能了，只能下意识地低了一下头。

那钢管几乎是贴着他的头皮挥过去的，只要再低上半分，吴佑行就免不了要头破血流。

他知道，对方是铁了心要整死他们，下手何等地重，多说也是无用，当下屏息凝神，瞅准城中村的方向便跑了过去，一路上也不知道受了多少拳脚。

人一旦被逼到了绝境，就会爆发出无穷的潜力，一时间竟然没人能挡住他。

眼看着就要冲出人群，身后突然有人喊道："吴队……"

只喊了一声，便没了动静。

吴佑行回过头来，只见小汪已经被众人团团围住，片刻之间就倒在了拳脚之下。

小汪是因为他才来这里的，吴佑行怎么可能留下他独自一个人跑开？当即也不迟疑，马上就折返回去。

那些人似乎早就已经料到他会折返回来，立马就有三个人向他包抄了过来，每个人的脸上都带着戏谑的笑容，似乎是在说：天堂有路你不走，地狱无门你闯进来。

先下手为强，这是亘古不变的真理。既然选择了要同生共死，吴佑行也不再保留，一拳就打在了对面一人的下巴上。

下巴上的神经最为密集，所以在擂台上的时候，上勾拳往往最为致命，再加上此时吴佑行全力一击，一拳就把那人打晕了。

这一拳也彻底拉开了混战的序幕，不过片刻之间而已，吴佑行的身上就已经落满了鞋印。

也多亏他是警察，经受过专门的训练，如果换作普通人的话，说不定早就站不起来了。

"这样打也不是办法，就算不被他们打死，也得被耗死不可。"心中想着，他的脚下却不迟疑，很快就移动到了小汪的身边，一把将他从地上拉了起来，而后二人背靠着背站在一起。

"擒贼先擒王！"吴佑行喝了一声，便朝小头目冲了过去。

显然，那些人也没想到吴佑行在这个时候还会选择主动进攻，一时间竟然没有反应过来。吴佑行正是抓住这个机会，三步并作两步就已经跑到了那个小头目的身边。

也就在这个时候，他的后腰突然被人给抱住了，几乎是在同时便有无数拳头朝自己打了过来。

"难道小汪这么快倒下了吗？"这个念头只是在脑海中闪了一下，根本就没有给他留下细想的机会。

慌乱之中，他也不知道从谁的手里夺下一根钢管，然后本能地挥动了起来。

看着他拼命的架势，其他人也不敢一拥而上，相互看了一眼便纷纷后退，只是围成了一个圈子，不让他随意离开。

在人群中扫了一眼，并没有见到小汪，吴佑行松了一口气，估摸着他应该是趁着刚才混乱，已经逃走了。

去掉心中的包袱，他也渐渐冷静了下来。

此时，他若是大声说出自己是警察，恐怕也没人敢把他怎么样，然而这样一来，自己的行动可就彻底暴露了。

念及至此，话到嘴边他还是没有说出来，只是暗暗盘算脱身之计。

这话说起来容易，做起来可就难了。毕竟人都是肉长的，要想以一当十，显然不可能。

似乎是看出了他的心思，那个小头目也是嘿嘿冷笑，道："看不出来，你小子还挺难缠，我劝你赶紧求饶，省得一会儿多吃零碎苦头。"

吴佑行知道，他之所以劝自己投降，只是因为不想耽误太多时间，如果有人报警的话，他们也没有好果子吃。

吴佑行的确很聪明，然而他也只猜对了一半而已，趁着小头目跟他说话来吸引注意力的时候，身后已经有人冲了过来，二话不说就踹在了他的屁股上。

这脚的力气好大，吴佑行直接就倒在地上，而后滚入了花坛里。

众人顿时笑作一团，过了好一会儿才有人想起进去查看，可当他们拨开草丛之后，哪里还能见到吴佑行的踪影？

原来那些花花草草都有半人多高，正是在它们的掩护之下，吴佑行这才能够无声无息地逃走。

在众人的追赶下，吴佑行一口气钻入了出城中村中，也直到这个时候他才感觉到手臂酸麻疼痛，一点力气都使不出来。

继续在羊肠小道的城中村中跑了几个弯道后，吴佑行确认自己安全了，他马上给小汪打去电话，结果却是关机的提示音。

没办法，他只好先回警局。

用了一个多小时才回来，一进警局，他就立刻成了众人的焦点，众人诧异地看着他，没说一句话。

"小汪回来了吗？"吴佑行心事重重地问道。

还是没有人回答。副局长李茂盛就走了进来，脸色铁青地说道："你到我的办公室来一下。"

吴佑行心中一颤，有了一种不好的预感。

刚刚进到办公室，李茂盛便一拍桌子，道："你小子把我说过的话当成放屁是不是？"

李茂盛一生气就喜欢拍桌子，吴佑行都有些麻木了，但此时却连大气都不敢喘一下，因为他已经意识到了情况有些不对劲。

"刚刚接到医院的电话，小汪他……"说到这里，李茂盛也是狠狠咬了咬下嘴唇，看样子似乎随时都有可能上来咬他一口。

"小汪到底怎么了？！"吴佑行无视他的愤怒，只想知道小汪有没有事。

"他被人打晕了，丢在路边。"李茂盛不无惋惜地说道，"你到底在做什么事情？！你到底得罪了什么人？！打小汪的人非常凶残，他们故意不打他的要害部位……而是用重物反复击打他的双腿，医生说恐怕要截肢，就算保住双腿，恐怕也会残废！"

吴佑行只觉得脑袋里嗡嗡作响，一片空白和麻木。

"我早说过，早就说过！叫你不要不停指挥，不要查那些没用的事情，好说歹说你都不听！小汪还这么年轻，你这不是害了他的下半辈子吗？！"吴佑行一句都没听进去，只是愣愣地站在那里一动不动，任由李茂盛乱骂一通。

"把证件交出来吧。"最后李茂盛下了命令。

"李局，为什么要交出证件？"吴佑行这才如梦初醒。

"你作为国家公务人员，收受贿赂，我已经提交你内部审查了。明天你暂时停止手上的所有工作。"李茂盛指着角落中的几条香烟说道，"你这小子到底是怎么了，你犯法了，还犯得不轻你知道吗？收受贿赂是什么罪你自己清楚。"

"收受贿赂……"吴佑行自言自语，他没有绕过来是怎么一回事。

李茂盛继续说道："刚开始有人向我举报，我还不信，可证据摆在面前，就算是我想不相信也不行了。这些东西都是从你办公桌里搜出来的，你还有什么好说的。"

"嗯……"吴佑行无力反驳，只感觉天已经塌下来了。

交出证件，他也不知道自己是怎么离开警局的，就像整个人被抽走了灵魂一般，如同僵硬的行尸。

……

自从吴佑行被停职之后，警局的破案率明显降低了不少。不仅如此，在警方对经济案件的侦破工作松懈后，江城里的一些中小金融公司开始蠢蠢欲动，某些之前因风声紧而暂停的违法业务和项目，都有死灰复燃的迹象。其中口袋金融是在沈逸拿到证据给到吴佑行手上，又在警局莫名其妙地遗失，得以漏网的；而聚力金融是吴佑行获得了内部情报，得知他们也按时往贫困山区账户打钱，为了揪出狩猎人组织，当即制订了一系列计划，唯独没有想到沈逸还有一个黑客做帮手，最终还是导致功亏一篑。当然这事在后来吴佑行知道沈逸不是狩猎人后，就没有继续追查下去了，毕竟聚力金融也是沈逸的"财主"之一，睁只眼闭只眼，只当送了个顺水人情。

如今吴佑行收受贿赂的事情在整个金融圈中传开，聚力金融更是在这一点上大做文章。他们声称吴佑行曾多次向公司进行敲诈勒索，不过他们始终都没有屈服于对方的淫威，这才让吴佑行对他们怀恨在心，想方设法地要搞垮他们。

这一招果然管用，如今的聚力金融不但重新开业，甚至还被树立成了不攀附权贵的典型。

这免费的广告效应带来的除了名声之外，还有巨额的财富。陈永昌跟王浩明共同研发的赌博软件在网络上大受欢迎，每天都会有几百人注册，瞬间会员就增加到上万了。

在全国四亿网民之中，这个注册量当然算不了什么，只不过他们所带来的收益却是不容小觑的。因为陈永昌做的是私庄，开大开小当然是自己说了算，这个世界上没有哪一个庄家会输钱。而拥有几千人的会员基数，每个人平均充值一个不痛不痒的1000元，赌资也上几百万了，这是一个很可怕的数字。

在江城市，十有七八的大生意都是在逍遥谷谈成的，但也有例外，比如此时的王浩明跟陈永昌就选择了一家普普通通的饭店。

以前，王浩明都避免直接跟陈永昌接触，因为他的名声不好，王浩明害怕惹到麻烦。可自从吴佑行被停职的消息放出来之后，江城金融行业也暖风频吹，王浩明清楚，这个时间没人会来管聚力金融这些公司，和他们吃个饭肯定是问题不大。

酒过三巡，陈永昌这才说道："这次请王总吃饭，一是为了感谢，第二也是想谈下一宗买卖，不知道你有没有兴趣？"

明知道四周没人，但王浩明还是忍不住四下看了看，谨慎地说道："我是生意人，送上门的买卖自然是再好不过了，但是你知道，违法的事情我可不干。"

听了这话，陈永昌刚喝下一口酒，随即指着旁边的一个箱子，道："钱你都收了，这里没外人，又何必装腔作势呢？"

王浩明一下子站了起来，道："陈总，请注意措辞。那是你付给我的技术维护费，并不是你赌博赢来的钱，这点你要弄清楚。不踩底线是我的原则，如果你让我做什么违反法律道德的事情，那就恕不奉陪了。"

说着，他便向外走去。

陈永昌急了，连忙将他拉了回来，装模作样地说道："刚才我是跟你开玩笑的，其实我也是个本分的生意人。"

第四十一章

话虽这样说,但其实他的心里早就把王浩明骂了几百遍——给脸不要脸，油盐不进。

生意人，没有不精明的，但像他这么小心谨慎的人，陈永昌却还是极少见。话又说回来，虽然他谨慎，但也贪婪，这两者有点矛盾，但在谨慎中贪婪，才能称为商场的老油条。

又敬了一杯酒，他这才把自己的想法娓娓道来。

原来，自从他们研发的赌博软件赚钱之后，其他人也纷纷眼红，不到一个礼拜的时间，网上就出现了十几个同类型的赌博网站。

赌徒就那么多，蛋糕就那么大，陈永昌的利益自然大为缩水。为了提高竞争力，他才不得不来找王浩明帮忙。

王浩明何等之精明，一下子就明白了他的意思，便道："要想提高竞争力倒也不是什么难事，只要网络推广策划做得到位，玩家自然会找上门来。"

陈永昌一拍大腿，道："我请你来就是为了这事儿，你恒记集团在全国研发了这么多的软件、App，只要神不知鬼不觉给我塞一个链接进去……"

这要求明显过分，说到这里，他用手在脸上挠挠，脸上已经出现了不好意思的笑容。

"我想你多半已经请黑客试过了，但并没有入侵成功，对吧？"王浩明颇为自信。恒记研发团队在自有服务器网络安全和防火墙安全策略上定制级别是最高的。

陈永昌也不否认，心悦诚服地说道："还是王总的技术团队厉害，我请了那么多人，愣是拿你们的防火墙没有一点办法，这不才上门求你嘛。"

说着，他拿出一张支票，悄悄塞进了王浩明的手里。

王浩明看了一眼上边的数字，也微微有些吃惊，但还是退了回去。

是人都喜欢钱，王浩明自然也不例外，不过他有自己的原则。

如今，恒记集团所研发的程序、软件，安全级别都是最高的，这跟王浩明严谨的个性分不开。也正是因为这样，恒记集团才能够在短短几年的时间里就将品牌打响。如果他在自己的产品上增加漏洞，无异于砸了自己的招牌，到最后反而得不偿失。

"嫌少？"陈永昌怫然不悦，语气也冷了几分。

做生意讲究和气生财，王浩明自然不想把关系闹僵，连忙诚惶诚恐地摇了摇头，道："凭着陈总的面子，就算是不给钱，我也一定会帮你。"

一边说着，他一边留心着陈永昌的神色，直到他面色缓和，这才话锋一转，道："不过嘛，这点我也爱莫能助，我们所有软件都有自动的修复系统，任何木马都会自动查杀，就算是我也没有办法。不过我倒是可以给你出个主意。"

毕竟是恒记集团的掌舵人，王浩明的讲话很有分寸，既不把话说绝，又给对方顾全了颜面，即便是陈永昌也无法发火，只是连声叹气。

恒记集团名声在外，目前市面上十有八九的金融软件都是他们研发的。

金融最重要的是什么？就是客源。

毫不夸张地说，恒记集团庞大的用户群就是金融公司的命脉。

陈永昌自然不甘心，可听了王浩明的话，仍抱有一丝希望问道："那我倒要听听王总的高见了。"

王浩明道："倒也不是什么高见，只不过是新壶装老酒罢了。我建议你可以在游戏软件的技术上开发一些周边产品，比如真人聊天室什么的。"

听了这话，陈永昌也是眼睛一亮："你的意思是……"

他的话还没说完，王浩明就连连摇头，道："我可什么都没说。"

跟聪明人说话最是简单，根本就不需要把话挑明，只要稍微一点拨，对方自然就能领悟。

两人心照不宣地笑了笑，随即又开始对饮。

喜欢赌博的人很多，但大部分人都没有条件去澳门、去国外，所以网络赌博就成了他们最好的选择。

只不过面对冰冷的屏幕，赌博的热情也会大为降低，这对赌博游戏的开发者来说可不是一个好消息。

第二天，陈永昌就请了一些人，在赌博游戏的基础上开发了网络聊天室，又请来了一些漂亮的主播。

这些主播的工作倒也简单，只要唱唱歌、跳跳舞，偶尔来点福利便很容易就能带动赌徒的情绪。

等赌徒的情绪被带动起来，她们便会陪着赌徒一起玩儿。语音及时沟通，让人感觉就像真的置身于赌场中一样。

这一招果然管用，陈永昌很快就尝到了甜头，不过心里还是惦记着王浩明的用户资源。

不只是他，几乎所有金融公司都对恒记集团的资源虎视眈眈。只是，王浩明这人实在太过古板，从来不越过红线，否则恒记集团的收益在一年内就能翻倍。

面对这样一个人，恐怕谁都对他没有办法。

如果是在以前的话，陈永昌也一定会对王浩明敬而远之，但现在不一样了，因为王浩明已经跨了一次红线。

他虽然表面上帮陈永昌筹备赌博网站，只收取一点技术维护费，但两人都清楚，这只不过是巧立名目而已。

常在河边走，哪有不湿鞋。在陈永昌看来，王浩明的贪婪已经没过了他的谨慎。

于是，接下来的几天中，陈永昌便想尽办法地跟王浩明套关系，三天一小宴，五天一大宴，不知道的肯定把他们当成了一家人。

可是，任凭陈永昌使尽浑身解数，依旧没能说动王浩明。这可难为了陈永昌，最近频频接触王浩明，除了自己那点生意，背后还有大佬指派自己的任务，任务没有完成，大佬那边可不好交差。

高档私人会所内，胡保川又泡好了茶。

"三哥，王浩明油盐不进，我搞不定啊。"陈永昌心中忐忑不安。

"怎么没搞定？他不是喜欢钱吗？"胡保川问道。

"喜欢是喜欢，但他说我要的那是恒记的核心竞争力，不能给。"陈永昌道。

"什么核心？不就是看着恒记最近发展得好，资源也不错，强强联合，做点大的事情，众人拾柴火更高嘛。"

"唉，他做人做事低调得很。"

"这小子，还是一副胆小怕事的模样，年轻时是这样，现在依然没有变。还是那时候好啊，大家都没钱，都努力花心思挣钱，像自家兄弟一样亲密无间。"胡保川想起二十几年前刚刚到江城时，他们一起打拼的样子，有点感慨。

"三哥既然和他关系那么好，他为啥不给面子呢？"陈永昌说。

"你有提到我吗？"胡保川敏感地问道。

"有谈到大信集团的事儿。"

"前几次我也通过别的公司找过他，他也是没理会合作的事。所以这次我叫你去，他应该知道你是我派去的吧？"

陈永昌察言观色，立刻找到胡保川的弱点，似乎可以为自己的失败找一个理由脱身，连忙添油加醋地说："是啊，我当然提到是三哥的意思，但他说三哥生意已经做这么大了，干吗还觊觎他那点资源……还说……"

"还说什么！"胡保川的脸色开始有点不对。

"还说大家现在各走各的路，井水不犯河水，也互不相欠，就不要再往来了。"陈永昌越说越心虚。

"好你个王浩明，真是给脸不要脸，当初要不是我，你还在街边要饭呢！你是敬酒不吃吃罚酒，非要老子动手搞死你。"胡保川动怒道。

"我觉得王浩明根本就在您的掌握中啊。"陈永昌建议道，"他不是和我有赌博网站的开发合作吗？"

"你是说，把他拉下水？"胡保川立刻反应过来。

"对！王浩明被我拉下水，不是轻而易举吗，大不了把我的聚力拉下去陪他一块儿。我这不是还有三哥您吗，我进去您捞我出来，我以后就死心塌地跟着三哥。"陈永昌不惜以自断双臂的拍马方式搞得胡保川满心欢喜。

"嗯，这个方法好，王浩明那小子一辈子要面子，当了婊子还立牌坊，这次把他脱光，看他还能有什么能耐！"胡保川气愤地说道。

"这事不急，我来安排，您先消消气。"陈永昌觉得搞王浩明这事差不多了，就开始转移话题，"这还有个好消息，您上次不是说有人在背后搞您下面的几家公司吗，还有我被敲诈的事儿，都是同一个人干的。外面的人称他是侠盗，人暂时还没找出来，但按照您的计划，我通过查找汇款记录，找到了这些山区的接头人，然后分步骤地把他们引入我的网络赌博游戏中，果然，很多人深陷其中无法自拔，直接把那些汇过去的钱又输到我的口袋里来了。"

"哼，几个山野村夫，能有什么定力。人天生都有赌性，到这个世界里来就跑不掉。"

"还是您的计谋好啊，这一年里我被敲诈的钱不仅都回来了，还多出好多呢。这下可轮到所谓的侠盗着急了吧。"

"我第一次听你说这个人，就觉得很有意思，能想到用这种方式去搞你们，很聪明，有头脑，我要是身边多一个这样的人，岂不是如虎添翼？这样吧，你放出消息，就说我三叔喜欢这样的聪明人，如果愿意帮我做事，前面的事情我既往不咎，否则，哼哼，我叫他行侠仗义，恐怕自身都难保！"

"三哥心胸宽阔，难怪能成大事呀！"陈永昌竖起大拇指。

……

江心非常清楚沈逸担心的事情，于是约定回到江城后兵分两路彻查赌博网站的源头。沈逸利用自己的社会关系暗中调查，并监视王浩明的举动。而江心则是回警局中看看有没有关联案件的线索。

其实，王浩明的底细沈逸早在进入恒记集团之前就已经摸过底，可奇怪的是，王浩明的记录只能追查到 1994 年前后，就像这个人在此之前是不存在的一样。当时那个时代，毕竟人口普查不严格，而且农村的人陆续进入城市里，没有买房的限制，所以街道档案并不齐全。

汉街派出所的档案室可能有当年留下的资料，只不过那个时代的档案全都没有录入电脑，于是她每天下班之后便去汉街派出所档案室，一个抽屉一个抽屉地查看。汉街正好归属于区局管理范围，而自己的老领导马宏林就在区局，江心和马宏林打了一个招呼，自己每天出入这里就没有限制了。

其实她的心里也知道，这么做跟大海捞针没有什么区别，可她目前能够做的事情也只有这些了。这时有个警员进来，拉开一个抽屉，从里面拿出一沓文件便要离开，这警员叫刘小辉，江心一愣，这不是跟这吴佑行干事的吗？局里跟吴佑行关系最铁的老是跟在他身后转悠的两个尾巴，一个是小汪，一个就是刘小辉。他怎么会在这里呢？

"是吴佑行叫你来的？"江心拉了拉他的手臂。

"你是？"刘小辉疑问道。

"吴队也是我的领导，我是外勤人员。我叫江心。"她还是处于卧底状态，不方便表露。

"哦哦，你好你好。"

"你在这儿干吗？"

"小汪不是出事了吗？吴队叫我过来拿档案。"

"小汪出事了？怎么回事？"

"你还不知道吗？吴队也离岗了……"

什么？吴佑行也离岗了？江心突然发现自己离开江城的这段时间里，发生了很大的事。她拉住刘小辉坐下来，刘小辉将最近发生在吴佑行和小汪身上的事情，一五一十地都讲给江心听，也包括和沈逸的合作。当获知市局警队的变故后，江心心里非常不是滋味，她有点自责、有点内疚，吴佑行是自己的直属领导，在他深陷困难的时候，自己没能帮到他，没有发挥一点卧底的作用。当知道沈逸主动接触吴佑行，并积极提供帮助，成功抓捕狩猎人的接头人后，江心反而内心宽慰了不少，由衷地为沈逸的行为点赞叫好。她自始至终都发自内心地觉得，他俩是绝配，而吴佑行愿意与沈逸合作，江心暗暗觉得吴佑行一定也和自己的想法一致，沈逸不是坏人，而是值得拉拢的合作伙伴。

江心随意扫了一眼刘小辉拿的文件，只见文件上注明"1992""1993""1994"等年份字样，她知道这都是20世纪90年代的档案。虽然档案室中的资料很多，但都有摆放的规律，大部分以年代为区分。

江心问道："等一下，你拿这些文件去干什么，是要复查吗？"

刘小辉说："你不知道吗？按照所里的规定，资料、证据若跟大案无关，超过二十年就应该清理掉，不能占据资源。吴队知道这些快要被清理，所以要我过来拿。"

江心自然知道这条规定，便道："可是据我所知，1992年有一桩诈骗案。这些资料里面说不定存在线索。"

于是，也不管刘小辉答不答应，江心便把档案接了过来。翻过之后，她大为吃惊，因为刘小辉抱的这一摞档案，真的与1992年的诈骗案有关。

这是怎么回事，难道这是巧合吗？又或者……江心拨通了吴佑行的电话。

"江小姐啊，什么事？"吴佑行的声音有点沙哑，无力中透着疲惫。

"吴队，我在档案室，碰到小辉了，你是不是在查1992年的诈骗案件？"

"这么巧，你也在查？"吴佑行也有些惊讶。

"你在哪里？我来找你。有很多事情要跟你说。"

"你过来吧，我在一个名字叫挚爱的茶吧里。"

第四十二章

挚爱茶吧。从那天离岗之后，吴佑行每天都会来到这里，他也点一杯茶，然后静静地坐在某个角落里沉思，说不好听点叫发呆。最近发生了太多事，最令他难受的是小汪，他去医院看望的时候，小汪还是昏迷不醒，医生说双腿算是保住了，但以后可能会对走路的姿势有影响。也就是说，小汪残疾了。这都是因为自己的冲动而造成的严重后果。

此次事件的败露，并被人设伏，线人大头最可疑，但是吴佑行也无力去求证,现在他无官一身轻,每日晃荡在街头,警局里唯有刘小辉还问候一下他,其他人恨不得躲得远远的。这样的挫折吴佑行也算是经历过几次,见怪不怪了,好歹心态还能调整得过来,他心中总记得沈逸说的那些话,所以来到茶吧,也想给自己一个冷静思考的空间。沈逸说得对,做好事、抓坏人,不分身份,理念一致,信仰不同,求同而存异。吴佑行从来没有忘记自己的信仰,以前的案件,他总在坏人面前把自己比作弹簧,压制得越狠,到时候就反弹得越高。

招惹到三叔是板上钉钉的事。三叔之所以设伏搞自己,没有鬼才怪,越是这样,越有问题,这又是沈逸说过的话。想到这里吴佑行笑了,笑自己曾经的一根筋不转弯,笑沈逸真的好聪明有远见。

此时江心和刘小辉来到了挚爱茶吧。

"吴队,你最近还好吧?"江心还没坐下就关心地问。

"废话,没看见我还活着嘛。"吴佑行嘲讽道。

"这说的什么话,没事就好啊。没事我们继续跟着你干。"江心边说边从包里拿出1992年的文件,递给吴佑行,"我在车上就迫不及待地把案件翻出来看了,发现了问题,你一定感兴趣。"

"什么? 1992年,沈逸的父亲沈富春就是这个案件的受害者?那我明白了。"吴佑行恍然大悟,"沈逸一直在金融行业混迹,通过各种手段找他们的碴儿,原来是想找出杀父的真凶啊。"

"是的。此次我去被沈逸资助的恩施百合村弄清了全部的真相。"江心指着文件上的内容继续说道,"你看,这个案件分明已经结了,主谋被判刑十五年。"

"这不对啊,既然已经判刑了,沈逸不会不知道,那他为什么还要查下去呢?"

"其实,答案在这里,你看,主犯杨德才,年龄68岁。"江心点了点嫌疑人的资料。

"原来如此,68岁? 1992年? 现在还健在? 这不是开玩笑嘛。逗小孩玩呢?他识字吗?还能玩出这么巧妙的骗局。"吴佑行嘲笑道。

"就是,所以这个案子要么是牛头不对马嘴地结案,要么是被人故意顶包了。沈逸这么聪明怎么会看不出来。"江心自信了解沈逸的洞察力。

"这么说,这个主犯现在还逍遥法外。"

"此次去百合村通过沈逸还了解到一件事情,沈逸在小时候玩的收音机的磁带中发现了当年他父亲和诈骗犯的一段对话,这个罪犯的音色中有一个明显的特征。"

"嗯,继续说下去。"

"这个特征是曾经得过哮喘病后,喉咙不适造成的轻微咳嗽。"说完江心等待吴佑行的反应。

"王浩明?"吴佑行没有让江心失望,立刻反应过来。

"是的,只能是怀疑王浩明,但没有证据。另外,王浩明前一个月接了一个聚力金融的项目,明里是开发网站,暗里是游戏类的赌博网站。沈逸曾经质疑过,王浩明解释恒记只提供技术开发和维护,并不参与经营。这个赌博游戏网站已经渗透到沈逸旗下的那些贫困山区里了,多个地方的牵头人深深陷入赌博困局,无法自拔。"

"这似乎都有关联啊,看起来是有预谋的。"吴佑行分析道。

"我感觉也是这样,现在就看沈逸怎么和这个相处十几年的大哥把话挑明来说了。"

"美女、帅哥,你们要点什么喝吗?"陈晓琳走过来面带笑容地询问道。江心和刘小辉各点了一杯咖啡。

"觉得这老板娘怎么样?"吴佑行面带欣赏小声地对江心说。

"一般吧。"江心横了吴佑行一眼,现在哪有那心情打量美女。

"她叫陈晓琳,能言善辩,真不错,唉,可惜被沈逸捷足先登了。"吴佑行失落地说。

江心这才猛地回头,看着陈晓琳的身影呆若木鸡。

"喂,怎么了?唉,女人真是善变的动物,你不才说一般嘛,现在比我看得还津津有味。"吴佑行打趣道。

"她就是陈晓琳?沈逸的女友,不,前女友?"江心问。

"对啊,就是她。你怎么知道的?"吴佑行不解。

"原来她在这里,那沈逸也会偶尔来这里坐坐吧……这里环境真好!她真是个心细又能干的女人……"江心此时才开始环视这家小店——干净,整洁,摆设前卫,服务周到,她的心中满是敬佩和羡慕。

"喂,你怎么比我还感兴趣?"吴佑行穷追不舍地问道。

"别问了,烦死了。"江心不耐烦地回答,吴佑行只好作罢。

"我找档案,是为了查三叔胡保川,三叔这个人也是在这个时段开始混迹于汉街的。我想看看有什么线索。"

"知道了。"江心的注意力这才回到主题上来,"我说吴队,我觉得你应该继续和沈逸配合下去。"

"为啥这么说?"吴佑行抿了一口咖啡。

"我有种预感,沈逸查的那条线,和你正在查的之间有种契合度,轨迹有重合,你们应该联手,这件事肯定能够水落石出。"

"哎,你说的我怎么没想过。"吴佑行眨巴着眼,不自信地说,"上次他们帮我抓狩猎人,我就看出沈逸团队的这些人,个个儿都有两把刷子,办事效率比咱干警务的还高,还老练,还狡猾。但咱现在是什么,是无业游民啊,离岗了就是人走茶凉,咱们能给别人什么,别人凭啥跟尔合作?"

"你有啊。"江心也眨巴眼睛,一本正经地指着自己说,"我啊!"

"你?"吴佑行差点一口咖啡喷到旁边刘小辉的脸上。

"对,我!"江心自信满满地说,"不信的话你把我祭出来试试呀。我和你赌一餐法国西冷牛排。"

从茶吧出来,江心马上给王浩明打了电话,约他出来谈谈。一方面是想跟他彻底在某些方面说清楚,另一方面也是想劝他及早跟聚力集团保持距离,她觉得这样自己先出面试探,总比沈逸一股脑儿地冲上去好得多。

毕竟相处了这么长时间,她对这个外表看起来儒雅的老板还是很有好感的,不想看到他再这样泥足深陷下去,同时间接地也能为百合村做点事情。

两人就约在了一家五星级的酒店一楼的休闲吧,不到十分钟,王浩明便出现了,脸上满是笑容,似乎一下子年轻了十几岁。

虽然他已经年近半百,但平时修身养性,注重养生,所以看起来中年男人成熟魅力十足,与江心坐在一起,倒真有那么点郎才女貌的感觉。

看着坐在对面的江心,王浩明一会儿傻笑,一会儿抓耳挠腮,显得有些无所适从。

他做梦都没有想到,有一天江心会主动约自己出来,心中充满了期待和憧憬。

看着他那手足无措的样子,江心也猜出了他的心思。其实她一直都知道的,只是因为工作的关系,她不敢直接拒绝,而此时正好是摊牌的时候。

"王总……"

她刚开口，王浩明便迫不及待地打岔："现在又不是在公司，你就直接叫我明哥好了，不要显得那么生分。"

江心无奈地点点头："明哥，我知道你一直对我很好，可我们是不可能的。"

听了这话，王浩明脸上的笑容瞬间就僵硬了。不仅是脸色，就连身体都僵住了，就像一下子变成了一尊雕塑似的。

可他很快就调整了心情，道："我明白了。"

虽然他说得云淡风轻，但任谁都能够听出他心里的苦涩。江心也有些于心不忍，但为了避免产生更多的误会，还是硬着头皮说道："其实你很好……但是……"

"不用给我发好人卡了，我不是那种拿得起放不下的人。"

话虽这样说，王浩明的眼中分明闪过了一丝寒意。

江心故作轻松地说道："你说得出要做得到才行，可不要回头就炒我鱿鱼哟。"

王浩明自然知道她是在故意缓解气氛，但也只能赔笑。

江心试探性地问道："您听说过赌码吗？据说现在很流行。"

王浩明点了点头，算是回答了。

江心接着道："我听说最近两个礼拜，赌码已经害得不少人家破人亡，也不知道是谁研发的。我听说有一家挺出名的软件公司参与了策划，结果东窗事发之后，整个公司都倒闭了。老板十数年的心血化为泡影，听说最后直接就疯了。"她的话已经说得很明了，王浩明岂能不明白她的意思。

"是吗？"王浩明若有所思地说，"我的恒记很干净，你在这里好好做下去，一定能找到自己的天地。"

"谢谢王总的鼓励，我会努力的。"江心说。

第四十三章

话说到这里，基本已经陷入僵局，没有办法继续，如果追问，会引起王浩明的怀疑。在王浩明这个老油条面前，凭江心的能力无法周旋下去。她提出家中还有些事，借口离开后在门口给沈逸打了电话，汇报谈的结果。而此时，沈逸就在酒店的门外观察他们——沈逸一直在跟踪王浩明。

从百合村回来后，沈逸自然也没有闲着，他通过自己的社会关系已经把事实弄清楚：使刘山、吴剑涛等牵头人沉迷于其中的赌码网站确实是恒记集团一手研发的。

换句话说，给刘山等下套的人，王浩明脱不开嫌疑了。

一想到这个表面上对自己亲如兄弟的王浩明，不但逼死了自己的亲生父亲，更害得养父沉迷赌博，沈逸便怒不可遏。

加上磁带里的那个熟悉的咳嗽声。两个在沈逸心中无比重要的事件，嫌疑人均指向王浩明，层层的怒火叠加在一起，使沈逸的内心充满了激愤和宣泄的冲动。他觉得心中有一个声音在不停重复：报仇、报仇……

看到王浩明离开酒店，沈逸意识到机会来了，抢先一步利用早就配好的车钥匙打开了王浩明的车，并钻到了后排的位置，心脏如同擂鼓一般跳动。

王浩明自然不知道车里还有另外一个人，刚刚进入车子，便一拳打在了仪表盘上，脸上愤愤不平。

"看不出来，你这个丧心病狂的骗子竟然还是一个情圣！"沈逸冷笑一声，一下子从座位上蹦了起来，不由分说就朝王浩明扑了过去。

别看沈逸的身材魁梧，但动手实在不是他的强项，再加上他一时冲动才跟随王浩明来到了这里，根本一点准备都没有，此时贸然冲出去，一点便宜都没有占到。

即便如此，也把王浩明吓得够呛，手忙脚乱地便要开车门下车。

沈逸哪里给他这个机会，一把将他拉了回来，随即整个人欺身而上，直接就将他压在了身下。

直到此时，王浩明才看清偷袭者的样子，见是沈逸，顿时满脸通红地骂道："你有病吧？"

别看他年纪已经不小，但力气却跟壮年男子没有什么区别，虽然身体被沈逸压住，一时间无法动弹，但沈逸也奈何不了他。

"我的确是有病，否则也不会瞎了眼，把你当成大哥。"

嘴上说着，手上也没有停歇，拳头如同狂风骤雨一般地向王浩明打了过去。此时他已经没有了思考的能力，满脑子想的只有发泄。

可是，他一贯喜欢跟敌人钩心斗角，像这种打人的事情几乎从来没有做过，再加上他平常极少运动，很快就没有了力气，结果被王浩明抓住机会，挣脱了出来。

此时，王浩明的一个眼圈已经肿了起来，狠狠地看着如同疯子一样的沈逸，他似乎想到了什么，便说道："你还在为聚力公司那件事情耿耿于怀？我不是早跟你说过了吗，我没有跟他们同流合污，只是正常的合作关系而已。"

"正常的合作？如果真是那样的话，那为什么最近陈永昌每天都要约你见面，巧立各种名目给你送钱？"

听了这话，王浩明的瞳孔也是一缩："你居然跟踪我？"

沈逸知道如今脸皮已经撕破，就算再怎么否认也没有用，当即便说道："没错，你跟陈永昌在哪里见的面，他是怎么给你送的钱，我都知道得一清二楚。"

王浩明一时接不上话，自知有愧，半天才缓口气："是你小题大做了，他送给我的钱，都只是正常的技术维护费而已。再说，我们开发的只是一种游戏，我并不知道他们是不是利用游戏做非法的事情。我们就像锁匠一样，只管配钥匙，至于他用钥匙去偷东西是他的事情，跟我有什么关系？"

从某种角度来说，王浩明的话没错，他也就是看准了法律的空子，所以才打了这擦边球。

在他看来，这笔钱简直就是白送的，就算是警察知道了，也拿他没有任何办法。

沈逸愤愤不休："好一张伶牙利口，当初你骗得我家破人亡，也是用这种方式来说服自己的吧？"

"什么家破人亡，你说清楚点。"

"你还记得1992年的那起诈骗案吗，害得沈富春家破人亡！"

"沈富春？！你难道是？"

"我是他的儿子！！！"

一听这如雷贯耳的话，王浩明顿时大惊失色，如五雷轰顶般地站在那里，怔忪不定地打量着沈逸。

"没错，是我，我就是沈富春的儿子。那件事你做得滴水不漏，本来我是绝对不可能找到你的，可是天可怜我，让我无意间发现了二十年前的一段录音。录音里有你和我父亲非常清晰的一段对话，你的声音没有变化，依旧有十分明显的特征。"

这些话已经在沈逸的心中憋了很久,此时说出来,心中真是说不出的痛快。

其实,在他小的时候曾经见过王浩明一面,不过那时候年纪太小,再加上只见到了一个背影,所以才一直被蒙在鼓里。否则,他第一次见到王浩明的时候,就已经把他认出来了,何必又多等这么多年。

"沈富春,沈哥……"王浩明小声念叨着沈逸父亲的名字,眼神流露出对往事的追寻,似乎勾起了最久远的回忆。

"你就是杀害我父亲的那个凶手!"如果之前还存在怀疑,还抱有王浩明可能不是这个人的一丝幻想,那么此时全都破灭了,沈逸真正确定眼前这个人就是自己朝思暮想、苦苦寻觅的仇人。

过了好半天,他才终于收回目光,说道:"嗯,果然长得很像,其实我早就该想到的。"

他苦笑一声,困扰在心中多年的迷惑终于解开了。

他一直都想不通,为什么自己在第一次遇到沈逸时觉得非常有缘,并且在他有难的时候想方设法地救助他,直到现在才明白,原来是因为他们父子两个长得太像了,有一种似曾相识的亲切感,所以自己才下意识地想在沈逸身上弥补自己的过错。

这难道就是报应吗?

自从当年从农村出来,为了混口饭吃,在义气大哥胡保川的带领下,走上了诈骗的歪路。一开始王浩明也明白,这是在做坏事,确实有抵触,但有人说这事又不是杀人放火,只是弄点钱过过好日子,出于侥幸的心理,王浩明还是被半推半就地参与了进来。一开始是挣到了钱,但心理上也承受了不少的压力,惶惶不可终日地一天天这么过下去,直到遇上沈富春,自己作为胡保川此次诈骗计划的主要实施者,和沈富春称兄道弟密切接触,在这个过程中,王浩明作为小他十几岁的小兄弟,真实地感受到了沈富春的人格魅力。老沈对自己不仅信任有加,而且关爱备至,嘘寒问暖,王浩明甚至一度认为自己真的有这么一位包容照顾自己的亲哥哥。最后,当沈富春拿出所有积蓄和借来的钱亲手交给自己的时候,根本就没有立下任何字据,就像是给亲弟弟拿去做生意一般地放心和安逸。他却无法体会到王浩明在接钱那一瞬间的纠结矛盾的心情，还有用全身力气压制住的那双颤抖的手。

沈富春自杀的消息传来后，王浩明几天都沉浸在连连不断的噩梦之中，极度的惶恐和内疚导致他的身体状况急速下滑，多种病痛缠身，也包括哮喘。为了寻觅解脱的方法，他曾经想到过自杀，终因害怕没能如愿。强压之下，他借病脱离了胡保川的组织，自立门户，做干净的生意，发誓从此不再涉足任何违法的事情。

王浩明情不自禁地伸出手来，似乎是想拍拍沈逸的肩膀，但最终还是忍住了。

沈逸的怒气冲天："都这个时候了，你还在我的面前假惺惺。杀人偿命，欠债还钱，你认命吧。"

最后一个字说完，他的拳头已经打了出去。

王浩明本来可以躲避，甚至可以还击，但他并没有这样做，反而一动不动地硬接了沈逸的一拳。

这一拳的力道好重，王浩明的鼻梁骨瞬间就被打歪了，鲜血就像开闸的洪水一样从鼻孔里淌了出来。但即便如此，他还是没有去擦拭，仿佛这一拳打在了别人的脸上似的。

看到他那副泰然处之的样子，沈逸的第二拳却是打不下去了，恶狠狠地问道："你这是觉得罪有应得吗？"

"我为什么要还手？"王浩明反问道，"刚才你不是说过了吗，杀人偿命本来就是天公地道的事情，当初那件事情确实是我的错。最近这些年来，我修身养性，吃斋念佛，就是为了弥补自己当年犯下的过错，如今你给了我偿还血债的机会！"

说完，王浩明从容地闭上了双眼，表现出一副任由沈逸处置的模样。

沈逸心软了，在弱者面前，他一直都学不会如何强势。行使劫富济贫的计划以来，他从来只会在强者面前挥动拳头耀武扬威。

他慢慢放下了再次挥舞的拳头。他突然想到王浩明曾经救过自己的命，想到这些年来对自己的照顾，想到了百合村纯真的孩子也有王浩明的一份功劳。沈逸的一腔戾气顿时消失了大半，最后打了自己一拳，沙哑的嗓子大声哭喊着说道："王浩明，你记住！你我之间，从今天起，恩断义绝。我是恨你，但我不能脏了自己的手，你有罪孽，让天来收拾你！"

王浩明睁开双眼，发现沈逸转身准备离开。

"沈逸，你知不知道，你的杀父仇人除了我还有谁？"王浩明突然冒出一句话，让沈逸停下了脚步。

"还有别人？"沈逸猛地扭过头来，满脸疑云。

"对，还有一个人，更关键的一个人。"王浩明的语气非常诚恳，他缓缓道来，"大信集团董事长胡保川。当年，他是这个组织的老大，而我是主要负责实施你父亲这个计划的。你父亲自杀后，警方侦破这个案子的时候被胡保川收买，用别人顶包的方式结案。"

"你说的是真的？"沈逸狠狠捏紧拳头，太阳穴青筋暴露出来，以他对王浩明的了解，王浩明在这个时候根本就不会说谎。

"句句属实。所以我想告诉你，现在警方里面仍然有胡保川的人，这些人甚至有可能是当年隐瞒事实真相、干扰破案的帮凶黑警。"

"我知道了！你自己好自为之吧。"说完沈逸头也不回地就想走。

"等等……"王浩明再次喊住了他，他满眼饱含热泪，血水和汗水混在一起，"小沈，这么多年我一直都把你当成自己的亲兄弟一样对待，我真的不想你出事，胡保川相当厉害，不是你想的那么好对付，他手腕硬，有钱，两道都有人，你一定要注意安全，切记不要冲动啊。有什么需要我帮助的，我会全力支持的。"

沈逸背对着王浩明，低下头沉默了片刻，然后头也不回地消失在夜色中。

此时王浩明身上的手机屏幕神不知鬼不觉地亮起来，正在向另一个地方传输语音数据信息。

第四十四章

深夜，江城市纪律检查委员会暨监察委员会大楼会议室灯火通明。刚刚结束了长达四小时的临时工作会议，江城纪委副书记江宏最后一个从会议室走出来，他夹着笔记本，满脸铁青，低头不语。

此次会议通报的内容相当严肃和紧急，一个国际金融犯罪集团组织的利益链条已经渗透至国内，很多大型企业都被收买，诸多正常经营的金融项目，如P2P、银行、投资等都成了国际犯罪组织将黑钱洗白的工具,并且在北上广深陆续作案,社会影响极其恶劣。在几起案件的调查过程中,公安机关的人员在上海某企业的线索里发现这个国际组织的国内领导成员甚至涵盖多个政府机关的高级公务人员。他们分布在重要的领导岗位,其中多条信息直指"中国银行业监督管理委员会"(简称银监会),而江城市隶属省银监局管理,根据国务院授权,银监会的职责是统一监督管理银行、金融资产管理公司、信托及其他存款类金融机构,维护其合法运行。因此银监会的职责重大,一旦内部出现蛀虫,后果将不堪设想。

不仅仅是此次会议通报的内容令江宏为之紧张,最近江城的金融违法犯罪呈现直线上升趋势,其社会层面带来的影响也让江宏头疼不已。很明显,在管理层面有的干部出现不作为的现象,甚至有受贿包庇的嫌疑,既然是金融行业的问题,那么纪委的方向必然直指省银监局以及下属的执法机构。

最近事情太多,也没时间了解一下基层的工作状态,于是江宏在会议结束后立刻驱车来到汉街区局局长也是自己的老战友马宏林家中,一是看望这个身患癌症却依旧工作在一线的劳模,二是了解一下经济侦查的工作情况。

马宏林看见江宏来自己家,连忙想从床上起来,江宏挥挥手示意就躺着说。

"我这不争气的身体,唉,老江啊。"马宏林惭愧地说道。

"老战友,你要多休息,不行就请病假回来算了。"江宏安慰道。

"老江,这么晚了,找我有急事啊?"

"没什么急事,有事也是咱纪委的事。"晚上会议的事没说出来,江宏不想给马宏林添堵,话归正题道,"我工作忙,只能这会儿来看看你,还想了解一下最近一线经侦工作开展得顺利吗?"

"唉,这事儿啊,打个电话不就行了,你还亲自来一趟。"马宏林缓缓说道,"情况不怎么理想吧。最近金融行业死灰复燃,一些什么小贷、网贷P2P又开始兴风作浪,利息高不说,还送这送那,把老百姓特别是老人的那点棺材本都给掏空了。"

"局里人手够吗?这些立案的案子调查都顺利吗?"

"是人手的问题,一个区只有八个人,两人一组,也就只能同时查四起案子,精力不够啊。再加之这些警员有的刚刚毕业分配到这里,经验欠缺,哪里是那些个老江湖的对手。"

"确实，这是个问题。"江宏说。

"唉，对了，跟你说个事儿，这个行业的人在咱们经侦队伍里还真害怕一个人。"马宏林神秘兮兮地说。

"市局有个叫吴佑行的。据我们抓到的一个行内人透露，他们老板就是怕吴佑行，吴佑行这小子查经侦还真有两把刷子，眼光锐利，有一套手段，他的破案率很高。只可惜……"马宏林突然想到了什么，欲言又止。

"这是个人才，嗯，你刚才说可惜？"

"可惜这小子做事一根筋，认准的事一条路走到黑，还不买领导的账，在局里得罪了不少人，违反纪律被通报批评过，最近还据说因为受贿停职了。所以这人就说嘛，当他们老板知道吴佑行停职了，还小小地庆祝了一番，之后就扩大了业务范围。"

"哈哈。这小子，有点本事啊。这是黑白两道都拿他当刺头啊。"江宏笑了起来，"咱们的公安队伍就是要这种让敌人闻风丧胆的狠角色。"

"所以我猜测啊，他两边都得罪了，估计说什么受贿是被人害了。"

"嗯，年轻人嘛，就是需要多在大染缸里历练，百炼才成钢嘛。这点我赞同，但也不急着下结论。"

"怎么，你老江该不会是看上他了吧？"马宏林笑道。

"这么一说我还真感兴趣了。我心里烦着呢，现在咱们的队伍不纯洁，没有可以信赖的人就没办法做事啊。"

"但吴佑行合适吗？他可是有前科的人。"

"咱们分析一下啊，一个连直属领导的账都不买的人，他会买外面人的账？做坏事的领导怕他，那么做好事的领导就应该喜欢和包容他才对，如果做好事的领导也怕他，那说明了什么？！"江宏露出一个神秘的微笑，继续说，"这小子虽然是个刺头，但从他在公安系统中长期的工作表现上来看，是一个潜心为人民服务的好警察，是一个有坚定信仰的中国共产党党员，我觉得在当下这个物欲横流的时代，这才是最难能可贵的一种精神。你信不信，这家伙现在肯定闲不住，说不定在哪个角落里琢磨案情呢。"

两人哈哈大笑，马宏林狠狠点头，称赞江宏好眼光。

大信集团办公大楼一楼大厅里。一个戴墨镜的年轻人左顾右盼在寻找着什么，保安上前询问后，径直将他带到董事长办公室秘书跟前，他和秘书悄悄耳语两句后，交给秘书一个文件袋，秘书拿着文件袋进入胡保川的办公室。一分钟后，秘书将年轻人请到办公室内。

"请坐。"胡保川一边示意，一边打量这个年轻人，30岁出头，帅气精神，身材匀称干练，皮肤黝黑。

"您，就是胡总吧？"年轻人取下墨镜，眼神中露出一丝不被人察觉的迷离。

"本人正是胡保川，江湖上别人给面子，称呼一声'三叔'。"

"呵呵，很高兴见到您。"年轻人有点拘束不安。

"你给我的这些文件，嗬，有点意思。"胡保川继续拿着文件随意翻看，这是江城多家金融公司的违法证据，内容非常详细，如果交到公安局，这些企业的负责人是板上钉钉地要坐牢，其中甚至包含了聚力金融违法的材料。胡保川把头扬了起来，试探性地问道，"这么说你就是江城金融行业传言已久的那个侠盗了？"

"是的。"看到胡保川的表情，年轻人这才放下心头的疑虑，开始侃侃而谈起来，"我通过很多手段，搜集到了这些金融企业违法的证据，然后以此要挟他们每个月按时向贫困山区或者希望小学打款。这几个都是我多年以来在江城陆续发展的财主，很稳定的敲诈对象。您看，还有聚力金融的，老板叫陈永昌，很狡猾，但我比他更狡猾，好不容易才抓到他的把柄逼他就范。我一直在王浩明的公司当部门经理，干得本来就郁闷，无意中听到您放出的话，想招募我，我也是久仰三叔的大名，早就想投奔了。这个嘛，就是我的投名状，全部都是原件。"

"哈哈哈，很好很好，我就是想找你这样的人才啊。嗯，不错，有你来帮我，我是如鱼得水啊。"胡保川开怀大笑，叫秘书进来安排给他一间办公室，然后转头问道，"年轻人，怎么称呼你？"

年轻人自信满满，目光如炬地说道："我叫张博。"

原来，手机窃听装置是陈永昌在前段时间和王浩明的接触中，偷偷装上去的。沈逸和王浩明的对话内容全部被陈永昌获取。早先是为了按照胡保川的要求，多抓一些王浩明的把柄，可惜王浩明这人平时两点一线，从来不搞什么花花肠子，却不承想无心插柳柳成荫，在他和沈逸的对话中发现了一定的价值。

他不由得笑出了声，这声音哪里像人，分明就是夜色中的一只夜枭。

就在这个时候，办公室的门突然被人推开了。陈永昌的笑容瞬间收拢，头也没抬，语气不善地说道："还懂不懂规矩，连门都不知道敲吗？"

回过头来，见到门外站着两个人，一个20多岁的年纪，大光头。另一个头发花白，但红光满面，看不出究竟有多大年纪。

定睛一看，原来是三叔大驾光临，陈永昌连忙站起来给胡保川让了座位，谄媚道："今天是吹的什么风，怎么把三叔您老人家给吹来啦？"

胡保川似乎对他的表现很满意，但脸上却没有过多的表情，只是云淡风轻地说道："老弟最近不是发了大财嘛，这不是来讨杯酒喝喝嘛。"

"哈哈哈，喝酒那不是小事嘛。"陈永昌假笑得太明显。

"呵呵，开个玩笑嘛，你那点钱我可看不中。"胡保川招呼身边的光头从包中拿出一沓文件递给陈永昌，"今儿三叔特地来送你一件大礼。"

陈永昌只看了一眼，顿时喜出望外，因为这些文件里记录的正是自己行贿的证据，而且全部是原件。当初也正是因为这些东西，他才被侠盗要挟给山区打款。

"这？三叔……这要怎么感谢您才好啊。"陈永昌的手都已经颤抖了起来。

胡保川道："就算是最近你帮我做事的奖励吧，以后你再也不用看别人的脸色行事了。"陈永昌连忙点头应是，心里也打定了主意，哪怕三叔要吞并自己的公司，也绝对没有怨言。

陈永昌激动得差点哭出来，连忙叫人用碎纸机将证据销毁，看着那被裁成碎条的文件，他长吁一口气，这下心里悬着的石头终于落了地。

胡保川道："最近王浩明那边有什么动静没有？"

陈永昌觉得这正好是献媚的时候，于是拿出沈逸和王浩明的录音。

听完之后，光头嘿嘿一笑，道："三叔这招'借刀杀人'真是高明啊，只不过是利用了王浩明开发的软件去对付沈逸的父母，就让恒记集团的两大头脑决裂。他们内部一乱，这恒记集团迟早落在您的手中，有了这么好的资源，恐怕整个江城市的金融市场都得听我们的。"

胡保川瞥了光头一眼，喃喃道："你怎么听录音的？你没听见王浩明把我的名字说出来了吗？二十年前的那件破事，没想到王浩明还是没忍住，将它抖落了出来。"

说着,他朝陈永昌问道:"和王浩明对话的叫沈逸的,现在是什么身份?"

陈永昌嗤之以鼻,道:"只不过是一个只知道混吃等死的东西而已。也不知道王浩明究竟哪根筋搭错了,竟然让他当了副总。难怪张博看不惯,要跳槽到我们这里了。"

听到"张博"两个字,胡保川也是眉开眼笑。他只是随便提了一句而已,这个张博便将聚力公司的把柄悉数交到了自己的手里,在他眼里已经认定暗中掌控十大金融公司的侠盗就是此人。有了他的帮助,何愁大事不成?

此时,他口中的"侠盗"正在逍遥谷中花天酒地,几乎把所有漂亮的姑娘都叫到了包间中。投奔胡保川后,胡保川也投桃报李,安排了一个董事长助理的岗位,年薪是王浩明那边的十倍。这个岗位很多人想都不敢想,这几乎都确定了,胡保川要他当自己的左右手。张博顿感自己的价值终于得到了体现,整个人都飘了起来。

"博哥,你这么铺张浪费,难道就不怕你的沈总怪罪吗?"

一个打扮得花枝招展的女人,扭着腰肢钻到了张博的怀中。话虽这样说,但她脸上没有一点担心的神色,反而一脸窃喜。这人不是别人,正是晶晶。虽然她不是沈逸团队中的,但也跟他们合作过不少次,每当沈逸需要用美人计的时候,都会让她出马。

然而,沈逸却很小气,每次来这里消费,小费却给得很少,对此她早就已经耿耿于怀了。

张博在她屁股上拍了一下,眉飞色舞地说道:"他又不是我爹,凭什么对我指手画脚?你想跟我混呢,还是想跟他受穷呢?"

说着,他拿起一把钞票,直接塞到了晶晶的文胸里。这恐怕是张博长这么大,第一次这么大手大脚地花钱。张博虽然跟沈逸一起混迹于江城,不过两人的境遇却大相径庭。沈逸通过王浩明的提携,当上副总,很快步入上流社会,而张博却好像沈逸的小跟班一样,总是被放在不起眼的地方,安排一个职位不高的部门经理,没什么油水不说,还经常在公司里在背后被人指手画脚,说自己一无是处,是靠着沈逸才混到现在的。对此张博早就耿耿于怀,心存不满。

这几年,哥儿俩合伙赚了不少钱,足够两人一辈子吃香的、喝辣的了。可沈逸却固执得不行,非但没有分给张博,反而去搞什么慈善事业,把辛苦弄来的钱都投到了山区里。在张博眼里，这就是一种愚昧傻缺的表现，但因惧怕沈逸的威严，平时也就没怎么表现出来。

终于，在他们捣毁胡保川的两家公司之后，出于敬畏，胡保川看到这位"侠盗"身上的潜在价值，于是在江湖上放出话来，要聘请高端人才，并要招募"侠盗"到麾下。

与此同时，张博也发现了机遇，于是在沈逸面前力荐一起投奔胡保川手下干一番大事业。

张博对沈逸说："哥，胡保川的大信集团不是比王浩明的恒记做得大多了吗，既然胡保川这么欣赏你，你完全可以投入他手下做事，这样接触上流社会的人更多，再继续做劫富济贫的事情，不是视野更开阔吗？更好下手吗？"

沈逸本来就对大信集团了如指掌，他们做什么勾当沈逸非常清楚，作为本市最大的金融集团，早就想扳倒他们，只是目前实力不够才没有正面碰撞。

沈逸说："大信集团非法集资，伤天害理，我是绝对不会同这种人同流合污的，不是钱的问题，而是我们处世要有自己的原则和信仰，不能为一己私欲，而迷失了自我。"

与沈逸沟通几个回合，张博实在说不赢他，于是再次心生不满，偷偷拿了只有他俩知道的那些"财主"的证据，背着沈逸冒充"侠盗"投入胡保川帐下，而沈逸却对此完全不知情。

在张博眼里，钱和权才是一切，其他的都一文不值。虽然沈逸和他情同手足，但劫富济贫搜集证据的过程中，张博认为自己功不可没，所以拿走这些东西，换取自己想要的是理所应当的，在追求梦想的道路上根本就没有对和错。

张博顿时觉得扬眉吐气，以后再也不用活在沈逸的阴影之下。

只不过他也有自己的小心思，并没有告诉胡保川关于沈逸的事情，反而自己心安理得地以"侠盗"之名自居。这对他来说简直就是金字招牌。

沈逸何等聪明，所有人的心思都能猜透，却唯独没有看清张博的为人，他做梦都想不到，那个跟自己一起穿着开裆裤长大的兄弟，会在最关键的时候出卖他。这也怪不得他，人们只会专注于远处的风景，很少会去看自己所站的土地。

第四十五章

沈逸离开之后，就径自去了一家路边摊，他恨自己突然变得软弱起来，此时只想要一场大醉。不一会儿，酒瓶就堆满了一桌子，但他非但没醉，反而变得更加清醒，一想到父亲的死状，他终于忍不住放声痛哭。看到这样一个大男人竟然旁若无人地大哭，旁边吃饭的人都投来了诧异的目光。

"你有没有想过，你之所以下不了手，并不是因为你软弱，而是潜意识里认为王浩明并不是一个坏人，真正的坏人其实是胡保川？"

身后突然传来一道声音，沈逸回过头来，只见站在身后的不是别人，正是江心。

原来，当王浩明离开茶吧之后，江心担心他会出事，便一路跟了出来，结果正好看到了王浩明跟沈逸在车里打架的一幕，自然也听到了他们的对话。

"你也许说得没错，但王浩明仍然罪不可恕！"说完将杯中酒再次一饮而尽，沈逸的脸色已经变得有些麻木了。

找出凶手的这一天，他不知道等了多久，可当事实摆在面前之后，内心全无半点高兴。

"我从警局里拿到了以前的旧档案，或许会对你有所启发。"

说着，江心把一沓文件放在桌子上，便坐在了沈逸的对面。

沈逸下意识地扫了一眼，一下子就看到了"机密"两个大字："像这种机密文档，是不允许外传的吧？"

江心耸了耸肩道："反正已经到了销毁的年限，就算是我偷拿出来，也不会有人知道。"

在敌人的眼中，沈逸绝对是一个魔鬼一样的人，因为他不遵守任何游戏规则，不按常理出牌，只要能够弄到对方的把柄，他什么事情都做得出来。可事实上，沈逸并没有那么可怕。他只恨骗子，绝对不会去伤害其他无辜的人，更不想江心被自己所牵连。

想到这里，他用两根手指按住档案，又推到了江心的面前，道："王浩明已经亲口承认了，就算是有什么遗漏的线索，那也不重要了。"

江心看出了沈逸的心思，便道："档案我已经偷了出来，早已违反了警队的纪律，不管你看还是不看，我都会面临处分，难道你想让我的冒险变得毫无价值吗？"

她这话乍听起来并无波澜，但实则饱含深情。沈逸也是心中一动，万万想不到她会这样帮自己。

其实，美女爱英雄本来就是再正常不过的事情，只不过沈逸这个所谓的"英雄"有些与众不同罢了。他不是那种一看就能让人眼前一亮的人，但越接触，就越有深度，越有味道，越能感觉到他的不凡。

或许从她第一次听沈逸诉说身世的时候，就已经对他有了好感，个人的英雄不算英雄，不为自己的英雄才值得去尊敬。眼前这个满眼充满迷茫的男人，酒醉后呼吸的空气里全是乙醇味道的男人，退去平日的伪装显露真性情的男人，全身的毛孔透出浓烈荷尔蒙的男人，或许才是江心内心里正在寻觅的男人。

江心定定神，继续说道："档案中对那年的事情有着清晰的描述，参与犯案的人员一共有二十多名，主犯已经落网了，其中并没有王浩明。"

"刚才王浩明说的话，你也听见了。其实王浩明只是从犯，主犯是人称三哥的大信集团董事长胡保川。当年的事情不难理解，胡保川设计陷害我的父亲，王浩明利诱接近，父亲死后，警方立案，胡保川利用警局里的关系和金钱，找了个老家伙顶包，就算是结案了。"

"嗯，那你都知道了，怎么还在这里喝，还不去找杀死你的父亲的真正凶手？"江心忍不住狠狠推了他一把。

"谈何容易。"沈逸的双眼失去了神采。"早在入金融这个圈子时，我就开始注意胡保川了，王浩明说得没错，胡保川此人道貌岸然，行事手腕强硬，黑白两道都有人，关键是大信作为江城最大的金融集团，目前预估市值达到几十亿，就凭我们几个人、几个钱，怎么和他斗？你告诉我，你有办法就告诉我？我不可能再像打王浩明那样冲动地去找胡保川！我出事了，我的干爹干妈怎么办？百合村的那些孩子又该怎么办？你们怎么办……？"

你们……也包含我吗？江心一时被沈逸的话给问住了，确实找不到合适的办法，但她还是想起一个人来。

"记得吴佑行吗？市局的经侦队长，我的领导。现在不知道躲到哪里去了的那个人，说不定也和你一样，正在喝着小酒，置身于世外。"江心撇着嘴说。

"哼，是他？"沈逸不屑一顾醉笑两声，"呵呵，这个倒霉蛋，不是被停职了吗，江城谁不知道。"

"但吴队的经验丰富啊，他不在职也能够帮助你做一些事情的。是的。我们几个人加起来也不是胡保川的对手，但多一个帮手就多一分力量吧，怎么说也比你一个人坐在这里喝闷酒强啊。"江心看着沈逸被自己逗笑，能让他暂时忘记痛苦，也算是一种成就。

"你看，吴队多关心你，特地叫我带个线索给你。"江心拿出手机，给沈逸看了一条信息，"你们不是合作抓了个狩猎人的接头人吗，此人叫吴福，在吴福留下的卡片里找到一家小酒吧，小酒吧的老板叫黄浩，黄浩居然是胡保川的外甥，你说这不是巧巧的妈妈生巧巧吗。"

"原来狩猎人也和胡保川有关系啊！"沈逸吃惊地说。

"更巧的还在这里呢，前两天刘小辉在大信集团外面盯梢时拍到了黄浩和陈永昌同时从里面走出来，肩并肩，有说有笑的。"

"陈永昌？！也和胡保川有来往？"沈逸更加觉得不可思议。

"对啊，你不是说聚力金融是你的财主之一吗？而且你还怀疑是赌博网站将你的后花园搞得一团糟的，对吧？你看这不就联系到一块儿了吗？"

"对啊。"沈逸一个激灵坐直了身子，精神振作起来。

"你现在赶紧用敲诈者的身份和陈永昌取得联系，问问他到底是怎么一回事不就都知道了。你手上握有他的证据，你问他难道他不回答？"江心像机灵鬼似的笑了笑。

"哎呀，你这个小妞，说到点子上了。"沈逸狠狠拍了拍脑袋，"从百合村回来后脑子里都是乱糟糟的，都一股脑儿地想着怎么找王浩明去了，竟然忘记我还有另一个身份可以用。我这就回去用修音器跟他联系。"

"谢谢你啊！"沈逸捏住江心的手。江心颇感意外，那手好温暖，直抵心灵深处，说罢一溜烟地跑了。

回到家，沈逸马上给聚力公司的老板陈永昌打去了电话。

电话刚响了一声，马上就有人接听了，沈逸听得出来，正是陈永昌的声音，当即也不啰唆，便开门见山地说道："你做的赌博网站是不是用到被你资助的山区牵头人身上去了？"

沈逸的手机里有修音软件，所以他并不担心对方会听出自己。

如果是在以前的话，不管自己有什么要求，陈永昌都会立马答应，然而此时，他只是嘿嘿冷笑。沈逸马上就察觉到了不对，沉着嗓子问道："你这是什么意思？难道没听到我的话吗？"他故意加重了语气，来表示自己很生气。

这么多年来，他一直都在跟这些骗子打交道，深深明白了一个道理，那就是不能惯着他们，一定要让他们对自己产生畏惧的感觉。

事实上，他这一招也很奏效，不管是哪家公司的老板，只要被沈逸抓住把柄之后，无一不乖乖就范。

"不好意思啊，我这里信号不好，您有什么吩咐的话，不如咱们当面聊聊吧？"

陈永昌虽然用了"您"这个字眼儿，但话语之中实在没有半分恭敬的意思，反而更像是一种戏谑和嘲讽。

"陈总，我劝你三思而行，你应该明白，如果我把手里的东西交给……"

他的话还没说完，陈永昌便打断道："你爱交给谁就交给谁。我也有一句话要提醒你，走夜路的时候小心点，一旦让我查到你是谁，我保证会让你见不到明天的太阳。"

说罢，他硬生生挂断了电话。

过了好半天，沈逸才回过神来，连忙从口袋中拿出了车钥匙，还有其他一些钥匙。

可他刚刚站起来，便感觉头晕目眩，原来刚才喝了很多酒，酒精并未散去。不行，今天一定要弄清楚到底是怎么一回事。他努力振作起来，拿起电话打给了江心，叫江心带自己过去。

回到恒记集团的办公室时，沈逸的酒劲已经上来，只好吩咐江心去开保险箱。

可是她用沈逸给的钥匙试了半天都无法打开。

直到沈逸提醒她才知道，原来在办公桌下还有一个嵌入式的保险箱，除非有钥匙，要么就得将整个地板掀起来，否则谁也无法将里边的东西取出来。

江心在这里工作了这么久，在这块地板上不知道踩过多少次，万万想不到底下竟然另有乾坤。

第四十六章

江心发现沈逸从某种角度上说竟然比王浩明还谨慎，连保险箱都这么隐秘，里边的东西自然也非同小可。

"嘎吱"一声，保险箱打开了。"看到什么了没？"沈逸敲了敲已经浑浑噩噩的脑袋，歪歪倒倒走了过来，当看到眼前的景象之后，酒意顿时烟消云散。

保险箱中空空如也，竟什么东西都没有，两人面面相觑。

十家金融公司的犯罪证据全都锁在了这里，东西怎么不见了！！！

知道这个保险箱并且有钥匙的人只有两个，一个是沈逸自己，另一个便是张博……

他不敢再想下去，只感觉一种无力感从四面八方席卷而来。

一切都解释得通了！

难怪张博突然消失了好几天，难怪怎么打电话都不接，难怪陈永昌敢不听自己的话……

这事只有张博了！其实，张博有那么一点心术不正，沈逸一直都了解，但他认为张博是自己最亲密的兄弟，天真地以为张博会慢慢被自己改变。事实上，最近几年来张博也确实成熟了很多，不管沈逸交代什么事情，他都一定都够做好，办事能力甚至得到了王浩明的欣赏。也正是因为这样，沈逸才对他放松了警惕，以致酿成今天的大祸。

不管对手有多么凶狠，有多么聪明，沈逸从来没有怕过，但一想到是自己一起玩到大的兄弟背叛了自己，他就无计可施了。

此时，沈逸的酒已经彻底醒了，马上就跑了出去。这件事他必须当面向张博问清楚。

江城是出了名的不夜城，逍遥谷更是其中的代表，一天二十四小时，不管你什么时候来，这里一定都是热闹非凡的。

连续三天，张博都没有离开过逍遥谷，在里边租了最大的套房，包了最漂亮的姑娘，沈逸几乎没有费多大力气就找到了张博。

此时，张博正躺在大床上闭目养神，床边放了一把椅子，就像是知道有人会来似的。

沈逸也不客气，直接就坐在了上面。

张博也不说话，拿出手机玩了起来，脸上带着阵阵淫笑，不知道在跟人聊些什么。沈逸坐在那里，张博根本就没有正眼看过他。

"难道你就不想解释一下吗？"沈逸按捺着胸中的怒火。

"有什么可解释的？你既然能够找到这里，那就说明你都已经知道了。"

张博淡淡地说着，就像在诉说一件跟自己毫无关系的事情，目光也始终没有离开手机。

"难道你就真的对我无话可说吗？"见到他那副吊儿郎当的样子，沈逸就感觉自己的心被人插了一刀，声音都有些颤抖了。

直到这时，张博才终于收回目光，一字一顿地说道："你让我说什么，该说的我早就已经不知道说过多少遍了，是你不听我的话，非要做什么正义的使者，到头来你得到了什么？"

他的声音虽然不大，但语气却是那么咄咄逼人。

沈逸知道，他已经铁了心要跟自己闹掰，顿时心如死灰，便道："你不同意我的做法，可以。你为什么不明说，非要在背后做这些小动作？难道你不知道你这样做会让很多孩子无书可读吗？"

"关我屁事？"张博坐起来，反问道？"我又不是他们的爹妈，凭什么让我为他们操心？何况，这些年来，我为他们所做的事情也够多了，我现在的一切都是我应得的。"

沈逸之所以要整垮那些诈骗集团，恨他们固然是原因之一，但还有一个更重要的原因，就是他想通过这种方式让更多的孩子有书可读。张博的这番话无疑触碰到了沈逸的底线。

见到他那副死不悔改的样子，沈逸也是怒不可遏，一巴掌就打了过去。

张博似乎早就料到了，一把抓住了沈逸的手，冷笑一声，说道："动手一直都不是你的强项，我劝你最好不要在这里丢人现眼，否则别说我不给你面子。"

说着，他把沈逸的手一甩，便站了起来，旁若无人地开始穿衣服。

他本来就爱穿西装，现在有了钱，穿得自然更加讲究，连商标都没有，显然是特意定制的。

他就像是在故意炫耀似的，将自己的手表、戒指一一拿到沈逸面前，而后才慢慢戴好。

"小人得志的样子溢于言表。

沈逸一阵恍惚，根本不相信眼前这人是自己一起玩到大的兄弟。

"你怎么会变成这样？难道我这些年来对你不够好吗？"沈逸说话的声音变得有气无力，就像是大病了一场似的。

这话就像点燃了炸药包一样，张博猛地转过头来："亏你还有脸说。我问你，我跟你来到恒记集团多少年了？"

沈逸不知道他这话是什么意思，但还是老实回答道："应该有十年了吧。"

"十年，三千多个日日夜夜。"张博抬起头来，眼睛变得通红，"我把我所有的青春都交付与你，本以为看在兄弟一场的分上，你一定会给我安排一个好的前程，可结果呢？你已经是一人之下、万人之上的副总经理，而我却还在市场部做营销，一个月的薪水连你的零头都不到。这也就算了，每天下班之后，我还要给你当牛做马，一点私人的时间都没有，你考虑过我的感受吗？"

他这番话娓娓道来，竟一点都没磕绊，显然他已经在心中埋藏了很久，其怨念之深，沈逸自然也听得明明白白。

"这就是你背叛我的理由吗？"沈逸问道。

"没错！"张博不假思索地说道，"我已经在你的阴影下活了十年，不想一辈子都这样碌碌无为。我要出人头地，我要干一番大事业。同样是把脑袋别在裤腰带上，我为什么不替自己考虑一下呢？三叔一次给我的钱，你一辈子都给不了。既然如此，我为什么不替他卖命？"

沈逸本来已经心灰意冷，听到"三叔"两个字之后，立刻觉得不对，冲口而出道："你说的三叔是指大信集团的胡保川？"

"当然了。"张博继续整理头发，"上次就跟你说过，三叔在江湖上放出风声，非常欣赏这个搞垮下面两家公司的'侠盗'，'侠盗'只要愿意跟他干，好处是大大的。但你这个人是榆木脑袋，硬是说不通，你非要讲什么原则、什么信仰。原则和信仰能换来什么？能换来荣华富贵吗？"

"你！"沈逸满脸通红，"你怎么像着了魔似的。"

"怎么？羡慕？"张博脸上全是得意的笑容，随即搂住了沈逸的肩膀，道："如果你愿意的话，也可以来投靠三叔，我会在他老人家面前说说好话，到时候你可以来给我做帮手。"

在他们两人之间，这本是再寻常不过的动作，但沈逸此时却感到一阵阵厌恶，立马将他狠狠推开，张博嬉笑而去，但目光中的阴毒之色却一闪即逝。

黄昏，中山公园，石山内，这里是一处历史悠久的景观，最早可以追溯到1955年修建公园的时候，所以一提到这里，本地的人没有不知道的。天色渐渐暗淡下来，公园里也没有什么人了，吴佑行却在这里等一个人。

早上吴佑行接到刘小辉的电话，据说政府里有位老朋友用很多身份给小辉打过电话，还找人见过他，直到确认了是刘小辉本人，终于才言归正传问吴佑行在哪里，怎么联系，等等。吴佑行感觉这位老朋友做事非常谨慎，非常细心，一定是通过很多方法辗转了解到这个警局里和自己关系最亲密的人，才试探性地询问自己的下落。

吴佑行非常好奇，是什么样的神秘人会这么急着找自己呢？思绪中，石山内有位老年人，一身素服，双手叉在背后，手上还捏着一份报纸，煞有其事地看着这里的风景。他步履稳健，一步步朝吴佑行走过来。

"吴佑行？"那人问道。

"是的。我叫吴佑行。"吴佑行回答道。

那人伸出手握住吴佑行的手，吴佑行感觉那手宽厚有力，瞬间有一股暖流打通全身经脉似的。

"你好，我叫江宏，是市纪委的。"江宏没有说书记，是保持了一种谦虚的态度，同时也怕惊到他。江宏掏出身份证和工作证主动要求吴佑行确认自己的身份。

"您好您好。市纪委？我好像没什么老朋友在那儿吧？"吴佑行疑问道。

"朋友嘛，一回生，二回熟，加上我这年纪，不就是老朋友了嘛。"江宏幽默地说道。

"呵呵，您可真会说笑。您找我是有事吗？"

江宏一把拉住吴佑行走到石山内的小树林里，他谨慎地观察了四周。

"早就听说你的事迹了啊。嗯，不错，今日一见，确实年轻有为，是一副干大事的模样。"江宏直言不讳道，"直说吧，我需要你的帮助。"

"哎，您这不是取笑我吗，我现在是一个平头老百姓，能为您做什么事呢？为什么是我？"

"我已经从各个方面了解过你的情况，你也无须质疑我的判断能力。关键是你想不想做维护人民利益的事情，一直怀着这个信仰走下去？"

"我说不出您那么高大上的话来，但是我觉得吧，我非常厌恶坏人，特别是那种害得别人家破人亡，自己却还在花天酒地逍遥法外的罪犯，我总在想，自己就算脱下警服，只要有能力，就有责任将他们绳之以法。再说了，抓坏人不是警察的专利，不论在哪个领域，只要信仰相同，都可以为社会做出贡献。"吴佑行说完立刻发现自己又借用了沈逸的话，不觉有点恨自己读书少，没多少墨水，讲不出别的大道理来。

"说得好，我就是要你的这种态度。"江宏赞同道。"同时，你也千万别小看自己，韩愈不是说过吗，'闻道有先后，术业有专攻'，在某些方面，你可比我们这帮老家伙更有经验、更有判断能力呀。"

"好吧，您说，需要我做什么，我尽力而为。"

"目前我们的队伍不纯洁，有很多的公务员为了私欲，贪赃枉法，徇私舞弊，为那些企业的犯罪者充当法律的保护伞。"

"我觉得也是……"吴佑行突然想将怀疑李茂盛的事情说出来，但想想还是打住了，毕竟没有证据，自己从工作的第一天开始就知道，要用证据说话，否则不能随便瞎说。再说第一次见江宏就说怀疑李茂盛，未免太过唐突。

"现在国家银监会的层面已经出现了高层涉黑的迹象，而江城在金融这个领域，也有类似于银监局包庇纵容的违法事件，特别是江城最大的金融企业大信集团，胡保川的背后似有国家公务人员的保护伞，我们正在调查，现在不对你多说。希望你知道，我们是站在国家法律的层面去抓他们，我们做事要用证据说话，那么就需要确凿的证据，将他们钉在板上无法翻身的证据！"江宏的想法和吴佑行居然不谋而合，吴佑行狠狠地点头。

"我在明处，有时束手束脚，还总被人盯着。但你不一样，你是干这行的，而且长期在一线工作，破获的案件多如牛毛，现在正好又是普通人的身份，不容易被察觉。所以，我需要一个有经验的信得过的人员在社会上，在暗处和他们做斗争，搜集有力的证据，在恰当的时机给予敌人致命一击！"

"在暗处？在社会？"吴佑行的心中立刻勾勒出一个戴着面具的英雄形象，面具的前面和后面分别呈现出两种不同的人物性格和面容，这个人就是沈逸！

"这个任务他真的是最适合不过的人选了！"吴佑行突然冒出一句。

"哪个他？你说的是？"江宏一下子没能理解吴佑行跳跃性的思维方式。

"江领导，他是一个被人称为'侠盗'的城市英雄。"吴佑行兴奋起来，赞不绝口地说，"此人有勇有谋，有远见有修为，更重要的是非常善良，他劫富济贫，私下做了不少好事，也曾经多次帮助和协助我的工作。"

于是，吴佑行滔滔不绝地将沈逸的故事一五一十告诉了江宏。江宏听得津津有味，连连称道。

"嗯，沈逸这个人勇于和坏人做斗争，这点我是欣赏的，但是……"江宏严肃地说道，"但是他的出发点有问题，作为国家公务人员，我们不能苟同。金融企业的老板做违法的事，非法吸收公众存款，或者放高利贷，如果不将他们绳之以法，阻止违法的行为，他们就会继续去剥削那些无辜的老百姓。然而沈逸的做法却等于是放纵他们继续作恶，看起来他用这些赃钱帮助了贫困的人群，但是在无形之中变相增加了受害者的痛苦。他的这种行侠仗义终究还是出于对陷害他父亲那一众群体的报复，还是以个人利益为出发点，在一个行使国家法制执法的公务员眼中，是完全错误的。"

"您说得有道理。"吴佑行点头表示认同。

"再说了，沈逸的行为百分之百违犯法律，至少存在敲诈和勒索的嫌疑。这个人……我看可以用，可以利用长期在暗处与那些违法企业的斗争经验，或者伪装潜伏在那些违法人员身边，为我们的计划创造积极条件。但他一定要改过迁善，悬崖勒马，不能再从事他之前的事情。如果能积极配合我们的工作，在事情结束后，我会将他作为有贡献的人员上报公检法，以减轻他的刑责。"

"谢谢您。嗯，我觉得这样处理非常得当。"吴佑行说，"我这就安排他和您见面吧。"

第四十七章

沈逸走后，偌大一家公司，所有的事情全都落在了王浩明一个人的肩膀上。

他本就已经为公司的事情忙得焦头烂额，偏又那么巧，多个政府部门又找上门来，一下子就给他扣了多顶大帽子：涉嫌协助非法吸收公众存款、涉嫌行贿国家公务人员、涉嫌扰乱金融秩序、涉嫌经营非法赌博游戏网站。

恒记集团是江城互联网科技界的龙头，但并不意味着它可以高枕无忧，反而需要更加小心呵护这来之不易的成果。

也正是因为明白这个道理，所以王浩明才处处谨小慎微，绝对不踩一点红线。

可即便如此，麻烦还是接踵而来。先是工商部门的检查，接着是公安局，然后是检察院的人找王浩明谈话。他动用了所有关系，才把这些事暂时缓和下来，又从特殊渠道得知，是十家跟恒记集团有过合作的金融公司实名举报的。

这十家金融公司的资料都已经摆在了办公桌上，王浩明就像相面一样地盯着它们，一动不动。他就纳闷了，脑子里则分析着各种可能性，这些公司都是怎么冒出来的？是自己无意间得罪了什么人吗？

显然不可能，因为他是出了名的老好人，绝对不跟别人有矛盾，哪怕涉及利益问题，他也总是甘心让步。何况，就算是他真的得罪了什么人，也不可能有十家公司同时联名举报自己。

而且，这十家公司并没有什么联系，甚至还存在着竞争关系，为什么会突然统一战线？

王浩明很快就发现了问题的所在，并意识到了严重性——肯定是有人在背后耍花招。金融行业可是一块大蛋糕，不管是谁都想横插一脚，反倒是王浩明反其道而行，没有跟他们分蛋糕，而是选择了另辟蹊径，专门研究软件开发。

当时有很多人笑话他，但事实证明，他的选择没有错。如今，江城市所有软件开发业的生意，十有八九都被恒记握在手中。他有着庞大的科技团队资源、庞大的用户群，毫无悬念地锁住了金融行业的命脉。

很多人都眼红了，甚至包括北上广深的大金融集团和有组织的财团，有几次派人接近王浩明套近乎，拿出丰厚的合作回报，都被王浩明拒之门外，足以说明很多人正在觊觎恒记集团。

不过，他也不是省油的灯，经过多方查询，终于通过旗下与大信有合作的一家公司老板口中套出陷害自己的幕后黑手正是大信集团的胡保川。胡保川看中恒记的资源，并利用聚力金融老板陈永昌数次接近王浩明就是出于这个目的。

其实，早在这之前，他就已经猜到了七八分。在江城地界，除了三叔胡保川之外，也没谁能有这么大的胆子敢向他动手。就算有这个胆子，也未必有这实力。

一想到胡保川那丑恶的嘴脸，王浩明便怒不可遏，驾车来到大信集团办公大楼，径直闯进了胡保川的办公室。

敢在太岁头上动土的人，恐怕王浩明也算是头一个。

出乎意料地，那么多的保安竟然没有一个人阻拦，他不费吹灰之力就进了胡保川的办公室。

胡保川像早就知道他会来似的，甚至还专门泡好了茶。

"来来来，我准备了你最喜欢喝的碧螺春。"胡保川招呼王浩明坐下，道，"这么多年过去了，我还记得你的喜好，口味没变吧？"

第四十八章

听他的口气，仿佛跟一位多年不见的老友聊天。

王浩明纵使有一肚子的气，一时间也不好发作，只好暂时忍住脾气坐了下来。

"咱们这么多兄弟，就你一个人是特例，放着好好的酒不喝，偏偏喜欢喝茶。那时候我还不明白，现在上了年纪，也多多少少能够体会到了。"胡保川嗅了嗅茶香，脸上露出了陶醉的神色。

"如果你真的还拿我当兄弟，就不该在我的背后捅我刀子。"虽然胡保川套着近乎，王浩明的语气还是有些来者不善。胡保川可以理解，毕竟恒记集团是他一生的心血。

他这辈子无儿无女，也没有任何家人，几乎将恒记集团当成了自己的一切，当然不允许它有任何闪失。

胡保川并没有接话，而是侃侃说道："我老三的江湖义气你还不了解吗？当初你帮了我那么大的忙，帮我赚了那么多的钱，我感谢你还来不及呢……"

他的话刚刚说到一半，王浩明的脸色就变了，连忙打断，道："过去的事不要再提了。"

同时，他的冷汗都流了下来，似乎想到了什么细思极恐的事情。

胡保川看在眼里，忍不住哈哈大笑，道："耗子，当年我这么叫你，今天还是这么叫你,因为你一点没变,还是和当年一样胆小怕事。事情都是你做的,又有什么不敢承认的呢?再说现在都过去了,我们也发生了翻天覆地的变化。再说,当初如果不是你出面,我也不可能在沈富春身上骗到第一个100万。没有他的那笔钱,也就没有如今的大信集团。如此说来,你也算是我们大信集团的股肱之臣了。只可惜你中途下了船,自立门户,还做得有声有色,我该说你不讲义气好,还是该说你太会见风使舵呢?"

语气不重话却重,他每说一个字,王浩明的脸就苍白一分,到最后整张脸都已经全无血色。

这两人都是纵横商界几十年的大佬,自然对一切谈判的方法了如指掌。胡保川知道王浩明对当初的事情依旧耿耿于怀,所以才抓住他这个弱点大做文章。

事实上,他的策略果然奏效,王浩明刚刚进门的气势早就已经去掉了大半。

这个道理王浩明又何尝不知,他深深吸了好几口气,这才平复下心情,用几乎哀求的口气说道:"三哥,过去的事情都已经过去了,我们可是说好的,以后你走你的阳关道,我过我的独木桥,大家老死不相往来,你怎么一而再、再而三地出尔反尔?难道就不怕别人笑话吗?"

他已经把话挑明了,胡保川也就没有藏着掖着,喝了一口茶便喷到了地上,淡淡地说道:"是你给脸不要脸,如果继续跟着我干下去,或者你同意让我入股恒记集团,还会有今天的麻烦吗?至于其他人的看法……我才不放在心上,谁敢对我说半个'不'字吗?"

他说话的语气很古怪,既没有平仄,也没有起伏,就像是小学生在朗读课本一样。不过,熟悉他的人都知道,他已经生气了。

王浩明硬吞了一口涎水,知道今天的事不能善了,便把心一横,道:"三哥,这可是你主动招惹我的,到时候鱼死网破,可别怪我不念往日的兄弟之情!"

听了这话,胡保川便猛烈地咳嗽起来,似乎是被茶水呛到了,过了好一会儿才笑道:"你再说一遍?我没听清你刚刚说的话!"

虽说是笑,但他的脸上实在没有半分笑容,凶相毕露。

王浩明了解他的禀性,这次是把他的火给扇起来了,不会那么容易平息下去的,但话既然已经说了出来,就算是后悔也没用了,便硬着头皮说道:"我没有跟你开玩笑。你别忘了,当年的事情你也一起参与了,而且你才是罪魁祸首，如果我把这件事告诉警察，恐怕你辛辛苦苦建立起来的大信集团也会在一夜之间变成废墟吧？"

一个人如果连死都不怕，那也就没有什么可顾忌的了，一边说着，王浩明又坐了回来，跟胡保川四目相对，气势竟然丝毫没输。

胡保川也盯着他的脸看了好久，除了眼神有些凌厉之外，其他地方都没有丝毫表情，似乎脑子里正在迅速权衡这句话的轻重。

突然，他仰面大笑，道："这么长时间不见了，你还是这么喜欢开玩笑。"

"我可不是在开玩笑。"王浩明用不容置疑的口气说道，"没错，我的确胆小怕事，但也不是孬种，如果有人想要让我死，我也不会让他活得舒服。"

听了这话，胡保川豁然站了起来，脸上也第一次出现了愤怒的神色："好，既然你都这么说了，那你就去举报我好了，我倒是想看一看有谁敢接手，有谁敢调查老子！"

说着，他把茶杯端了起来。

用意已经再明显不过了，那就是端茶送客。

王浩明也不再停留，只是在出门的时候，似乎突然想到了什么，轻描淡写道："对了，有一件事忘了告诉你，当初我跑路的时候，你让我把账本带走销毁，结果我记性不太好，居然把这事给忘了。最近我经常拿出来睹物思人，越发觉得您的字写得真漂亮，尤其是那签名，简直是龙飞凤舞，令人愉悦啊。"

说罢，他便哈哈大笑，这才离开。

他的身影刚刚消失，胡保川再也忍不下去，端起杯子，一下子摔到了墙上，玻璃碴和茶水溅得满地都是。

不自觉地他摸了摸脸，杯子上的碎片居然溅到他的脸上，一下子就划出了两道伤口，鲜血瞬间流了出来，然而他却好像感觉不到疼痛似的，任由鲜血从脸上滑落。

狰狞的表情、血染的脸颊还有那几乎要喷火的目光，组合成了一幅极为恐怖的画面。

离开大信集团的大楼之后，外面已经下起了瓢泼大雨，但王浩明却一点都不在意，径直走入了雨幕之中。

脸上的笑容缓缓散去，取而代之的是一抹化不开的凝重，因为他意识到自己犯了一个弥天大错，并且已经感到了后悔。

人人皆知胡保川阴毒、厉害，但他究竟有多么阴毒、怎样厉害却是没有几个人知道，可王浩明却清楚地了解。

他不仅了解，甚至还亲眼见过。

他清楚地记得，曾经有一个兄弟在外办事，弄到了一笔钱，结果自己也受了伤，可胡保川赶到之后，带上钱就离开了，不仅没有带他离开，甚至连看都没有看他一眼，任由他在荒郊野外等死。

直到现在他都记得那一幕。

也正是因为这件事，他才下定决心要洗手不干，后来发生了沈逸父亲上吊的事，更是让他无法释怀，终于选择了退出。

当初他们说得明明白白，以后各干各的，谁也不打扰谁，可结果见到恒记集团有了起色，胡保川马上就要来插上一脚。

王浩明当然不肯，两人就因此起了嫌隙。

这么多年过去了，胡保川始终还是下手了。

在胡保川的眼中，从来就只有利益，什么兄弟情、什么好朋友根本就不值得一提。

王浩明知道，今天在万般无奈之下祭出了终极武器——账本，这账本就是在当年沈富春事件后，跑路中留下的证据，王浩明一向心眼儿比别人多一个，完全是出于以防万一，想不到现在派上用场了。但他却后悔了，后悔自己不该这么冲动，因为祭出账本，就等于是彻底在老虎的屁股上踢了一脚，胡保川心狠手辣，一定不会就这么轻易放过自己，以他的脾气，不把自己灭口是说什么也不肯罢休的。

然而，现在后悔已经来不及了，摆在他面前的只有一条路，那就是暂时出去躲躲吧。

反正他也不缺钱，不管逃到哪个地方，都足以保证后半辈子衣食无忧，至于恒记集团……留得青山在，不怕没柴烧吧。

现在连小命都要保不住了，自然也不在乎这些身外之物，他连公司都没有回，回到家收拾了一些衣物之后，就连夜开车出了城。

一路上他都胆战心惊，直到离开江城，这才松了一口气。

就在这个时候，从十字路口突然开来一辆三轮车，正好横在了自己的面前。

幸好他及时踩住了刹车，否则就算不死也得重伤。

可即便如此，引擎还是冒了烟，眼看是不能开了。

三轮车的司机马上来到了车前，不住地道歉。此时也围上来不少人，三轮车司机拉住王浩明不肯放手，要求赔偿。王浩明身上根本就没带什么现金，正在寻思着怎么办的时候，从人群中走出来一个人，拍了拍王浩明的肩膀，王浩明转身一看，原来是张博，这下可好了，立刻叫张博掏钱给车主息事宁人。

"你不好好在公司上班，怎么来这里了？"王浩明叫张博也上车，一起离开。

张博尴尬一笑，道："我跟沈哥吵了一架，所以才想回去休息两天，你呢？"

王浩明自然不可能告诉他自己是要跑路，只能含混不清地应付。

张博说自己家就在附近，非要拉他去家里坐坐，王浩明推辞不掉，加上车子也没法再开，就答应了。

市中心外有很多幽静的小区，虽然周边配套设施不发达，但胜在清净，环境也好，张博的家就坐落在这样一个地方。

王浩明心里寻思自己应该找一个这样的地方暂时落脚，也不会被人轻易发现。

张博去做饭，他则在小院内四处闲逛，无意间来到了厨房外，正想进去搭把手，突然听到张博神秘兮兮地说笑道："嘿嘿，就是这么巧，被我撞见了，人就在我这里。"

他这几句话说得声音很小，不过厨房没有玻璃，自然也就没有隔音，所以王浩明听得清清楚楚。

人就在我这里，说的是我吗？张博跟谁打电话？张博不是沈逸的兄弟吗？张博有问题？到底是怎么一回事？

想到这里，他心乱如麻，感觉脊梁骨冰冷，回想起来，确实是太巧合了，怎么路上那么多人，偏偏就撞到熟人了？难道自己已经被胡保川的人跟踪？

他瞎想了半天，也想不出一个因果关系，为了谨慎起见，三十六计先走为妙。大概是因为太过紧张，门明明没锁，但他却掰了好半天，弄出的动静自然也惊动了厨房里的张博。

张博不由分说就从厨房冲了出来，只见他手上赫然拿着一把菜刀。

第四十九章

　　王浩明从口袋里掏出车钥匙就直奔自己车里，张博立马也驾驶自己的车紧紧在后面追赶，车速越来越快。王浩明大着胆子闯了几个红灯，再看看后视镜，张博的车依然紧跟在后，完全甩不掉。转过几个弯后，前方就是长江大桥了，桥上也没什么车，但王浩明的车就不争气了，油门越踩越深，车速却越来越慢。他大骂了几声，眼看张博的车和自己平齐了，就要在前面别过来，他一个急刹，从车里下来，然后往回跑。张博也停车下来，继续在后面追。

　　可他毕竟上了年纪，又怎么可能跑得过年轻力壮的张博？

　　"明哥，怎么不打招呼就要走呢？你等我一会儿呗，我跟你说几句话。"张博将菜刀背在身后，慢慢向王浩明走了过来。

　　他明知道这是掩耳盗铃，但也没有办法，因为胡保川只是命他拖住王浩明，并没有让他杀人。

　　王浩明自然不会上他的当，没等他靠近，便翻越了栏杆，作势要跳下去。

　　这座桥也是大大有名，正是有"万里长江第一桥"之称的江城长江大桥。

　　看着桥下的滔滔江水，王浩明的心中也翻起了惊涛骇浪。然而，他此时已经没有了其他的选择。他已经打定了主意，只要张博敢靠近，他就自己了断。

　　张博显然也明白了他的心思，立马停下了脚步，道："明哥，有话好好商量，何必自寻短见呢？只要你回去跟我见三叔，我保你一条活路。"

　　"你真的投靠了胡保川？你背叛了沈逸，你这个卖主求荣的畜生，连我都不如！哈哈哈！"王浩明仿佛听到了天大的笑话一样，旁若无人地笑了起来，直到最后变成了哭声。

　　他是在为自己感到悲哀，虽命运多舛，又何惧死亡，就算死也早在二十年前就应该死了，但他宁愿死在沈逸的手里，也不想被胡保川抓去侮辱和折磨。

　　就在昨日，他还是堂堂恒记集团的董事长，不管走到哪里，都会被奉为上宾，可没想到一转眼间，就即将成为长江底下的一缕冤魂。

　　张博听出了他话中的嘲讽之意，脸色也变得不好看，但还是耐着性子说道："三叔交代过，只是想跟你小聚一下而已，至于其他的事情还可以商量着来，最不济你也只是交出一点股权而已，也不至于要你的命吧！"

　　其实他的话也有些道理，只可惜王浩明太了解胡保川的为人。

胡保川做事果断，绝对不会留下一点祸患。

王浩明早在二十年前就已经看透了，如果不是他急流勇退的话，恐怕也活不到今天。

一想到自己绝无生路，王浩明反而冷静了下来，淡淡地问道："胡保川是不是给了你一大笔钱，然后许诺给你高官厚禄，所以你才背叛沈逸的？"

张博没有答复，脸色有些不好看。因为在他听来，"背叛"两个字是那么刺耳。

这也正常，毕竟吃里爬外的人不管走到哪里，都是不受人待见的。

王浩明也没等他回答，便说道："就算你不说，我也猜得到，当初他又何尝不是这样许诺我的。可结果呢？我不仅什么都没得到，反而背负着愧疚活了二十年。你还年轻，有的是机会，还是早点回头吧。"

在恒记集团，王浩明是老板，而张博却只是一个名不见经传的部门经理。由于沈逸的原因，王浩明才对自己客气一些，如果沈逸不在，那可就不一定了。

张博早就已经看腻了他的模样，此时见他死到临头还要对自己说教，顿时怒不可遏，道："少在我面前指手画脚，我劝你还是为自己的处境着想一下吧。看看下面的滔滔江水，是不是有点似曾相识的感觉？你不要忘记了，当年沈逸的父亲沈富春就是被你害得那么惨，走投无路，想不到这么巧啊，今天你也站在生与死的边缘，这难道就是所谓的报应？"

"如果这是我的报应，那你做了坏事也逃不脱报应的！哈哈哈，你的报应也快来了。老天肯定不会放过你的，你肯定会遭天谴的，到时候你会比我还惨的，哈哈哈哈哈哈。"王浩明朝着张博狂妄地大笑几声，做着最后的挣扎。

张博被他刺激得满脸通红，青筋暴露，他三步并作两步快速朝王浩明跑了过来。大概是已经看透了生死，王浩明已经没有了刚才的慌张，他闭上双眼，低声默念了两句之后，毫不犹豫地一头扎进了江水之中。

伴随着"扑通"一声，王浩明瞬间便被奔流不息的江水淹没，消逝不见。不出几天，下游就会发现一具肿胀得不成样子的浮尸孤苦地漂泊在岸边。

昔日的老板就这样被自己活活逼到跳江，张博非但没有一丝愧疚，反而一脸幸灾乐祸的笑容，就像报了什么大仇似的，向江水中吐了一口唾沫，便志得意满地离开了。

他马上把这个好消息告诉了胡保川，然后就径直去逍遥谷风流快活去了。

挂断电话之后，胡保川露出满意的微笑。

王浩明一死，恒记集团的股东们将悉数被自己收买，恒记的中高层管理人员将予以厚禄。恒记的所有资源将被大信集团接管，而张博将是接管这一切的最佳人选，那么江城市最大的金融集团和最大的科技集团强强联手，将会出现什么结果？

胡保川从柜子里拿出一支珍藏已久的高档雪茄，点上狠狠吸了一口，顿时整个人都沉浸在对未来无限的遐想中。

……

先是沈逸无缘无故请了长假，紧接着又是王浩明突然失踪，恒记集团瞬间变成了无头苍蝇。

偌大一间办公室里，只有七个人，个个愁眉不展，就像守在太平间外的死者家属一样。

从某种角度来说，他们和死者家属的确有一样的心情，因为他们都是恒记集团的董事。

这两年，恒记集团的生意如日中天，他们几乎什么都不用干就能坐着数钱。可是一连串的变故，已经严重影响到了他们的利益，不但是利益受创，恐怕他们连工作都无法保住。

张博进来的时候，见到的就是这样死气沉沉的气氛。

看到张博，大家的脸色更加不好看，马上就有人说道："保安呢？无关紧要的人就不要进来了。"

毕竟是同一家公司的人，他们虽然跟张博不一定很熟悉，但都了解他的为人。他们都明白，如果没有沈逸做后台的话，别说是市场部的营销经理了，他连被聘请的资格都没有。

听了他的话，张博也不生气，直接走了进来，大大咧咧地坐在了那人的身边，一只手搭着他的肩膀，另一只手拿着董事长办公室的钥匙在他面前晃悠，嚣张之色溢于言表。

被他挑衅的人叫楚雷，是员工推举出来的代表，也是董事之一。人如其名，他也是火暴脾气，哪里容得下张博这样调戏，当即一拍桌子就站了起来。

"老楚啊，别发火，还是谈正事要紧。"另一名董事万术林连忙拉住了即将暴发的楚雷。

"谈什么正事？公司就是被他这种小人给祸害了。如果不是有沈总撑腰，他早就被炒了不知道多少次了。而且，今天是董事会，他有什么资格参加？"

楚雷越说越生气，最后一句话几乎是他直接从喉咙里吼出来的。

张博也不动怒，直到他骂完，这才淡淡地说道："我决定解除你董事的职务。"

听了这话，楚雷分明一愣，随即哈哈大笑，道："就凭你？你有什么资格？"

"现在是没有，不过一会儿可就难说了。"张博摊了摊手，就不再理他，只是把脚搭在了圆桌上，一副吊儿郎当的样子。

楚雷死死地瞪着他，正要发火，一时间又不知道该说些什么。

万术林清了清喉咙，说道："好了，咱们还是先谈正事吧。公司最近出了一些状况，我想大家都已经了解了。今天难得七大执行董事聚齐，咱们还是商量一下董事会主席的事情吧。"

听了这话，会议室中顿时一片哗然。

一般的有限公司，至少要有三至十一个执行董事和一个董事长组成董事会。董事长是集团利益的最高代表，也是最高管理人，在遇到突发情况时，董事会的确有任免董事长的权力。

"老万，王总只是暂时没有消息而已，你这就要推选下一任主席，未免太着急了吧？"

这话是楚雷说的。

在座的人，都是公司的股东，唯独他一人例外。他只是一个普通的员工而已，因为为人比较正直，所以才被推选成了员工代表。

他的话很有道理，但在场却没有一个人附和，所有人都低着头。

万术林更是直接把他的话给忽略了，径自说道："如果大家没有异议的话，那我们就开始投票吧。首先我推选张博成为下一任董事会主席兼恒记集团董事长。"

话音刚落，楚雷就第一个站了起来，道："且不说王总究竟出了什么事情，就算是他真的回不来了，公司那么多的股东，那么多有经验、有才干的人，为什么要推选这个毛头小子？我第一个不同意。"

第五十章

跟刚才一样,他的话同样没有得到别人的支持。这时候,恐怕即便再傻的人也知道其中有问题,楚雷虽然性格火暴,但毕竟不是傻子,马上就把目光转到了张博身上。

张博露出了一个自以为很真诚的笑容,道:"我早就说过的,一会儿我就会解除你董事的职务。我办公室还缺一个马桶保洁员,如果你感兴趣的话,可以应聘一下。"

听了他的话之后,楚雷恨得牙根直痒,却又无法发作,只好气鼓鼓地又坐了下来。

接下来就是表决,毫无悬念,在场的人中,除了楚雷之外,所有人都赞同张博做董事会的主席。

直到大家开始鼓掌,张博这才懒洋洋地站起来,目光从众人脸上一一扫过。

曾几何时,在这些人的面前,他连说话的资格都没有,现在摇身一变成了董事会的主席,恐怕在这之前张博连做梦都没敢想过。

什么叫做小人得志,看看他此时的样子就知道了。

张博就任的消息不胫而走,瞬间就成了街头巷尾热议的话题。看着手中的报纸,沈逸并没有预想到的生气或是悲伤,反而表现得很平静。

江心盯着他看了很久,疑惑地问道:"王浩明下落不明,张博小人得志,你就没什么反应吗?这不是我所认识的那个熟悉的沈逸啊。"

"反应什么?"沈逸回过头来,淡淡地盯着江心。"王浩明罪有应得!"

"但张博背叛了你,难道你就让他嚣张下去?你们江湖中人不是讲有仇必报吗?三刀六洞,暴尸荒野,白刀子进去、红刀子出来……"江心激动地说。

听了这话,沈逸无奈地翻了翻白眼,道:"这话是一名警察应该说的吗?既然已经分道扬镳,那他就不再是我的兄弟,他做了什么,与我何干?再说王浩明不在,胡保川觊觎恒记的资源已久,恒记必然将被他接管。"

虽然嘴上说得轻松,其实沈逸的心情却异常沉重。他跟张博一起长大,怎能不了解他的为人?以他的能力,绝对不可能摆平那么多的执行董事,背后支持他的除了胡保川还能是谁?

但张博未必就真的能怎么样,恒记还是胡保川说了算,更准确地说,应该是有人把他当成了枪。

记得刚刚查到王浩明与父亲的死有关时，他整个人就像疯了一样，但此时知道幕后真凶另有其人，沈逸反而表现得异常镇定。

他之所以这样，并不是他淡忘了仇恨，也不是他不想报仇，而是他明白胡保川有多么可怕。跟这样的老狐狸斗智，他必须时刻保持冷静，才能想出更好的策略。

江心了解沈逸，虽然他这么说，但大脑一定正在不停地转动。

"现在咱们该怎么做？"江心终于还是忍不住好奇。

沈逸伸了个懒腰，露出一副打不起精神的样子："我觉得现在挺好的，我有舒服的床可以睡，再也不用在冰凉、坚硬的办公桌上打瞌睡了。不过，倒是你应该回去上班了。"

江心幽幽叹了口气，道："吴佑行是我的顶头上司，他已经被停职了，我要想恢复职位，要么等他复职，要么就得等领导把关系转过来。"

沈逸摇了摇头，呵呵一笑，道："你理会错我的意思了。不要忘了，你现在还是恒记集团的在职员工呢！如今公司正值多事之秋，身为恒记集团的员工，你还好意思在家里偷懒吗？"

一时间，江心似乎明白了他的意思。

……

夜已深，沈逸出现在逍遥谷。在吴佑行的授意下，沈逸今天要找到一个叫大头的人，此人曾经是吴佑行的线人，现在是大信集团的一名保安。在上次吴佑行和小汪被围殴的事件中，大头是关键的接头人，然后在事发之后，一直请病假找不到他的人。直到昨天吴佑行才发现他出现在逍遥谷，于是请沈逸去找他问个明白。

沈逸也是这里的常客了，如果在以前的话，还没等他进门，就已经有十个八个姑娘把他给包围了，然而这次却没有。

因为恒记集团的事情早就已经传开了，那些小姐的消息比任何人都灵通，如今张博才是她们的财神爷，她们自然不会再去巴结一个已经失势的人。

何况，张博发下话来，如果谁敢奉承沈逸，他就让谁的生意做不下去，当然再也没有人敢做他的生意。

虽然明知道趋炎附势是人的本性，但前后的落差感还是让沈逸感觉很不舒服，最后多花了一倍的价钱，才终于泡到了妞。

这人叫小艳，长得就跟城中村里的站街女差不多，实在不值这个价钱，但沈逸也只能忍了。

她显然也听到了消息，见面的时候特意做了伪装，甚至连应酬都没有，拉起沈逸就要去开房。

"不要这么着急，我有话要问你。"沈逸不留痕迹地把手从她怀中拿了出来。

小艳一怔，道"你都混到这个地步了，不会还想玩什么花样吧？我劝你有那钱还是留着回家好好过日子吧，这种地方不再是你的主场了。"

她的话虽然有些难听，但也算是一番好意了。

说着，她便把包间的门关好，开始脱衣服。

沈逸连忙打断，道："我不是那个意思，只是想问你几个问题而已，放心，钱我还是会加倍给你的。"

说着，沈逸拿出一沓钞票，直接放在了茶几上。

这个世界上没有什么事情是钱不能解决的，如果有，那只能说明钱给得还不够多。

果然，见到钱之后，小艳的脸色一下子就来了个一百八十度的大转弯，满脸堆欢，道："沈总就是大气，你要问什么就问吧。"

说着，她已经坐到了沈逸的腿上，极尽谄媚之术。

沈逸这才问道："有一个叫大头的马夫你认识吗？"

"马夫不知道，但牛郎认识得不少，您也喜欢这调调儿？"小艳连连娇笑，一脸暧昧。

沈逸也不揶揄她，马上又拿出几张钞票塞到了她的胸衣里。

在风月场里混的人，都跟人精一样，她们懂得怎样做才能让别人心甘情愿地掏钱，显然小艳就是一个这样的人。

见到钱之后，她顿时眉开眼笑，道："你说的是那个大头啊，我当然认识，他还给我牵过两次线，只是听说他最近赚了大钱，再也不干了，刚刚我还见到他了呢。"

刚刚？

沈逸一下子来了精神，马上让她去把大头找来，自然免不了又花了些钱。

本来，沈逸是从来不会自己出面的，可现在也没有办法，他实在是没有

其他人可用了。还好,这个大头并不认识他,以后应该也没什么机会见面了,所以他倒不担心。

很快,大头就被小艳拉来了。

就像是害怕别人见不到他脖子上的金项链似的,他特意光着上身,下身穿的则是大花裤衩,十足暴发户的打扮。

第五十一章

只见大头一脸的不耐烦,半推半就才跟随小艳进入包间。

这也正常。

说到底,他以前也只不过就是一个皮条客而已。平日里只知道低头开车,偶尔想跟人搭讪都不会有人睬他,这时候好不容易有机会,当然要把大爷的派头给要足了。

小艳又如何不明白他的意思,不过她久在风月场所上班,这种小人得志的模样见得多了,看在钱的面子上,她也就只能忍了。

进入包厢之后,大头瞬间原形毕露,刚一进门就开始旁若无人地跟小艳调情,作势要去脱她的衣服。

"等一等……"小艳笑着推开了她。话还没说完,大头就一巴掌打了过来,怒道:"刚刚是你硬要拉老子来的,怎么现在又开始装矜持了?你信不信老子砸了你的饭碗?"

从始至终,他都没有朝沈逸的方向看上一眼,可沈逸却一直都在打量着他。

什么叫作"子系中山狼,得志便猖狂",今天他算是彻底领教了。

大头只不过是大信集团一个小小的保安而已,再加上做"马夫"赚的钱,偶尔还是可以过上几天奢靡的生活。

沈逸的心中已经有了分寸,便咳嗽了一声,道:"大头哥真是好大的威风啊。"

大头也是一愣,直到这个时候才意识到房间中还有其他人,下意识地就认为有人摆了自己一道,马上就想离开。

然而,小艳已经抢先一步从门口出去,顺手关好了门,正好截去了他的去路。

其实，她倒未必安着什么好心，只是对刚才那一巴掌心怀怨恨，所以才想借沈逸之手来教训他罢了。

大头气得直跺脚，眼看对方已经摆好了阵仗，绝对不可能让自己轻易地离开，最后只能战战兢兢地回过头来。

刚刚那颐指气使的模样早已烟消云散，此时的他只是低着头站在墙角，就像是一个等待上刑场的死刑犯一样。

过了好半天，见对方没有动静，他这才小心翼翼地把头抬了起来，当见到沙发上的人之后，心中也微感好奇，因为他从没见过这个人。

而且这人相貌一般，穿着也不怎么华丽，不管怎么看都不像是自己得罪过的人。

想到这里，他这才松了一口气："你是？"

虽然对方其貌不扬，但大头不知道他的底细，所以也不敢轻易得罪，言语之间十分恭敬。

沈逸指了指一旁，道："坐下再说。"

大头将信将疑地看了沈逸一眼，见他身体肥胖，又没有跟班，也就没有把他放在心上，便大大咧咧地坐了下来。

"听说大头哥最近可是发大财了啊。"沈逸也不废话，刚一坐下就直奔主题。

大头装模作样地摆了摆手，道："小打小闹而已，还没请教这位老板在哪里高就啊？"

他一门心思地只想知道沈逸的来历，所以总在言语中试探。

沈逸没有回答他的话，只是自顾自地说道："吴佑行这么大的名声都被你给摆平了，如果这还叫小打小闹的话，那么恐怕江城就没有什么大事了。"

听到"吴佑行"三个字，大头的脸都吓白了，但还是佯装镇定地道："你……你在说什么，我怎么一点都听不明白？"

一边说着，他的眼睛一边四下打量，似乎四周的任何角落中随时有可能冒出一批人来。

直到确认周围没人之后，他这才尴尬地一笑，随即从口袋中拿出几百块钱，递到沈逸的手里，"您可不要听外面的人胡言乱语，兄弟可是本本分分的小市民，只不过前段时间误打误撞中了彩票而已。这点钱你别嫌弃，就当是请你喝杯酒吧。"

毕竟是小人物出身，那种抠抠搜搜的本性永远也改不了，就这几百块钱，别说是在逍遥谷喝酒了，恐怕当成小费打赏给服务员人家都不会感激他。

说罢之后，他便想要离开了。

沈逸也不阻拦，直到他走到门口，这才漫不经心地说道："你说这是胡言乱语，但有些人未必会这么想，我可听说三叔已经听到风声了，知道你曾经是吴佑行的线人，还为他提供了不少的线索。"

听到"三叔"两个字，那大头就像耗子见到猫一样，脚下一软，差点就倒在门口。

沈逸看在眼里，心里也觉得有些好笑。

其实刚刚一打照面，沈逸就已经看出了大头的本性，但万万没想到他会这么没用，光一个名字就能把他吓成这样。

不过这样也好，只要自己再加把火，不怕他不老实交代。

沈逸的预感果然不错，大头急得眼泪都差点掉下来，口中只是不停念叨着"该怎么办，该怎么办。"

他虽然有点小人乍富，但毕竟不是傻子，很快就明白了沈逸的意图，便重新坐了回来，道："大哥，我跟你往日无冤、近日无仇，您可不能害我啊。"

"你也说了，我俩无冤无仇，我为什么要害你？"沈逸反问道，"如果我要害你的话，早就去三叔那里告状了，还会来通知你吗？"

大头也觉得这话很有道理，顿时笑逐颜开。

沈逸一直都在注意着他的神色，见到他脸上流露出笑容，马上话锋一转，道："我虽然不会害你，但别人可就难说了。三叔这个人你也明白，他绝对不会给自己留任何隐患的。

"我听说当初他交代手下办一件事，结果那件事搞砸了，然后他老人家就把那人一家三口全都扔到了长江里。等第二天人被捞上来时，都已经被鱼吃得只剩下白骨了。"

这个故事自然是沈逸信口胡说的。

道上的人都说三叔这个人很厉害，但究竟有多厉害却是没人知道。

沈逸故意说得煞有介事，更为自己的故事增添了几分可信度，大头正在紧要关头，又如何能够分辨？

大头果然上当了，冷汗涔涔流下，一下子就跪在了沈逸面前，一把鼻涕一把泪地求他帮忙。

人在极度害怕的时候，是很难再有思考能力的，否则的话，他也不会傻到要给一个刚刚见面、还不知道姓名的人下跪。

沈逸也没想到事情发展得竟然这么顺利，但还是把他扶了起来，道："让我帮你也可以，不过你先得把整件事情说清楚，我才能给你想办法啊。"

毕竟是恒记集团的副总，沈逸免不了要经常出来应酬，所以跟人打交道一直都是他的强项。他说话的声音很轻柔，这番话如果让旁人听到，绝对会把这两人当成什么至交好友。

大头也是踌躇了好一会儿，这才咬了咬牙，道："那天，吴佑行找到了我，让我带他们去大信集团的档案室。我哪里敢得罪三叔，可是吴佑行手上握有我的证据，我又不能不听他的话，只能想了一个两全其美的办法。"

听到这里，沈逸插口道："所谓两全其美，就是出卖吴佑行，既解决了他这个隐患，又在三叔面前立了一功，是不是？"

大头先是下意识地点了点头，随即似乎想到了什么，连忙把头摇得跟拨浪鼓一样："怎么可能，吴队这么照顾我，我怎么可能害他呢？"

这话倒是让沈逸有些意外。略一沉吟，他便站了起来，而后坐在了大头身边，借此来给他造成压迫感。

每个人都有自己的安全距离，当有人侵入这个安全距离的时候，就会本能地产生反抗，这个时候如果再说谎，很容易就能让人看出破绽。

可大头却一点反应都没有，只是愣愣地看着他。

难道真的不是他出卖了吴佑行？

沈逸心中疑窦丛生，脸上却是一副成竹在胸的神色："那么你所谓的两全其美又是什么意思呢？"

大头似乎是有些为难，但一想到三叔的手段之后，只能老实交代，道："那天吴队做接应，让我去档案室偷资料。我表面上答应了，其实根本就没上楼，只是在楼道中转了一圈就下来了。

我本想着见到吴队之后，就告诉他档案室有人，不敢进去。这样一来既不用得罪三叔，又能糊弄过这一关，可没想到，我下楼之后就见到他被人围住了。"

"当时我以为三叔知道了消息,所以才故意设下圈套引我们上当,就偷偷跑掉了。第二天,就传来了吴佑行被停职的消息,我知道他跟三叔都在找我,这才躲了起来。"

"你这也叫躲起来?"沈逸看了看他这身打扮,还是有些怀疑他的话。

大头不好意思地笑了笑,说道:"在他们那些人的眼里,我只是一个不起眼的小瘪三而已,最多也就是在逍遥谷外转一转,又怎么会想得到我会有钱进来潇洒呢?所以这里才是最安全的地方。"

沈逸想了想,也觉得他的话很有道理,正所谓大隐隐于市嘛!

沈逸鉴貌辨色,已知他没有撒谎,那就证明吴佑行的猜测是错的,出卖他的人并不是大头。

知道这件事的人除了吴佑行之外只有两个,不是小汪,不是大头,那到底是谁呢?

大头突然想到了什么,大呼道:"出卖吴队的难道是那个人?"

"说清楚,哪个人?"沈逸问道。

"我这么跟你说吧,有天凌晨我值夜班,但胡总办公室的灯还亮着,胡总是个夜猫子,晚上还在谈事情这也正常,于是我就在办公室外面转悠,怕他有什么需要,也好有个照应。后来,外面有汽车驶入的声音,从车上走下来一个人,一身休闲装扮,还戴顶鸭舌帽。我就没在意,但还是瞟了一眼他的模样。你猜猜是谁?"

"少废话,快说是谁。"

"我以前也做些小偷小摸的事情,经常混迹在汉街的,所以那时有个治安队长,我老是栽在他的手里,这个人姓李,叫李茂盛,现在据说做到了市局副局长的位置。他也是吴佑行的领导,你看吴队的行动李局肯定知道啊,还有他这个身份出现在大信集团,还在深夜这么隐蔽的时候,你觉得会不会是他啊?"

"狗日的!"沈逸被大头的一席话彻底点醒,很明显,多次干扰吴佑行行动的警局内鬼,权力颇高,除了李茂盛,还能有谁?警局里果然藏龙卧虎,但他没有在大头面前表明态度。

第五十二章

见沈逸半天没有说话,大头也不敢打扰,还以为他是在苦思怎么帮自己。

事情总算弄明白了,现在,沈逸脑子里想的却是怎么把眼前这个人收为己用。虽然保安这个职位是低了点,但如果安插在胡保川身边,多少还是能起到一点作用。

张博的背叛对于他来说,就像失去了左膀右臂一样,有很多事情都无法办成。而孙小兵虽然有能力,但算不上"正式员工",他的信息技术是强项,其他事情很少能帮上忙。

可大头就不一样了,他出身草根,朋友多,小道消息也多,这点正好可以替代张博,只要自己能够驾驭住他,就能产生利好。

这家伙脑筋不怎么灵活,那也不是问题,反正沈逸也不需要他出谋划策。

想到这里,沈逸便故作为难地摇了摇头,道:"如果是其他事情,倒也好说。可三叔的眼睛里可容不得沙子,虽然你没有真正背叛他,但把警察带到公司内部,就已经是死罪了。我劝你还是去找吴佑行自首吧,说不定警察能够保护你,只是免不了要做几十年牢了。"

其实,大头并没有犯多大的错误,就算是被警察抓起来也不会有什么罪过,然而在这紧要关头,大头哪里想得到那么多。

听了沈逸的话,他的心都凉了半截。

"不过嘛……"话只说到一半,沈逸便连忙打住,而后给自己倒了一杯酒,故意卖了个关子。

这一招大有学问,就像是说书人在讲完一段之后,总要留下个"扣子"一样,为的就是吸引别人的好奇心。

大头果然中计,急得像一只抓耳挠腮的猴子一样。

估计时间差不多了,沈逸这才说道:"你要信得过我,我可以帮你想个办法,不管是警察还是三叔都找不到你,但是有一个条件。"

既然还有活命的机会,别说一个条件了,就算是十个八个,大头也只能答应。

此时的他还不知道,自己已经成了沈逸手里的一只提线木偶,他的一言一行都已经被对方给掌握住了。

沈逸并没有再卖关子，放下酒杯便一字一顿地说道："我要你死！"

此话一出，对大头来说无异于五雷轰顶，差点就晕过去，随即又猛地跳起来，指着沈逸的鼻子大骂："好啊，原来你小子是来拿我开涮的，就算是死，老子也要拿你做垫背的。"

看得出来，他是真的生气了，那对绿豆眼中几乎要喷出火来。

沈逸也不生气，不疾不徐地说道："除了死之外，你也没有其他路可以选择了。不过此死不同于彼死，我只是想让你改名换姓而已。"

说着，他给孙小兵打去了电话，让他把大头的名字加在交通事故的死亡名单里。

在江城，每天都有交通事故发生，每天都有人死亡，加个名字对孙小兵来说，简直就跟吃饭喝水一样简单。

几分钟后，孙小兵便传过来一个链接，打开一看，原来是警方通报的一起交通事故，"郑乾"两个字赫然在列。

郑乾便是大头身份证上的名字了。

不仅如此，沈逸还许诺两天之内就给他做好新的身份信息。

大头顿时喜出望外，差点把沈逸认作干爹。

沈逸不想在这个地方停留下去，马上就离开了，只是在离开之前给了大头一笔钱，吩咐他继续在这里花天酒地。

他这样做当然有自己的目的，不过现在还不是说的时候。

平白无故就有钱拿，大头自然也不会多嘴去询问。

此时已是凌晨，但沈逸并没有回去休息，因为他知道天空中似乎有一张巨大的网正在靠近这座城市，现在他要做的就是跟时间赛跑。

这张网正是胡保川。

他先是设计搞垮吴佑行，又利用赌博游戏来离间王浩明跟沈逸的关系，搞死王浩明，紧接着策反张博……

一环扣着一环，显然都是经过精心策划的，其目的自然就是恒记集团这块大蛋糕。

沈逸虽然名义上依旧是恒记集团的副总，但根本就不足以挽救颓势，所以他才想要跟吴佑行合作，从法律上寻求突破。

一个以敲诈他人为生的人竟然要寻求法律上的帮助，说起来也真是讽刺，但沈逸别无选择。

其实他的心中已经有了行动的步骤，现在最缺的就是时间。

离开逍遥谷之后，他马上去见了吴佑行，当他把刚才的事情说了之后，吴佑行却没有流露出预想中的吃惊，反而十分平淡地说道："其实我早就知道了。"

沈逸愀然作色："是吗？吴队长城府挺深的。"

吴佑行目光如炬地道："李茂盛三番五次地陷害我，背后一定有人指使，我查的狩猎人和金融公司都和胡保川有关系，已经触碰到了他的核心利益，不是胡保川指使李茂盛，还有谁能有这么得天独厚的优势？"

沈逸同意他的推断，并暗暗感叹，真是可惜，吴佑行空有一身武艺，却无法施展才华。

"喂，我有个提议。"沈逸用肩膀靠了靠吴佑行的肩膀，"我来帮助你恢复原职怎么样？这样你就能回去跟李茂盛继续斗智斗勇了。"

吴佑行带着藐视的眼神，道："你还有那个本事？"

"你又小看我了吧。"沈逸神秘一笑，道，"如果你三天之内连破十宗诈骗案，难道你的上级还会无动于衷吗？"

十宗！即便是见惯了大风大浪的吴佑行，听了他的话之后，还是险些被自己的口水给呛到。

沈逸自然不是无的放矢。

十家公司自从被张博卖给胡保川当作投名状之后，一夜之间全部反水，不再向沈逸指定的贫困山区打款，这也算是沈逸预料之中的事情。目前，贫困山区的情况非常不理想，所有牵头人负责的地区都出现项目停滞的状况，劫富济贫事业面临崩塌，这种局面沈逸也无可奈何，毕竟十家金融企业每个月加起来的打款超过200万元，这么大一笔金额，岂是沈逸一个人能够填补的？既然十家公司都以为只要跟了胡保川就万事大吉，没有后顾之忧，如果此时将他们违法的证据突然交给警方，那将会是一个什么局面呢？届时胡保川将会在金融界失去诚信，处于一种尴尬的境地。

没错，沈逸手上的证据原件都已经被张博给偷了，不过他脑子里的记忆却无论如何也忘不掉，何况在跟那几家公司老板打交道的时候，他们之间的所有通话、录音，沈逸都有备份，加之孙小兵通过在网络上故技重施，对长期作假如家常便饭的沈逸来说,重新制作一套证物根本就不是难事。

如今,这十家公司已经脱离自己的掌控,投入了胡保川的麾下,沈逸自然不会再袒护他们。一旦将它们给搬倒,吴佑行不但能够恢复职位,更能让胡保川失去十大助力和江湖诚信,对沈逸来说简直是一箭双雕。

说到这里,吴佑行瞪大眼睛和沈逸对视了一会儿,两人都扑哧笑了。

"喂,你是怎么做到的?"吴佑行一本正经地问道。

"你在说什么怎么做到的。"沈逸感觉他问话的语气和表情似曾相识。

"我问你,你当初进入恒记,不是面试一个重要的职位吗?你遇到个颇有竞争力的对手,要求即时出题,快速写作,并要现场的恒记员工和面试者作为评委进行投票,谁赢了谁就应聘成功,谁输了谁就自动放弃并被淘汰,结果你居然获得全票,对,就是这事,你怎么做到的?"吴佑行继续问。

"天哪,你还记得这事啊。"沈逸摇摇头傻笑道,"你问了好几次了吧?"

"对啊,你太狡猾,每次问的时候都被你岔开了。"

"呵,你不是干正事的人吗?怎么老喜欢问这些无关紧要的老梗故事。"

"喂,咱们现在谁跟谁啊,你就不能满足一下我的好奇心吗?当初我听到同事说这事的时候就非常感兴趣,我就纳闷了,你快速写作就那么厉害?你的对手可是曾经在文学比赛中拿过奖的人,你一个混混、草根,又没读过什么书,凭什么能够得满分,让别人拿零蛋?最后你晋级,搞得别人灰溜溜地被淘汰。"

"好吧,我就告诉你。秘诀在两个字,"沈逸喝了一口水,"人心。"

"人心?和写作有什么关系,没明白。"

"你看,投票的人不都是在场的恒记员工吗,还有应聘者。我们分析一下,他们有什么追求?恒记员工的心态是想拿高薪、升职,应聘者希望能够应聘到职位,能够成为恒记的正式员工。这个分析没错吧?"

"嗯嗯,是这样,没错。"吴佑行似乎被点醒,立刻大呼道,"哇噻,你该不会写的是……"

沈逸抛给吴佑行一个媚眼:"我压根就没准备去写!半小时的时间我用二十分钟打瞌睡,用了十分钟画画,我在那张试卷里清晰地描绘出一个山水兼容、阳光充沛、绿郁幽柔,令人浮想联翩的素描世界,还在图画的下方工整地写下一行字——带着你们的爱人跟随着我的脚步(我许诺在场每一个人的未来)一起去寻觅稳稳的幸福!"

"神来之笔,神来之笔啊。你用这几个字等于收买了在场所有评委的人心,傻子才会不投你的票呢!"吴佑行兴奋道。

"是的。那个竞争者确实厉害,我佩服得五体投地,他在半小时的时间内写了一篇教授级的大作,还借用了郭沫若和普契尼的灵感。问题是他没有搞清楚别人想要什么,自己又该给别人什么,一味地主观认为别人会认可他,不去审时度势,所以他输在了对人心的洞察力上。"

"哎哟,我今天才知道,大名鼎鼎的沈总真正厉害的地方啊。过瘾,过瘾,要来点酒就好了。"吴佑行开怀的心情还未平复。

北京银监局2017年学习贯彻十八届六中全会精神培训班在京举办。由中国银监会主办、中国高级公务员培训中心承办的两期,关于学习贯彻十八届六中全会精神暨处级干部领导力脱产培训班在京顺利举办,培训班邀请了中央纪委、中央党校、国家行政学院、北京大学等单位的领导和专家授课。通过一系列的专题讲座、案例教学,学员进一步深刻认识到党的十八届六中全会的重大意义,深刻领会习近平总书记在全会上的重要讲话精神,准确把握《准则》和《条例》,切实增强处级干部贯彻落实全会精神的自觉性、坚定性及党性修养,提高了领导能力、履职能力和工作本领。

省银监局局长韩跃平也受邀参加学习。三天的学习后,韩跃平准备直飞吉隆坡办点事情。在会议结束后,张秘书一把拉住韩跃平,韩跃平一看是张秘书,连忙笑脸相迎,伸出手握住。

"原来是张秘书啊,哎呀,我是说想跟你打个招呼,看你实在太忙,我就没好意思打搅。"韩跃平说。

"老韩,你难得来一次北京,我本该尽地主之谊的啊,实在太忙,不好意思、不好意思啊。怎么,今儿就赶着要走啊?"张秘书笑道。

"是啊,局里的事情也多,我不敢多停留啊。"韩跃平看看四周,低声问道,"江主席最近可好?"他口中的江主席,即中国银监会主席江家才。

"好啊,好得很呢,才特地问了你的情况,还说有时间一定要下去考察一趟。"张秘书小声回答,"对了,江主席要麻烦你件事儿。"

"什么麻烦不麻烦的,咱们什么关系,都是一家人啊。"韩跃平一听说领导有事托付自己,来劲儿了。

"江主席有个侄女在江城市经侦局里工作,这孩子才毕业就投入公安干警的事业当中,离他又远,也没时间照顾,所以老惦记着这孩子,这不,叫我麻烦你带点好吃的给她。"说着张秘书递给韩跃平一个袋子,里面装了很多土特产。"联系方式我都放在里面了呢,到了江城打个电话让她来拿就可以了。"

"这不是小事情吗。放心吧。"韩跃平眯着眼说,"江主席真是疼这个孩子啊。忒重呢。"

"江主席再三要我跟你说,也麻烦你照顾一下啊,年轻人好上进啊,用得着的话多锻炼!他没意见。"张秘书再次握住韩跃平的手,最后一句话语气特意加重了。

"听明白了,放心吧。"这话外音,韩跃平是一听就懂。

直到目送韩跃平拎着东西走出门外,张秘书才收起笑容,他走到大堂死角处,环视四周无人后,拿出电话,拨出一个江城市的号码,电话那头传来一个厚重的声音,张秘书小声说道:

"老江吗,你吩咐的事情办妥了,和你丫头打个招呼吧,准备去拿东西。"

第五十三章

帮助吴佑行恢复身份的十家金融公司的证据沈逸已经整理好,吴佑行已经和暂时顶替自己的经侦队长,也是自己曾经的下属龙刚打好了招呼,嘱咐一定要在破案的说明里面将自己的贡献写上,同时刘小辉协助完成抓捕工作。这些警员都在吴佑行手下干过,知道经侦大队没有吴佑行根本就玩不转,因此对于能够帮助吴佑行回到岗位上来的事,也是全力以赴地提供帮助。

此次回归经侦大队的计划中还有一个暗中给予大力帮助的人物,此人就是纪委副书记江宏,江宏直接跳过副局长李茂盛,在省公安厅相关同事的协助下,在适当的时候清除了吴佑行复职的障碍。

吴佑行也在寻找恰当的时机安排江宏与沈逸见面,但吴佑行心里也没有底,沈逸会不会答应和政府的人员合作,而且看起来沈逸也有自己的一套对付胡保川的计划。

茶吧里,沈逸将吴佑行和江心约过来,将最近调查的事情做了一个汇总。

"我说到做到，十家金融公司的证据都交给你了。你按计划行事吧。"沈逸转身对吴佑行打趣道，"这十家公司丢出来，你知道我有多心疼吗？我用了好长时间才搞到这些资料，并且说服这些老板让他们打钱。你这次怎么感谢我？至少也要请个十顿八顿的吧。"

"哎哟，说得丢人，这恒记的副总、逍遥谷的VIP，还缺那几顿饭钱。"吴佑行嗤之以鼻。

"好了啊，你们少说两句，谈点正事儿好吗？"江心朝两人白了一眼。

"现在我们梳理一下这些人物关系怎么样。"沈逸拿出笔和纸写起来，"市公安局副局长李茂盛，他在我们抓捕狩猎人吴福的案件中做了手脚，在吴佑行和小汪侦查的过程中给胡保川通风报信，这个人是黑警无疑。他是个关键人物，他与狩猎人和胡保川都有关系。我们再看狩猎人组织，吴福上面是黄浩，黄浩是胡保川的外甥，那狩猎人会不会和胡保川有关系？"

"我觉得不会。"吴佑行说，"胡保川现在做的什么事？狩猎人又是做的什么事？他放着好生生的大道不走，去做羊肠小道的绿林好汉？"

"我同意吴队的观点。胡保川做事一向金玉其外，他有大信集团这么好的一把伪装伞，口碑、信用、人脉一应俱全，完全没必要做打家劫舍的勾当，这和咱们沈哥做的事情一样，是一种裸犯罪。"江心发现这话有问题，她看了沈逸一眼，连忙纠正，"沈哥劫富济贫不是自己用，他是纯加码捞钱谋私，性质不一样。"

"喀喀喀，今天重点在案件上。"沈逸假装咳嗽一声，转移视线，点了点纸上，"这么说你们都猜测是黄浩主使的狩猎人，胡保川是被迫拉下水，然后通知李茂盛寻求保护了？"

"是的，我已经调查了黄浩的背景，是个徘徊在富二代边缘的混混。"江心说。

"什么叫徘徊？"沈逸反问。

"别看舅舅那么有势力有钱，就断定外甥也有钱，这中间还是隔着一些东西的。"江心继续说，"黄浩家只能算个中产，本来生活条件也还不错，但就是因为有了这么一个有钱有势的舅舅，心态就发生了变化。黄浩结交的朋友个个儿都比他有钱，个个儿都是游手好闲的公子哥，攀比的心理就出现了。黄浩也多番巴结这个舅舅，但胡保川这个人毕竟是靠双手一步步打出的天下，懂得勤奋和努力的重要，因此在对待这个外甥的问题上，用的也是传统的方式。比如将黄浩安排在大信集团的中低层岗位上，希望他能够边学边做，加上自己的提拔，慢慢往上爬。"

"嗯，这种做法确实是目前大企业家普遍使用的，我不会让你好吃懒做不劳而获，但我可以给你一个台阶，自己努力创富。"沈逸点点头。

"可能正是因为这种心理，黄浩就想走捷径和同龄人进行攀比，最后走到这条道路上来的。"据此推断，吴佑行也表示同意。

"狩猎人搞清楚了，那么我们再来分析大信集团和胡保川。"沈逸继续在纸上画着，"大信集团是江城最大的金融集团，覆盖的业务非常广泛，最近恒记集团也在他的掌控之下。加上公安局李茂盛，甚至还有我们未知的保护伞。"

吴佑行狠狠地捏紧拳头敲在桌子上："这下他可只手遮天了，江城金融领域的全部资源都掌控在他一个人手上，真是要风得风、要雨得雨啊。"

"嗯，最近获得的数据，大信集团旗下线上或者线下的 P2P 业务，流水已经达到 50 亿，留存资金预估超过 10 亿元。"江心说。

"我们都是在金融行业待了这么久的人，应该懂得这个行业的利润从哪里来。"沈逸做了一个钱的手势，"小贷、典当只是出钱口之一，通过 P2P 的入口进账的钱，要有好的挣钱项目放出去，才能实现盈利，对吧？根据胡保川平台的项目，有车贷，有企业贷，有房产贷，这些都只是通过抵押的形式将钱放出去，就算到平均月息 5 分吧，年化 60%，获得的利润也非常有限。再来看看他的业务范围，没有房地产吧，没有实业吧，所以靠这样的收入，根本就不足以支撑这么多员工的工资、房租、推广、各种费用等运营开销。那么我们基本断定，他玩的就是庞氏骗局，也就是我们常说的自融，一旦后续进来的资金跟不上，那么就会出现资金链断裂的问题。"

"这么说，大信集团就靠这么坑下去，总会有垮的一天了？"吴佑行疑惑道。

"这正是我想说的。靠这个玩儿，根本就不是长远之计。"沈逸回答，"再看看吴佑行刚刚说的大信的优势吧。大信现在的优势是什么，拥有江城九成的金融资源和科技资源，他要这些资源真的只为了扩大金融这个领域的业务？这个业务越做越大，坑也将越挖越大，胡保川不懂这个道理，不觉得蹊跷吗？"

"你的意思是……"江心的大脑飞转,"他还在搞别的事情。"

"能够搞什么事情,可以利用金融网络的优势,既不需要太多成本,又不需要太多人力,还不需要太多的场合,利润也极高……"沈逸念叨着。

"洗钱!!!"吴佑行和江心异口同声地回答。

"对!只有洗钱这个高级玩意儿,才能驱使胡保川韬光养晦地这么一点点侵蚀江城的大小金融企业。"沈逸摊开双手,继续说,"但一切只是猜测,没有任何证据。"

"你还记不记得,聚力金融开发的网络赌博游戏?我发现他们现在的交易量是越来越大了。"吴佑行联想到什么,瞪大了眼睛,"根据经侦以往侦查洗钱的经验,赌博平台是洗钱最好的媒介。你看啊,有的企业老板或者政府官员就曾经专程去澳门赌钱,然后一输就是几千万,不知情的人会说,这人赌红了眼,或者觉得他是个傻子,其实这当中是有窍门的,事先就与赌场串通一气,通过这种形式去赌场换不可退现金的A筹码,每次赌都两边下注,不断输掉A码,赢可兑现金的B码。这样反贪和经侦调查只能查到他在赌场全输光了,非法所得无法追究了。全过程无须赌场参与,赌场抽头和小概率通杀的局相当于洗钱成本!"

"居然还有这种玩法?"江心少见多怪。

"还有,通过投资公司,就比如大信集团旗下的一家投资公司,投资一部电影,表面上电影的票房扑街了,损失惨重,但其实呢,道理是一样的,钱都通过这种方式改头换面了。"

"难怪现在烂片这么多啊,我还天真地以为那明星是一时发挥失常。"江心一脸不快。

"嘿嘿,沈总真是高见,和有些人的观点真是不谋而合。"吴佑行诡异地笑道。

"和谁不谋而合了?"沈逸不解吴佑行怎么突然冒出这么一句无厘头的话来。

"行吧,今天就到这儿了,江心你去让刘小辉找几个网络监察的人,查查聚力金融那个赌博网站的情况。我还有点事,回头再聊。"说完,吴佑行就拉着江心急匆匆地跑了。

"哟,最近沈总结交了不少朋友啊,还有个大美女呢。"看见只剩下沈逸一个人了,陈晓琳这才端着一杯泡好的绿茶走了过来。

"刘玥最近还好吧,今天怎么没看见她?"沈逸问道。

"好着呢。"对上话,陈晓琳这才坐下来,恢复了那温柔的语气,"小玥在店里闲不住,我让她去报了个班,学点她感兴趣的东西,免得在城市里荒废了光阴。你呢,还好吧?"

"嗯,事情多,忙啊。"沈逸抿了一口绿茶,发现杯子上面还残留着陈晓琳手上润肤霜的香味。

"需要我帮忙吗?"陈晓琳试探地小声问道。

沈逸抬头看了她一眼,眼神闪烁,低下头回复:"不用了,谢谢。"

"怎么,还在意咱们的约定?"

"嗯,不是说好了吗,我的事,你别管,你自己好好生活。"

"这么多年了,你还遵守着你的原则,而我的心里已经长满了蜘蛛网和杂草。"陈晓琳流露出真情,担忧地说道,"我看吴队长和你聊得那么亲密,你一定在和他做些事情。昨天苏青跟刘玥通电话的时候我听见了,百合村出了问题,资金跟不上,我是担心那些孩子怎么办,处境一定很困难。"

"那边的事情我会想办法解决的,你别担心,这边店里就你一个人,也够忙的了。"沈逸宽慰道。

"这么多年我都没回去,倒不是我不想念他们,而是我怕一回去,我就再也不想离开。"陈晓琳的眼睛发红,眼泪在里面打转。"有时我晚上做梦,梦到百合村,还有那里的孩子们……他们有的是孤儿,有的是父母出去打工的留守儿童,为了能上学,学到知识,不再成为毫无作为的二代山野人,他们每日早晚披星戴月,风吹日晒,徒步又远又崎岖的山路来到学校,有的脚磨破了皮,有的脸冻得疼,有的带着冰冷生硬的烙饼在寒风中伴着热水吞下,他们都没有半点怨言,只为努力、上进、求索于未来。每当我路过江城的学校,听到里面传来铿锵有力的朗读声,总是会想起我那时在百合村教书被孩子们拥簇的情景。昨天听见百合村有事,我一晚上没怎么睡,心里老是惦记着他们。"

听着陈晓琳诉说着如此伤感的回忆,沈逸情不自禁地握住了她的手,安慰道:"我知道,我一直都知道你的心,那些孩子现在的生活非常好。在我们的努力下……"沈逸特别加上"我们"二字,"现在食堂都是统一管理,中午都能吃上一荤两素，和米饭、豆浆。衣物方面我联系了很多厂家，他们知道是做慈善，价格也相当低廉。书籍方面，我也找到了书店，他们也以成本价格给我们，并成批地运往百合村了。"

"嗯，你这人做事一向这样，想得细，考虑得周全，我放心。"陈晓琳擦拭了一下眼泪。

"刘玥就让她在这里多陪你一段时间吧，你安心过自己的生活，对自己好点，我不会打搅你，只要能够看你在这里生活一切都好，我就安心了。这样一来，也算是对我最大的帮助和鼓励。"

"好，你也要注意身体，我答应你，我哪里也不去，就在这里等你。但你一定要照顾好百合村，照顾好那里的孩子！"陈晓琳恳求地说道。

"放心吧，没事的。"

他们紧紧握住对方的手，久久没有放开，感受着彼此的温暖和慰藉。

第五十四章

红全县的一个贫穷的小村子里，突然这几天，有户人家的门前出现一排江城牌照的车，车里下来的每个人都不苟言笑，垮着脸，还没走到这家门口，前来看望的人就络绎不绝地围在四周，气氛显得异常严肃和悲恸，这个平静的村子里，好久都没有出现这么大的排场了。村里的人窃窃私语，据说有一位姓韩的老爷子在这里住了一辈子，癌症晚期，到上海的大医院就诊，医生说治不好了，剩下的时间家人多陪陪吧。于是当老爷子知道后，显得非常平静，佝着跟家人说就一个愿望，那就是落叶归根，死也要死在自己家里，所以孩子们都从四面八方赶回来，守候在老人身边，陪伴他走过人生的最后一段时光。

老人膝下有三个女儿和一个儿子，儿子名叫韩跃平，排行最小，是家里最有出息的一个，从穷乡僻壤里靠着优异的成绩考上211重点大学，考上公务员，又从科员一步一步地走到国家干部的岗位，据说现在任职省银监局局长。看到儿子这么争气，老人家临到别离时，也感欣慰。

老人靠着几亩庄稼地拉扯大了几个孩子，一辈子行得正、站得直，做过不少善事，深得村里人的好评，所以听说老韩病重的消息后，他们都自发前来问候。

看望的老乡走后，老人也显得相当疲惫，他躺在床上半眯着眼睛，似睡似醒，似乎陷入半昏迷状态，但意识却相当清醒，他有气无力地摆了摆手，招呼孩子们都过来，自己有话要说。四个孩子都跪在床头。他环视了床边泪眼汪汪的孩子们，目光停留在自己的小儿子韩跃平身上，韩跃平知道父亲有事情交代，于是上前一步，脸贴近父亲。

"平平……"老韩声音微弱，韩跃平抓住父亲的手，"我84岁了，活够本了，时候也差不多了。"众人哭得更加厉害了。

"我做了一辈子好事，觉得人啊，要顶天立地……负重致远。平平，你现在是国家干部，责任……责任更大，要对得起这份荣誉，多为国家做贡献，给韩家和村里争气。"老韩语重心长，缓了口气，继续说道，"家里就你一个男人，你要将韩家的名誉、兴盛的重担扛起来，照顾好几个姐姐……教育好下一代为人处世，你……"

老韩还没说完，韩跃平就满脸泪水地直点头。

当晚老韩就去世了。按照村里的习俗，老人的遗体要在家里停留三天才能下葬。三天里陆续有亲朋好友前来吊唁，花圈摆满了整个院子。

此时有一辆迈巴赫轿车在众人惊讶的目光中驶到韩家的门前。韩跃平身为银监局局长，正处级干部，开的车非常低调，何况自家父亲去世这种大事，越发要低调行事。迈巴赫这种级别的车，只有商业巨头才开得起。

胡保川穿得非常正式，一身黑色西服，但身上仍然残留着那种社会人的气质。他非常恭敬地上香、鞠躬、谢礼，然后走到院子外面点了一支烟，欣赏起山野风情来。

直到这时韩跃平才过来，拉着他走到旁边一处无人的地方，心急火燎地对他说："你怎么来了？"韩跃平边说边谨慎地往后堂看去。

"韩局长家里发生了这么大的事，我是一定要来的。"胡保川抽了一口烟吹出来。

"这种事，你不来我又不会怪你！"韩跃平谨慎地看了看四周，指责道，"你是什么身份？我又是什么身份？你这一来，岂不是告诉别人我和你有来往吗？"

"服了。"胡保川不爽地扔出烟头，又用脚踩了踩，不屑道，"这里都是些什么山村野人，你怕他们看出来？我来还不是关心和问候一下你吗？"

"行行行吧，既然来都来了，我也不想搞得不愉快。"韩跃平有点无奈。

"老韩，别这样，咱们现在都是一条船上的人，我好你就好，你不好，我也会让你好。你要相信我，不会有什么问题的。"胡保川笑着搂住韩跃平的肩膀。

韩跃平一把推开："你来肯定不是为这事，说吧，有啥事？"

"看你这么多天没笑过了，我还真是给你带好消息来的。你不是给我下的兼并金融行业的计划吗，我都完成了。另外我还顺道收了一条大鱼。"胡保川神秘地拱起那肥厚的颧骨。

"大鱼？"

"江城恒记科技集团有限公司，现在已经完全掌控在我的手中！"胡保川得意地说道。

"什么？你把王浩明收了？"韩跃平吃了一惊。

"王浩明那小子软硬不吃，我把他给……"

"你把他杀了？！"韩跃平说。

"怎么可能，我要达到的目的还需要杀人？反正，细节上你就不用操心了，用什么办法那是我的事。按照你交代的，我已经完成了最初的计划，口袋已经打开了，你说吧，有多少钱装进来？"

"上周借着去北京学习的空闲去吉隆坡开了个会，东南亚洗钱组织现在不是 RANDY 说了算了，才换了老大，现在是一个叫 ab，中文名叫阿布的老大上台接管所有事务。"

"那边我看也是闹得挺欢的啊，组织换老大，岂不是政策有变化？"

"阿布上台后，很重视中国这边的业务，你也知道，北上广深那边国家查得非常紧，已经搞垮了两条线，阿布上台后立即调整了策略，从一线城市转移到二线城市运作。"

"那我不是机会来了？！"胡保川的脸上露出惊喜。

"你知道就好。东边不亮西边亮，你小子走运，接下来可能你这边的业务量会多起来，银行那边我也联系好了，给予你最大的支持。好好做吧。"

"哎哟，谢谢老兄的关照啊。回去送份大礼给你。"胡保川欣喜若狂。

"我的那份，你给我也不能不要啊。都走上这条路了，回不了头，只等着挣够了，闪到国外去养老吧。"韩跃平没有一点兴奋，眼中反而略带一丝捉摸不透的神情。

"行吧，我这边还有几只难缠的小蚂蚁，等我把他们捏死了，咱们就安心发大财吧。"

"小蚂蚁？"韩跃平谨慎地问道，"别出什么闪失，不然你我都将身败名裂，万劫不复。"

"放心，孙猴子怎么跳得出如来佛祖的手掌，况且我还有你这个大伞给撑着呢，看他们也掀不起个大浪来。"

"我这里还有两张小牌，一个是我的学生，一个是我上线的侄女，都在公安局里，我们保持联系。"

"哪两个人？快告诉我呀。"胡保川的好奇心被勾起来。

"你没听懂？我说了，我们保持联系。就这样，你快点走吧。"韩跃平心急地说。

"我还没吃酒席就赶我走？"胡保川说。

"废话，还吃个屁，后堂有警局的人在这里，你赶紧开车走人！"韩跃平是真的害怕什么。

"嗯嗯。"胡保川这才意识到可能会出现的问题。

韩跃平心急火燎地往回走去，胡保川识趣地开着车在众人惊叹的眼光中风驰而去。

按照乡下的规矩，来的客人都要吃点圆桌酒席才能离开。吴佑行此时刚刚吃完流水席从后院出来，边走还边用纸巾擦着嘴巴。得知恩师的父亲离世，他老早就搭乘局里的顺风车来到这里祭奠，看有没有什么可以帮忙的地方。他走到灵堂前，香火不断，烟雾缭绕，他呛了几口，连忙跑到屋外，就听到村民在讨论迈巴赫豪车的事儿，他顿感蹊跷，这韩跃平什么时候结交了开迈巴赫车的朋友了，要知道这种车少说也要近200万元，由此推断能够开这种车的人士也应该是个大千万富翁。出于职业敏感，他循着车辆轮胎在黄泥地上碾轧的痕迹进行辨认，这时韩跃平正好从远处回来，并发觉了吴佑行的举动。

"吴佑行！吃好了没？！"韩跃平假装招呼一声想转移吴佑行的视线。

"老师，我吃好了。"吴佑行抬起头来。

"哎呀，你来了也是客，招呼不周。"

"您这是说啥呢,我就是来帮忙的,您看,我倒成座上宾了。"

"这里没啥事,你要不先回去吧。"

"你千万别赶我走,我真的想留下看有啥帮忙的,还要送老爷子一程。再说,"吴佑行挠着头,"您也知道,我现在是无官一身轻,就一无业游民。"

"你的事情我都知道了,你的人品,我还不清楚吗?放心,我正在运作呢,争取让你官复原职,继续为国家和人民做贡献。"韩跃平颇有把握地说。

"是真的吗?那真要谢谢老师。"吴佑行欣喜若狂,"那我今天就更要留在这里了,您留我哪怕洗碗都行啊。"

"欸,要你这么个经侦大队长洗碗,你不怕被人笑,我还怕呢。真的,你的心意我领了。"韩跃平拍了拍吴佑行的肩膀,"其实,有个问题老师一直想问你,你觉得老师这个人怎么样?"

"您一直都是我心中的工作楷模、学习典范啊。您是真正的从农村里走出来的天之骄子,没有靠一点社会关系取得今天这样的成就,我对您是由衷地敬佩!"

"好!"韩跃平欣慰地点点头,"现在国家的反腐形势你也是知道的,未来老师可能会让你帮忙做一些潜伏战线上的事情,你怎么看?"

"我一定竭尽全力啊!"吴佑行拍着胸脯说,"这类事情您算是找对人了,我这人痞劲儿大,适合做。"

"好!咱们有空再聊,真的,你先回去,路上小心。"

"得嘞,那您也注意身体。"

第五十五章

黄浩经营的小酒吧内。人声鼎沸,灯红酒绿,令人有种忘却自我的解脱。一些年轻人相拥在一起,伴随着富有节拍的音乐,舞动着身体,做出各种随意的动作。

黄浩一个人独自坐在角落里,一边品着蓝色恋人鸡尾酒,一边默默注视着舞动的人们,显得有些沉闷。两三个叼着烟的年轻人大摇大摆地走到他身边坐下。

"浩哥，看起来你最近有点沉默啊。"其中一个说道。

黄浩抬起头瞟了他一眼，原来是一起玩的几个好兄弟，说话的是其中一个叫吴福的家伙。这几个都是圈里有名的公子哥，靠着父亲做点小生意发财的钱，整日泡妞，游戏人间。这半年来，自己就是在他们的怂恿下做了名为狩猎人的敲诈勾当，这事情确实做得刺激，又过瘾，搞了不少钱，抓住那些企业高管的把柄，然后要挟他们，至今还没有失手过。后来随着两件命案在江城掀起波澜，而后又被吴佑行做了个笼子，趁机抓到自己的兄弟吴福，眼看自己也将暴露，在舅舅胡保川的运作下，副局长李茂盛出手分分钟就摆平了这事，此后这一个月，他再也没有出手。

"你管我干吗？你们该嗨皮就去嗨皮，该泡妞的泡妞。"黄浩回答道。

"浩哥，你不觉得这个把月咱们缺点什么吗？"吴福面带诡笑。

"你小子是不是手又痒了？"

"咱们这一个多月按你的要求按兵不动。你看，现在外面也没什么风声了，我觉得偶尔做一票应该没什么大问题的。"吴福搓着手笑道。

"唉，我也想啊。"黄浩犹豫道，"可是我妈不让啊。"

"你看看你都多大的人了，还听你妈的，再说了，你舅舅确实有很厉害的关系，这么大的保护伞，这不明摆着的嘛，不用不浪费了。"吴福继续怂恿让黄浩动心，"你看做这个事，咱们多有成就感，还捞到了不少钱，咱们几个兄弟都不用去找老头子伸手要钱了。嘿，最近居然还说我有出息了，能自己挣钱养活自己了，你看这多来劲儿！再说了，有你舅舅这个大靠山在，就算出了事也不怕，如果像上次一样抓到了我们兄弟几个，打死我也不会说你的，大不了你在外面运作一下把咱们捞出来。所以你肯定是最安全的！"

"你说得其实没错，我都想过。"黄浩说，"但那两条人命让我总是心里悬着。"

"欸，那跳楼死的人算什么事儿啊，警方都说是自杀了。咱们做的这事跟那两条人命隔着十万八千里呢，就算找凶手，也是找那些逼他们跳楼的倒霉鬼，谁要他们自己拿不出钱来，转嫁到别人身上的？你说对吧？"吴福一板一眼地说道。

"这……你们该干吗干吗去吧，别烦我，让我想想再说。有事找你们。"黄浩说罢双手在胸前一叉，背靠着沙发闭目养神起来。

深夜。挚爱茶吧里还有两位客人没有离开。他们时而和陈晓琳闲聊一会儿,时而交头接耳看看门外,他们似乎在等待一个人。

年轻的那位叫吴佑行,年老的那位正是市纪委副书记江宏。在促成江宏和沈逸见面的问题上,吴佑行并没有直接联系或者约见沈逸,还是偶遇的好。因为在吴佑行的心里有种隐隐存在的预感,他觉得以沈逸独来独往的性格和处事作风,不会轻易和政府官员产生交集,特别是胡保川势力范围内的江城的官员,尤为值得怀疑。何况从目前对胡保川势力的分析来看,不仅仅在国有和私营企业、公安局、银行内部存在黑链条,甚至在更高的层面也有胡保川的保护伞和眼线,和政府的人员合作,在某些问题的处理上确实可以事半功倍,但也多了一层隐患和风险。

时间来到半夜12点。沈逸果然来到了茶吧,吴佑行暗想,沈逸表面上看似一副不在意的样子,实际上,对陈晓琳的感情始终如一,不论多忙、多么疲惫,一周总有那么两天要把自己晃到这里来。

沈逸一进门,看见吴佑行,打了个招呼,同时看见吴佑行身边的一位老者,脸上顿感疑惑。吴佑行和江宏同时站起来,吴佑行连忙介绍江宏的身份,握手落座后,沈逸似乎发觉了什么,脸色渐渐沉重下来。

"你不该带他到这里来。"沈逸一坐下就对吴佑行说。

还没等吴佑行回答,江宏就接话道:"是我要他带我来的,你千万别介意。吴佑行跟我说过你的一些情况,所以我很想见你。咱们今天就随便聊聊,你看可以吗?"江宏的语气非常诚恳,沈逸轻轻点点头。

"因为你父亲被害的事情,你正在查胡保川是吗?其实我们正在密切关注以胡保川为首的大信集团涉嫌违法的行为。在这个问题上,我们的目标是一致的,那么是可以找到共同点的,也就是常说的资源共享。"

沈逸没有说话,江宏继续说道:"江城现在的金融市场非常乱,在民间存在黑白勾结的问题,像胡保川这样肆无忌惮地发展到如此地步,背后没有政府势力支撑是无法做到有恃无恐的。作为市纪委的工作人员,最重要的职责就是维护党内法规,检查党的路线、方针、政策和决议的执行情况,协助党的委员会加强党风建设和组织协调反腐败工作。在多次纪委内部会议上,我们研究了江城金融市场背后相关政府部门的领导干部涉嫌贪污或滥用权力的问题。其中重点指向公安局、银行和银监局部门的重要岗位。在这点上我们也有共同点,对吗?"

沈逸再次沉默不语。

"你想过吗,搞倒胡保川不难,难的是在政府相关人员的保护下他有可能死灰复燃,春风吹又生。你难道不想知道谁在背后保护他?"江宏再次问道。

"你可以直说,要我做什么。"沈逸还是没有回答,而是淡淡地反问一句。

"你长期在民间与金融犯罪集团做斗争,这些经验可以帮助我们,我们需要一位隐藏在社会,同时为反腐工作提供帮助的侠客。我想强调的是,这不仅仅是为国家,同时也是为你自己。"江宏说。

"嗯,我同意你的观点,但是……"沈逸的情绪逐渐上扬,"我们不是一路人。我做的事很低贱,没有你们那么高尚。我的目的很简单,只想干掉胡保川,干掉大信集团,因为这些财富都是以我父亲的性命为代价换回来的,我之所以做这些,就一个目的,为父亲报仇,我不能看着这些人杀人放火还逍遥法外。"

"你要相信法律一定会制裁他们……"江宏说。

"二十五年了,所谓的法律制裁了谁?制裁者又在哪里?你是说的那个拿了胡保川一笔可观的钱为他顶包的68岁老人吗?还是在牢里关了三五年,出来依然我行我素干着伤天害理事情的小喽啰们?胡保川、王浩明等人明明做了坏事,二十年后却建立了强大的、坚不可摧的金融帝国,披上一层华丽的外衣,哄骗着善良和无辜人们的财富。国家法律又能拿他们怎样?或者必须找到所谓的证据才能抓他们?"沈逸打断他的话,神情激动无比,"是的,国家有健全的法律制度,但我也有我的行事准则,我相信我做的比法律更为直接、更为有效、更为迅速。"

"你不能这样以面盖全、断章取义地去判断国家法律的执行力,毕竟要站在一个大的层面考虑,不能因为个别的案件问题,而否认了全盘。难道你就不是漏网之鱼?你的劫富济贫行为就没有触犯法律?你以为做了慈善就可以弥补犯罪过失?你虽然在道德层面赢得了尊重,但你在法律层面却是失败惨重,陷入泥潭。所以,你做的事情全部是站在个人的立场上去满足私欲,但事实上,我们是法治社会,我们需要站在国家法律制度的立场上去考虑问题,如果人人都像你这样,自认为都是对的,为所欲为,那么,哪里还有国家,哪里还有社会,哪里还有我们现在的太平盛世和幸福生活?所以在广义和狭义、大义和小义的问题上,你还没能理解清楚。"

"我做的事情,我绝对不脱责,您就不用操心了。当一切了结后,我自会给你们一个交代。"沈逸慢慢恢复了一丝平静,他抬头看了看坐在吧台里,正默默听着他俩对话的陈晓琳。陈晓琳与他对视一眼,黯然地低头擦拭着泪水,这番话无疑触碰到了陈晓琳内心最虚弱的一点,她担心的正是沈逸不能全身而退。

"我可以以人格担保,你与我们合作之后,无论结果如何,我都将亲自写报告为你曾经犯下的过错减轻责罚,同时在对待胡保川和王浩明的问题上,如果真的涉嫌谋害你的父亲,我也承诺将他们绳之以法,给你父亲一个交代。"江宏义正词严令人无法拒绝。

"行吧,你让我考虑一下。"沈逸终于让步缓和气氛。

"好了,时候不早了,我们也过多地打搅到沈逸和他的朋友了,你们早点休息吧。想出结果了可以跟吴佑行联系,我随时恭候你。相信我,上天对所有人都是公平的,一个都跑不掉,引用一句俗话,对违法者来说,就是天罗地网!"

吴佑行拍了拍沈逸的肩膀,和江宏一起起身离开。

紫江路特1号办公大楼,江心坐电梯上了18楼,这里是省银监局在江城的办公地点。早上,江心接到来自银监局的座机电话,要她找韩局长拿点东西。

一上楼前台核实了她的身份信息,拿着来访人员卡,她进入局长办公室。

"哎呀,你就是江心吧。"韩跃平笑着走过来。

"我就是江心,您是?"江心问。

"我和你叔叔在一个系统工作,平时关系可好着呢。你叫我韩叔叔就行了。"韩跃平说。

"哦,叔叔叫我来有什么事儿吗?"江心问。

"这不,我才去了一趟北京,他就要我顺路捎来一些东西给你。"韩跃平连忙从柜子里拿出来一个袋子,这是北京开会的时候,张秘书特地委托交办的。韩跃平一想到是江主席的事儿,不敢怠慢,处理完家里老爷子的事情后,上班的第一天就立刻安排。江心小心地接过来,有些分量,里面全是土特产。

"谢谢您了,这么大老远的还帮我拎回来,我那叔叔也是的,尽喜欢麻烦别人。"江心假意愧疚道。

"不麻烦，不麻烦。"韩跃平笑道，"我和你叔叔的关系可好了，像兄弟一样。你是他的侄女，当然也是我的侄女，以后有什么韩叔叔可以帮忙的地方，记得告诉我啊。"

"呵呵，谢谢。我现在挺好的。"

"还在经侦大队吗？干得怎么样？你的领导好像是复职的那个叫吴佑行的吧，他可是我的得意门生啊。"

"是吗？那名师出高徒啊。"

"听说吴佑行最近在调查大信集团，情况怎么样了？"韩跃平故意试探道。

"他那个能力搞几个小公司还可以，大信集团这么牛的单位，他的水平就体现出来了，完全一般。"江心也故意深藏不露。

"嗯，你在下面工作，要留意咱们公务人员的作风问题啊。"韩跃平狡猾地一笑，"这次去北京开会，你叔叔也说了，公务人员要注意党性和相互监督的问题。你知道，韩叔叔也在一个监管部门，尤其要重视起来啊。"

"嗯。"江心似懂非懂地问，"韩叔叔，要是我发现这类的事情，是不是可以直接向您反映啊？"

"对的，韩叔叔就是专门管下级金融行业啊，经侦部门啊，这些范围的贪污，和犯罪集团勾结的问题。当你发现问题的时候，说不定你的上级也同流合污了，所以你应该告诉你信任的人，比如你的叔叔，比如我。"韩跃平得意地说，这丫头一下就进套了，看来很好"照顾"。

"好的，那一有情况，我就告诉您。"江心的眼睛打了几个转，"您听说过有个叫劫富济贫的狩猎人组织吗？"

"嗯，略有耳闻，好像是找到证据敲诈勒索金融行业的人吧。"韩跃平听说过这类事件。

"这个组织可烦了，净给咱们经侦的工作添乱。您看吧，吴队在调查大信，他们也调查大信，他们还有什么黑客呢，厉害着呢，有时捷足先登，总是抢先一步。"江心故意说道，"我觉得您应该多关注一下，这种人也应该好好打击，免得妨碍我们的工作。"

韩跃平听到江心说这话，心中一颤，他一直都没发现这个神秘人物这么厉害，他隐隐感觉会坏胡保川的大事，经侦这边是可以掌控得住的，但是这个组织就难说了，现在对他们几乎是一无所知。他觉得应该将这个问题好好跟胡保川反映一下，合计怎么应付，他们现在做的事情可不是普通的金融诈骗，动不动要出大事的，任何的障碍都应该清除掉，不能出半点差池。

他定了定神，继续说道，"我觉得你说得很有道理。这类人不能干扰咱们的正常工作秩序，应该坚决铲除。所以，如果你那边有什么关于这个组织的线索，都要告诉韩叔叔，我来安排工作计划。"

"当然了，有韩叔叔在我就放心了！"江心欢呼雀跃道。

第五十六章

按照计划，龙刚和刘小辉逐步地抓获了十家金融公司的企业法人并立案侦查，证据确凿，很快就全部结案。在这些结案说明中，全部提到了破案如此之迅速和前经侦队长吴佑行有着密切的关联和重要的作用，吴佑行虽然处于停职状态，但仍然是一个共产党员，无论身处哪个位置，都将国家利益放在首位，因此在闲暇的时候，吴佑行也不忘通过民间走访调查，搜集证据，并提供给经侦大队，为成功破案起到了至关重要的催化作用。

公安厅获知市局最近的表现后，通报全省表扬，并力促吴佑行复职并返回原岗位。对此李茂盛虽然心里不太乐意，但毕竟自己是领导，需要表现出宽容和鼓励，因此戏份也做得很足，就像之前什么事情都没发生一样，拥抱了吴佑行。吴佑行顿感恶心，但也没有表现出来，只是再三感谢领导"帮助"自己复职，以后定当竭尽全力为人民服务。

通过这件事之后，李茂盛感觉吴佑行突然开窍了，之前总是一根筋地不给领导面子，什么事情都直言不讳，这次复职之后，他的表现令李茂盛十分惊讶。汇报工作规规矩矩，还主动给自己倒茶和开门，说一个想法之后，总是询问李局长是否同意，晚上还主动请自己喝酒，推杯换盏的时候还称兄道弟，弄得好不近乎。在李茂盛看来，这小子吃了几次苦头，终于知道怎么拍马屁、怎么看脸色行事，这就对了嘛，在官场不懂得见风使舵怎么生存？怎么立于不败之地？多一个伙伴不比多一个敌人好吗？看来，不枉费自己曾经被这小子明里暗里骂过多次的苦，吴佑行算是学出来了。

吴佑行此时正在偷着乐呢，谁是傻子还不知道呢。经过这几次的事情后，吴佑行确实在成长，特别是沈逸的话给了他很大的启发，所以这次回来，早就想好了怎么对付李茂盛,他一改以往的作风,让自己来个彻底的改头换面,做这些只为迷惑对手。沈逸在吴佑行回来之前,曾经说过一句意味深长的话,他说,我们的终极目标是什么?是为给予胡保川致命一击,那么在这个过程中,谁输谁赢算得了什么?尊严和人格又算得了什么?要懂得卧薪尝胆,韬光养晦,蓄势待发。

后来吴佑行特地在百度上查了"卧薪尝胆"这个词语的典故,是越王勾践卧薪尝胆,励精图治,最终雪耻灭吴的故事。吴佑行十分震撼,别说勾践忍辱偷生多年,自己难道几个月还忍不住?所以吴佑行决定改变就要彻底,在多个方面改变自己的作风,每当想骂李茂盛是个傻帽儿的时候,他就咬住自己的舌头,不让自己瞎说,每当李茂盛几句话搞得自己情绪上来的时候,他就分散注意力,看窗外,想别的,只当他都在喷粪。

李茂盛也不是泛泛之辈,他用了多次手段试探吴佑行的真心,吴佑行用几次漂亮的表态和随机应变回应了李茂盛的试探。渐渐地,李茂盛开始对吴佑行松懈下来,也慢慢开始信任他,开始给他一些重要的案件进行侦破。这下吴佑行感受到了自己这么长时间以来的努力,终于可以放开手脚干自己的事情了。他秘密地在李茂盛的手机和办公室装了窃听装置,拍下了他的身份证和银行卡,发给孙小兵,孙小兵密切监控,在这个过程中发现了几个线索。

首先是和狩猎人的联系,狩猎人自从上次吴福事件后,再也没有行动过,狩猎人和李茂盛不存在直线的联系。

其次是李茂盛的账户,名下有多个账户,灰色收入并没有想象中那么多,也就是说,李茂盛并不是胡保川利益链中必要的一环。

最后李茂盛和胡保川的通话内容都是涉及小企业的小勾当,什么放几个人、什么抓几个对手。但有一次陈永昌找过李茂盛,话语间透露胡保川去参加一个高管父亲的葬礼。

也就是说,李茂盛基本可以排除在胡保川涉及洗钱的体系之外。但胡保川去参加一个高管父亲的葬礼,这个时间引发了沈逸的极大兴趣,他猜测这个高管可能和胡保川的利益链条有着密切的关系。

随后,孙小兵通过高速收费系统,查到胡保川那辆迈巴赫轿车的收费轨迹,推断出行驶轨迹,最后是在红全县出口下的高速。吴佑行用市局经侦大队的身份,调取了红全县的多个路口监控视频,花了半天的时间筛选,终于在下面一个叫下沽州的地方找到了这辆车。它驶入一个小村庄里面，里面就再也没有监控了，吴佑行又打电话给红全县下沽州的地方工作人员问最近有没有做白事的人，他们透露村里有一个姓韩的老人去世了，在民政局通过系统一查亲属名单，省银监局局长韩跃平的名字就浮出了水面。

沈逸和吴佑行、江心三人对着韩跃平的名字，心中五味杂陈，但大家都没有掖着，各自说出了自己的想法。

沈逸说，这样洗钱的链条就清楚了，韩跃平是胡保川的上线，但肯定不是终极上线，韩跃平只是一个处级干部，银监局也只能算个地方监管部门，所以韩跃平上面一定还有更大的组织利益牵扯，说不定还有国际犯罪组织参与。

吴佑行毫不掩盖地说，韩跃平曾经在学校就是自己的导师，在他的印象里，韩跃平很正直，因为他是极少的没有任何背景、从农村走出来靠自己的努力一步步爬上来的干部，年少读书没少吃苦，工作没少受罪，直到奋斗到今天不容易，是我们搞错了吧。应该不会是他！

江心说，自己对此人并不了解，但是直觉上应该有问题的。

吴佑行看了一眼江心，半开玩笑地说道："江小姐以前可不是这么少言寡语的，每次讨论案情的时候，怎么样也会蹦出几句咱们想不到的盲点问题。"

江心心虚地回答："您懂啥，今天身体不舒服，没什么状态。"

"哦哦，懂的，原来是那个事，那就难怪了。"吴佑行斜着眼说。

碰头之后，大家各做各的事，江心先走一步。吴佑行故意留下来。

"你没发觉江心有点奇怪吗？"吴佑行对沈逸说道。

"嗯，是有点脸色不太好，别人也说了是身体抱恙嘛，你别这么多心。"沈逸说。

"你有没有怀疑江心是内鬼？"吴佑行满脸狐疑地问道。

沈逸的脸色马上严肃起来："不能这么开玩笑的吧？"

"那我告诉你我手上真有证据，你会信吗？"吴佑行一边说着，一边拿出手机打开图片，照片里是江心的身影。

"你跟踪她？"沈逸吃惊地问。

"现在是敏感时期，我们都要留一个心眼儿。"吴佑行对着一旁正在盯着他看的沈逸说，"去去，别看我，我没空监视你，你又不是咱们队里的。"

"你小子！"沈逸指了指吴佑行，但也拿他没办法，他说得也没错，警队里谁都不知谁是谁，谁也有可能是谁。

"你看这照片，发现江心去哪里没有？"吴佑行指着照片问沈逸。

"这个地方我没去过。是哪里呢？"沈逸问。

"紫江路特1号，省银监局办公大楼！"吴佑行说。

"什么，她去那里干什么？"沈逸不解。

"我怎么知道她去干什么，但肯定上去过,在楼上待了一个小时才下楼。"吴佑行说，"记得咱们刚才谈论银监局局长韩跃平的事儿吗？我发现江心的脸色从那时就开始不对。"

"问题是这些都不能说明什么啊。"沈逸沉思了一会儿，"韩跃平不也是你的老师吗，那我是不是也该怀疑你呢？"

"话是这么说没错，可你刚才叫我们分析韩跃平的时候，我毫无隐瞒地就直说了，我本来就没有鬼，根本不怕钟馗，我一向疾恶如仇，韩跃平如果真犯法，我也不会手软的，这你是了解的。但江心就不同了，她支支吾吾地想说没说的样子，你这么厉害的眼神还看不出来？明明去了省银监局，却没跟咱们说，难道没有问题？我顺便还告诉你一个事情，你是真不知道还是假不知道，从江心一来警局里就有人传言她的叔叔在银监会里当领导，这才巧了，银监会主席江家才也姓江，据说江家才身边的张秘书还给区局长马洪林打过电话，要求马局照顾江心，就是因为这样她才调到我手底下。银监会是银监局的上级部门，江家才和韩跃平必然有工作往来，既然韩跃平有问题，江家才就值得怀疑，那么江心能不同流合污？"吴佑行说。

吴佑行说的江心的关系传言，沈逸早就知道了。但是凭借对江心的了解，就算他叔叔是银监会的主席，江心也会撇清关系，她只会靠自己的努力，让别人认可，而不想活在别人的光环里，所以对这事沈逸毫不介怀。对于见韩跃平或者伙同银监局的人干什么事，沈逸觉得这只能是吴佑行的猜测甚至臆想，毫无事实依据的支撑，沈逸只是隐隐觉得，江心确实是心中有事，但不想现在说出来，她有她的顾虑，不能妄加猜测。

韩跃平晚上给胡保川打了一个电话，询问胡保川关于上次说的几只小蚂蚁的事情，因为听了江心说的事情，他心里面一直不放心，毕竟他们做的事情不能出一点闪失，否则黑白两道都将有麻烦，一晚上他都被这事搞得不能安神。

胡保川告诉韩跃平，经侦大队里有个叫吴佑行的队长带着人多次查大信集团的底细，很是心烦。另一个是恒记集团王浩明的兄弟，叫沈逸的人，为了1992年他父亲那件事，伙同吴佑行也在寻找机会找自己的麻烦。

韩跃平听到吴佑行的名字，立刻放了一半的心，但对这个沈逸却是一无所知。

胡保川继续说，看起来沈逸这个人应该没什么本事，他只不过和张博曾经做过一些所谓劫富济贫的事情，现在张博已经投靠到自己的麾下，这人有头脑，做事麻利，现在又控制着恒记集团，自己还是非常放心的。

韩跃平又说，为了除去隐患，应该及早对这个叫沈逸的动手，斩草除根，以绝后患。这是代表上头的组织下达的任务。另外，这个叫张博的要搞清楚是不是和沈逸还存在关系，如果有，也应该多加防范。最后 A 计划月底前开始正式实施，做好准备就行了。

所谓的 A 计划，是他们心知肚明的洗钱计划，这是为了便于隐蔽交流使用的暗号。

晚上，沈逸独自在家。电话响了，是一个陌生的座机电话号码。电话那头传来一个陌生的声音。

"是沈逸吗？"一个女人的声音传过来。

"我就是。"

"你好，这里是工商银行客服中心的……"

一听是垃圾电话，沈逸第一反应就是不废话，准备挂掉。

"你是沈逸吗？"突然电话里的声音变换了风格，成了一个厚重的男性声音。

"你是？"

"我是江宏，上次见过面。"

"哦，江书记。"

"我只想告诉你，你现在的处境很糟糕。暂时先不要查胡保川了，尽量先将自己隐藏起来，注意安全。"江宏语重心长地说。

"哪里来的消息？"

"确切的消息，你暗地里调查胡保川让他非常懊恼，所以他会对你不利，你将有危险。"

"这并不是什么稀奇事！"沈逸满不在乎地说，"从进入这个行业开始，危险就一直伴随着我，我要是怕就不会去做那些事情了。"

"年轻人，听我的话，现在的局面和以往完全不一样。"江宏继续奉劝，"留得青山在，你才能报仇，才能看到胡保川覆灭的那一天呀。"

"好了，谢谢您的关心，说来说去，您不就是想谈合作的事情吗？"沈逸觉得政府官员为了让自己与他们合作，用这种危言耸听的方式，显得非常好笑，"还是那句话，信仰不同，也不想靠你们，所以我暂时不会考虑的。"说完沈逸不耐烦地挂掉电话。

黄浩最近其实也非常烦闷，因为几个兄弟意见颇多，都催促他再玩一把，令他的内心也开始蠢蠢欲动起来。狩猎人自从被吴佑行盯着差点露出马脚那一次之后，江湖上都非常平静，黄浩觉得时机也差不多了，偶尔干一票也未尝不是缓解大家饥渴的一种方式，虽然加上有舅舅胡保川和警察局副局长李茂盛这两把保护伞，说什么也不会出事，但自己这个亲舅舅胡保川最近都不怎么理会自己，让黄浩心里还是有点不踏实。

正在这时，黄浩的兄弟吴福来到他的家里，身后还跟着一个眼睛有800度近视的人，手上还抱着一台苹果手提电脑，一副胆小怕事的样子。

"浩哥，你看我带谁来了？"吴福面带笑容地走过来。

"这谁啊？细眉细眼的。"黄浩问。

"我知道你最近为啥烦躁不安了，兄弟我这不是帮你解忧来了吗。他外号叫小虫，是个超级黑客。"

"超级黑客？能解我什么烦恼？"黄浩瞥了一眼这个骨瘦如柴的家伙。

"这你可就是孤陋寡闻了吧。小虫的电话黑客技术比咱们之前的那几个兼职的都厉害不知道多少倍。他曾经和国内的黑客组织组队入侵过美国商务部的网站，还插上了中国国旗，为国争光呢。"吴福赞不绝口地说。

"那和我有啥关系？"黄浩还是没弄明白。

"你看，你现在迟迟不招呼咱们哥几个出手，那不是因为你舅舅胡保川瞧不起你吗，觉得咱们总是做些下三滥的事情。但是，有小虫在就不一样了。"吴福吞了口唾液，继续说道，"现在大信集团旗下的几个平台和赌博网站不是风头正旺吗？小虫用黑客技术入侵它们的平台和后台系统，咱们故技重施拿到你舅舅胡保川的核心机密，然后你拿到你舅舅那儿炫耀一番，不为别的，咱们只炫耀，就能让他不再小瞧你，那么咱们以后做狩猎人的事情，你舅舅就不会再觉得咱们没水平，他也不会坐视不理了。怎么样，这计划绝了吧？"

"这……"黄浩手托着下巴琢磨了一番，"还有点道理，但千万别弄出什么事儿来就行。再说了，他真的行吗？"

"浩哥……我肯定能行，要不你现在考验我一下，随便说一个小网站，我半小时就能给黑了。"小虫信誓旦旦地说。

"行了，把事给我办好了，还有，不要泄密，跟着我们玩儿，到时候有你的好处。"黄浩拍了拍小虫的肩膀。

"放心吧，你舅舅就是我舅舅，这么大的爷可得罪不起。我们只是希望他支持咱们的事业，绝对不会露出什么马脚来。"吴福连忙接上话。

"行吧，你们都机灵点。"黄浩说。

第五十七章

陈永昌来到大信集团胡保川的办公室。

"没事了吧？"胡保川正在电脑上看数据，看见陈永昌来了，起身从老板桌前走到会客沙发这边。

"没事了，没事了，多亏了三叔和李局长的帮助，审问了两句就把我放出来了。但是我回来一看，才几天工夫，网站就出现了点问题，这个叫沈逸的还颇有些手段。"胡保川刚坐下，陈永昌就迫不及待地向他汇报，"我的赌博网站被黑客攻击了几次，幸好恒记这边的技术人员及时发现并帮忙修补漏洞，否则后果不堪设想，恐怕每天都会损失不小的数目。"

"他的手下怎么会有这么厉害的网络高手呢？他现在不是离开恒记了吗，恒记的人他又带不走。"胡保川纳闷地问道。

"谁知道呢，这个人看来是死咬着咱们不放啊，这是个橡皮膏药，真是甩也甩不掉。"

"哼哼，这小子天真地以为拿着十家金融公司的物证，把他们抓了，我就没办法了？"胡保川颇有自信地说，"他不知道我在各个区的局里都有人，用点钱疏通一下关系或者罚点款，就能了事。"

"这些金融公司的老板都说了，幸好在三叔手下做事，不然这抓进去了，

什么时候才能出来都是问题。"

"叫他们卖点力帮我做事，我自然不会亏待他们。"

"那是那是，都跟他们说了。他们都等着跟三叔一起发财呢！"

"你最近要做两件事，第一是通过恒记的技术团队，迅速将你之前已经研发好的赌博游戏网站再复制十个，多备一些境外域名，被查封了就马上换，二十四小时给我盯着，保持正常运行，另外服务器租好一点的，实在不行叫几个人去香港、台湾、澳门那边注册个公司，直接在那边买服务器，又花不了几个小钱的事情。"胡保川说。

"明白，明白。"陈永昌直点头。

"第二件事情，你给我安排人手，调查一下沈逸的行踪，在恰当时机……"胡保川做了割喉的动作。

"懂了，懂了。"陈永昌心领神会。

"别搞得太明目张胆，要动动脑子，怎么做得干净一点。"胡保川指了指陈永昌的太阳穴。

"放心吧，三叔，现在弄死个人有很多意外的办法，人都不用坐牢，只要赔点钱就能解决事情。"

"我现在事情很多，不想惹麻烦，你自己看着办吧，你办事我还是放心的。大事成了以后，我们以后要什么有什么，肯定少不了你的。"胡保川拍了拍陈永昌的手臂。

陈永昌点头哈腰地给胡保川倒茶谢恩。

江心驾车来到郊外的一个农家乐里，出来的时候她已经几番确认过没有人跟踪，她用反监听设备检查过汽车和自己身上，下车时特地将手机也放在车里，她做这一切，只为了在这里见一个既熟悉又陌生的人。

农家乐的内厅里，坐着等候已久的客人，他的名字叫江宏，而江宏正是自己的父亲。

"纪文，你来了，你还好吧？"江宏热情地对江心说。

"爸爸，咱们不是说好了不在公共场所叫我的真名吗，完全没有一点组织纪律！"江心笑着打趣道。

"瞧瞧，这闺女，见了老爹还来这一套，这叫公报私仇！快过来，咱们父女俩好久没坐在一起了，我叫了几个菜，陪我喝两口。"江宏高兴地说道。

"这里安全吗？"江心看了看房间四周的情况。

"放心吧，这里的老板是爸爸非常好的朋友，你小时候他还常来我们家玩儿，经常抱着逗你呢。"说着江宏倒了杯酒，江心因为开车，喝点饮料。

"那就好。爸，我已经潜伏这么长时间了，你到底有什么计划呀？"江心夹了一口菜放心地吃起来。

"我也暂时没什么计划，你先这样潜伏下去再说吧。"江宏喝了一口酒，"其实说起来挺巧的，你居然和江家才的侄女是同班同学，江家才的侄女叫江一星，你叫江纪文，我灵机一动给你在户口本上换了个名字叫江心，在谐音上钻了个空子。本来是无心插柳的，结果现在不仅柳成荫，还结出了果。"

"咱们现在不是糊弄过去了吗。警局里都在传言我就是银监会领导的侄女，我既不承认也不否认，再加上你下了个套，让韩跃平真的以为我就是江家才的侄女，还热情地叫我过去拿东西，还和我套近乎。"

"江一星那边没发觉吧？"江宏问。

"一星和我关系可好了，我们经常联系，她也分在江城了，在另一个区局里面，她现在还以为我在南京做事呢。所以啊，自从你安排了这事，我一般都不敢出门，免得有一天我俩还真的在江城碰见，那才是有理说不清呢。您还是多考虑一下韩跃平那边，不要他让心生怀疑。"

"放心，有张秘书的保荐，韩跃平保准信得比谁都深，那可是江家才身边最亲信的人，张秘书说的话就等于江家才说的话，真实性还能质疑？你的问题在他们之间是多大点的事儿啊？所以韩跃平绝对不会在江家才面前再提这事。你的身份毋庸置疑，成功过关。"江宏说。

"您和张秘书的关系为啥这么好啊？"江心问。

"张秘书和我以前是同一个老领导门下的，老领导为人非常清廉、正直，尤其痛恨那些败坏党纪的贪污人员，以前是见一个抓一个，不留半分情面，人称铁面包公。现在他还在国家级重要的领导岗位上为人民服务呢，所以我和张秘书的性格作风都是受老领导的影响啊，刚正不阿。"

"哇！国家级领导啊？！叫什么啊？"

"姓王，只能告诉你这么多了啊。"

"哈哈，该不会是王主席吧？"

"到此为止了啊。"江宏轻轻刮了一下江心的鼻子，"所以啊，当上级查到江家才的问题后，张秘书坚决和江家才撇清了关系，积极配合调查，一直潜伏在他身边提供一些有价值的信息。接着顺着江家才这条线，继续往下摸，问题就反映到咱们江城的银监局上来了，我作为江城的纪委书记，责无旁贷，必定严查到底。这次我和张秘书配合，把你弄到敌人那一边，韩跃平对你有三层意思，首先利用他和江家才的关系，对你好，套近乎，让你多向你叔叔汇报；其次你在江城一线工作，他需要多了解吴佑行的工作情况；最后，沈逸……"

江宏放下筷子，若有所思地问道："你不是曾经在恒记待过一段时间吗，那你怎么评价沈逸这个人？"

"哎哟，您老怎么也对他感兴趣起来。"江心惊诧地看着江宏。

"这个等会告诉你，我想听听你怎么看这个人。"

江心放下筷子，寻思了一会儿，她还真的不知该如何只用几句话恰如其分和完整地展现沈逸的特征。她突然想起曾经看过一本古代兵书上的一句话，此时正好引用："庸才谋一时，贤才谋一局，将才谋一隅，帅才知微见著。"

"知微见著？"

"是的，知微见著。比喻知道一个小小的细节就继续琢磨，洞晓大的影响或结果；见到事情的苗头，就能知道它的实质和发展趋势。"

"但你知道吗，'知微见著'一词，有它的偏见之处。微是微小的意思，但怎么能见微知著而又不以偏概全呢？"

"所以我才想到这个词嘛，他就是能做到既不以偏概全，又能马上做出判断，避免造成时机的延误。"

"那岂不是需要对事件有一定的远见和洞察力？"江宏有点诧异。

"就是这样！沈逸的故事三天三夜都讲不完，要么简单点就四个字。您的意思我懂，你想起用他对吧，这个逻辑上没毛病，但至于成不成得看缘分，他不像你们政府的公务员，那种随随便便就听人调遣的人。"

"这孩子，怎么说话呢？好吧，我明白了。另外，没对其他人提及你的身份吧？"江宏谨慎地问道。

"按你的要求，我对谁都没说这事，但闲言闲语是免不了的。混机关嘛，文化就是这样。"江心说。

"嗯，先不急着说吧，现在还不明朗，特别是吴佑行，他曾经是韩跃平的徒弟，他们之间现在是什么关系，还不好说，得看他的觉悟。"江宏的做事风格颇为严谨，虽然和吴佑行有接触，但还不会这么快便完全信任一个人。

"我总觉得我的身份能够帮助到沈逸，他可聪明了，你想不到的'歪点子'，他可能一个激灵就能迸发出来。"江心拥护沈逸。

"别乱说，什么歪点子。爸爸去找过他，他确实和你说的一样，有自己的想法，不愿意和政府的人合作，对于他的理由，我持一个保留意见。"江宏苦恼道，转而变得担忧起来，"你上次和韩跃平见面时说了沈逸的情况，让我对他有点担心，如果银监会这条线真的在做什么大事，如果真的和国际组织有牵扯，那么他们的眼里是容不得半点沙子的。"

"您的意思是他们会对沈逸下黑手？"江心的心提到了嗓子眼儿。

"我也只是推断，毕竟爸爸也是经历过大风大浪的人，虽然这事是第一次出现在爸爸的管辖范围内，但北京那边牛鬼蛇神还是非常多的，那些国际洗钱组织的人，为了利益不惧法律的威慑，基本是不择手段以达到目的。你一个中国人的生死关他们什么事，他们都是奉行利益至上的原则，只要出现阻碍，谁都可以换，谁都可以杀，甚至包括组织的老大。"

"啊！这么恐怖？"江心从未听说过这种事。

"昨天我也打电话提醒了沈逸，但他似乎根本就不在乎。"江宏无奈地说，"这个家伙似乎已经将生死置之度外，只要能完成报仇的心愿，自己的性命都不在乎。但他不知道个人的力量毕竟是蚍蜉撼大树，和邪恶势力斗争必须依靠组织和集体的力量。"

"我会去劝导他的。我觉得他会明白的，但这需要时间。"江心安慰道。

"爸爸这次将你安排在非常重要，又有点危险的岗位上，你不会怪爸爸吧？"江宏心疼地看着她。

"呵呵，我谢都来不及呢。幸好你没把我放在个闲职上，叫我每天打杂，我连辞职的心都有了。"江心大大咧咧地说道。

"这丫头，生得跟你爹多一样的德行，没点刺激的事就打不起精神来。"江宏笑着又喝了一口。

第五十八章

　　市纪委的例行会议上，江宏大发雷霆，痛斥江城金融市场混乱，暴雷不断，在社会上造成极其恶劣的影响，搞得民众叫苦不迭，这是监管部门岗位的干部不作为造成的，执法部门的干部也没把经济犯罪的事情当回事儿，这可不是小事，国家提倡普惠金融，不是普雷金融！某些部门的干部不仅视而不见，还助纣为虐，从里面还捞一份。稍微强一点的，就一个个都在黄鹤楼上看帆船，自己优哉游哉该怎么快活就怎么快活，导致现在的工作进展缓慢的问题，以及工作开展有什么难度在会上都不说出来，一个个都不作声，下去后却屡屡遇阻，尽做些无用功，浪费国家资源，到底是什么问题？都掖着藏着，纪委就形同虚设！再不动起来，那还不如去斑马线当协警为社会做点贡献来得更直接！他的语气非常严厉和气愤，会议上的工作人员个个低头不语面露难色。

　　江宏非常清楚难度在哪里，但他故意不明着说，就找个理由明里骂一骂这些吃国家公粮又不做事的人，让他们自己想自己的问题去吧。此次在会议上发这么大的火只想起到敲山震虎的作用，让有的人看清楚自己是什么态度，让他们心中有个数，别当领导都是傻子。

　　"明天开始，没有什么午休，没有什么朝九晚五，没有什么打篮球、看报纸、休闲聚会，更没有加班费，除了门卫、管档案的、打杂的、开车的都给我出去动起来，每天汇报工作进展，每周两次碰头会议，不许迟到和旷会。不想干的早点跟我提出来，我好找人来接替你们，不要蹲在茅坑不拉屎！"江宏提出非常严厉的工作要求。

　　大头自从在沈逸的威胁下改名郑乾后，就开始为沈逸做事。按照沈逸的要求，他又混入陈永昌的聚力金融做事，还是当保安，除了自己的工资，沈逸还补贴他一份工资，再加上做马夫拉皮条的兼职收入，说起来小日子过得还算是挺滋润的。

　　他陆续向沈逸提供了一些聚力金融的情报，据说陈永昌的赌博游戏网站越做越大，这里来往的人员也多了起来，根据样貌特征，沈逸马上判断是恒记科技集团的技术人员在这里出入，这说明胡保川已经完全控制了恒记的技术团队，为陈永昌的赌博网站做技术支持，而这些人频繁地出入聚力金融，必然是为下一步扩张做准备。沈逸指示郑乾在门口多和陈永昌打招呼，待人接物放聪明些，看人做事，或者看他空闲的时候递根烟，找机会随便聊两句，让他对你有点印象，然后处好关系，在适当的时候让他把你调着做点别的差事。

果然，沈逸这招还真管用。陈永昌看这个保安还挺机灵的，于是问他有没有驾照，郑乾说自己有C照，陈永昌说你开公司的车吧，正好那个司机家里有事离职了，工资增加40%。郑乾一口就答应下来，这下可好了，开车算是个美差，多舒服呀，不用每天站好几个小时了。

就这样，郑乾负责开公车，每天接送一些客户，下班还可以把车开回家，油钱也省下不少。就在此时，陈永昌安排郑乾第二天上午去恒记接一个技术人员还有一些电脑设备和器材，郑乾将接送人员姓名发给了沈逸。沈逸发现是一个叫王欣的人，这个人沈逸是非常了解的，他以前是部门技术总监张正的副手，张正走后，他接替了技术总监的工作岗位，不论从技术水平还是个人能力都得到了王浩明的认可，现在肯定是恒记集团在科技范畴内的中流砥柱式的人物。此次从恒记搬家到聚力金融，一定是胡保川的安排，为赌博网站的扩张做准备。

孙小兵在入侵陈永昌赌博游戏平台的时候，非常艰难，那正是因为倚靠恒记集团旗下这票技术人员开发的东西几乎无懈可击，孙小兵告诉沈逸，若要完全进入这个平台到赌博网站的数据库中，必须找到"后门"。这个所谓的"后门"即IT行业口中的漏洞，漏洞只有开发者自己最清楚，从外部寻找非常难，而且需要大量的时间。也就是说，沈逸要想找到赌博网站的违法证据，准确地说是获取那些游戏者的身份信息、手机信息、充值信息等，就必须从主要技术人员的口中套出来。沈逸思考了一下，这个叫王欣的员工平日里和自己没什么工作上的交集，所以交流并不多，但是如果动之以情，晓以大义，还是有一定机会说服他将核心机密透露出来的。如果成功，孙小兵就能够将网站黑掉，获取大户充值账号，以及赌资和大信集团存在的关联，这些证据交给吴佑行，就能给予胡保川帝国致命一击。

于是沈逸告诉郑乾，在接到王欣之后，不要立刻送去陈永昌那里，他算了一下，加上堵车的耗时，自己能够从中间挤出半小时和王欣交谈的时间。

这天，按计划，郑乾准备出车，正拿了钥匙出门的时候，突然被陈永昌叫到了办公室里。

"小郑，今天去接恒记技术人员的事情我已经安排别人了，你还要帮我做别的事情。"陈永昌通知郑乾。

"啊？不用我去了啊。呵呵，那谁去啊？"突如其来的改变令郑乾有点不知所措。

"这你就别操心了。走，你带我到另一个地方去办点事儿。"陈永昌拿着皮包就拉着郑乾出去。

另一边，按照和郑乾的约定，车接到人后绕行另一条路，沈逸就在这个路口等着，然后开到一个附近僻静的地方聊一会儿。车牌号沈逸也记下了。到了约定的时间，沈逸却迟迟不见那辆车开过来，他充满了焦急和疑惑。

郑乾按照陈永昌的指示，车辆驶出城外，来到江城市下面的一个叫蔡山区的地方。车辆行驶在武功山附近，郑乾看了看窗外，这里荒无人烟，风景秀美，据说江城市准备开发出来作为一个旅游景点。

开到武功山的脚下，陈永昌叫郑乾停下车来。

"老板，咱们在这里约什么人了吗？"郑乾左右看了看，既没看见车，也没看见人，只有鸟在叫。

"对啊。"陈永昌的眼睛眯成一条缝，诡异地朝郑乾笑了笑，"你在车里等我一会儿，我下去打电话，问问怎么还没来。"说罢，陈永昌下车，关上车门，瞬间就消失在郑乾的视野里。

郑乾纳闷不已，但也没敢多说话，只能等着老板过来，却隐约听见附近有车辆发动机的轰隆声离自己越来越近，他心想这车的排量可够大的。

他从后视镜里看到突然冲出一辆60吨承重的矿用车，以最快的速度朝自己的车冲过来，那车轮的高度都有1.8米，还没等郑乾下意识做出自救的动作，那巨大的前轮胎就笔直地轧在小车的后备厢上，接着是车顶，然后是驾驶室，整辆小车就像一个泄了气的气球，瞬间被碾成了一块大饼，哗哗的鲜血从驾驶室里渗出来，惨不忍睹。

陈永昌这时才从旁边走出来，恶狠狠地盯着那摊血迹，和车里被轧成肉饼的郑乾，说："出卖三叔的下场就是这样的！让你下辈子长长记性！"陈永昌和开矿用车的司机各点了一支烟。"这小子够衰的，认为改头换面就没人认出来了？昨天正好有个大信的员工过来，说他曾是大信集团的保安，其实这事也没什么，员工换来换去到处工作也很正常，但三叔一直都在说最近要谨慎，做什么事要多留个心眼儿，我就查了一下他最近的通话记录，这周一直在和一个号码联系，我 X，一查不要紧，还真是沈逸那小子的电话，恒记的通讯录是现成的呢。三叔做大事呢，不允许有苍蝇到处乱飞，何况你小子还吃里爬外！"

"看来三叔说得一点都没错，宁杀一千也不能飞掉一个，沈逸那小子要提前做掉。有点缝隙就让他给钻了，实在太碍事。"陈永昌自言自语，转身又对矿用车司机说道，"报警去吧，就说是意外事故，隔壁的工地我都打好招呼了，咱不逃逸，你大不了驾照吊销，赔偿一笔安家费，就没什么事儿了，以后跟着我干，收入是开车的几十倍。嗯，就这样了，这里交给你处理，我还有事，先走了。"

说完陈永昌大摇大摆地走到马路上打车离开。

清晨。挚爱茶吧。刚刚开门，一位客人便早早来到这里，端坐下来，此人正是人称"三叔"的胡保川。从年龄上看去，陈晓琳有些诧异，这是一位老人家，衣着朴实，却满面红光，精神矍铄。陈晓琳的茶吧很少有这个年龄的人士光临，何况又是这样一个冷清的时段。

"请问您需要点什么？"陈晓琳问道。

"我是被沈逸资助的贫困人士，今天到这里来是特意对他表示感谢的。"胡保川笑道。

"是来道谢的……"陈晓琳一边回应，一边细细打量这位老人，她的眼睛一闪，斩钉截铁地说，"不，你不是！"

"我不是什么？"胡保川问。

"你不是贫困人士，更不是来道谢的。"陈晓琳微笑示意。

"你就这么看了我两眼，就能知道我不是？"胡保川吃惊地问道。

"您的打扮还算是很用心，只不过有些印记根本就是抹不掉的呀。"陈晓琳指了指胡保川右手大拇指，"您是为了到这里来，刚刚取下的戒指吧，戒指虽然取下了，但是因为戴的时间太长，未被光线照射的皮肤显得暗淡了不少。大拇指是权力的象征，皮肤上留下的这匀称的尺度，应该不是大金戒指，有点像玉扳指之类的。所谓黄金有价玉无价，您这身份，呵呵，有点尊贵。"

"哈哈哈哈，想不到沈逸身边的人都这么厉害。"胡保川被她的一席话说得刚刚缓过神来，顿生敬意。

"我这是偷师学艺的，沈逸如果在这里，应该几句话就能看穿您的心思了。"陈晓琳笑道。

"那你说说看,他是怎么看穿人的心思的?"胡保川调侃道,然后示意陈晓琳坐下。

"您知道人心吧,人之初,性本善,性善心非善,性是后天的,心却是遗传的。这就好比精神类疾病的人生下的孩子,从出生开始便狂躁不安,这便是由不得自己的。世间诸事都由人的行为所主导,事物在变化,而人心不会变,事物是根据人心的变化而变化的,因此掌握了人心就控制了事物。这就好比已经知道月亮按规律围绕地球转,我想弄清楚12号月亮在哪个方向,其实只需要弄清楚地球旋转的规律就完全能够推断出来。"

"嗯——,我似乎听懂了一些道理。"胡保川若有所思。

"这就好比您今天来,虽然外在您用心装饰,却掩盖不了您终究是一个演员的事实,况且您这个演员的台词也有问题。哪有一见到我就问沈逸资助贫困人士并且道谢的,如果我接了您的话,不就等于有了以下事实:一,我和沈逸有关系;二,沈逸是在做这些事;三,你在打探他;四,你承认了你是仇家。"

"嗯。"胡保川一本正经地点点头,"但是说了半天,到底上述四点是不是事实呢?"

"我似乎已经回答了。"陈晓琳亮起招牌式的微笑。

"假如我真的是你认为的那个来寻仇的人呢?"胡保川的狡黠中带有一丝试探。

"凡是以'寻仇'为目的而来的,基本可能断定是咎由自取的一类人。"陈晓琳古灵精怪地眼睛一转。

"哦,怎么说?"

"我曾经看过一本书,对里面的有一句话印象非常深刻,说的是:有道无术,术尚可求;有术而无道,止于术。我认为沈逸是前者,那么,与之对应的您,便是……"

"哦?那我不为寻仇,而真有求他帮助的急事呢?"

陈晓琳口中所说的是一本1993年出版的商战小说,被誉为奇书,胡保川怎能没看过,他每看一次都有不同的感受和收获。在十年前,曾经遇到一位纵横商界的高人,胡保川无意中听到高人也看过这本书,想与之探讨,却被立即打断,那人问他看过几遍,回答三遍,那人随即扫兴地说,看10遍后再与他探讨。所以,此书的深奥程度可见一斑,也并非人人会看、能看、甚至看得懂的。

"那就更不该来了。"

"又该怎么说?"

"您知道什么叫虚不受补吗?我记得'三国演义'里舌战群儒时,张昭提出诸葛亮其人,自称卧龙先生,自比管仲、乐毅、刘备三顾茅庐而求之,但刘备得先生之前尚能纵横环宇割据城池,得先生之后在曹操大军逼迫之下,望风而逃、弃新野、走樊城、败当阳。诸葛亮却侃侃而答,自己隆中耕种之时,每每遇到病重命危之人,先嘱咐家人喂以稀粥、平和药物,待脏腑调和,形体好转,再以肉食补之,猛药攻之,则病根尽除。如果颠倒而为,倒行逆施,则欲速不达,适得其反,性命堪忧。"

"啊哈……想不到如此解释。"话说到这个份儿上,胡保川岂有不明白之理,这不暗暗讽刺自己是来找死吗!好厉害!胡保川赞叹,想不到沈逸身边有如此知识渊博、伶牙俐齿、心明如镜的女人,看似平静如水的言语中透露出阵阵阴寒的杀气,外表如天使,内心如魔鬼,近朱者赤,沈逸的本事从这个女人身上已经窥探一二。胡保川心生莫名的敬意,但随之而来的还有阵阵的恐惧,不仅是对沈逸,也包含眼前这个女人。胡保川在江城纵横数十年,历经多少挫折与磨难,凡事都在他的预期内化险为夷,令他心生畏惧的人和事屈指可数,而今天,他突然产生了这种感觉,他知道出现"无法掌控"以及"任何可能"的局面时,他必须做出明确的决定。

"受教,受教。打搅了。后会有期。"胡保川面无血色,掏出一张百元钞票放在桌子上,然后站起身来向门外走去,走到半途想起什么,缓缓转过身,再次看了陈晓琳一眼并微微一笑,意味深长。

从挚爱茶吧出来,抬头便可以看见一处宁静的小公园,胡保川不知不觉被这里的风景吸引,他漫步到了这里。公园是新修建的,没什么人气,江城市政府早在五年前就开放了所有的公共绿化场所供市民休闲。公园的中央开辟了一个人工湖泊,名叫墨水湖,湖中间有一处凉亭,名曰洗笔亭,据说将王羲之练字的故事嫁接到此,用此做噱头,颇具意味。胡保川坐在亭子里,欣赏傍晚落日的美景,此时,微风吹来,令人好不惬意。

"墨水不是墨,洗笔未见笔。"稍时,旁边站有一人,情不自禁地发出感慨来。胡保川侧身一看，只见此人身材魁梧，颇有气场，似曾相识。而他，正是沈逸。

"殊不知此墨非彼墨，此笔非彼笔啊。"胡保川对沈逸说的一番话非常感兴趣，回应道。

"哦，愿闻其详。"沈逸好奇地坐到胡保川身旁，侧耳聆听。

"唐代张彦远《历代名画记》曰：运墨而五色具。五色乃黑、浓、干、湿、淡，这五色遍布于此湖此景之中，你难道看不到吗？再说这笔，'笔'字的组成为竹、毛，不远处即竹林，竹毛附于其上，理应也不缺啊。"

"哈哈，兄台果然是高，如此解释一番，令我佩服。"沈逸双手鼓掌几下以示敬意，随后他的表情转为疑惑，"但是，墨的颜色其实还差一色。《绘事发微》中有记载，'墨色之中，分为六彩'。"

"是吗？还差哪一色？"

"唯独差白色！古语有云，'墨有六彩，而使黑白不分，是无阴阳明暗；干湿不备，是无苍翠秀润；浓淡不辨，是无凹凸远近也'。"

"原来如此……"胡保川突然明白了什么似的，重新将此人打量了一番，立刻心领神会，这是有黑非白的意思。文人常说，骂人不说脏字，当兵的听不懂，只能算自娱自乐，那叫秀才遇到兵。但骂人不吐脏字，却骂得你心里一明二白，这便需要对说话的人的学识有一番评估，否则就南辕北辙了。

"兄弟说的是黑又非此黑，白又非此白。"胡保川继续暗暗较劲。

"哦，小弟我愿意再闻其详。"

"宇宙本质为黑，却生万物白。瞳孔本色黑，可视万物亮。肤色本黑，内心高尚。穿着本黑，外在高雅。中国是黑夜，不代表全球都是黑夜。井底之蛙和管中之豹，终究是不可取的。"

"您是说黑白无须分清？"

"小兄弟，你有没有在某些时候，有无法被人理解的情况出现？你明明做的是好事，却被人冤枉是在做坏事。所以，黑和白只是一种主观的个人理解，有时我们做事，只求自己心安即可，不必顾虑外在因素。"

"不，我不会这么理解。"沈逸说道，"黑即是黑，白即是白，就算外在的颜色由于某些因素随时发生着改变，却无法冲击内在的本色，这是不可改变的事实。"

"你再看看，天色逐渐暗淡下来，即将进入一天中最为黑暗的时间里，我们的内心将发生微妙的变化，远离阳光，进入黑暗，我们的心情都将变得阴郁、忧愁起来，活力不再，此时发生的一些事，不再以个人意志为转移……"胡保川站起来，双眼冷冷地看着沈逸，充满气势地说道，"你，无法阻挡！"

"月缺则盈，月满则亏，黑暗的来临，也令我的每一个毛孔兴奋，这将预示着光明就在不远处。"沈逸也站起来，丝毫不躲避地怒视着胡保川的双眼，咬牙切齿地说道，"届时，你，也无法阻挡！"

"哈哈哈！年轻人就是年轻人。"胡保川狂笑道。时间不早，几个下手在公园不远处等候已久，他转身离开，却不忘为今天的对话留下一个悬念，"事实能够证明这一切，这个结果用不了多久就能见分晓。再见。"

"再见……"沈逸目不斜视地盯着胡保川的背影，低沉着发出几声不被人察觉的怒吼，"就一次，让你永不翻身！！！"

第五十九章

陈晓琳的住处是间两居室，刘玥自从住在这里后，家里便热闹了不少。刘玥这孩子像个男孩子的性格，平时在家就喜欢看打斗和悬疑片，再就是和小区里的小年轻们混在一块儿，每天约在一起打篮球。陈晓琳回来得也晚，所以就由着她去了。

这天晚上陈晓琳回到家，发现家里还是灯火通明的，刘玥没有按时睡觉，而是翻出了一些自己的相册在津津有味地看着。陈晓琳坐了过去，发现刘玥盯着一张合影看得入神，那张照片是曾经在大学里自己和沈逸唯一的一张合影，背景是大学校园附近的一条小河边，柳树茂密，天气晴朗。

"琳姐，你们那时好年轻，你好漂亮，沈叔叔也非常帅气。"刘玥笑着说。

"傻孩子，我们那时和你现在的年纪差不多，当然年轻貌美了。"陈晓琳毫不掩饰自信，坐到刘玥的床上。

"好羡慕你们。"刘玥嬉皮笑脸地对陈晓琳说，"你给讲讲你们恋爱时的故事呗。"

"嗯……让我想想……"陈晓琳思考着，"行吧，还真有个有趣的故事。我的老家是绍兴的，我自小就爱喝花雕酒，可惜江城很少有正宗的花雕酒卖。

那时在学校里,条件也不好,我只是在沈逸面前提过一次,后来就忘记这事儿了。后来有一天,我说沈逸这家伙怎么不按时到我们每天约定的地点见面,我就去宿舍找他,一推开门,他居然醉醺醺地躺在地上,再仔细一瞧啊,被打开过的酒瓶子横七竖八地倒在地上,弄得满宿舍都是酒味。原来,你沈逸叔叔知道我想喝花雕酒后,他白天跑遍了江城的大超市,每种品牌都弄了一些回来,然后加热自己先品尝,同时对着书上说的味道做比较。你可不知道,这酒加热后,酒精的厉害程度又增加了一倍,而且后劲非常足。他又不胜酒力,每瓶尝一口,也喝了有一斤了。"

"哈哈哈,真是可爱!"刘玥大笑道。

"确实可爱……"陈晓琳看着满脸稚气的刘玥,以为她会说好傻,却形容为"可爱",只有对他非常了解、非常认可,才能用得出来,看来这个小女生已经长成大女孩了。

"好啦,故事讲完了,你也该睡觉了。"

"你再答应我一件事,我就睡觉。"刘玥嘟起小嘴。

"小丫头片子,还跟我讲起条件来了!"陈晓琳挠挠她的胳肢窝,刘玥被弄得满床躲。

"哈哈哈哈,你答应我了就马上睡觉。"刘玥不依不饶。

"那你说说看是什么条件吧。"

"我要你和沈叔叔带我去春游,就去你们去过的这里。"刘玥指着照片说。

"这……"自己没有问题,但是沈逸就……

"你是怕约不出沈叔叔吧,我明天就打电话,只需一招他必定出来。"

"喵,你还能玩得转你沈叔叔啊,那我倒要看看你有什么本事。"

"我会说,他只要陪我去春游,我就马上回百合村,他几次都要我早点回去,我都没答应的。我保证我一说这话,他再忙也得出来!"刘玥一脸坏笑。

"你为啥这么肯定呢?"陈晓琳问。

"他出来一半是为了我,另一半嘛……"刘玥故意吊胃口不说下去,其实两人心知肚明。

"好你个小丫头,居然留了一手钳制你的沈叔叔啊。"陈晓琳暗暗感叹这个丫头身上有很多和沈逸作风相像的地方,首先用睡觉要挟我,然后用不回百合村要挟沈逸,在人心上,她洞察到了沈逸内心的东西,而且看起来十分有把握似的。古灵精怪的她,这是要有意撮合我们在一起啊,好深的心思,这是和沈逸接触多了,从他身上学来的吗?

"好!我答应你,明天就看你的了。"陈晓琳和刘玥一拍即合。

第六十章

秀美的南湖是江城的标志性风景区,由听涛区、磨山区、落雁区、吹笛区、白马区和珞洪区六个片区组成,楚风浓郁,楚韵精妙。湖岸曲折,港汊交错,碧波万顷,青山环绕,岛渚星罗,素有九十九湾之说。附近有多所高校坐落在南湖湖畔,成为一道美丽的风景线。

附近的很多项目仍然在建设中,几处工地正在忙碌地施工,轰隆隆的声音让这里显得有些美中不足。

刘玥左手挽着沈逸,右手挽着陈晓琳,三人并排漫步在南湖岸边,刘玥嬉笑着手舞足蹈,蹦蹦跳跳地向前跑去。陈晓琳遥望着当年上学时他们恋爱的地方,瞬间勾起了很多的回忆,她情不自禁地挽起沈逸,头微微一侧靠在他的肩膀上。他俩的个头差不多,身材也适中,在旁人看来,这就是一对年轻的俊男靓女,非常登对的爱人。

"你说,咱们如果不去支教,现在是不是孩子都像玥玥这么大了?"陈晓琳望着河对岸。

"哈哈,也应该这么大了。"沈逸笑着说,"但是这么年轻漂亮的妈可是非常少见啊。"

"坏死了!"陈晓琳娇声打了沈逸一下,"不过,我不后悔,失之东隅、收之桑榆,虽然我的青春在无情地流逝,但是我却收获了人生最美好的东西。"

"嗯,说说看,什么东西?"

"亲情、友情,还有……"陈晓琳含羞地说道,"爱情,还有许多的成就感和实现自我价值带来的满足感。"

"我想到一首诗,卞之琳的诗。"沈逸缓缓朗读,"你站在桥上看风景,看风景的人在楼上看你。明月装饰了你的窗子,你装饰了别人的梦。我觉得这首诗写的就是你,你总在为别人考虑,总是在帮助别人,你在别人的满足中寻找快乐,成全别人中寻找自我的价值和乐趣,这是多么难能可贵的精神。"

沈逸动情地说，"你为了百合村可以鞠躬尽瘁，为了我可以放弃幸福，而我却还差你一个承诺。"

"你说这些话……"陈晓琳眼中泪光闪烁着，"不就等于承诺我了吗……我们之间不需要太多华丽的语言，也不需要僵硬而死板的形容词，有时，你的一个眼神就能在我们之间产生默契，就像在寒风中点燃的火炬，照耀在每一个黑夜里，给我温暖和光明。"

"我真想快点结束这一切，给你一个温暖的家。让孩子们每天在我们家吵吵闹闹地好不热闹，我也喜欢这感觉。"沈逸说。

"你不用管我的感受，你该做什么就勇敢去做，追求你想得到的，你能开心，我就能开心。"陈晓琳说。

"沈叔叔、琳姐，前面有租自行车的，很好玩的，咱们三个人一起骑行吧。"刘玥跑回来一副开心得不得了的样子。

他们骑上三人自行车，行驶在绿荫小道上，旁边的一条大道上时不时地有大车装载着建筑材料行驶过去，产生的尘雾让人十分不适。他们停下来，沙子进入眼睛里，揉个不停。

这时，在正前方迷蒙蒙的雾气中，极速驶来一辆"后八轮"大货车，以迅雷不及掩耳之势朝他们直接撞过来，丝毫没有躲避行人的意思，"轰隆"一声，车上的钢筋倾倒而出，一眨眼的工夫自行车就被车轮碾成了铁饼。待沈逸睁开眼缓过来，才发现陈晓琳已经被沉重的杂物掩埋在下面，他已经顾不上自己的脑袋嗡嗡作响，也管不了车上落下的都是些什么扎手的东西，他拼命地用力想刨开压在陈晓琳身上的钢筋水泥，双手已经失去了知觉，全是鲜血，直到自己精疲力竭。

"沈叔叔……"刘玥虚弱地从废墟中爬出来，脸上头上全开了口，鲜血一点点地渗出，在她那雪白的衬衫上开出了一朵花。看到陈晓琳被埋在里面，只露出头发，刘玥的泪水像泄了闸的洪水，她满脸通红地仰头大呼："妈妈！我的妈妈！"

"后八轮"司机从车上下来，也被眼前这一幕吓得不轻，他似乎没有预料到事态这么恶劣，他的眼神中充满了惊恐，他不知所措地身体抖动了半天，然后转身朝另一个方向跑去。

"站住……站住！别跑！"刘玥满脸泪水，突然看见肇事司机要跑，腾地站起来，捂着伤口强忍着痛快步追了上去，不一会儿，就消失在视野里。

十分钟后，吴佑行和江心接到报警，驾车飞速赶过来。他们来到事发现场，江心一看到眼前的场景，就忍不住哭了起来。

只见沈逸双手红通通，已经完全看不清那到底是不是一双手。他抱住陈晓琳的上半身，手抚摸着她的脸庞，陈晓琳的双腿还被厚重的钢筋压住，血肉模糊，已不成形。沈逸头上身上全被血液和灰尘的混合物掩盖，他静静地坐在那里，目光呆滞，魂不附体。

吴佑行立刻上前摸了摸陈晓琳的颈动脉，已经没有丝毫跳动的迹象，他黯然地对一旁的江心摇了摇头，江心哭泣得更加厉害。

"兄弟，她已经走了，你想哭就哭出来吧，别忍着。"吴佑行知道现在没办法用任何语言去安慰他。但是凭借着经验，吴佑行非常明白，人在如此悲恸之下，如果气急攻心不释放出来的话，容易对心理和精神上产生影响，现在沈逸首先要做的，应该是哭出来。

"沈哥……"江心泣不成声，"别这样……晓琳姐已经走了，你要保重自己。"

沈逸的目光微微移动了一下，似乎有听到他们说的话。他低下头，用衣服上还算干净的一角，擦拭着陈晓琳的脸颊，帮她整理了一下头发，沈逸呆滞的瞳孔里倒映着一张苍白的容颜，那精致的五官的背后是一个令人如痴如醉的灵魂。在陈晓琳生命终止之前，还有两件事是最放心不下的，一件是百合村的孩子们，另一件便是沈逸。在无数个孤寂的夜晚，她都希望这个男人能这样将她抱在怀里，倾诉缠绵，相拥入眠，在大义面前，理智终究战胜理性，让她将那份深深的思念埋藏在心里，直到脱离了肉体才能奢望一回。沈逸此时才发现，眼前这个女人的任何一点都值得自己去爱！

在旁人毫无察觉之际，泪水像沙漠中的两条沟渠，从脸上悄悄地滑落下来，他没有抽搐，也没有发出丝毫的声音，他们的感情就犹如陈晓琳理解的那样，不需要丰富的言语或者华丽的装饰，一切都显得那么的平静和——默契。

吴佑行这才松了一口气，连忙招呼刚到的120医护人员将沈逸扶去治疗，另一方面安排了几个警员搬开陈晓琳身上的重物，将遗体抬出来。

"玥玥！"医务人员才给沈逸包扎了头上的伤口，沈逸就失魂似的惊叫道，"玥玥！！玥玥！！"他眼神迷茫地四处呼喊，神情紧张而手足无措。

"玥玥？是刘玥吗？她也和你们一起？"江心赶忙过去扶住沈逸发颤的手。

"玥玥不见了！你们快、快帮我找她！"沈逸慌忙地拉着江心和吴佑行，眼神迷离而无助。

"小辉，小辉吗？"吴佑行拿起电话，"迅速通报警方，全城通缉车牌号为xxx的肇事逃逸司机，同时帮助寻找一位年龄在17岁，马尾辫，恩施人，有伤在身的女孩……"

一周后，扁担山陵园，吴佑行捧着一束菊花从门口走进来，有个人正从里面走出来，面对面地和他擦身而过。吴佑行感觉好像在哪里见过这个人，下意识地转身朝他看了一眼，戴着顶黑色帽子，穿着黑色风衣和黑色皮鞋，背影有点熟悉，但就是想不起来是谁，也就没怎么在意。

他来到B区17排，沈逸正独自站在陈晓琳墓碑的前面，他手上、头上还包扎着纱布，独自黯然神伤。吴佑行轻轻地走到他的身边，献上鲜花，双手合十鞠躬三下，双手交叉在肚子上，凝视着墓碑上的那个英年早逝、美丽如花的女人，她的笑容还是那么迷人，只是永远定格在照片上的那一刻。

"节哀啊，老沈。"吴佑行轻声说。沈逸微微点了一下头，算是回应。吴佑行看他已经恢复了一些精神，才敢继续往下说，"后八轮货车司机找到了，只承认是走错了道而发生的意外交通事故，但涉嫌肇事逃逸，还是会坐牢。我们队里的兄弟在他的手里发现了聚力金融陈永昌的号码，你明白我的意思了吧？"

看沈逸还是没有任何表情和反应，吴佑行接着说："我已经跟交管局的兄弟打好招呼了，此次事故，你是重伤不醒、植物人的状态，这样也好，你现在是个废人，传到他们耳朵里也不会再找你麻烦。你就别到处跑了，免得被人发现。还有，刘玥一直都没找到，问了司机，司机不承认有个女孩子追他，所以，应该没什么事儿……你也别着急了，可能是迷路了，说不定哪天就会回来的。"

"江心很担心你，她说你最近瘦了不少，她可是从来不下厨的，今儿在她家里给你准备了很多菜，想不想吃都不要紧，关键这是咱们一片心意，你若有空等会儿天暗了就过来领了吧。"

"我知道你心里也苦，也痛，没处说。"吴佑行点上烟，抽了几口，叹了口气，"我今天把晚上的工作都给推了，就你的意思，想喝咱们就不醉不归，不想喝兄弟陪你聊天，想说啥说啥，想怎么开玩笑怎么开玩笑，时间随你定，三天两夜也行啊。你开心，咱们嫂子在那边看着也开心，你说多好。"

吴佑行说了半天，看沈逸还是没反应，一下气氛凉了，两人都陷入沉默。

"帮我约江宏。"沈逸很轻地说了一声，目视前方，脸上仍旧是一片让人看不懂的空白。

"收到！"声音虽小，完全不用再问第二次，吴佑行仅从音调就能判断出来他到底说的什么，不知道是该高兴还是该伤感，但可以明确的是，沈逸这家伙醒过来了。

第六十一章

韩跃平在咖啡厅约见江心。

"韩叔叔这么好啊，还请我喝咖啡。"江心点了一杯拿铁。

"那当然了，老领导特地嘱咐了，要我好好照顾你，所以让我看看你最近的情况怎么样。"韩跃平笑道。

"还行吧，咱们队里现在可忙了。"江心说。

"嗯，忙什么呢？"

"就是几起假支票案，还有传销，搞得我忙死了，这些人都不是什么好东西，抓进去过段时间放出来，又死灰复燃，还打一枪换个地方，真是特难搞。"江心揉了揉颈椎。

"为人民服务嘛，咱们一线干警都是这样地奉献，习惯就好了。"韩跃平附和道。

"你上次说的那个叫什么狩猎人的，是叫沈什么的，现在还有干扰警队的工作吗？"韩跃平故意问道。

"哦，您说的那个叫沈逸的吧。"江心也不避讳，直接指明出来，"他好像出了意外，脑部受伤严重，现在还昏迷着呢，医生说了，可能是植物人。这家伙醒了也跑不掉，医院每天都有人守着，这家伙肯定要受到法律的制裁。"

"哦哦，是吗？罪有应得吧。"韩跃平心中窃喜。"对了，有什么需要韩叔叔帮忙的吗？比如待遇水平啊，生活条件啊什么的。"

"谢谢韩叔叔，我现在挺好的，我想靠自己的努力，不希望通过叔叔的关系，免得警局总有闲言闲语。"江心说。

"那就好。"韩跃平的眼睛转动了一下，说，"唉，老领导为国家的建设事业操心不少啊，我这个做下属的，总希望替他多分担一些烦恼。"

江心心里非常清楚他想说什么，这种官话，沈逸也经常教自己怎么应付："叔叔常常给我打电话也是这么说的，他常说最放心的就是江城了，因为有韩叔叔这样的得力助手。下次打电话的时候，我也会让他放心，告诉他韩叔叔经常关照我的生活。"

"那就好，那就好。"韩跃平笑着喝了一口咖啡，心中感到这小丫头还挺机灵的。

第六十二章

按照胡保川给陈永昌布置的任务，赌博网站复制计划按规定的时间构筑完成。胡保川开始大肆洗钱，通过赌博网站和旗下的各个P2P网贷入口，外围资金如洪水般疯狂地涌入这些平台，经过一段时间的洗涤后，又疯狂地回流到众多的资金账户，一时间，数据像安装了推进器的导弹一般直线上蹿，胡保川的提成收益也极为可观。他逐渐被胜利冲昏了头脑，洗钱的勾当毕竟是在为他人做嫁衣，这些钱自己只能抽取一定的点数，这是远远满足不了胃口的。胡保川开始构想建设大信帝国计划，他开始涉足房地产项目，在国内多个旅游开发区购置了地皮，准备大举开发；同时开始涉足高档连锁酒店项目，他收购了江城如日中天的具有标志性的高档会所逍遥谷，收购了五星级酒店东亚大酒店；他开始酝酿大信上市计划，内地的中小板太过苛刻，于是他将目标选择在了香港，准备公司上市后在二级市场上大举融资，并继续拆分上市……这一切的梦想，背后只有一个窍门，那就是钱！盘子铺得越开，启动资金就越高，而且一旦投资了首期第一笔资金，就意味着发动机轰隆启动而且再也停不下来，直到落地完成这个项目。

胡保川就算不是商业翘楚，也算得上是商场老手，他毕竟是混迹行业数十载的风云人物，见过了无数的企业在膨胀的发展下，资金链断裂继而轰然倒塌，在这种前车之鉴下，他对大信帝国是做过非常深入的统计和分析的。胡保川有自己的P2P理财平台，这些平台目前非常稳健，除开洗钱的那一部分虚的，累计交易额在100亿元上下，可用资金20多亿元，洗钱抽成如果按这个量走下去，每个月也能产生几个亿的资金量，20亿元足够启动几个盘子，后续资金靠着抽成的收入维持，不行的话还有几个银行行长的关系，也可以贷到一定的资金。但是……本来按胡保川的性格，根本不会考虑这个，不过昨天董事长助理张博那小子提出一个"可能"会波及大信根基的问题后，胡保川还是有一丝担心。这个条件便是如果这些P2P平台出现负面消息，散户大肆挤兑，又或者后续的投资额不能环比增长10%的话，资金链将面临断裂的风险。张博能够提出这样的问题，说明张博这小子是真心为自己做事，胡保川对他算是非常放心了，看来可以重用。

其实胡保川也有应对的一招——他早就觊觎境外那些白花花的银子了，看着那些钱每天哗啦啦地涌入自己的平台，又毫不留情地瞬间流逝在自己手里，他就心疼得要命，恨不得全部锁住，一个子儿也别想走！虽然不能做到这一点，但只要做点手脚，每天出账的时间晚六个小时，持续一个月后，他就可以多留用接近八天的时间，持续两个月就是十六天，三个月就等于可以挪用一个月的时间。延迟的问题完全可以解释为网络问题或者维护，或者网银，就算最后被上面发现，他们也得为此迁就自己，因为北上广深的合作者都面临瘫痪，现在自己的江城才是一家独大，有足够可以谈判的筹码。

这么一分析之后，胡保川自信爆棚起来，准备开始放手大干，而且没有任何的后顾之忧。

深夜，胡保川接到韩跃平秘密打来的电话。

"老胡吗？最近的量走得还可以，上面说了，要继续加大量，你这边没问题吧？"韩跃平问道。

"你放心吧，我这里一点问题都没有。来者不拒！"胡保川跷起二郎腿。

"还有个事儿，上面问怎么放款总是不及时，你这边别有什么问题啊。"韩跃平谨慎地问道。

"都跟你说了，信息处理量太大，账户又多，我这边的人手又不够，延时一点怕什么，肉总还是烂在锅里的。"

"好吧，我跟上面说一下。你一定要注意安全。最近黑白两边没什么人骚扰吧？"

"连只螨虫都没有，放心吧。"

"好，有什么事儿，记得告诉我，我来处理。"

说完电话挂掉。胡保川嘴里还骂骂咧咧的，屁大点事就打电话，真是没什么事做了。

市纪委办公室，经过江宏那次大发雷霆整顿工作作风后，纪委的工作有了很大的改观。大家都忙碌起来，中午睡觉的简易床都没了踪影，下午下班后也没发现有人打篮球，连门房的工作人员都在帮忙整理档案。

会议上，各小组的工作目标都是一致的。现在江城的金融市场出现了非常大的隐患，尤其是以大信集团为首的金融企业，根据调查的结果，政府相关部门具有较大贪污、受贿、包庇等失职嫌疑的部点放在了省金融办和银监局，人员名单已经交到了江宏的手里。江宏拿到名单，第一个看见的就是银监局局长韩跃平的名字。

"韩跃平和胡保川、陈永昌等人关系密切，胡保川和陈永昌没什么好说的，这两人现在在江城金融市场无恶不作，连平头老百姓都知道他们有问题，但银监局的人却视而不见、不闻不问，金融办也似乎同气连枝，并未向银监局进行通报，因此韩跃平等人首当其冲，具有较大的嫌疑，没有受贿也有在岗不作为的作风问题。出巧的是，至今没有发现他有以上犯罪事实的证据，都是从一些蛛丝马迹中推断出来的。"小组负责人介绍。

"你这不是废话吗！"江宏生气地将名单扔子一边，质问道，"这东西有什么用？没有证据就等于他是清白的，你能拿他怎么办？！"

"韩跃平这人作风非常谨慎，平时少言寡语，每天两点一线，从不外出吃饭，亲戚送的东西有时都拒于门外，所以这人恐怕很难找到破绽。局里人对他的印象非常好，是个老好人形象，从来没人私下议论他的作风。"负责人苦恼地说。

"既然是你们确定他有嫌疑，那找不到也得找，老狐狸尾巴夹狠了，总要放出来透透风。我觉得……"江宏突然想到什么，补充道，"我觉得你们可以试一下明修栈道这招，怎么样？"

在会的几个人听到这个词面面相觑："您能否说明白点？"

"哎呀，你们几个可真是没什么手段啊。"江宏着急地说，"你们在恰当的时候放出风去，做点事情就等于是告诉他，市纪委正在进入金融领域开展工作，韩跃平是首要查的对象，对，就这个意思。"

"这是啥意思啊？这不等于告诉他要他准备好吗？"负责人不解。

"对了，就是这个意思。其他的你就别管了。我有主意。"江宏不耐烦地回答。

江宏怎么能够告诉他们这样做的深意，其实这个计划是其中一环，江心说沈逸需要大家配合他"明修栈道"，至于怎么"暗度陈仓"这个小子应该有他自己的想法，剩下的就拭目以待吧。

"挚爱"茶吧，两天前的深夜，沈逸站在"挚爱"两个字的下面发呆了很久，他一直都以为这个名字是陈晓琳随意起的，但现在他才突然发现，"挚爱"这两个字里面饱含了多少她的感情、思念和爱。每一个夜幕下，她或许都期待着那个人能够出现在这里，泡上一杯有温度的绿茶，看看他的气色，聊上几句随意的话，便是这一天最大的满足。

沈逸打开锁闭了几天的门，非常默契地只开了一盏壁灯，微光照射下的吧台已铺满了一层灰尘，洗碗池里还有一些用过的杯具，后台的货物摆放依旧整齐如初。就算这样，这里每一个地方仍旧充满了她的气息和味道。沈逸轻轻抚摸陈晓琳曾经坐过的吧台凳，好似余温残存，他感受着陈晓琳曾经工作的痕迹，从吧台内拿出一个茶杯，放了几片绿茶叶，烧好热水倒入，绿茶伴随着温水在杯中飞舞，热气如美女一般拂面而出，香味渐浓。

他紧闭双眼，独自品茗，仿佛和陈晓琳在用心与心对话，颇感温情。此时，三个人不约而同地从门口进来，看到沈逸的样子，也不愿打扰，伫立许久，感同身受。

稍时，沈逸才发现他们站在自己身后，于是微微一笑，招呼他们坐下，三人分别是吴佑行、江心和江宏。是沈逸要求吴佑行约见他们的。

无需过多的言语，他们都知道沈逸想要什么。

江宏对陈晓琳的死表示哀悼和遗憾，现在正处于非常时期，江城的金融环境越来越恶劣，自己愿意尽最大努力帮助他，同时是为国家坚决铲除邪恶的势力。江宏同时告知了沈逸江心的真实身份，这也是赚取胡保川以及韩跃平信任的利刃。

吴佑行说，自己和沈逸的目标十分一致，就是不仅要将大信集团胡保川以及其在江城的势力全部缉拿归案，并且要挖出他们背后牵扯的国际势力。

江心十分心疼沈逸，多次嘘寒问暖，让沈逸非常感动，她表示将全力配合沈逸完成他的计划。

所谓知己知彼、百战不殆，沈逸对大信集团胡保川的现状做出分析，同时也是对人心的分析："根据胡保川旗下所有平台公开的数据显示，他100%涉嫌洗黑钱的活动，没有哪一家平台能够在一个季度销售数据呈现500%的增长速度。拿到胡保川的证据不难，但是想让这么大体量的平台覆灭，并悉数安全退还投资人本金却是难上加难。现在推算投资额已有30%被胡保川自融到其他项目上了，资金回笼将是一个漫长的过程。既然胡保川已经是瓮中之鳖，那么我们应该着重在胡保川背后的势力上做文章，这样才能让他们露出狐狸尾巴，上面顺藤摸瓜，下面挖出根蒂。

"江书记也说了，正面对韩跃平没有什么明显的突破口，此人又非常狡猾，行事稳健甚至从不给人口舌。那我们分析一下他为什么这么谨慎。"

"做坏事多多少少都有心虚的成分，只是显露得多和少的问题。他越是在细节谨慎，说明做的事情风险越高，一旦露出马脚，可能有全盘皆输的危险，他这是在为全局考虑。"

"那我们逆向思维一下，如果此时韩跃平已经意识到突破口是来自自己，那么他会怎么样？对！他会顾不上全局了，自己没有了，要世界又有何用？人心就是这样，风险真的出现，只会自保。我们就利用他这一点击破。"

"再看胡保川，现在没有任何的阻碍，在江城是只手遮天，他开启了大信帝国计划，原因很简单，如果洗钱，他只是配角，利益分配抽成满足不了他的胃口，所以才计划建设自己的事业，这个才是看得见、摸得着的真金白银。但这个计划是有非常大的风险的，项目铺开，资金就得跟上，项目越多，后续资金量就得越大。这就和我们家里装修一样，首期付不了多少钱，如果合同签订一旦开工，就得陆续支付下一期的钱，一般四个过程和四期款项，哪一期款项没到位，前面的工期就等于付诸东流，成为烂尾工程而一文不值，也就是说开弓没有回头箭。做实业还有另一个好处，就是彻底将自己洗白了，就算哪一天P2P平台的资金链真的断了，申请破产，自己也没有法律责任。"

吴佑行说："你说了这么多，我们到底有什么计划能把他们一网打尽？"江心也点点头，想听沈逸到底想说什么。

沈逸神秘地笑而不答，他开始布置每个人的任务："江书记这边要放出风声，说纪委接下来将对银监会进行内部正常流程的审查工作，略微提到韩跃平等人的作风问题，做到只吹风，不打草。"

"江心和韩跃平密切联系，放出消息说江湖上有人眼红胡保川，可能对P2P投资渠道产生不利的影响；同时提到胡保川正在搞大举扩张，涉足其他产业和项目，工商正在核查项目情况。这两点放出，也就是暗示韩跃平应该对胡保川的行为多提点，要他注意安全。"

江心纳闷地说："我还是听不懂，这些都只是表面的例行工作，吹吹风，做点检查什么的，没多大的作用啊，这样就能扳倒他们吗？"

沈逸故作轻松地说："你们只要能够做好以上这些，我保证不出三个月，韩跃平将有非常明显的尾巴露出来。而胡保川将自顾不暇，到时候首尾不得兼顾，让他们自乱阵脚，这是一箭N雕的办法，至于细节……"

"江小姐，其实你的表演非常关键，贯穿全局，你不仅要诱敌深入，最后的反转戏份可全在你身上，你的老爹用这么多经历埋的一颗闲棋冷子，能不能发挥最大作用就看你的了。"沈逸说。

"哈哈，原来如此，你们就好好配合我入戏吧。"江心颇有把握地说。

吴佑行积极安排人员对胡保川下属的各平台进行调查取证，就说是上面的政策，要彻查隐患，需要平台提供投资人名单，以及银行流水、资金收据等资料备案。拿到投资人名单后，届时孙小兵便可以进入他们的各个群里，散布谣言。

"老吴，你当我是兄弟吗？"沈逸动情地问道。

"当然，何止是把你当兄弟，局里谁不知道，我是公认的偶像！但你是偶像的偶像。"吴佑行说。

"我们来定一个君子协议怎么样？"沈逸说。

"干脆点，要我做什么说吧，我这人你又不是不知道，认准的事儿不回头，一根筋走到底。"

"从现在的局面来看，陈永昌、胡保川、韩跃平都是瓮中之鳖……"沈逸说。

"等等，现在就这么有把握了？这都还没开始呢！你就胜券在握？"吴佑行没听懂，急忙打断道。

"相信我，相信我对人心的判断和解读，有些事其实从第一步就已经注定了，谁也改变不了，最多也就是10%的误差。"沈逸言归正传，"我们的对手远远不止上述的这些人，你需要看得更透彻一点。从表面上看，这几个人不论从职位、远见和高度，都还远远达不到驾驭上十亿级别的洗黑钱生意的角色，充其量只不过是小2、3个A而已。"

"你说背后还有大小王？"江心立刻领悟道。

"对的！"江宏接话道，"中央纪委已经传达了北上广深地区打击通过国有大型企业洗黑钱的国际组织身影命令，和江城出现的大信集团一案手法非常相似，上级已经作出判断，他们之间是有联系的。"

"所以，这局牌还没打完，胜负还远远没有分出来。"沈逸严肃地说，"赢了胡保川，这只能算个人的赢局，我大仇得报，父亲和陈晓琳含笑九泉，但是他们为非作歹，陷害的却是无辜的大众，损害的是国家的利益和根基，放纵他们背后的操手，就等于间接地残害更多的父亲和爱人，没有国哪有家呢？所以我们这个君子协议就是，不计较个人得失，哪怕付出生命的代价，也要扳倒大小王！找出幕后的大老虎，不达目的誓不罢休！"

"小沈，说得好啊！"江宏感叹道，"不论作为一个商人，还是社会的侠客，能有这样为国奉献的意识，我真心为你们感到骄傲。"

"老沈，没的说，跟你一条路走到黑了，不过死之前你得先给我介绍个女朋友。"吴佑行斜眼道。

"别老是说什么死不死的，你们以后都是一群老不死的。"江心捂嘴笑道。

"哈哈，行，这事我就算答应了！"沈逸说。

第六十三章

一个月后，胡保川已经签订了多个领域的合作开发合同，并如期支付了首期项目资金。而此时，孙小兵拿着吴佑行提供给他的投资人名单，利用机器人软件潜伏于多个投资人的群里，肆机在群内宣扬大信集团的负面消息，弄得投资人一时间人心惶惶，到期的投资者毫不犹豫地提现落袋为安，而准备投资的客户闻风按兵不动，还在期限内的投资者则终日不得安宁，时不时地结伴成群跑到大信集团总部问询，搞得风声鹤唳，连大信员工都半信半疑地四处打听消息。

胡保川在办公室动怒，直接摔碎了茶杯，对着运营总监大声呵斥。

"你们是怎么做公关的！现在自媒体上流言蜚语到处乱窜，这叫我怎么辩解？我高薪养你们这票人都是干什么吃的？！你们自己看看这都是什么数据，这个月投资额下降50%，你们还要不要我活了！一群废物，无能之辈！"胡保川大骂道。

"真不明白这些投资人都是哪里来的消息，各个群里都在议论这事，问来问去，都不知道谁是第一个说这话的。真是奇怪了。"运营总监说。

"你们赶紧的啊，把这事的影响给我降到最低，不然老子这边要出大问题的！我出问题了，就叫你们一个个都不好过！"胡保川边骂边催促着，运营总监灰溜溜地出去了。

幸好胡保川还有后手，黑钱洗白的那些资金是可以在神不知鬼不觉的情况下挪用一段时间的，银行那边也打过招呼了，所有项目都能贷到一定的款项，各个项目的进展都不会受到影响。但是手上确实没什么活钱了，再这么继续闹下去，平台出现资金链断裂，那后果可不堪设想，不仅自己完了，还得罪了上面的人，想到这里胡保川不由得打了一个寒战。

这时张博推门进来，递交了一些签字的文件，胡保川心不在焉地签完了，看见张博还没走，于是问道，"还有事儿吗？"

"老大，看您气色不佳，最近心情是不是不太好啊？"张博关心道。

"你这不是明知故问吗，最近不知道怎么回事，外面流言蜚语太厉害，其实咱们做什么事你也知道，都很稳的，没有任何的问题，这些谣言也不知道从哪里冒出来的。"胡保川郁闷地说。

"我认识个朋友，他在一家投资公司里是高管，听说正在找投资项目。您看有兴趣吗……"张博说。

"准备投多少钱？"胡保川问。

"没具体说，有几个亿吧。"

"是吗？"胡保川眼睛瞪了一下，这不是运气来了嘛。

张博道："事情是这样的，昨天晚上我在逍遥谷里请几个搞风投的朋友喝酒，聊着聊着他们就说一直对咱们集团旗下的产品感兴趣，托我给搭个线，所以我就问问您是什么意思。"

"行啊，你小子居然还有搞风投的朋友。"胡保川兴致勃勃，但还是故作镇定地调侃。

"您也知道,我好歹在金融行业混迹这么多年了。"张博回答。

"行啊,这是件大好事,你办成了可算是大功一件了。"胡保川表面上不是特别在乎,但是内心感觉这是雪中送炭的事儿。张博并不清楚资金运转的情况,所以胡保川并未表露非常感兴趣的样子,"你给约个时间吧,约好了告诉我。"

"行,我这就联系。"张博拿起手机。

深夜,长江边上,两个身影正在交谈着什么。

其中一个正是沈逸曾经的兄弟、现在胡保川身边的得力助手张博;另一个人带着黑色口罩,身材矮小,皮肤黝黑,白发苍苍,是步入耄耋之年的老人。

"'洗盘计划'可以开始实施了。"老人并未摘下口罩,而是包裹着一种含混的语气对张博说道。

"明白。一切都在我的掌控之中。韩跃平想跑路,必然胡保川要给钱,这样就做掉了韩跃平,胡保川和陈永昌如果都不跑路,也是等死的命,到时候他们就是人财两空、黄粱一梦。至于沈逸,这次看似我帮了他,其实是他间接地帮了我……至于那个吴佑行,我还另有打算……"张博说。

"很好很好,'洗盘计划'也是迫不得已,胡保川任意妄为,以为离得远他们就什么都不知道,其实上面早就对他不耐烦了,这个人不好管束,他们也是怕他会坏事,所以……到时候他们恐怕都不知道自己输在哪里,这是因为他们都没注意到还有你这么一颗闲棋冷子,但你现在的作用却是四两拨千斤,犹如千军万马。"口罩老人得意地笑道,脸上现出一道道皱褶。

"哼,他们就是棋局中的黑白子,看似都以为斗赢了对手,但其实全都输了,因为设计棋局的人随时可以掀翻这棋盘,使这个游戏终止。"张博满怀自信地笑道。

"这都多亏了你们……你们都不简单,曾经生存都是问题,却想不到能在这些年里练就了一身的本事,这是令我十分惊讶的地方。"口罩老人突然神情黯淡下来,似乎想到了什么事情。

"阿叔,我知道你在想什么,离别了这么多年,你难道就不想见见他?他自始至终做的这一切,都是因为你啊。"张博感叹道。

"想!真的好想!唉,想了二十年了。"口罩老人望着对岸的霓虹灯,叹了口气,"我也知道他的良苦用心,但自古孝义和忠义不可两全,我和他既然在这条路上,那就必须走下去,直到终点才能停歇下来……都到这一步了,不能半途而废,为了大局吧。"

"但愿快点结束这一切,让你们团聚。"张博说。

"好了,不说了,接下来就看你怎么完美而精彩地结束这场收官之战了。我在吉隆坡等你的好消息!"说完两人紧紧拥抱,惜惜告别。

公安局经侦大队,吴佑行正忙着处理几起案子。放在抽屉内的手机突然"嘀嘀"接收到一条短信息,这部手机是上一起案子里的犯罪嫌疑人那里收回来的,他没有上交,而是秘密地扣留下来。他拿出钥匙打开抽屉,拿出手机,这是一部苹果5S手机,用塑料袋包裹着,他隔着塑料袋点开手机中的这条信息,信息上出现几行字:"洗盘计划"。

吴佑行经过一番沉思默想之后,轻轻地按下了删除键……

第六十四章

韩跃平又通过密电与胡保川就相关事宜通气。

"老胡,最近外面怎么有那么多对大信集团不利的消息啊?"韩跃平问得直截了当。

"是啊,不知道是谁在搞鬼。"胡保川回答。

"你要重视起来啊,这可不是开玩笑的,上面说了,你那边如果平台遇到挤兑,会直接影响这边的生意。千万不能出一点纰漏的!"韩跃平的话语中非常焦虑。

"我是差他们一分钱了还是怎地?这不是没事嘛。"胡保川不耐烦地说道。

"老胡啊,咱们现在是一根绳上的蚂蚱,牵一发而动全身,都希望你稳妥一点。再说你前段时间你总在延时打款,他们问你是不是挪用了那些钱,我还不是帮你在说话。"

"屁话!我用他们的钱?我会用他们的钱?!我现在有自己的计划,我大信发展得好好的,有的是钱。再说了他们现在是求着我在玩儿,还成天地怀疑我,这公平吗?!"胡保川愤愤不平。

"我告诉你,你拓展业务的事情,他们已经知道了,他们说了一旦查到你挪用公款搞自己的事,他们就立刻取消你的代理资格。我这话不是危言耸听,你也知道他们有多么厉害的。他们建议从下周开始,你必须按时打款,再出现延时,就将降低你的抽成点数作为惩罚。他们做事非常讲信用,你破坏了规矩,到时候我上面的领导,包括江主席在内都帮不了你。"

"行了行了,我知道处理好的,保证不用他们的钱!"胡保川不由分说地挂断电话。

其实韩跃平也挺难的,他作为中间人只能起到上传下达的作用,大信集团毕竟不是自己掌控,胡保川这个人又有点刚愎自用,非常难以驾驭。再说了,这段时间不仅是金融市场频吹亟须规范的政策风,就连市纪委也没闲着,三五天就来一次人,查档案,查资料,根据内部的消息得知,绕来绕去的目标就是那么几个人,其中就有韩跃平。得知这个消息后,韩跃平开始坐立不安起来,一方面是胡保川有不守规矩的嫌疑,另一方面自己被纪委盯上有点麻烦,虽然他们现在还找不到丝毫的证据,但这毕竟是一个风向的转变。晚上他又接到来自吉隆坡阿布的越洋电话。

"What is your situation there?"(你们那边是什么情况?)

"Does he seem to be misappropriating funds? The conse quences are very serious!"(他似乎在挪用资金,这样的后果是非常严重的!)

"Once the capital chain is broken, we will be in volved."(一旦资金链断裂,我们也将被牵扯进去。)

"Tell him, his time is running out."(告诉他,他的时间已经不多了!)

真是屋漏偏逢连夜雨,就在刚才,韩跃平从北京的张秘书那边得到证实的消息——中国银监会主席江家才因为受贿已经被双规,正在深入调查中。这个消息如同晴天霹雳,直接将韩跃平击中,他用了半小时才从椅子上缓过神来。

他知道已经结束了,自己用尽一生奋斗和不懈努力,从一个贫困农村孩子到如今的国家干部,村里人的期待、父亲的骄傲、国家的栋梁,随着这个消息如昙花一现,即将消逝得一干二净。他洗了一把冷水脸,努力地让自己清醒下来,现在没有别的方法,只能力求自保,留得青山在,不怕没柴烧,一个字,逃!名誉扫地、臭名远播也总比关在冰冷的大牢里,任人折磨的强。

"老胡吗?是我。"韩跃平又拨通了胡保川的电话。

"怎么了,老韩最近老是电话不断啊。"

"江主席被双规了,他们马上就会查到我。"韩跃平说。

"是吗……"胡保川有点不屑,现在韩跃平在他眼里也没什么价值了。

"你给我准备两个亿,打到境外的账户里,我下个月借着去外地调研的空间走人。"

"什么?!两个亿?我没有听错吧,我现在哪里拿得出这么多的钱?"胡保川听到这个数字跳了起来。

"现在没有讨价还价的余地了。这些年我帮你做了不少的事,我平时也从来不向你开口。我被抓了,对你来说不会有一点好处,这个道理你是懂的。再说,你的大信帝国如日中天,我们走了,没有后顾之忧,你可以更好地施展拳脚。"韩跃平话语平淡,但颇具威慑力。

"嗯,好吧,你给我点时间,我现在的情况你是知道的。流动资金非常紧张,你要的数目这么大,我得想想办法。放心吧,筹齐了告诉你。"胡保川妥协道。

"嗯,等你的消息,一定要在这个时间之前。他们现在查得非常紧,我最近也就不再联系你了,你好好快活吧。"

一句"好好快活",既有讽刺又有威胁,胡保川听懂了。他一下子着急起来,现在资金这么紧张,怎么可能抽得出来两个亿呢?对了,他突然想到张博介绍的风投,好像有几个亿,不是正好解决燃眉之急吗?于是他拿起电话告诉张博,要求明天约见风投公司的人。

最近风声越来越紧,纪委的人三天两头往银监局跑,据说一切的矛头都是指向韩跃平的。不管传言是真还是假,韩跃平在办公室反正已经坐不住了,他明白,自己的人身自由随时都有可能被莫名的理由所控制,面对他的可能是在黑暗和枷锁中度过余生。

他反复寻思着,现在的局面其实对自己非常不利,胡保川什么人自己非常清楚,赌注全部押在胡保川身上有些不明智,如果胡保川那边不能按计划筹集到钱,或者露出什么把柄、走漏什么风声,自己将身处悬崖边上,退后一步万劫不复。

他要走一步险棋,走出这一步也是万不得已之举,目的是给自己留一条后路。韩跃平身边没什么可信赖的人,能够托付的想来想去也只有他了,应该到使用这个人的时候了,通常他不会轻易起用此人,不过一旦有求于他,韩跃平有99%的把握他能够接受并办好此事。

果然，一个电话的事情，吴佑行便风尘仆仆地赶到约定地点，是韩跃平的老家，他老爹去世时就是在这里办的白事，所以吴佑行知道路线怎么走。老爷子去世后，家里就没人住了，正是说话的好地方。

"老师，这么急着找我有事啊？"吴佑行进屋后，韩跃平连忙将大门反锁。

"事出突然，老师想来想去，也只能跟你说了。"韩跃平低沉着声音，"接下来，你一定要相信老师说的话，老师也将所有事情都告诉你。"

"嗯，我当然相信您了，我上次就说过，您就是我的启明灯。"吴佑行已经预感到他可能会说什么，心中却仍感疑惑。

"好。老师的身份虽然是省银监局局长，却还有另两层隐蔽的身份。"韩跃平说。

"两层？"吴佑行心中大呼意外。

"对，一个是国际洗黑钱组织华中区域的联络人。另一个，"韩跃平停顿了一下，说，"我是国家安全部秘密委派打入洗钱组织的高级卧底人员。"

"什么？！"吴佑行惊讶得无所适从，他的脑子顿时有点乱。

"国家安全部早在2012年已经发现国际洗黑钱组织对国家安全的威胁，这些我就不详细对你说了。为了查出国际组织的上层运作，我接受了华中区域联络人的委派，秘密调查此事。"韩跃平说。

"那您告诉我这些的原因是……"吴佑行问道。

"我告诉你，是希望你能够帮助我。现在纪委的人对我卧底一事完全不知情，但是他们却想尽心思在查我。他们什么都不知道！我无法对任何人解释，他们这样是干扰了我的工作！乱弹琴！"韩跃平情绪有点激动和失态，他逐渐平复了一下心情，"吴佑行，我告诉你，是因为我完全信任你，除此之外，我没有任何可以信任的人了。"

"谢谢老师的信任，我能够做什么，怎么帮助您，我一定竭尽全力！"吴佑行说。

"好的，我没看错你这个学生。根据现在的情况，我很有可能会被他们羁押调查。北京有位领导，只有他知道并且能够证实我的真实身份，如果我失去行动自由，你可以求助于他，他能够保我平安。另外，吉隆坡国际洗黑钱组织那边有位叫阿布的刚刚上台主持全部工作，此人和江城的胡保川勾结谋私，你可以将这些事反馈给前任管事叫 RANDY 的人，接头暗语是'China ANGEL'，证据都早已发到北京那位领导的邮箱里，邮箱只有他知道，我掌管密码，密码是 12131415。你都记下了吗？"

"嗯，老师，我都记下了。"吴佑行边说边回味着韩跃平说的这些话，这到底是怎么一回事？难道韩跃平真的和他说的那样，是有苦衷和隐情的？吴佑行一时间难以判断。

"你还有什么疑问吗？可以直接说。"韩跃平看出了吴佑行的犹豫。

"老师，其实……"吴佑行心中有些矛盾，不知道该不该说，"其实我和沈逸正在调查您的事情，我所知道的和您说的，真的，我有点蒙的感觉。"

"哈哈哈，你还是太年轻。你虽然长期在一线工作，经历的只不过是明处的斗争，当然对老师正处于的暗地斗争不太理解，这是没有硝烟，甚至没有声音的斗争，风险却大过你的几十倍。你知道敌人有枪，大脑有时间思考怎么躲闪，我这里如果出现闪失，可能就是两秒钟的事情，也就……"韩跃平苦笑一声。

"明白了。"吴佑行似乎心中已有答案，"您放心吧，我真心希望不会有像您说的那样的情况出现，您这么信任我，我一定会完成好您交代的工作。"

韩跃平心中阴笑一阵，吴佑行的反应和自己设想的差不多，多好的学生啊，老师的后半生可就靠你了，老师有事，你倒没事；但老师如果没事，就权将你的命买保险了。

这计划十分阴毒。表面上，韩跃平对吴佑行全盘托出，实际上，真实加杜撰的内容，足以令吴佑行信以为真。邮箱和密码其实是韩跃平对北京领导留的一手，邮箱内容其实是暗示那位领导自己掌握了他的犯罪证据。如果韩跃平被拘押，吴佑行将主动联系北京领导，为了不被一同拉下水，北京领导将通过条件交换的形式，迫使他想尽办法救出自己。同时，韩跃平早已厌倦了所谓华中区域的联络人的角色，他对长期和胡保川这类满身铜臭的低级商人相处已经十分反感和恶心。而让吴佑行替代自己充当国际洗黑钱组织内部的搅局者，挑起内部争斗，希望的是当初看重自己的 RANDY 重新掌权，当自己脱身后，便可脱离基层而步入国际管理层面。

退一步说，如果自己没事，能够如期拿到胡保川的钱脱身，吴佑行掌握的这些东西对自己来说就毫无威胁了，而吴佑行不论是找北京的那位领导还是国际洗黑钱组织的RANDY，换来的都可能是杀身之祸。

"你刚才说你和沈逸正在查我？"韩跃平问道。

"哦，这事我就跟您说说吧。沈逸寻仇的是胡保川，您知道也无妨。"吴佑行说，"沈逸的父亲被胡保川陷害致死，导致沈逸要为父亲报仇，所以设计了一个圈套，让胡保川往里钻。胡保川这人在金融圈确实有违法的嫌疑，也是我的职责所在，所以在警方这方面为他提供帮助。"

"是吗？！"韩跃平心中一颤，下意识地双手搓了几下，对这个消息如获至宝，但此时他一定要装作事不关己的样子，而且不能继续往下问细节方面的问题，否则很有可能引起吴佑行的怀疑，对于这件事，还有另一个人可以详细地询问细节，那个人就是江心。于是他定了定神，带着不屑的语气说道："唉，这胡保川确实是有点得意忘形，红线踩得有点过了，在江湖上树敌不少，就算你们不动他，他迟早也要作茧自缚的，这家伙坏事做多了，要下地狱。"

"所以，如果警方拿到证据，抓获胡保川，不会给您这边的工作带来不便吧？"吴佑行关切地问道。

"不会，不会，我和胡保川虽然有些往来，但只是想通过他查一些国际洗黑钱组织的往来信息。正好，你通知我一下也好，我做些准备，免得将我的事情牵涉太多，影响你们的工作。"韩跃平狡猾地笑了笑。

"那就好，那我就按计划进行了。"吴佑行说。

"行，今天就这样吧。最近咱们还是少见面，有什么事情打电话。"韩跃平说。

第六十五章

两位职业装束的男性，精神抖擞地步入大信集团胡保川的办公室，在张博的引荐下，双方握手问候。

"哎呀，我们信释风投早就对大信集团的名声如雷贯耳，想不到今天才有幸认识胡总。"说话的人是信释风投的方金。

"哈哈，幸会幸会啊。"胡保川说。

"您看我们两家名字里都有一个'信'字，说明咱们有缘啊，都是以信用打天下。"另一位刘姓专员笑道。

"对对，信用为本，诚信是商家的本钱。"胡保川附和道。

"您看这边的资金需求大概是多少呢？"方金问道。

"我希望是越多越好，你也知道，大信集团现在的发展非常迅速，营业收入都在稳步增长，我们最近还涉足房地产和酒店领域，都是强强联合，所以你们投进来，也是符合双方共同的利益。"胡保川介绍道。

"大信的发展是毋庸置疑的，我们都看得到。我们这边有几个条件，条件能够满足，对应的投资额也会大。您看……"方金递给胡保川一些文件，里面写了主要条款。

"我看这3亿资金下面的条件是需要给三家资质良好的企业放贷不低于每家2000万，对吗？这是什么意思呢？"胡保川指着其中一点问道。

"哦，这三家是我们的业务伙伴，我们和他们交往也是一个'信'字，由于我们的业务范围的限制，所以在投给您这三个亿的同时，您这边也要满足贷给他们一定额度的条件。当然了，您完全不用担心这三家公司的经营问题，而且三家公司给予您的利息回报也是非常丰厚的，您可以看看这个利率，其实还可以有继续谈的空间。"

胡保川一看这个利率，心里算了一笔账，果然很高，这个数字等于是白借鸡让你卖蛋的价格了。如果不是大信集团现在有缺口还有韩跃平急着要钱，光做这个放贷回报就已经很厉害了。

"你们最快什么时候资金能够到位？"胡保川继续问。

"嗯，如果您同意这个条款，我们签订合同，以及相关材料的准备，大概七个工作日后资金就能够到位，您看这个速度行吗？"方金说。

"嗯！非常好，非常好。那就这么定了吧。"胡保川一口答应了下来。

送走了两个风投的人，胡保川立刻派人查这三家公司的底，他故意没有告诉张博，张博毕竟是这笔交易的牵头人，为了保险起见，还是派自己信得过的人去查。

很快，第二天，亲信就彻查了三家公司的底：经营时间都比较长了，三个法人、三家公司之间都没有任何的关联，银行信誉都是最高等级，经营情况也非常好，全部属于贷款领域希望合作的优质企业。这下胡保川就完全放心了。

第六十六章

　　风投公司非常守信用，当一切资料齐全后，他们果然在七天后打来三个亿的资金，这下胡保川心里的石头总算落了地，他立刻将钱用于各个项目的周转中，紧张的氛围瞬间缓解了不少。同时，按照合同的约定，他也毫不含糊地和三家企业负责人签订了借款合同，每家2000万元也迅速打入他们的账户。这三家公司每周都按时或提前拨利息过来，利息收益非常可观，胡保川非常满意，按照他们的诉求，在第二个月，随着各大平台资金的回暖，大信集团资金又开始充裕的情况下，每家又增加借款到5000万元。

　　他已经计划好，每周留存一定的资金，用不了多久，就能在韩跃平限定的时间内筹齐他索要的2亿跑路资金。一切都很顺利，胡保川又继续沉浸在他那大信帝国的幻梦中了。

　　几天后，吴福过来对黄浩汇报最近黑客的进展，小虫成功入侵了大信集团胡保川的私人电脑，已经弄到一些机密文件，存入自己的电脑上了。眼看时机成熟，再无后顾之忧了，黄浩终于耐不住寂寞，将几个兄弟又聚集起来，并安排吴福在群里发送了兼职信息。孙小兵因为曾经为狩猎人做过兼职，沈逸要求他继续埋伏在群里监视他们的一举一动，此时也收到了信号，这种信号是以前在做狩猎人的时候，常用的集结信号，一旦群里发送出来，就说明将有任务。吴福发送群内通报后，又立刻编辑线下集结信号，但他发现居然错发到兼职群里面去了，幸好及时发现，还没过几秒，他就赶紧撤回了。

　　就在这看似不经意的几秒，却被孙小兵记下来，他发现线下将在半小时后有一次集结活动，具体的地点他已经记下来，并在地图中搜索这个小区，从这边骑自行车过去只要十来分钟，他犹豫了一下，要不要和沈逸商量一下？再看看时间，已经来不及了，于是他给沈逸发了一条短信，然后就骑车过去了。他的身上还带着一份礼物，是买给沈逸的生日礼物，后天就是沈逸的生日，小兵无意中看见一个十分有趣的"黑科技"，于是买下来，到时候想给沈逸一个惊喜。

　　来到集结的指定地点，原来是一户普通人的家里，他悄悄进门，发现没有一个人来，但是他观察到了这户人家与众不同的一些设备——多台显示器组成的电脑组合，在小兵的眼里这就是黑客专用的设备，所用机箱和服务器相当高档和专业，非常先进，这套设备恐怕需要几十万元才能买得到，自己做梦都想拥有一套。此人一定是一个电脑高手，他左右看了看，发现这户主人正在洗手间里，而电脑并没有锁定，孙小兵感觉机会来了，于是他一个大步跑进去，坐在椅子上，快速操作起来。通常越是显眼的文件夹越是没有什么稀奇的东西，遵照这个原则，他打开了多个隐藏在深处的文件夹并进行密码解锁，只几十秒的工夫，展现在眼前的东西他只随意瞟了几眼，就感觉如发现稀世珍宝般惊讶！这些内容涉及的范围非常广，是集团性质的犯罪计划，他突然发现有几个名字非常熟悉，这些人……有自己认识的，还有沈逸身边的人！！！时间紧迫，他没时间多看细想，快速拿出身上准备送给沈逸的礼物——一个金属打火机，外表看似打火机，但内在有一个8G的硬盘，他马上插到电脑接口，将这些资料悉数拷贝到打火机里。刚刚下载完毕，抽掉硬盘揣在荷包里，转身正准备出去，迎面就走进来几个人，他抬头一看，正是吴福和黄浩几人，只看见一记拳头落在自己的眼睛上，然后眼前一黑就没了知觉……

等到孙小兵醒来的时候，发现自己双手叉在背后被捆绑在椅子上。他抬头看了看四周，这里好像是一处废弃的厂房，阴冷无比，黄浩、吴福几个人正虎视眈眈地看着自己。

"你是什么人？谁叫你来的？"黄浩大声问道。

"我走错门，不小心进入这里了。"孙小兵解释道。

"放屁！我看到你从电脑椅上站起来，你在电脑上看到什么了？说！"吴福满脸狠相大叫。

"我，我什么都没看到。"孙小兵说。

"老大，我从他身上搜出来这些东西。"另一个人拿着手机、打火机、钱包等物品给黄浩看。

"发现什么没有？"黄浩问。

"都看了，没发现什么。这小子应该是我们这边开会的人，不然怎么这么巧进入这里，所以他应该在群里。"

"这还不简单，你们用一个陌生号，给群里的每一个人发信息，你看他的手机响没有。"黄浩想了个办法。

发送到一个叫钢铁侠的名字的时候，孙小兵的手机"嘀嘀"一声，响了。

"好小子，真的是你，你就是以前帮我们在网上做入侵网站的那个黑客吧。"黄浩说，"操作电脑你肯定是内行，你也肯定看到了什么，说吧。你只要说出来，我说不定还能把你放了。"

随后黄浩对着后面一个兄弟说："电脑里的东西都处理干净了吗？别出什么纰漏，这可是关天的大事。"

"处理干净了，放心吧，只是怕这小子看到什么了！"

黄浩再次朝着孙小兵大吼道："你到底看到什么了？！那些东西都不是你能看的！！你想把我们都害死吗？！再不说老子活剐了你！"

孙小兵仍然低着头沉默不语。只见吴福操起一根棍子直接就朝他的头上打了过去，瞬间血流如注，他又狠狠地打在他的脸上和颈部，边喘着粗气边骂："说不说，你想死吗？"孙小兵晕了过去。

此时，外面出现车辆急速行驶后刹车的声音，他们都朝外面望去，李茂盛急匆匆地跑了过来，边喘着粗气边大喊住手。

"原来是李局长大驾光临啊。"黄浩的话语间充满嘲讽。

"你给我住手！"李茂盛对黄浩呵斥道。

"怎么了，李局长，我们在玩呢，你过来有何贵干呢？"黄浩说。

"在玩？在搞事情吧！我来救你，你还不悬崖勒马？"李茂盛异常愤怒地说，"又想搞狩猎人吧？你们这帮小子真的是不怕坐牢吗？现在还私自拘禁，还动酷刑，你们赶紧把人给我放了，这人死了你们的问题就不是简简单单坐牢的事情了！你们坐过牢吗？你们知道牢里什么滋味？你们真是不吃黄连不知道什么叫苦！"

"哟，李局长什么时候这么大的官威啊，还吼起我们来了。"黄浩满脸鄙视地说，"你算个什么东西？！你有什么权力来教育我？你不就是我舅舅身边的一条狗嘛，别在这里吠个不停！"

"你！！！"李茂盛怒不可遏但又无可奈何，自从在汉街跟了胡保川，他就知道这一辈子和胡保川的命运紧紧捆绑在一起，再也无法逃避，被胡保川钳制也就罢了，至少在他那里还能得到尊重。但是今天却被这帮纨绔子弟、狗屁不如的东西骂作狗，他极度不爽，心中顿生怒火，他被冲昏了头脑，下意识将手放在腰部做出一个摸枪的动作，这个举动被黄浩一群人立刻看在了眼里。

"怎地，你还想掏枪打我不成？你不知好歹还想咬主人不成？你真有种就开枪啊！你开枪啊！"黄浩大吼着向李茂盛走去，同时朝吴福使了个眼色。吴福接到指令后，一个饿虎扑食扑到李茂盛的身上，想用力将他身上的枪抽出来，李茂盛不甘示弱狠狠地和他纠缠在一起，四只手捂住了一支枪在上下无规律地浮摆，只听见"砰"的一声，枪响了，两人愣在了那里，都下意识地低头看有没有打在自己身上，当再次确认时，却同时发现这一枪正好打在已经昏迷中的孙小兵左下腹，顿时鲜血沿着椅子滑落下来，孙小兵脸色苍白起来。

在两人争斗的时候，注意力都停留在枪上，并没有听见外面汽车疾驶和警笛声相伴而至。沈逸接到孙小兵的短信后，知道孙小兵可能有危险，他马上通知吴佑行赶紧救人，吴佑行联系了刑侦大队的兄弟李晓，李晓是刑侦队的队长，带来的人身上都配有枪支。

枪响的时候他俩正好大步流星奔跑过来，吴佑行看见他们手上正在冒着烟的枪，没有丝毫犹豫地从李晓手里拿过枪对准李茂盛的胸部，又听见闷闷的"砰"的一声，李茂盛中枪倒下，其他人见这阵势都吓得双手抱头蹲了下来。

这一切都被从后面赶来的沈逸看在眼里。沈逸用满是疑惑的眼神瞪了吴佑行，显然这一枪有点激动，有点过了，或者吴佑行看到李茂盛的枪，以为有威胁，出于冲动开的这一枪，此时他也没有想得太多。

吴佑行满脸专注地扫视在场人员，淡定地将枪还给了满脸迷茫的李晓。沈逸上去首先摸了摸李茂盛的颈动脉，已经没有了生命迹象，当场死亡。然后飞奔到孙小兵的身前，为他解开绑在身上的绳子，他轻轻地剥开孙小兵被血色染得通透的衣服，那子弹如烧灼的利刃，毫不留情地穿过小兵的身体，留下一圈暗红的痕迹。随后，孙小兵被赶来的120救护人员台上担架送往医院抢救。

第一医院ICU病房门前，沈逸坐立不安地等候着即将出现的消息。吴佑行在一旁的安全通道边一声不吭，低着头一根根地抽着闷烟。医生从病房走出来，询问谁是他的家属，沈逸上前表示自己可以全权做主。医生又问他是不是叫沈逸，沈逸点点头。医生说病人伤势非常重，失血过多，现在生命体征非常的虚弱，还在生死边缘徘徊，但是在昏迷中他持续叫着沈逸的名字，看来是非常想见到你，你还是先进去看看吧。

沈逸冲了进去，吴佑行扔掉烟头也跟在了后面。鼻子里插着管子的孙小兵躺在病床上，沈逸呼唤着他的小名。慢慢地，孙小兵睁开双眼，看见是沈逸，嘴角微微上翘，笑容微小却饱含真情，算是对见到沈逸的一种表示。

他很努力地从嘴巴里挤出几个字，沈逸上前用耳朵贴住他的嘴唇，听到"打火机"三个字。

"打火机？是打火机吗？"沈逸问。一边的吴佑行似乎反应了过来，在病房外招呼警员过来，警员从现场的物品袋中取出了一个金属打火机，拿到打火机后，吴佑行警觉地在手中把玩了一小会儿，并没有发现什么问题，然后交到沈逸的手里。沈逸举着打火机放在孙小兵可以看得见的视线里问："是这个吗？"孙小兵轻轻眨眨眼，算是回应。

"后天……后天……是你的……生日，这是……我送给你的……礼物。"孙小兵似乎用尽了全身的力气才完整地说出这几个字。

沈逸紧紧捏住打火机和孙小兵的手，眼眶瞬间就湿润了，他嘴唇颤抖着，没有说话。

"差不多了，你们赶紧出去，我们的主任医生来了，准备动手术。"在医生的催促下，沈逸依依不舍地放开孙小兵的手，一步一回头地走了出去。而孙小兵的眼光却一刻不停地逡巡在沈逸身上，直到将他目送至门外，沈逸隐隐感觉孙小兵还想对自己说什么，但是却不知为什么，没有说出口。

四个小时后，当医生告知沈逸，孙小兵抢救无效死亡的消息后，沈逸只感觉身体已经不受自己控制，大脑一片空白，他强迫自己，缓缓向前走了两步后，"啪"的一声，直接昏倒在了走廊上……身后孙小兵的父母和众亲属哀号声一片。

第六十七章

外甥黄浩因敲诈勒索罪以及故意杀人罪被刑拘，同时李茂盛被吴佑行击毙的消息传到胡保川这里，他并没有觉得有什么意外的。李茂盛知道自己不少的事情，死了也好，少一个拖累；至于这个外甥，这样的下场完全是咎由自取，根本就不听自己的话，还净给自己惹麻烦。再说自己现在有更为重要的事情要办，根本没精力去管他，想了一会儿，还是让他自生自灭去吧。

在信释风投的钱打进来后，按照计划胡保川已经留存了不少钱，准备给韩跃平跑路。就在此时坏消息却接踵而来，一方面是网络上关于大信集团的负面消息卷土重来，而且比上一次更加用心险恶，前来大信集团要求提前兑付的投资人越来越多，每天都拥堵在大厅里吵吵闹闹个不停。另一方面信释合同约定投资的三家企业，每家的贷款已经增加到7000万元，但是自从这个月开始，就出现没有按时支付利息的问题，大信已经多次发函催促，对方却迟迟没有回音。

派去谈判的人回来了，一进胡保川的办公室就消沉地汇报情况。

"胡总，我们三个人按你的要求分头去了三家公司询问利息延迟支付的问题，结果我们到他们公司后，营业场所全都是关着的，一问物业，都说是搬家有半个月了。然后打电话给他们公司负责人也无法接通。"汇报的人员满头大汗地说。

"什么？！你的意思是他们难道跑路了？"胡保川惊讶地问道。

"看场面好像是这么回事。"

"怪事年年有，今年特别多啊。"胡保川纳闷道，"不是查了它们是优质企业吗，怎么会是这么一个结果……"

说话间，前台秘书敲门进来告知胡保川，信释风投的王老板在外面要求见他。胡保川心中觉得这也有点太巧了吧，前一脚才说跑路，后一脚是要讨债吗？胡保川曾经派人仔细调查过这家风投公司的底细，但也只调查到有位姓赵的法人，从没听说过还有什么姓王的老板。

顺着秘书手指的方向看去，只见那里站了两个人，都戴着鸭舌帽，帽檐压得极低，似乎是在刻意掩饰自己的相貌。

其实在进来的时候，胡保川在大厅里就已经注意到了这两个人，不过并没有放在心上，以为只是普通的来闹事的投资人，直到此时才意识到他们有意隐藏自己的身份躲在投资人群中。

"不知道怎么称呼？"尽管心中疑窦丛生，但胡保川的语气却很有礼貌。

这也难怪，毕竟这几位都是他的财神爷，大信集团的生死存亡可能就在他们的一念之间。

那人咳嗽了两声，声音有些沙哑："三哥，你该不会这么快就把兄弟给忘了吧？"

一听这话，胡保川下意识地往后退了两步。

如今，他已经是大信集团的老板，手下员工上千，资产数十亿，不管谁见到都会尊称一声"胡总"，只有关系比较近的人才会叫"三叔"。

至于"三哥"两个字，已经很久没在江湖上被人叫过了，最近的一次还是……

在胡保川惊疑不定的目光下，那人摘掉帽子，缓缓抬起了头。

他五官端正，看起来十分儒雅，如果腋下夹本书的话，活脱脱就是一位大学教授。只不过此时他面颊消瘦，脸色苍白，每过一会儿都要咳嗽两声，似乎大病初愈。

"是你！！！"

胡保川目光中的惊骇之色一闪即逝，取而代之的是满目的阴毒之色。

这所谓的幕后老板并不是别人，正是当初被张博逼得跳江失踪的王浩明。

另一个人也摘下帽子，正是沈逸。门外的张博恰逢其时地走了进来，站在胡保川的身后，非常谨慎地看着他们两人。

胡保川何等之聪明，马上就明白了事情的因果关系，将目光从王浩明的脸上移开，定格在张博的身上，他的声音有些冰冷："你这家伙，原来自始至终都在骗我。"

当初正是张博亲口告诉他王浩明已死的消息，如今他却又活生生地出现在自己面前，显然都是计划好的。

张博缓缓摇了摇头，双手叉在胸前，身体靠在墙边，平静地说道："你看着我干吗？我和他们并不是一伙的，只是碍于我和沈逸这么多年的情分，帮了他一个小小的忙，引荐了信释风投给你认识，再说了，我并不知道这个风投是他们的。至于王浩明的死，呵呵，他从长江大桥上跳下去，你认为还能活命？不然你自己去跳跳试试。"

"你！少在我面前演戏！"

胡保川的脸色有些狰狞，因为他一辈子都在骗人，同时，最忌讳的也是被别人骗。

"三哥啊，这么多年了，你还是一点都没变，总是信不过身边的人。"王浩明扶了扶眼镜。

虽然嘴上叫着"三哥"，但他的语气中却没有半点恭敬之意。说完这两句话，他又猛烈地咳嗽起来，脸上一会儿红，一会儿白，显得极为痛苦。

过了好半天，他才平静下来，道："本来我的确必死无疑，可突然又想到我这一死，这世界上就再也没人跟你作对了，这样一来你岂不是太孤独了？"他走了几步到胡保川的身边，目不斜视地盯着他，"是这样的，沈逸知道你必然不会放过我，我和他看似闹僵，其实已经达成了协议，就是要联合起来把你干掉。在这位小兄弟的帮助下，我故意将他引到长江大桥上，让他眼睁睁地看着我跳了下去，而下面正好有吴佑行派出的水上警察等着把我捞起来呢。"

"这么说，你们……"胡保川马上反应过来。

"我们都是计划好了的，就是做个戏给你看看。"王浩明得意地说。

"你也别得意得太早，就算是你没死又怎么样？恒记集团早就已经被我彻底掌握，所有股东都听我的，你休想再拿回去。"胡保川继续挣扎。胡保川似乎已经把一切都看开了，自顾自地坐了下来，似乎全然没有把他们放在眼里。

王浩明摊了摊手，无所谓地道："反正只是一个空壳公司而已，你喜欢的话，拿去好了。在我去找你的那一天，就已经把公司所有的流动资金拿走了，一分钱都没有留下。然后又将原先的业务扩充了一倍，但只付了初始资金。你若是想保证恒记集团的运营，光是后续资金恐怕就已经够你头疼了吧？"

说到这里，他也忍不住笑了起来。胡保川的嘴角不由自主地抽动了一下。

其实，这个问题在他刚刚接手恒记集团的时候，就已经发现了。只不过他并没有放在心上，只以为恒记集团规模大，所以业务才比较多而已。何况，业务多那就说明赚钱渠道多，对他来说反而是一件好事。高兴之余，他又开始四处投资，短短两个月，恒记集团的规模就扩充了近两倍。然而，他们所开展的业务都是长期投资，短时间内资金根本就无法回流。正如王浩明说的那样，一旦后续资金不到位，那么前期所有的投资都会变成泡沫蒸发，恒记集团的招牌也就彻底臭了。

为了补充后续资金，他不得不调用大信集团的资金，再加上韩跃平那边又是狮子大张口，他的资金流一下子就出现了问题。如今的恒记集团，再也不是什么摇钱树，简直就是一个无底洞。如果换作其他人，说不定早就崩溃了，但胡保川毕竟不一般，他硬是东拼西凑把这无底洞给堵上了。然而，就在他准备回本的时候，王浩明的出现却击碎了他的美梦。

胡保川的目光从众人脸上一一扫过，似乎为了掩蔽自己的失败，他随即闭上了眼睛。

等他再次把眼睛睁开的时候，目光中的惊慌、愤怒全都消失不见，取而代之的是一脸见惯风雨后的云淡风轻。只有经历过大风大浪的人，才能够像他这样从容。

"这么说，所谓的风投公司、网上的谣言，还有外面那些闹事的投资人也是你们串通好的咯？"胡保川继续问道。

"没错！"沈逸压抑着心中的怒火，一只手指着胡保川的头，另一只手拿出一份文件，"三家公司各借了7000万，合在一起就是两亿一千万，现在三家公司全部跑路，还有大信集团旗下多个公司涉嫌金融犯罪，根据合同的内容，信释风投公司可以立刻停止对大信集团的投资，并要求你马上偿还那三个亿。你偿还得出来吗？！你有钱吗？三个亿连同你洗黑钱的抽成，已经全部投资在多个项目上了，换句话说，你拿出来三个亿，你的全部项目都将出现资金链断裂，你所谓的大信帝国将全部倒塌！！"

"哼哼，小子，你算计得不错啊！"胡保川冷笑两声。

"不这样做，怎么能弄死你？怎么能为我的父亲，也是曾经被你谋害自杀的父亲报仇！不仅如此，还有陈晓琳也死在你们手里，今天让你血债血偿！！"沈逸的眼睛里闪烁着一股无法抑制的怒火，像一头随时迎面扑来的狮子，"今天这个局是专门为你设计的！当年，你利用了人们的贪婪和欲望，设了两个天仙局将我的父亲引入你的陷阱中。今天，掉入这个陷阱里，你是否也有似曾相识的感觉？！这叫以其人之道还治其人之身，一报还一报！"

"陈晓琳……"胡保川默念着这个名字，片刻，他才会回过神，原来是那个茶吧的老板娘，胡保川和她只接触过一次，就感觉她非同一般，直到后来陈永昌回来报告说本来目标是沈逸，结果将他的女朋友弄死了，胡保川知道此事后，十分意外，也颇感惋惜。

第六十八章

"天道好轮回，苍天饶过谁？"王浩明叹了口气，道："当年，我一念之差，犯下了弥天大错，这二十年来我时常感到自责，所以我多行善事，力求补过。三哥，难道你就没有为当年的事情感到一丝后悔吗？"

"后悔？"

胡保川冷哼一声，道："匹夫无罪，怀璧其罪的道理难道你不明白吗？那沈富春只不过是一个乡巴佬而已，手上有那么多的钱却不会用，这跟暴殄天物有什么区别？我只不过是把它拿来做投资而已，若是没有那笔钱，也就不会有今天的大信集团了，我为什么要后悔？"

眼前的处境似乎已经到了悬崖边上，可是胡保川嚣张跋扈的本色却一点都没有收敛。

王浩明知道他已经走火入魔了，也就没有再跟他争辩下去，只是回过头来深深望了沈逸一眼。时间回到一个多月以前。

当沈逸发现王浩明就是当初接触父亲沈富春的那个养猪场老板的时候，非常愤怒，但是王浩明闭上眼睛视死如归的表情让沈逸心生恻隐。王浩明于是将当年整个事情的经过讲给了沈逸听，主犯正是胡保川。王浩明多番联系沈逸，叫他不要莽撞行事，胡保川手腕厉害，生性多疑，希望沈逸能够给自己一次机会，让他加入，一起对付胡保川。

于是沈逸设计了一个陷阱，只是这个陷阱还差一个关键的带入角色，而这个角色张博是最合适不过的人选。对于这个提议，大家都持反对态度，因为在他们看来，张博就是一个叛徒，为了追求虚荣的金钱和权力，是绝对不会背叛胡保川的。

然而沈逸却并不这么认为，他从小看着张博长大的，知道他的秉性并不坏，只是一时被荣华富贵冲昏了头脑。于是，根据大头反馈的情报，沈逸便找到了他。兄弟见面，张博痛哭流涕，决定痛改前非，当沈逸说出需要帮忙的事项后，张博居然一口答应合作，这也是沈逸始料不及的，但时间紧迫，他诚心与否，已经容不得多想。再说沈逸已经权衡过，如果张博在这个过程中要花招，自己还有第二套方案。

沈逸决定将计划改变了一下，先是请人来做风投经理人方金，在张博的引荐下去见胡保川，并且明确提出，投资的同时，要求大信贷款给三家公司，其实这三家公司都是沈逸事先买通的合伙人。

这3亿资金看似投资了大信集团，实际上都被这三家公司以贷款的方式又拿了回来。刚开始的两个月，一切都很正常，直到时机成熟，沈逸便让三家公司消失，而后又让孙小兵利用黑客技术在网络上大肆散布大信资金链即将断裂的消息。根据投资条款，如果三家公司跑路，市场上出现风吹草动，信释风投即可要求提前收回投资。大信在腹背受敌的情况下，哪里还有心思去追那三家公司的钱，只能硬扛一屁股债。

而这时候，散户听见风声，自然不会续投，纷纷要求提现或者提前兑付。大信集团早就已经债台高筑，哪里还能拿得出钱？这时候只有死路一条。这整个过程说起来容易，但做起来可就难了，任何环节都不能出现疏漏。

胡保川盯着两人，半天不语，沉思片刻，这才说道："如此说来，大信集团最近发生的事情，全都是你们在背后搞鬼喽？"

"没错，三哥，你的大信集团已经完了，你的什么大信帝国也只是幻梦一场，我劝你还是去自首吧，这样可以少判两年也说不定。"王浩明说道。

"精彩，精彩！"胡保川拍了拍手，说道，"真是长江后浪推前浪，现在的年轻人果然厉害，我差点就上你们的当了。"

"三哥，你大势已去，又何必嘴硬呢？难不成还有神仙能够挽救大信集团的颓势？"

嘴上这么说着，王浩明的心思也在快速地运转，他实在想不通胡保川的葫芦里在卖什么药。

胡保川装模作样地想了想，随即意味深长地说道："为了对付我，你们也是算无遗策了，只可惜还是棋差一招。"

"怎么说？"王浩明跟沈逸异口同声。

胡保川也不回答，自信地走到办公桌前，在答录机上按了一下，几分钟后，办公室的门就被人推开了，当见到来者之后，屋中所有人都吃了一惊。

进来的不是别人，正是江心！一进门，她就低下了头，在经过沈逸身边的时候，沈逸感觉到她在耳边轻声说了一句"对不起"。

"这是怎么回事？"沈逸的呼吸变得急促了起来，就像一座随时都有可能喷发的活火山一样。

"对不起。"江心用微不可闻的声音说道，"银监会主席江家才是我的叔叔……韩跃平不能出事的……否则我的叔叔也会有危险。吴队长有次和你们商量怎么救王浩明演这场戏，还有设计陷害胡总的事情，被我听见了，所以……所以我将你们做的这些事情都告诉了韩叔叔……"

说到最后，她愧疚地低下头，已经快哭了出来。

"你！！！这就是你所谓的正义？这就是你所谓的法律的尊严？你还配得上身上穿的制服吗？还对得起帽子上的国徽吗？"

沈逸的眼中充满了怒火，仿佛要喷发出来，每说一句话，他就要向前踏上一步，而江心则是后退一步，很快就退到了墙角。

胡保川连忙拦在两人中间，哈哈打趣道："你既然是江主席的侄女，那就是我的侄女，放心吧，如果警局混不下去，我来给你安排工作，到时候再给你找个乘龙快婿。"

这话虽然是在对江心说，但他的眼睛却始终盯着沈逸，目光中全都是挑衅的神色。

看到众人错愕的表情，胡保川越发显得得意，道："这样吧，我来个锦上添花怎么样？！再给你们看一点东西吧！"

说着，他按下了遥控器。

墙壁上的液晶电视一亮，很快就出现了画面。

只见在一片海滩上，三个大腹便便的中年人穿着大花裤衩，一个抱着一个美女，戴着墨镜，饶有兴致地盯着屏幕说着话。

"沈逸兄弟，真是不好意思了，你的条件的确很诱人，但三叔更大方，所以你不要怪我们，我们只是配合把戏演下去而已……不好意思了啊，哎哟在这里度假真的是——爽！谢谢三叔的安排啊！我们很快活！"

说到这里，他们继续和一众美女打闹起来，满屏都是嘻嘻哈哈的淫笑声。

胡保川关上视频，脸上的笑容更加浓郁。

"你以为就凭你们那点雕虫小技就能搬倒我？实话告诉你们，就算是没人向我告密，你们也休想成功，在江城市，敢向我动手的人还没生下来呢！在江心找到我之前，那三个老板就已经来向我邀功了。那些钱早就原封不动地落入了我的口袋，我也给了他们一大笔钱，足够他们后半辈子在阿姆斯特丹逍遥快活了。"

此时的胡保川，就像一个演说家一样，振聋发聩，全世界的人都能听到他的声音。

张博和王浩明面面相觑，而王浩明的手明显已经开始颤抖起来，低着头发怵地对沈逸问了一句："这可怎么办？"

沈逸就像泄了气的皮球一般，一下子就瘫软在了沙发上，一言不发。沈逸突然觉得这是他演得最为逼真最为投入的一场戏。真的像那句话所说的一样，人生如戏，戏如人生。

此时，他们三个就跟斗败了的公鸡没有什么两样，跟刚才进门时那意气风发的样子形成了鲜明的对比。

胡保川慢慢走到沈逸身边，傲娇地说："小子，记得墨水湖、洗笔亭吗？我说过，你无法阻挡！"说完，就像得胜的将军一样，昂首挺胸地从他们身边走了出去，再次经过王浩明身边的时候，还不忘嘲讽他，"谢谢王总的三个亿，不好意思，我全部笑纳了！"

江心跟在他的身后离开了办公室。

只不过他们并没有走远，只是登上电梯，去了楼上的一层，也就是董事长的私人休息室。

此时，办公室的斜上方有一个摄像头，摄像头的另一端记录下了刚才发生的一切。

摄像头另一端的电脑前，坐着一个中年男子，相貌堂堂，一看就是个做官的，只不过身上的西服却实在破旧，也不知道穿了多少年。

这人正是韩跃平。他也是个伪装的高手，不管是在下属的面前，还是在家人的面前，他都是一副道貌岸然的样子。

他津津有味地看完整场表演，直到这时，他才原形毕露，露出脸上阴翳的笑容，就像是一只见到了腐肉的秃鹫一般。

"两个亿，我该怎么花呢？"一想到后半辈子的锦衣玉食，他再也按捺不住，狂妄地笑了起来。

直到脚步声渐近，他才收敛了笑容。

"韩局长真是棋高一着啊，恐怕王浩明和沈逸做梦都想不到，他们的一举一动都在我们的计划之中。螳螂捕蝉、黄雀在后，咱们不仅是黄雀了，还是雄鹰。"胡保川笑道。

韩跃平摆了摆手，随即注意到了一旁的江心，便道："丫头，你也辛苦了，先回去休息吧，放心，这里发生的事情没人会知道。如果你愿意的话，我保你前途一片光明，如果不愿意当警察，送你出国深造也没有一点问题。"

江心惊魂未定地点了点头，随即韩跃平上前给了她一个轻轻的拥抱，她便离开了。

她前脚刚刚出门，韩跃平就将电脑推到了胡保川的身前，后者也不客气，马上进行电子转账，两个亿瞬间就进入韩跃平指定的境外账户中。看着那一串数也数不清楚的阿拉伯数字，韩跃平双眼发红，心跳加速，但还是强忍着没有表现出来。他也不是没脑子的人，知道自己多留片刻就多一分危险，此时，他的脑子里已经开始准备实施接下来的行程安排了。

第六十九章

韩跃平的计划很周详，他早就已经准备好了假护照和一干随身物品，准备离开胡保川的办公室之后就趁着夜色去机场。然后乘坐飞机直飞吉隆坡，那边在阿布的指引下说不定能去一个环境更好的更安全的国家。现在他手上有两亿元，不管到世界上的哪个国家都能舒舒服服地享受下半辈子。最好是去一个没有引渡条例的国家，那就更加高枕无忧了。

想到这里，他忍不住笑出了声。

胡保川看了他一眼，脸色变得极度难看，鬼都知道韩跃平这次赢得盆满钵满的，胡保川忙乎了这么多，也只是在给他人做嫁衣。

不过，一想到除去了沈逸、王浩明这两个心头大患，以后江城市就再也没有人敢跟他作对，心情马上就好了起来。

至于韩跃平……

想到这里，他眼中的狠毒之色一闪即逝，随即笑吟吟地说道："免得夜长梦多，不如我现在就送你去机场吧。"

其实即便他不说，韩跃平也想离开了，不过他也不是傻子，看到胡保川的眼神之后，一下子就明白了他的心思，便说道："这点小事就不劳您大驾了，我自己打车去就好了。"

"你这一去，咱们哥儿俩不知道什么时候才能见面，就让我再送你最后一程吧？"

胡保川不由分说，便去拉扯韩跃平。

后者脸色一沉，一把甩开了他，语气不善地说道："我常听人家说，人的心是红的，眼睛是黑的，等眼睛一红，心也就黑了。胡总，你该不会是舍不得这些钱,想要谋财害命吧?"

被他一语道破了心思,胡保川也是脸色一变,随即哈哈一笑,道:"你多心了,我怎么是这样的人呢?只不过最近江城不太平,我是怕出什么意外。既然你不领情,那我也就不送了。"

韩跃平不再跟他客套,马上就离开了办公室。

直到走出大信集团的大门,他这才算是松了一口气。

他在官场混迹了大半辈子,形形色色什么样的人都见过,自然了解胡保川这类商人的德行。

以前自己大权在手,所以他才会畏惧三分,如今自己要跑路,他又怎么会放弃这个落井下石的机会呢?

不得不说,韩跃平实在聪明,也懂得进退,这样的人往往在官场上能活得比其他人更久。

韩跃平回到家里,迅速地整理了几件随身携带的衣物,拎着一个旅行箱就走到街上。此时已是深夜,即便是在江城市这种不夜城,街道上的行人也不多了,他足足等了半个小时,好不容易才等到一辆出租车。

他顿时欣喜若狂,连忙站了起来,竖起了大拇指。

车子缓缓放慢了速度,但远光灯却一直开着,光线射到韩跃平的眼睛里,让他很不舒服,同时也看不清出租车的样子,只是隐隐约约看到从车里下来了三四个人。

"不好意思,我不知道车里有人,我等下一辆。"

韩跃平假意微笑,后退了两步,可马上就有人拦住了他的去路。

这时候他的眼睛已经适应了光线,赫然发现站在他面前的正是市纪委和反贪局的工作人员。

工作人员也不跟他废话,按例亮了一下自己的证件,身子站得笔直,然后又亮出逮捕证,道:"韩局长,您涉嫌公务人员受贿以及参与国际组织洗黑钱的案件,现在请您跟我们回去协助调查。"

韩跃平的嘴角忍不住往上轻微抽动了一下。

车上,韩跃平突然在口袋里摸到了一些异样,等把手拿出来的时候,手心中已经多了一个"胶囊"。

它就像二极管一样,一闪一闪发着红光。其实这并不是普通的发光二极管，而是专用的监听设备，正是刚刚在会议室中，江心与他拥抱之际，放入他口袋中的。

警车上的韩跃平眼睛朝车窗外凌厉地一扫而过，面露难以捉摸的诡异笑容，自言自语道："山雨欲来风满楼……"

同一时间，吴佑行早已按沈逸的计划安排警队执行任务，他带着警员在这一案件涉嫌人员的住所布下天罗地网，聚力金融法人陈永昌因涉嫌非法集资和故意杀人罪被逮捕，大信集团董事长胡保川涉嫌洗钱罪、贿赂国家公务人员、非法集资和金融诈骗等罪名缉拿归案，大信集团涉嫌金融犯罪的相关领导岗位的人员悉数被成功抓捕，大信集团一案完美收官。

当晚，公安部门专门请来审计部门协助清查胡保川资产情况，却发现他所有账户上的资产都已经在一周前秘密转移，而他最信赖的左右手张博，此刻却消失得无影无踪……

公安局看守所内，陈永昌因为过度紧张，全身不停颤抖，大小便失禁，医护人员忙作一团，无法正常提审。与之相反的是，胡保川非常镇定，没有意愿与警方配合，犯罪事实铁证如山，却面无惧色。吴佑行来到审讯室，与正在审问的警员耳语了几句，警员走出去关上门，此时，房间里只剩下吴佑行和胡保川两人面对面坐着。

胡保川双手交叉在胸前，双眼紧闭，镇定自若，压根儿不像一个涉嫌多项重罪的犯罪嫌疑人。吴佑行也有模学样地双手叉在胸前，双眼紧闭，煞有介事地沉思片刻，似乎努力地想了解胡保川此时心中正在琢磨些什么内容。片刻，他觉得自己显然修行还达不到那种境界，确实，哪怕自己在目前这样一种形势下，也是无法静下心来的。吴佑行右手握拳，在桌上敲了几下，发出几声"咚咚"的声音，然后点上烟，烟雾开始在室内缭绕起来，虽然两人距离几米，却逐渐在迷雾中看不清对方。

"三叔，江湖上的人都这么叫你，我今天也这么称呼一回，算是对你这么多年在江城呼风唤雨、耀武扬威的一种恭维和肯定吧。"

"不敢当。"胡保川双眼睁开一条缝淡淡地回了一句，然后又闭上。

"想当年，要说你起家也不差啊，带着王浩明这样的一帮弟兄，闯荡在汉街里，你做的那些事，比起打流的小偷小摸、偷鸡摸狗的兔崽子们可高大上多了。诈骗这行当，如果被抓到，罪名和惩罚上可比盗窃高那么一点点，但是被比抢劫杀人低得多,这一点就足以说明三叔您心如明镜似的,知道有轻重之分。后来,几十万地骗已经满不了你的胃口了,因为你手下的兄弟越来越多,不仅需要养家糊口,跟着你是希望发财的,况且白道的那些公职人员胃口更不小,动辄就是几万几万地送,你的收入很大一部分都用作打发他们了。人无远虑必有近忧,三叔你正是这样的人,汉街这种草台货色已经满足不了你的欲望,你不断接触外界,不断学习,这一点你比任何人都优秀,逐渐地,你发现了更高级的门道,你开始开设公司作为掩体,做看似正当行业,又不会轻易被国家法律捕捉的红线边缘项目。你的头脑非常适合经商,很快,你成功跃居上流社会,黑白两道的连锁效应下,成为千万甚至上亿的商界名流。但人心永远是不会满足的,当你有了钱,你还想着更多的钱甚至权力,你开始觊觎那些比你有钱的人,无论从哪方面,你都鄙视他们,而超越他们成功满足虚荣心的条件只有一点,那就是比他们更有钱。马克思曾经说过:如果有10%的利润,它就保证到处被使用;有20%的利润,它就活跃起来;有50%的利润,它就铤而走险;为了100%的利润,它就敢践踏一切人间法律;有300%的利润,它就敢犯任何罪行,甚至绞首的危险。三叔,你被欲望冲昏了头脑,当然不会在乎这些话,所以,在国际洗钱组织找到你的时候,你基本上当即就决定为他们服务,直到走上了这条再也无法回头的道路。"

"哼,故事讲得不错。"胡保川半眯着眼。

"知道我为什么讲得这么清楚吗?"吴佑行深吸一口浓烟,然后吐出来,身体向前倾斜,凑近了一点距离,"我只想告诉你,你辛苦奋斗几十年,费尽心思赚来的大信帝国的资产,说白一点就是钱,一分都没有了。"

"哈哈哈,你小子说了这么半天,不会就是为了总结这一句来吓唬我吧?"胡保川讽刺般笑了几声。

"昨晚公安局联合多家银行清理你的资产,发现你的所有公账、私账,你亲属的,你小三的,你原配的,你朋友的,或者是你的名下账户的钱,全部在一周前被秘密转走了。"

说完,吴佑行从口袋里掏出一份资产审核清单,上面还盖有多个部门的公章,放在桌子上,轻轻推到胡保川的面前。

只见胡保川脸上的表情,从轻蔑到疑惑转为愤怒,继而躁动不安起来。

"怎么回事?"胡保川自言自语道。

"还有个东西，你应该也会感兴趣。"吴佑行掏出手机，给他看了一张图片，确认胡保川看清楚后，吴佑行敏捷地按下删除键。

"原来你是……"胡保川惊讶无比。

"我们做个交易如何？或者可以换取你认为珍贵的一些东西。其实，你也没有选择的余地！"吴佑行露出神秘而诡异的神色，令胡保川感到毛骨悚然，不寒而栗。

市纪委书记江宏的办公室，纪委工作人员对江宏汇报了韩跃平落网的具体情况。此时江心正好来找他，这是江心第一次以女儿的身份来到这里，她对这里的摆设十分好奇，于是四处浏览了起来。

"大姑娘，这次的任务执行得非常漂亮！老爹要奖励你啊！"江宏笑道。

"那是当然了，我扮演的那个角色让自己都差点信以为真了。不过还是您的伏笔埋藏得好，不然韩跃平怎么会对江心的身份坚信不疑呢？"江心说。

"沈逸真是厉害啊，多亏了他的妙计，这小子确实在攻心上面有一套，就像是把他们想的每一步都挖好了坑似的，就等着他们削尖了脑袋往里跳啊。这人如果能够为国家所用的话，不敢想，不得了，不得了。"江宏感慨道。

"国家有您这样的领导持家才是不得了呢！"江心赞美道。

这个局中局完美地实施了，江宏仍然在回味中。首先用王浩明的恒记资金做饵，勾引胡保川接纳风投资金，设计三个企业合伙人，采取左右手对倒的方式，将大部分资金从三个企业放出来，实际上再次回到了王浩明的手中，而胡保川却扛了三个亿的风险。在三家公司"跑路"后，胡保川即背负了三个亿的债务。

江心故意放风给韩跃平提前做好准备，韩跃平让胡保川将计就计，迅速收买三个合伙人，看似三个亿回到王浩明的手中，实际上还是被胡保川牢牢控制住。

最后的结局，看似输了一隅，实际上是赢了全局。敌人的估计完全出了问题，看似沈逸和王浩明的目标是胡保川，其实是韩跃平，为了让韩跃平露出狐狸尾巴，最后只能以杀身成仁的方式"让他们赢"，沈逸故意让胡保川得到那3亿资金，只有胡保川得到三亿的资金，才会给韩跃平打那两个亿，一旦两个亿打到了境外那个账户上，纪委的人员就可以马上出动逮捕韩跃平。殊不知那个境外的账户早就被纪委盯上了，只等进钱。

第一个局完全是自跳陷阱，其实是为了实施第二个苦肉局做铺垫。

此刻江宏突然踱蹰了起来，双手放在背后，凝视着窗外，似乎在思考什么问题。然后他转过身来，略带严肃地对江心说："银监局和胡保川一线的侦破工作已经告一段落。与此案有关的所有犯罪分子都将接受来自国家法律和人民的审判和谴责。但是还有个人，是我们需要处理的……"江宏看了一眼江心，江心的脸色开始阴沉下来，显然她知道父亲说的是谁，"在他的身上，我们有两点需要清醒地去认识：于情来看，他协助纪委反贪，协助公安经侦搜集证据并且破获江城大信集团一案，立下汗马功劳，理应记功，我们这些国家公职人员也欠他一个人情；于理来说，他涉嫌使用非法手段进行敲诈和勒索，我们作为一个国家执法人员也不能视而不见。国家的法制毕竟不能用人情来衡量啊……"

江心极不情愿地将头扭到一边，沉默着，这似乎已经表明了她的态度。

"这个决定还是得你来下！"江宏说完走了出去，留下江心一个人站在那里发呆。

深夜，恒记集团大楼，整栋楼只有副总经理办公室那一格的窗子还亮着。沈逸来到这里，房间里和往常一样灯火通明，他的第六感似乎还是那么准确，好像预感今晚会发生什么。他端坐在桌前写着最后交接的一些工作事项，毕竟这是他用半生努力拼搏创业的地方，不论于公于私，于情于理，他觉得都应该有始有终。写完后，他将文件端正地放在文件夹里，并且做上备注标签。然后，挽起袖子，拿起抹布和拖把，开始打扫卫生。这是他加入恒记集团这么久以来，第一次亲手做卫生，这种感觉让他好像回到了十多年前，青涩的年华里，再次拥有了那种无畏、那种奋斗、那种青春又无知的岁月和精神，是的，那些再也一去而不复返。

江心带着公安相关部门的人员慢慢走到他的办公室门外，看着沈逸正在打扫卫生，江心对警员小声耳语了几句，让他们在外面稍等，自己则脱下了外套，和沈逸一起打扫了起来，在这个过程中，他们都非常有默契，没有说一句话，甚至没有对视过一眼。

直到房间已经焕然一新，两人才坐下来，沈逸点上一支烟，淡然地抽了起来。

"还记得百合村的那些孩子吗？你觉得他们可爱不？"沈逸笑着突然问道。

"嗯，我非常喜欢他们。"江心回答。

"帮我照顾他们好吗？"沈逸看着江心。

"我行吗？"江心受宠若惊地反问。

"真的！你合适极了！从我看见你的第一眼开始，我就觉得你的身上有太多和陈晓琳，和百合村相符合的气质。你也许能比我想象中做得更好！呵呵呵，我盼望着那一天，咱们的百合村每个人都能生活富足起来，孩子们都能考上清华、北大，然后去大城市工作，挣很多钱，再回到村里搞建设。喂，我觉得你可以当村里的 CEO，你肯定能搞得井井有条的，比我强。"沈逸像个孩子般地憨笑着滔滔不绝。

"真的吗？谢谢你的信任……。我还是很惭愧。"江心按捺多时的情绪，似乎很快将变得一发不可收拾，她哽咽着，抬起头问他，"那你会原谅我吗……"

"傻丫头。"沈逸没有正面回答，而是笑了笑，"我说了，你是最好的人选。无论是百合村……还是亲手逮捕我……"

"我很惭愧……很内疚，很自责……"江心的泪水顺着脸颊流下来。

"丫头，记住。"沈逸露出那招牌式的憨笑，"无论对于你和我，最难的一关都在于自己。"

说完，沈逸淡定地脱下外套，整理好后挂在衣柜里，转身再次环视一周自己的办公室，走出门外，缓缓对警员伸出双手……

凌晨，吴佑行回到家里，匆忙收拾了几件衣物，就迅速赶往机场。出现在机场的时候，他的打扮已经耳目一新令人眼前一亮，一身白色西服，崭新的黑色皮鞋，黑色墨镜，胸前还挂着一串又粗又大的黄金项链。上了飞机，只听见话务员在说：此次飞机的终点是吉隆坡……

他跷起二郎腿，坐在飞机头等舱的真皮座椅上，舱内极尽奢华，他端起身边仆人刚刚倒好的一杯高档红酒，按着顺时针的方向晃动了几下，抿了一口，脸上全是无比享受的表情，只听见飞机发动机的轰鸣声，不一会儿窗外已是星光熠熠。他双眼凝视窗外，手上玩着一个金色的打火机，同时望着窗外飘动的浮云，似乎在思考着什么问题，舱内的射灯照在他手上的物件上，折射出金色刺眼的光芒……

"桃花谷，渔舟逐，清溪之畔攒云树。碧波靓，绿水荡，<u>丝丝炊烟爬木房</u>。

芙蓉帐，耕锄忙，世外烦恼丢一旁。鸟比翼，枝连理，半缘修道半缘你！"

彻夜难眠，江心躺在床上辗转反复回想着这段和沈逸相处的日子。那天，沈逸最后的表情、最后的话一直在大脑中回放——无论对于你我，最难的一关都在于自己！这句话意味深长，这半个月以来，她心中充满着矛盾、挣扎，江心无法原谅自己的自私，无法原谅对沈逸的所作所为——作为警务人员的她，将沈逸勒索诈骗的证据提交上去，她亲手将一个平怀县的英雄，一个乡村孩子们所仰慕的人、一个行善救人的人、一个对自己视如己出的挚友送上法庭！然而，检察官从步入学校开始就灌输的原则：法律是神圣不可侵犯的！每一个检察官都必须忠实和执行宪法和法律，全心全意为人民服务！自己无法违背！

全心全意为人民服务！多么大的使命和责任！法律既然为人民服务，为何又要惩治忠心为人民服务的人呢？沈逸从未伤害过任何一个善良的人，反而所作所为正义凛然，壁立千仞，帮助了不计其数的弱势群体，甚至在某些方面比政府单位都做得好、做得出色。法律真的是无情的吗？而在法律和道德的面前，到底孰重孰轻？！

对！江心无法原谅自己，是她、是她亵渎了这个使命，她不配做警务人员，更不配做沈逸和那些孩子的朋友！！！

她想……离开。

清晨，江城市中级人民法院的门口。今天是沈逸案首次庭审的日子。满是心事、面容憔悴的江心刚步入法院大门的院内，就被眼前的一切惊呆了——他们都在为沈逸声援！曾经被资助的人们、慈善机构、乡县政府，拉起一道道横幅标语，都是"好人有好报""希望法院留情"之类的标语，而没能到场的人们用联名的形式拉满了整个大院，地方各大报刊、各大新闻平台的记者也纷纷到场，当他们听到这个故事之后，都一致认为在如此浮躁和贪婪的社会背景下，能出现一位"舍己为人""劫富济贫"的侠盗也是颇感好奇。来到现场的人中，甚至还有……一群群衣衫褴褛、面黄肌瘦、似乎日夜兼程刚从山区赶来的孩子，他们灰头土脸、天真无邪，一个个手拿白面馒头蹲在花坛旁边，虽然从没见过这种场景，但他们心中都有一个来到这里的共同目的——声援他们的英雄叔叔。

住在汉街的肖杰和他的爸爸也来到现场。当初在捣毁一家网贷平台后，沈逸发现了入世不深的肖杰不小心失足，在网贷平台上借款，并负下沉重的债务，沈逸通过敲诈平台老板，拿回了肖杰的那张借条并亲自交到他父亲的手里，让父亲成为他的债主，肖杰果然从此振作起来，这些年，他勤奋上进，不仅自考到中级会计职称，而且在财务工作中表现也异常出色，很快升任财务经理。今天，父子两人一边奋力呐喊，一边拉起横幅，上面清楚地写着"善心善德善报"六个大字。

人群中，江心看见刘氏夫妇和苏青也来了，于是打了个招呼，走上前去，刘氏夫妇拉着江心的手老泪纵横。

"玥玥的事我们都知道了，她的奶奶听到她失踪的消息后，心脏病突发，去世了……现在沈逸这孩子也……这可怎么办才好啊。"沈逸的干妈边说边擦拭着眼泪。

"您别着急，您也看到了，今天这么多人来为沈逸加油，相信法官会看在他曾经救助过这么多人的分儿上，给予一定的减刑……"江心说这话也没什么底气，只能略表安慰。

"江姐姐，琳姐是不是也……"苏青憋红了眼问她。

江心抱了抱苏青，只是默默地陪着她流泪。

旁边一个扎辫子的小女孩立刻认出了江心，她走上前来用有点脏的小手轻轻拉了拉江心的裙边，用一双纯净的大眼睛盯着她。

"江老师，我认识你，你曾经去过我们学校，还教过我知识。"江心似乎才缓过神来，见到可爱无比的孩子们，脸上才渐渐露出一些血色。

"原来是百合村希望小学的小铃铛啊，你怎么也来了？"

"是啊，我和我们班的同学都来了，我们要校长带我们来的，我们要给沈逸叔叔打气加油，江老师，你一定也是来给叔叔加油的吧？"

看着满面天真无邪的山区孩子们，江心再次强忍着悲痛，牙关紧咬，无言以对，她帮孩子整理了一下凌乱的刘海儿，起身失魂般地离去，身后是一双天真稚嫩的眼睛。这个早上，她看见了太多的泪水，她安慰了太多的人，她需要赶紧逃离，避开那些忧伤和无助的眼神。而且她还知道，此时最需要开解的其实是自己……

步入审判庭，沈逸显得异常平静，气色也不错，似乎十几天的看守所生活对他没什么太大影响，但当他看到如此多的朋友、孩子、挚友到场给予支持，既意外又感动，他双手合十，对旁听台的人鞠躬以表示感谢。

从一坐下，江心就不敢向沈逸的方向看去，她双手握拳，内心紧张，眼中一刻不停地噙着泪水，但还是在一刹那间，她抬起头，就撞见沈逸朝她看来，他们的目光触碰到一起，对视几秒后，沈逸的嘴角微微上翘，露出那种他最富魅力和憨厚的笑容，仿佛在温暖融化着她无法释怀的心，江心顿感心头乌云散去，她泪如泉涌——原来他从来没有怨恨过我，他已经原谅了我……

何正宇法官召集负责此案件的两名人民陪审员开会商议，他们分别叫王毅和钟耀，沈逸案的相关证据铺满了整个桌面，两名陪审员经过研究后做出分析：

"沈逸案件的特殊情况史无前例，相当棘手，这是一种道德和法律的碰撞。诚然，我们作为国家法律的维护者，必然要用法律的依据去衡量事实。现在，种种证据全部指向沈逸，敲诈和勒索的罪名看似已经板上钉钉，没有任何申诉的理由和价值，但偏偏问题就出在这个敲诈和勒索的利益归属问题，所有的敲诈勒索的利益输送没有一分钱是沈逸挪为自己所用，甚至没有通过自己手，全部无条件地转移到了贫困人群上，这等于他用错的行为做了对的事情。"王陪审员说。

"但是他主观意愿上，确实是以敲诈和勒索的手段达到目的。"何正宇有三十年执法经验，但这种案件此生从未遇到，甚至查阅历史相同性质案件都没有，可以说是新中国成立以来的第一次……所以，他一开始便告诉自己，要慎重，再慎重。

"另外，您可以看看这份报告。市纪委、市公安局对此案件高度重视，这些部门都先后提供了沈逸参与协助侦破相关案件的立功材料，他们请求，这些材料应该视为沈逸减刑的依据之一。"钟陪审员将材料递给何正宇。

"那也就是说，不论是纪委也好，还是公安局也好，他们虽然没有明说，但都默认了沈逸的违法行为。只有违法，才会提出减刑。"何正宇说。

"是的。此案无可争议，应该定为有罪。如果定义为无罪，那么此案将成为一个标杆性的事件，使今后社会上有心利用此类手段的犯罪分子有机可乘，会对此后法院的判决尺度导向形成误导。我们站在国家法治的立场上，如果判他无罪，就等于承认了，法律允许这种行为的存在。按照国家对于敲诈勒索罪名的量刑标准，沈逸涉嫌多次且大额度的犯罪，应处三年以上十年以下的有期徒刑，并处以罚金。但是，在劫富济贫的问题上，我们需要尊重道德导向，院内的情况大家也看到了，舆论上需要寻求一个平衡点，另外，鉴于沈逸在江城市反贪工作上的贡献，以及韩跃平、胡保川的案件上有重大立功表现，我建议从轻处罚至敲诈勒索的基本量刑，也就是三年以下，或者处以缓刑。这样既在国家刑法范围内，又能给所有人一个交代。"钟耀说道。

"嗯。"何正宇神情凝重。

"但是，我总是觉得有一点想不通。"王陪审员突然打断何正宇的思绪。

"请说。"

"从我们讨论的结果来看，量刑从轻应该是大家的统一意见了，但你们不觉得很可疑吗？众所周知，敲诈勒索罪名国家法律判罚向来都不轻，以沈逸这样动不动几十万地勒索企业老板，累计金额早已达到重罪的标准，后半生可能不会有自由，在如此沉重的代价面前，一个贫困山村真的能让沈逸做出如此大的牺牲？沈逸为什么后来要主动与纪委、公安部门合作？真的是为了已经去世二十几年的父亲的仇恨？能够同时具备大爱与大恨属性的世间有几人？劫富济贫的行为可能会导致他终生无法为父报仇，这种矛盾关系他难道不懂吗？如果真如我们那样去判罚，那么将大大低于他的行事成本和预期，站在我的角度上，我会觉得我对未来的预期和判断非常准确，从而导致我值得去冒这个险，这等于近乎完美的结果。所以，我想说的是，从上述几点看，被告有着广博的法律常识和高犯罪智商。"

"你的意思是……他一开始就知道结果？这是设定好的？"钟陪审员笑问道。

"法律只以事实为根据，从不接受假设。"何正宇纠正道。

"从沈逸的学习或者社会经历上看，他从来没有接触过法律知识，甚至在恒记集团都不曾和律师打过交道，别人说那是他懒，是真滚瓜烂熟了，懒得自负，还是一窍不通，懒得去学？如果这不算稀奇，好，那么我们在座的三位，从业数十年也未曾遇到此类案件，我们学法律的人，都不曾钻得法律的空子……你们难道觉得对法律'一无所知'的沈逸的行事是一种巧合？"

"王陪审员，请注意你的言论，你的言论里没有根据的猜测太多，证据都在桌子上，我们要就事论事，不能凭空想象，不要再讨论与案件无关的东西了。"何正宇定了定神,继续说道,"其实,法律上对敲诈和勒索罪成立与否,有一个关键的定义,即所得到的非法利益是否为自己所侵占和使用,单纯从这个定义,我觉得还是有理可循的,此时我们要谨慎地做出结论。今天就到这里。"

　　一小时后,法官宣布首次开庭审理沈逸敲诈勒索案……

　　一个月后,法院宣布沈逸敲诈勒索罪名成立,判处有期徒刑三年零六个月,缓期一年执行,并处罚金人民币156000元。

尾 声

　　往来紫嫣纷飞舞，袅娜迎风倩我怜。

　　清晨，瓦蓝的天空云雾缭绕，百合村的小路被一片朦胧的雾气笼罩，如童话中的仙境一般。稍时，旭日从东方冉冉升起，恰似一双无形的双手，渐渐拨开迷雾，村民早早便开始忙碌起来，屋前的劳作，田间的耕种，屋顶的炊烟，无不显现出一片和谐的景象。从山丘上放眼眺望，富饶而绚烂的植被正争先恐后地萌芽而出，鸡冠花，大丽菊……朴素中带着几分华丽的色彩，彰显一派独特的农家风光。

　　如果说在沈逸的时代里，百合村从物质匮乏走向了物质充裕，是量的变化，那么今天，则是更为注重根基的建设，内在的修为，从而达到质的飞跃。

　　在过去的一年的时间里，进村不再是泥泞难行，经过建设和改造，已经铺设了一条约8公里的进山道路，四轮小货车进出自如；在"授人以渔"的理念下，村民们引进了先进的种植和饲养项目，大城市商贸公司派专家点对点进行指导，签订了合同，解决了大部分农作物销售渠道问题，不仅脱贫了，离致富也将为之不远；许多平台上，百合村图片和视频的点击量爆棚，人气倍增，大婶大嫂们的传统饮食珍馐、手工工艺、山间富硒泉水等纯天然无污染商品在电商平台上逐渐打开了销路，不仅让全国各地的网友为之垂涎，供不应求，同时各家各户也进一步开发潜在商机，摸索到了致富的门道。在外多年的青壮年问讯家乡的巨大变化，不再漂泊他乡打工，纷纷回家撸起袖子加油干，这样也让诸多的留守儿童、留守老人不再孤单，幸福和温馨的味道，还有家的温暖触手可及。一时间，百合村就像一座埋藏数千年而不被人发觉的金库，静待价值的认同。

　　朝日的暖阳伴随着莘莘学子步入百合村学校，一声声"老师同学们一好！",朝气蓬勃。与以前不同的是,步入学校的大门便可以看见刚刚立的一面墙,墙上醒目地写着八个大字,"适性育人,悦然天成"。是的,这便是学校的独具特色的教学理念,育人以适性,成才于未来。

这是新的一周的第一节课。上课铃声刚刚响起,老师和同学们列队整齐地站立在大操场上,在庄重和肃穆中,他们完成了奏国歌和升国旗的仪式。稍后,大喇叭响了起来,在进行曲的伴奏声中,百合村小学的校长从后台稳步走了出来,他叫刘敏强,55岁,多年前,他唯一的女儿刘莎莎因涉足网贷,不堪重负而跳楼自杀,刘敏强一度失去生活的希望,并差点与网贷平台老板周伟玉石俱焚,关键时刻,沈逸出手相助,并悉心劝导,终于使他逐渐走出阴霾,并参与到百合村的建设中来。大约两年前,老校长身体不好申请退休,刘敏强当仁不让地接过这一重担。这些年,他将对女儿的思念和爱,百分之百地倾心注入百合村这些孩子的身上,孩子们都亲切地称呼他:刘爷爷。

刘敏强鞠躬示意,并开始讲话。

"老师同学们,早上好!今天又是新的一周的开始,这一年里,每个星期一的早上,我们都会邀请百合村令人尊敬的一位老师,为我们教授第一节课。大家都知道,这位老师非常忙,她兼任着村里很多的工作,也正是因为在她的领导下,百合村才有如今翻天覆地的变化。怕她劳累,我们曾建议她取消晨会的演讲,她仍然不辞往返奔波的辛苦,一定要赶来为大家讲这节课,所以,请大家用热烈的掌声欢迎这位老师上台。"

台下掌声雷动,大家心中满怀着希望行注目礼。只见一位一身素服,头扎马尾辫,精瘦干练的女性,面带谦逊的微笑,边鼓掌边缓缓走上台来,她在移动的白板上写下了一个字,这是今天演讲的主题。

"大家好,我叫江心,今天为大家讲的主题是,礼!……"

讲完早课,江心被刘敏强带到图书馆里,这是刚刚新建的一处约200平方米的房间,里面布满了书架,书架上陈列着一排排整齐的各类图书。刘敏强引着江心来到一处特别的图书展示位。

"江老师,你一定会对这里非常感兴趣。"校长指了指图书展示位上的一排字,上面标注着"沈逸捐献"字样。

"江老师,这是沈逸很久以前从江城搬到百合村来的时候,一起带过来的几箱书籍,一直放在老学究的储藏室。在沈逸出事前,他曾经跟我说,如果学校有需要，这些书籍可以全部捐献出来。"刘敏强说完，识趣地转身离开，因为他知道，江心此刻需要的是一个安静的空间细细品味这里的一切。

江心迈着小步，右手轻轻地逐行抚摸着这些书籍，书籍涉及的内容非常广泛，有天文、地理、人文、科教，都是沈逸年轻的时候非常喜欢阅读的，其中世界文学这一类的书皮已经泛黄，显得非常陈旧。是的，这其中充满了沈逸与陈晓琳大学时代的回忆，陈放在这里，也是对美好的一种延续和寄托。此时，她心中五味杂陈，不自禁低下头，随后又轻轻微笑着摇摇头，因为她想到了沈逸，那矮胖的身材又憨笑可掬的模样，这个人随时都可能给你一些惊喜，然后带来不一样的心情。

书架上一本封面为鲜红色的书尤为显眼，勾起了江心的兴趣，书的名字叫《中华人民共和国刑法》。江心感觉非常蹊跷，沈逸这个人在恒记时就非常不喜欢和律师打交道，按理说他不会购买甚至收藏此类书籍的，而且校长刚刚说过了，这批书是沈逸十数年前从江城带到百合村的，那么这批书籍应该都是沈逸喜欢的。

伴着疑惑，江心从书架上取下这本书，印制的时间是1994年。书的其中一页被折叠起来，于是她顺手翻到了第124页，这一页为刑法第274条相关内容，是关于敲诈勒索罪的。敲诈勒索？这不就是沈逸曾经"劫富济贫"所涉及的罪名吗？这一页有几排字被红色的字体标注，非常显眼，分别是"行为特征不同""获取利益范围不同""侵犯的客体不同"，还有"敲诈勒索的利益是否为己所用"。

1994年的书籍，却被画上了二十多年后所从事犯罪的内容，如果这不是时空穿越，那么必然有更为深层次不为人知晓的秘密，一想到这里，江心感觉毛骨悚然，汗毛炸起。

急于翻开折叠页，她想起20世纪90年代的人们在购买一本新书后，一般喜欢在首页空白处留下购书日期和购书者的名字，于是她将书再次翻回首页，两行醒目的字体映入眼帘，再次让江心全身瑟瑟发抖起来，内心被黑暗和恐惧所笼罩。

这不是沈逸的字！这不是沈逸的字！

书上赫然写着：沈富春，购书于武胜路新华书店。1995年7月21日。